# La Bague au doigt

DU MÊME AUTEUR

« La dernière mode », *La Nouvelle Revue française*, septembre 2017, n° 626.

*Innocence*, Grasset, 2017 ; Le Livre de poche, 2019.

*Les Enfants de la nuit*, Grasset, 2022 ; Le Livre de poche, 2023.

Eva Ionesco

# La Bague au doigt

Robert Laffont

ISBN : 978-2-221-25866-8
Dépôt légal : août 2023
Éditions Robert Laffont – 92, avenue de France, 75013 Paris

# I

# LE VOLEUR D'HISTOIRES

*2012*

Le cabinet du médecin était fort exigu, c'était une femme rousse, habillée en violet, qui se tenait éloignée de mon corps, un mouchoir sur le nez. Je n'avais pas pour habitude de consulter, ni de me livrer… Plus d'une dizaine d'années auparavant, je m'étais séparée du père de mon fils, nous habitions alors une belle usine avec un jardin à Aubervilliers. Un empêchement plus fort que la raison m'interdisait de le remplacer, m'ordonnant de rester cette mère-vierge aux yeux de Donovan. Rarement, l'après-midi, les soirs où il sortait chez des copains, je m'autorisais des incartades, dans les hôtels de la Rive gauche ou du périphérique, dans des appartements délabrés, vidés. Il y eut des échappées furtives, des inconnus à heure fixe, des hommes mariés, des prétendants décevants, un très jeune homme, un guitariste au RMI. Je cachais mes histoires à mon fils dans une manie de folle, prenant soin d'effacer tous les appels et messages. Rendue à l'abstinence, vivant dans un ancien couvent de Montmartre qui dépendait jadis du Sacré-Cœur, j'avais l'espoir que ma chasteté me ramène à l'état virginal, me prépare à l'être aimé, que l'éternelle jeune fille en moi jaillisse à nouveau. Le vertige, celui du commencement. L'amour devait être accueilli dans cet état de dépouillement – seule condition pour que l'être aimé, s'il est véritablement amoureux, reconnaisse sa part égale de félicité. Lasse, je déclarai à ma psy ne plus avoir de relations depuis plus de trois ans, ne plus donner suite aux rendez-vous, rester enfermée, même les amis m'ennuyaient, j'envisageais de m'envoler pour le Mexique, mon fils allait avoir dix-huit ans. Les mots m'étouffaient, l'analyste me fit répéter plus fort. En proie à un malaise je titubai, elle me tendit un verre d'eau, s'avança à toucher mon visage, sa grande bouche laissait filtrer un filet de voix inaudible, puis j'entendis plus distinctement :

« Faites un effort quand même enfin !

— Ouuui.

— Sortez, habillez-vous, voyez vos amis, vous êtes une belle femme, votre fils a dix-huit ans, vous lui demandez de s'assumer, c'est très bien ! O-ccu-pez-vous de vous, c'est important. Vous allez rencontrer un homme qui vous aimera, et qui sait, peut-être même que vous l'épouserez. La vie n'est pas finie, voyons ! » En sortant, je me perdis dans les rues des Halles, entre chien et loup, mes yeux embués rendaient le monde flou.

Donovan était si beau, blond, un visage d'ange incrusté de deux yeux bleus Wedgwood, et sa gracile maigreur retenait une émotion à fleur de peau. Son caractère parfois farouche ou brusque m'intimidait. Ses amis ainsi que leurs parents louaient sa bienveillance et sa droiture. Chaque week-end, il recevait sa fiancée, à la maison. Impossible de voir Adèle : la chambre de mon fils était fermée à clef, avec sa propre issue privée. Jusqu'à ces derniers mois, il m'accordait le privilège de l'accompagner à ses cours de musique, place Blanche. Dans les rues, aux Abbesses, les filles se retournaient sur son passage, j'étais si fière. Un jour qu'il séchait ses cours de mode au lycée Paul-Poiret, alors qu'il sortait du métro, il tomba sur Larry Clark ; immédiatement, le metteur en scène l'attira dans son orbite. Partout des flashs blancs. Pour les dix-huit ans de Donovan, Larry était là. Un dîner eut lieu chez Blue Divine, une connaissance de la fin des années 1970, elle habitait alors rue Auguste-Comte dans un grand appartement ouvrant sur un magnifique jardin encore confit du givre de l'hiver. Larry, souffreteux, trônait à la grande table des jeunes gens, un appareil dans une main, photographiant leur tendre ivresse. Vêtue d'une terrible robe trapèze jaune et blanc à motif soleils, assise plus loin à un guéridon en compagnie d'amis d'une génération plus âgée que la mienne, Divine, Francis Dorléans et Paquita, j'observais le cirque de Larry et l'enthousiasme électrique des copains de Donovan. Ils le poursuivaient en hurlant jusque dans les toilettes où Larry se vautrait, la tête dans la cuvette. Pour détourner mon attention, Francis me fit l'éloge de *113 études de littérature romantique*, un essai de Simon Liberati, un formidable écrivain, décadent. Je n'en avais jamais entendu parler, Francis s'en étonnait l'air faussement fâché.

Dès le lendemain, j'achetai non pas l'essai mais le premier roman de Liberati, *Anthologie des apparitions*. En couverture, une demoiselle avec un bandeau noir sur les yeux. Il était question de très jeunes filles se perdant dans la nuit. Les héroïnes de ce Liberati semblaient tout droit sorties de mon passé, je me reconnus pleinement mais ne me souvenais pas d'avoir rencontré cet homme, son inspiration était suspecte. À quoi Dieu ressemblait-il ?

Sur Internet, l'émission d'Ardisson surgit rapidement. L'écrivain, ivre et beau garçon, porte un blouson de cuir noir et un curieux collier ressemblant à un chapelet. Il est accompagné de Frédéric Beigbeder, son éditeur d'*Anthologie des apparitions*. Liberati n'a de cesse de cligner d'un œil, provoquant l'hilarité générale. Il parle des babies-tapins, de *Moi, Christiane F., treize ans, droguée, prostituée*, du Palace et des *who has been*, de ceux qui ont eu le malheur de ne jamais exister. Sa voix haut perchée me déplaisait, elle trahissait une identité trouble, je préférais son livre que je lus d'une traite, lovée dans mon canapé de velours rose. Un philtre puissant m'attirait vers cet homme, le charme annonçait un danger, le piège de Narcisse, mais la traversée des miroirs ne me faisait pas peur. À la fin de la semaine, Blue Divine me convoqua au Trianon, boulevard de Rochechouart, elle filmait des interviews de gens en vue, d'amis, recueillait des témoignages sur ses peintures, ses inventions.

« Je ne sais pas, je me sens moche.

— Allez viens, Simon Liberati sera là.

— Quoi ?

— Simon, Francis t'en a parlé... Allez. »

Les rues de Montmartre, intimes, claires, vides. Le fond de l'air frais tendait ma chair, derrière le gris du ciel, l'étendue d'une lumière d'aurore rendant au quartier son panache d'autrefois. La basilique, la rue des Trois-Frères, ses magasins de friandises, de gourmandises, le bruit de mes talons martelant les pavés. Le vent marin soufflait sur le boulevard, soulevant mes cheveux, et du côté d'Anvers j'eus la sensation incertaine mais houleuse de partir en mer pour toujours. Le Trianon était désert, feutré, avec son escalier à la rampe dorée et ses banquettes en velours rouge. Je m'assis sagement, je portais un manteau à carreaux noirs et blancs Vivienne Westwood dont je venais de faire l'acquisition avec mes économies. J'entendis les portes de l'entrée s'ouvrir, des pas monter les marches, doucement, dans un étrange ralenti. Il était plus mûr et masculin que le Simon de l'écran de mon ordinateur. Il vint vers moi, tout en m'observant attentivement derrière des Ray-Ban transparentes ; il me tendit la main.

« Bonjour, Simon.

— Eva. »

Je me levai, marchai vers la rambarde du balcon, il me suivit dans un tempo lent, je me retins au garde-fou. Il se rapprocha, je me retournai.

« Tu connais Divine ?

— Un peu, comme ça.

— J'ai lu ton roman *Anthologie*, c'est vachement bien, dis donc.

— Ah bon ? »

Il me fixait avec plus d'attention, derrière ses verres comme des loupes, je m'imaginai immense et nue, je rougis baissant les yeux vers les bottes allemandes dépassant de son manteau militaire. Il s'immobilisa dans le silence. De sa chemise blanche largement déboutonnée émanait une odeur de pressing, ses ongles bien taillés au contraire de sa barbe, ses cheveux plaqués par du gel. Ni l'un ni l'autre ne disions mot, son regard curieux m'y obligea.

« Je passe la première si ça te gêne pas ?

— Je veux bien, j'ai un train à midi, je n'en aurai pas avant ce soir, j'habite à la campagne à une heure de Paris et c'est samedi.

— J'ai joué une pièce ici, il y a longtemps… »

Soudain, son regard se figea dans l'envie.

« Eva, c'est à toi, me cria Divine.

— J'y vais, je fais vite. »

Je sentais qu'il détaillait mes chevilles tandis que je m'avançais légèrement tremblante vers la salle, les lourdes portes en bois comme des couperets. *Tchac.* Seul un halo m'éclaira d'un coup ; émue, ma voix grimpa dans les aigus, avec cet accent particulier qui est celui du vieux Paris. Tout était dissonant comme un orchestre cherchant la note, je fis mon speech, j'écorchai mes mots à cause du trac, de vieilles émanations des théâtres, de cette scène du balcon.

« Ça ira, Divine, ce que j'ai dit sur toi ?

— Oui, oui, allez file ! »

En sortant, Simon était nonchalamment appuyé contre le mur, il attendait un livre à la main, près de l'escalier.

« Au revoir Simon.

— Oui, au revoir Eva. »

Je hochai la tête, il fit pareil ; à ce geste je perçus, caché, le petit garçon en lui auquel j'associai spontanément des possibilités infinies de jeux. Vacillante dans une lumière aveuglante, je remontai la rue de Steinkerque, grimpai m'enfermer dans mon vieux couvent.

Dans la soirée, j'appelai Divine. Je n'appris qu'une chose de mon amie, Simon savait que je serais au théâtre et s'était déplacé du Valois exprès pour me rencontrer. De l'eau chauffait pour un thé, dans un faux mouvement je la renversai sur ma main et m'ébouillantai. C'était la fin de la nuit, le jour était sale, je cherchais une pharmacie, je courais dans les rues, l'air calmait ma blessure. Place de Clichy, le pharmacien me soigna, de la crème et une bande Velpeau, elle me brûlait encore, je ne pensais plus à rien d'autre qu'à ma main.

Blue Divine me convia boulevard Saint-Germain à son vernissage, elle y exposait des assiettes peintes avec des taches de formes différentes, comme autant de tests de Rorschach. J'espérais y voir Simon, la galerie était bondée, le champagne tiède. Simon fendit l'espace à toute berzingue, entraînant avec lui une beauté sculpturale indo-thaïlandaise d'un mètre quatre-vingts, une soi-disant dénommée Pearl. Elle portait une peau de loup, il la tenait fermement par le bras comme on promène un chien de race, les invités se retournaient, amusés, impossible de rivaliser avec une mannequin.

« Simon salut ! »

Il fit celui qui n'entend ni ne voit.

« … Simon… je voudrais te faire lire mon scénario. »

Soudain, il s'arrêta, affichant une arrogance teigneuse, Pearl s'immobilisa, arrondissant le dos, pour mieux m'examiner.

« Je n'aime pas trop le cinéma, d'ailleurs t'as commencé très tard, comme moi, une autre fois, je sais pas… ! »

Sa voix était si traînante et criarde.

« … Une autre fois ? »

Il s'en alla poussant Pearl, un photographe les arrêta. *Une autre fois, le cinéma…* De quoi parlait-il ? L'allusion à nos âges, au mien, me déplut. Je le vis s'engouffrer dans un taxi, accroché à cette fille spectaculaire. Je ne désirais plus rien savoir de lui. Après un autre verre de champagne, Divine me caressa la joue.

Je dis :

« Il est pas mal, Simon.

— Il te plaît ?

— Oui.

— Qu'est-ce que tu veux… ils sont partis à un dîner Dior. »

La tête me tournait, le soleil chauffait les trottoirs. J'enfourchai mon scooter rouge garé devant l'église et regagnai Montmartre dans un bruit d'enfer à cause de mon pot d'échappement pété. Au bout de l'avenue l'Opéra se détachait du panorama, la réalité me paraissait merveilleuse.

Deux grandes salles bruyantes avec de belles tables aux nappes blanches, derrière les fenêtres, la circulation du quai de Conti, le ruban sombre de la Seine et la façade de La Samaritaine renvoyant les derniers rayons d'or. J'appréciais l'annonce du printemps, à chaque fois sa sève ravigotait mon corps, avec, au bout, la splendeur inégalée de l'été. J'étais invitée au dîner Intercontinental, c'était gai. Ce soir-là se trouvaient derrière moi Emmanuel Carrère et des boxeurs. Je m'assis en face du jeune Raphaël G., que j'avais entraperçu quelques fois du côté de Saint-Germain, il bossait à *Vanity Fair*, il me souriait.

« Tu connais Simon Liberati ?

— Euh oui… oui et non.

— Je l'adore, on a fait la bamboula au Montana la semaine dernière, il m'a parlé de toi, on était saouls comme des barriques.

— Ah bon… »

Dans l'émotion, ma timidité prit le dessus.

« Attends, trop drôle, je vais l'appeler, lui dire qu'on est ensemble… »

Il s'empara de son téléphone.

« Allô Simon, je suis avec Eva dans un raout.

— Et moi à l'auberge de Longpont avec les Gramond, on boit de la fine, on a pris le chariot gourmand !

— Il faut qu'on organise un dîner avec Eva, non ? »

Dehors les étoiles brillaient dans le ciel.

« Dis-lui qu'elle a de beaux cheveux dorés.

— Alors Simon ?

— Oui, très bien, quand tu veux, bientôt… »

Sa voix saturée s'échappait de l'appareil, les miroirs reflétaient le vide où tout pouvait survenir.

À cette époque, Donovan skatait dans les parcs autour de Paris ou au Trocadéro en compagnie de Larry et d'une bande de jeunes, il fuguait, dormait je ne sais où, ne répondait plus, me laissant dans le manque de sa présence, avec au creux du ventre l'angoisse maternelle – pourvu qu'il ne lui arrive rien de mal. Je choisis un tailleur 1950 bleu nuit, couvert de dentelle noire, pour le vernissage de David Rochline, rue de Paradis, au Purgatoire. David recevait dans un costume à carreaux cintré, de son gilet caracolait une chemise à jabot, aux pieds il portait des vernis noirs, aux mains des bagues et, autour du cou, ses éternels colifichets. Nous avions cette particularité d'être fidèles à notre adolescence, ainsi qu'à notre amitié, à une vieille histoire d'amour. Les deux poings dans les poches, l'air gavroche, il me claqua la bise.

« Ça gazouille ?

— Ça gazouille sec.

— Ça te plaît… tu vises ? »

J'allai admirer accrochés sur les murs des doubles de lui-même, poupées blondes, jouets, avatars de Marlène, femmes amphibies et titis s'enlaçant entre eux, enfermés dans des cabinets, des criques, des jardins, des cirques habités par son imagination que seule l'enfance retient. Lorsque je me retournai, nos regards liquides se mêlèrent. Je ris, l'œil trempé. Un peu partout de vieux amis, certains fantômes vieillis surgissant du passé. Simon vêtu d'une imposante veste militaire et de ses bottes allemandes marchait dans ma direction agrippé au bras d'un camarade, un certain Frédo, je les saluai du bout des doigts.

« Je la trouve intéressante, elle a quelque chose, hein ? » scanda Simon suffisamment fort pour que je l'entende.

Troublée, je filai sans dire au revoir, remontai dans mon couvent lire au lit des écrits sur le soufisme.

Un après-midi, assise à ma table à rêvasser sur mon script dans une chaleur oppressante, à cause du chauffage déréglé, l'air ailleurs à chercher les vacances, je vis ma culotte noire posée sur mon canapé de velours gris, elle semblait léviter d'une curieuse façon alors que rien ne bougeait. Un rire étonnant que je ne connaissais pas s'échappa de ma gorge, je rougis, je rougis. Une pucelle, je m'en fichais, à mon insu, ce serait à mon destin de payer pour l'innocence, si tard. J'allai me coucher la tête enfouie sous les draps. Le téléphone sonna, c'était Raphaël G.

« Simon organise un dîner chez lui demain. Tu viens ? C'est au 118, rue de Clignancourt… »

À l'angle du boulevard, les néons violines de l'Étoile Ornano irradiaient la splendeur d'autrefois. Un escalier terrible, sept étages à pic. Simon m'ouvrit, j'étais la première, ça sentait la garçonnière, son sac, le baise-en-ville, l'appartement appartenait à Pierre Le-Tan. Une mezzanine, une double vue, Paris et Saint-Ouen, des objets, la baguette magique d'Olympia, des photographies de soirées mondaines annotées à la main par Hélène Rochas, des dessins de Pierre, un bric-à-brac d'artiste, la chine à Drouot. Simon cuisinait des pâtes, tomates ail basilic citron.

« C'est mon *basic* de soirée, pas de chichi. Tu veux un verre de vin ?

— Oui, merci. »

Il plongea impunément son regard brun et velouté dans le mien.

« J'habite juste à côté, à quelques rues d'ici.

— On est voisins alors ?

— Oui.

— C'est une drôle de coïncidence. »

Il fit un pas supplémentaire vers moi, il se parfumait - une odeur d'encens d'église, l'appel de l'extase.

« Quand j'ai vu les affiches en grand dans le métro de ton film *My Little Princess*, j'y croyais pas… je me suis dit : "Ça y est, c'en est une autre de l'époque qui a réussi…", ça m'a interpellé.

— Moi, je trouve ça normal de réussir. »

Je retirai mon blouson de cuir, il appréciait la charge opulente de ma poitrine.

« Il fait très Jeanne d'Arc ton blouson, j'adore. »

Mon chemisier imprimé de volutes noires sur fond orange comme l'est l'intérieur des livres anciens, une attention discrète à son égard, marquait de grosses auréoles sous les bras.

« … J'écris un script, ma première grande histoire d'amour.

— Ah bon ?

— … la suite…, et un sur *Les Petites Filles modèles*, d'après la comtesse de Ségur.

— Ah, *Les Petites Filles modèles*, quelle bonne idée, j'adore la comtesse de Ségur !

— Tu viens souvent à Paris ?

— Deux fois par semaine. Avant j'habitais à l'Hôtel de Beaune, je faisais la nouba, j'avais une belle suite au dernier étage, la suite Overdose, elle donnait sur les toits, l'hôtel était vétuste, un clochard tenait la réception, la préfecture l'a fermé.

— Tu regrettes ?

— Cette rue si belle m'a toujours plu… dommage… mais il ne faut rien regretter… »

Des bruits de talons aiguilles et de sonnette. Simon se précipita pour ouvrir la porte à Christine, une jolie fille chic tout en jambes, à l'aise avec ses charmes, et Michel, crâne rasé, l'air dur, les deux très en forme, suivis de Raphaël en sueur et d'un certain Damien qui se vantait de son costume sur mesure tout juste apporté de Londres par son tailleur.

La soirée était amusante, chaleureuse, ponctuée d'anecdotes décousues.

« Comment va Javad ? Son OD… j'étais trop inquiète. »

Christine riait, sérieuse.

« … Bien, il n'est pas encore mort… »

Simon de l'autre côté de la table ne regardait que moi.

« Javad, c'est un ami très fou, un jour il a détourné un avion en se faisant passer pour le neveu de Ben Laden à l'époque je travaillais encore à vingt ans j'étais rédac chef, je prenais des pseudos pas possibles genre Carla Bruti… ils m'ont foutu à la porte pour un article sur le tourisme sexuel. Ahh… bref… j'ai dû quitter une réunion pour aller le sauver, il n'était plus à la police des douanes mais à Saint-Anne… dans sa chambre se trouvait une personne très suspecte en burnous, elle lisait le journal et prétendait que c'étaient les nouvelles du lendemain… »

Un silence… les bruits de la nuit.

« Eva veut faire *Les Petites Filles modèles*… Eva, je pourrais te présenter Nathalie Rheims, elle produit…

— Non…

— Non ?

— C'est pas la peine.

— Pourquoi ?

— Parce qu'un film, c'est fragile. »

À nouveau le silence et du vent. Christine me photographiait, posta la photo sur Instagram. Le dealer attendait en bas sur son scooter, Simon s'éclipsa, revint aussitôt, il manquait de cigarettes. Dans mon sac, j'en détenais quatre paquets, je les posai sur la table.

« Elle approvisionne… Sympa ! Fais tourner ! Ahhh ! »

Dans sa voix, les traces d'une jeunesse ratée, envieuse, éveillèrent brutalement mes soupçons, je m'esclaffai :

« Oh là là…

— Quoi ?

— Rien, ça tonne. »

Il s'installa à mon côté, nos regards s'accrochèrent l'un à l'autre sans aucun romantisme, de façon très cash. Ce Michel ne parlait que de Simenon, Christine riait, des moustaches de vin rouge aux lèvres, elle serra Michel pour l'embrasser partout, Damien me taquinait du regard.

Je me levai dans la chaleur.

Damien lança :

« Si vous voulez, j'organise un dîner la semaine prochaine, c'est mon tour ?

— Tu restes pas ? dit Christine.

— Non.

— Il est tôt, tu t'en vas déjà ? »

Simon se tenait si près de moi, un peu perdu, l'air ténébreux, il ressemblait à un aventurier. Je remontai les rues dans le froid, empruntant tous les sens interdits.

Dans l'atelier de Damien, parmi ses collections d'art africain, se dressaient des sculptures d'hommes écorchés. Tout était noir, rouge et blanc, gothique. Assise sur une chaise massacre, je voyais sous mes pieds un christ cruellement éclairé à travers un dallage. Damien portait un nouveau costume extravagant et se tordait la moustache guidon, l'air guilleret. Christine rigolait, Raphaël ne fermait plus sa chemise, trop de pâtisseries. On passa à table mollement, Simon était en retard, je buvais du champagne rosé habillée d'une robe noire moulante. On sonna, Simon arriva, blême, en sueur, incapable d'articuler. Il me souriait beaucoup, parcourant des yeux mes rondeurs, affirmant son attirance, puis Damien et Simon relatèrent entre eux les péripéties d'Alain Soral, un de leurs anciens copains, je retins qu'il vendait des légumes bio sur son site et se gagnait un max de fric.

« J'ai fait ma première grande émission ici, celle où on est à table pendant un dîner… »

Ses yeux tout ronds, il esquissa le mouvement de se lever mais se rassit, congestionné.

D'un coup, j'extirpai de mon sac le DVD de mon premier film et mon script, Simon pointa du doigt la photo en noir et blanc de la DS en couverture.

« Ah ah… J'y étais dans cette voiture.

— Ah bon ?

— Tu te souviens pas de moi, tu m'as foutu à la porte de la caisse ?

— Non…

— Si, un soir devant Les Bains Douches !

— Ah bon… lis-le.

— Ouais, promis. »

Il tituba en se redressant. On se rapprocha, des bises fades, il accentuait son état jouant les hypnotiques, ouvrant grand les yeux en me visant comme happé par le néant, emportant le script qui menaçait de tomber de sa poche.

« À bientôt Eva.

— Oui.

— Tu retournes chez Javad, hein… ? »

La voix flûtée de Damien et sa moustache guidon qu'il tournicotait.

« Ouais…

— … tu devrais arrêter, tu n'as pas l'air bien… tu sais. »

Simon, tête baissée, lança un salut à l'aide de deux doigts partant de sa tempe, il buta contre la porte vitrée et s'échappa, j'entendais ses pas partir dans la ville, je restai pour un *last drink*.

« Notre ami est un peu fatigué, c'est inquiétant.

— Je suis allée le chercher avec les urgences à Longpont, ça va… », dit Christine.

Elle avait la peau marmoréenne, et l'air si anglaise, je crus deviner sous son bracelet-montre les traces d'une tentative de suicide.

Angoissée, j'appelai Francis Dorléans : Simon s'entichait-il toujours de sa spectaculaire Pearl, une cuisinière hors pair avec laquelle il ne parlait, disait-on, qu'à peine le français et très mal l'anglais ? Pearl s'était, à ce que lui avait rapporté Blue Divine, violemment séparée de Simon. Il s'était plaint à Divine d'être au fond de l'abîme. La veille, quelqu'un avait vu Simon sur un banc près du Montana, la chemise en sang, je raccrochai immédiatement.

« Allô, Divine ?

— Je fais un dîner dans deux jours avec Simon… Ça y est, c'est fini avec Pearl, il ne veut plus la voir, c'est sûr… tu viens ?

— Évidemment. »

J'annulai la psy, pris un soin extrême à me préparer d'un chemisier de satin noir très échancré le long des bras, la fausse déchirure laissait apparaître ma chair selon mes mouvements, une jupe crayon noire, la culotte noire. Chez Blue Divine, sous les halos tamisés de lampes anciennes, de belles femmes étaient alanguies dans les canapés, Catherine Baba, Hawa, une Turque, Dani, un homosexuel, une sacoche coincée sous le bras exerçant le métier de *door bitch* à Mexico *city* qui l'avait mené à travailler dans des boîtes de nuit avec André, des hommes dont le visage s'est effacé de ma mémoire. Simon arriva à la fois pressé de repartir et en retard, des magnums de vin plein les poches, il s'excusait à peine prétextant une formidable conversation en compagnie de Pierre Le-Tan, place du Palais-Bourbon sur Maurice Sachs et d'un travesti londonien, impossible d'arrêter son ami. Hawa l'attrapa immédiatement par le col avant même qu'il ne m'adresse la parole, ils glissèrent de concert sur un des sofas.

« Viens près de moi, oh j'aimerais entendre des textes en latin de ta bouche, ça doit être merveilleux…

— Oui, pourquoi pas.

— J'ai deux jeunes amants vigoureux, mais je ne les vois pas ensemble, tu veux venir chez moi ce soir ? »

Bien que je sois loin d'eux, leur conversation me parvenait, Simon me scrutait d'un œil jaloux. Amusé par le ton badin, il ne faisait rien pour l'empêcher, au contraire tirant la scène du côté de chez

Crébillon et fils. Piquée au vif, le feu aux joues, je fumais dans mon coin une cibiche. Il se leva lentement, vint me faire la bise comme on donne une main molle, s'assit lourdement pour mieux me déshabiller du regard.

« Ça va ?

— Oui.

— Toi et moi de toute façon on est trop vieux, c'est trop tard…

— Pourquoi tu dis ça ?

— Je me sens vieux fini.

— Tu es fou, on a la vie devant nous.

— Sans doute, tu as raison, je sais pas, c'est un peu fichu quand même, tu crois pas ?

— Pourquoi ? »

À table, nous nous sommes assis l'un à côté de l'autre, Divine apporta des pâtes, une recette chic de Loulou de La Falaise. Du basilic, de l'ail et de l'huile crépitant par-dessus les tagliatelles, nos mains se frôlaient, nos corps s'aimantaient, plus rien que nous deux, gigantesques, les autres paraissaient en carton.

« Ton regard.

— Quoi ?

— Je ne sais pas, hou là là… Pourquoi tu me regardes comme ça ?

— Comment ?

— Oblique. »

Apeuré, il plissa les paupières, me fixant à son tour. Puis dégaina son téléphone, découvrit une série de textos, se leva tout en s'excusant, la main sur le combiné.

« Je dois retourner chez Pierre… Un truc à chercher.

— Tu reviens pas ?

— Oui… j'en ai pour une demi-heure. »

Il me laissa avec ce sentiment désagréable qu'il m'abandonnait, Hawa et d'autres s'en allèrent. Il revint une heure plus tard, nous avons bu encore et festoyé, j'étais comme ces femmes saoules dans Georges Bataille, il perçut ma gêne, me sentant à deux doigts de défaillir, alors il me dit :

« On s'en va, hein, je crois ?

— Oui. »

Sur le boulevard Saint-Michel nous grelottions.

« Je ne prends pas ma caisse, j'ai plus de points, je veux pas me choper un autre contrôle, je me suis déjà fait arrêter par les flics, une connerie sur un capot d'une bagnole… »

Un taxi blanc s'arrêta. À l'intérieur la tête me tournait, il me prit la main, la serra. Les pavés, le silence et le vent qui emporte tout. L'Étoile Ornano violine brillait tel un fanal, un autre Paris ancien et mystérieux se dressait. Nous montâmes les sept étages, d'autres marches plus abruptes menaient à la mezzanine où gisait un matelas. On s'allongea, on s'embrassa, on se déshabilla en même temps.

Les lampadaires de la rue découpaient ton corps dans la pénombre. Tu étais sur moi, tu n'avais pas commencé à me prendre à quatre pattes, nos regards se croisèrent furtivement, fougueusement, pudiquement, avec insistance comme si c'était la dernière fois. Tes yeux perlaient de fines gouttes, sans doute de la sueur car tu étais en eau, mais pour moi c'étaient des larmes, celles que tu verseras un jour sur mon corps, un océan, ou bien les miennes qui m'engloutiront, là où tu m'as rêvée, au fond de l'Atlantide. Nos cris se mêlèrent entre désespoir, joie et ravissement. Tu me pris dans tes bras, tu n'osais pas me tourner le dos, tu regardais le plafond extatique, derrière, immense, au-dessus de la Terre, la voûte du ciel étoilée.

Ta main empoignait la mienne dans le silence, tu me retenais de toutes tes forces.

« Eva, Eva, Eva.

— Oui.

— Eva. »

Les rais de soleil caressaient la table, les mandarines, le pain grillé, le beurre salé, sa chemise blanche m'éblouit, me renvoyant à la pureté, à la chance. Je ne voulais boire que du café, mincir ; mes seins nus sous le chemisier déboutonné, il les appréciait pour la première fois à la lumière du jour.

« C'était bien ?

— Oui.

— Oui ?

— Tu crois pas ?

— Si…

— C'était très bien. »

Je fermai les boutons de mon chemisier.

« Il va faire un temps superbe ce week-end, je t'emmène à la campagne.

— Oui, j'en ai très envie.

— C'est vrai ?

— J'en rêve depuis des mois, sortir de Paris, bien sûr. »

Ses yeux se projetaient dans le lointain, il sourit, moi aussi.

Il débarrassa, arrangea sa sacoche.

« On va chercher la caisse, on part avant les grands embouteillages. »

Pendant que je me maquillais, il ne me lâcha pas du regard, enfila son manteau vert, ouvrit la porte. Au moment de quitter les lieux, il prit un air grave, mais l'annonce semblait irréelle.

« J'ai un enfant.

— Ah bon ?

— Mais je ne l'aime plus.

— Et tu la fréquentes encore ?

— Ah non sûrement pas, elle me hait, mais il faut que tu le saches. »

Cette insistance me surprit, les eaux m'engloutissaient, je chavirais dans un ravissement.

## De l'autre côté

Nous avons traversé Paris encore désert et si clair pour récupérer sa voiture garée avenue de l'Observatoire. Durant le trajet je lui parlai plus en détail du scénario de mon prochain film et lui d'autres femmes qui le harcelaient et qu'il ne voulait plus voir. Je transpirais beaucoup à cause de l'émotion d'être à ses côtés, engoncée dans mon chemisier de satin noir, échancré le long des bras, laissant déborder cette chair trop grasse. Nous quittions la terre ferme, le soleil sur la route m'aveuglait. Sa maison était à taille humaine face à une grande abbaye du XIIe siècle dont la rosace vide se découpait sur un ciel bleu. Il y avait un étrange parterre de verdure qui m'était apparu vingt ans auparavant, une nuit dans un rêve. Un square, un carré d'émeraude à l'herbe soyeuse perlée de diamants d'eau.

Nous sommes entrés, la poussière retenue en suspens brillait dans les rayons du soleil. Très vite nous avons grimpé des escaliers en bois pour prendre un bain, je ne me souvenais plus de rien, je me concentrais juste sur la vue s'extirpant de piles de livres entassés, alignés sur des établis, la baie vitrée de son salon, et derrière le jardin d'émeraude. Le bain se remplissait. *Drink some coffee, have a piece of bread.* Au rez-de-chaussée, la peinture glauque se décollait des murs. La vapeur d'eau dans la salle de bains ; derrière la fenêtre, je ne voyais plus le carré d'émeraude, ni les gens qui m'attendaient assis sur un banc le dos appuyé contre l'abbaye, devant se dressait un grand sorbier qui nous protégeait. La stature imposante de Simon, à deux dans la grande baignoire, entourés de murs jaune pizzeria. Je n'osais pas toucher le savon en forme d'abeille. Sur le rebord se trouvaient des produits cosmétiques pour femmes accotant une langue de crin bien piquante. Je sentais ma laideur mais il faisait si beau. Curieux, ce temps qui ne change jamais.

« C'est un peu loin ce trajet en voiture.

— Pardon, je n'ai pas compris, heu ? »

Ma voix devint plus grave mais toujours pas de timbre. Je ne me souvenais pas d'un trajet.

« Qu'est-ce qu'on a fait ? »

Ses yeux me fixaient avec une pointe d'ironie, il se moqua.

« Quand même, Eva… »

Il y avait un mystère – opaque et blanc, resplendissant. Un drap sur la cage de l'oiseau, le bruit de billets qu'on froisse. *No money. I have no shoes, I have no money.* Silence, le temps qui se plie en moi, son mouvement lourd. Une boîte à bijoux qu'on ferme, langue de velours. Ses pupilles énormes et sombres mordillaient les iris noirs.

« On s'est retrouvés chez Divine, elle nous a invités à un dîner et après on est allés chez moi, on a dormi ensemble.

— On a dormi ensemble ?

— Tu ne te rappelles pas ?

— Non, je suis désolée, je ne me rappelle pas… »

Je sens sa gêne, prêt à capituler, sa main prend de l'eau pour la passer sur son visage lassé par la nuit.

« Mais ça va ?

— Ouais. »

Je me mords fort les lèvres.

« On a fait l'amour ensemble, tu ne te souviens pas ?

— Ah bon, on a fait l'amour ? »

Avec cette certitude qu'une telle absence ne m'était jamais arrivée. Il détaillait mon corps et mon visage sans maquillage, ses sourcils se sont dressés, que faire, mon Dieu ? Il est sorti du bain me laissant seule, les oiseaux s'enfuyaient en groupes de l'arbre sorbier pour venir se cogner aux carreaux de la fenêtre. Peu à peu, j'ai repris connaissance, je me suis rappelé, la soirée arrosée, notre première nuit d'amour, ses bras, la traversée de Paris magnifique en noir et blanc puis la forêt et ses grands arbres et j'ai dit :

« Oui, ça y est, Simon, je me souviens. »

J'ai posé mes deux mains sur ma bouche, il s'est détourné pour se peigner face au miroir.

Étourdie encore, je m'étendis sur le lit de sa chambre, pour reprendre mes esprits. Une petite croix pendue à un chapelet était accrochée au mur à côté de la cheminée. Une marque invisible, la main de l'ange me fit passer dans un autre monde, c'était la magie. Sur le carré de verdure, des Anglais jouaient au football et, au rez-de-chaussée, un enterrement s'organisait, mais plus tard, et il y avait une chambre laquée couleur crème, les gens buvaient du thé fumant, ils étaient habillés en gris souris et dormaient dans des lits superposés, ils se nichaient dans mon vieux rêve. Simon alla cuisiner une tarte à la tomate, la nuit m'avait creusé l'estomac, il fallait que je mange. Des petites chaises rouges à pompons et bien trop étroites pour qu'on s'y asseye étaient joliment disposées dans les angles de la pièce. Les rideaux cramoisis, paupières closes gorgées de sang, laissaient filtrer le soleil et la brise du printemps, une poussette noire, lugubre, défraîchie par le temps, m'attira mécaniquement. En me penchant, j'y vis, à la place du baigneur, un grand crucifix d'argent. Je m'assis sur le lit, béate et moite, je contemplai une multitude de lames, couteaux, scies, poignards, haches aux bords tranchants méticuleusement accrochés dans un sas, toutes ces brillances diurnes.

Hélas, je saisissais avoir affaire, une fois de plus, à cette espèce, l'esthète pervers. Il se tenait en retrait dans la morne des escaliers, vêtu d'un pantalon blanc et me proposait de me reconduire à la gare la plus proche au cas où je ne me sentirais pas à mon aise éloignée de Paris un dimanche après-midi, mais je refusai, en moi naissait l'amour que je n'attendais plus. Dans son dressing une belle liseuse verte, à ses pieds un petit plateau avec un livre et une tasse à thé m'évoquait *les situations dramatiques* du fameux musée de cire de Madame Tussauds à Londres. Un espace mal éclairé et fort bas de plafond encombré de livres gisant sous la poussière se prolongeait sur une pièce vidéo, recouverte de peaux de bêtes, faite pour se droguer, visionner en boucle *Bad Lieutenant* d'Abel Ferrara ou des cassettes porno. Il y avait encore deux pièces face à l'abbaye et sa rosace vide. La première de ce même jaune pizzeria mais ornée d'une frise avec des chevaliers, au sol traînaient des jouets en plastique d'enfants, sans doute chinés aux puces. Dans l'autre, petite, biscornue, encore des livres et des toiles peintes retournées, un chevalet sans peinture, dans un coin, un drôle de fauteuil de dentiste. La tarte à la tomate était succulente, nous l'avons dégustée dans le jardin d'émeraude. Les portes-fenêtres de son bureau étaient grandes ouvertes, et partout des rosiers ; miraculeusement l'odeur des fleurs apparut sur mes mains, m'entêtant de joie.

« Viens…, me dit-il, je te devance dans les escaliers.

— Tu as les hanches étroites. »

Fébrilement, Simon m'attira au lit, je le recouvris du drap blanc, nos corps s'entrelacèrent, il était viril, je découvris son cri de cerf. À son étreinte je reconnus les huis clos de nos chambres, jour de splendeur.

L'après-midi nous nous sommes promenés dans la forêt, je le suivis sur les sentiers escarpés, il m'emmena jusqu'au tombeau sans sépulture, *curiosité romantique*, puis il s'étendit de tout son long à la lisière d'une clairière, des arbres fraîchement coupés gisaient dans leurs sciures. Alors que le soleil anormalement chaud faisait gonfler mes extrémités, il revenait sur ses femmes qui le poursuivaient et le faisaient souffrir, il lui arrivait de coucher avec trois d'entre elles dans la même journée à l'Hôtel de Beaune, ou chez elles... il était réellement épuisé par la vie qu'il menait. La mère de l'enfant évoqué le matin même et qu'il surnomme « la Brésilienne » jouait un jeu de sorcière dont il était devenu à la fois la proie et le complice. Ils se voyaient régulièrement en secret et il ne désirait plus penser à cette petite fille de quatre ans dont il supposait être le père. Une cabale courait contre lui, quelqu'un écrivait des lettres anonymes les envoyant à tout Paris, certaines le décrivant comme antisémite, d'autres rapportaient qu'il entretenait des relations violentes avec plusieurs femmes pour mieux les détraquer, il craignait ses amis proches auxquels il confiait ses aventures d'en être les auteurs. Il soupçonnait Javad, autrefois promis à un grand avenir dans la publicité, sorti des écoles les plus prestigieuses, mais atteint de folie, et qui touchait désormais une pension d'invalidité. Javad vivait près de l'Étoile Ornano avec une clocharde ramassée dans la rue, se pavanait habillé en peluche dans les bars sadomasos de Pigalle, la plupart du temps équipé d'un très gros caillou de cocaïne qui lui attirait beaucoup d'amis, des gens improbables, *borderline* et romanesques. Cet ami cher s'identifiait à lui, Simon. Lorsque Javad appelait Simon sur son propre téléphone, le nom de Javad s'affichait. Le ciel bleu, criblé d'oiseaux, au loin le bruit d'une scie perçait notre intimité.

Je sentais le regard de Simon sur ma nuque. Dans la clairière des herbes avaient brûlé, quelqu'un faisait un feu. Je m'aperçus que des arbres coupés pouvaient servir de sièges, mais n'osai pas bouger, de peur qu'il s'arrête de me raconter sa vie pleine de vices, ses aventures sentimentales, ses tourments, le tout sur un ton du pécheur prêt à se repentir. Était-ce moi qui souhaitais en savoir davantage, ou lui qui tentait de surmonter sa timidité en se livrant avec frénésie ? Sa voix se durcissait quand il précisait être catholique romain, plein de compassion pour les êtres les plus cruels, les plus dévergondés. Il était prêt à pardonner le mal, celui de Javad, de la Brésilienne, d'Alain Soral. Intarissable, il se répétait encore. Les femmes qu'il fréquentait étaient toutes *mariées*, elles invoquaient des excuses auprès de leur conjoint, prenaient compulsivement des taxis en plein après-midi, déboulaient à l'improviste à la campagne. Cette vie de bâton de chaise cramerait ses neurones, détruirait son écriture, sa matière première. Il hoqueta, des larmes dans la gorge. Toutes ses nuits d'abîmes, trous béants. Soudain le silence, les bruissements des feuilles des arbres, et toujours sa main dans la mienne, solide. Je me demandai s'il ne s'inventait pas *un personnage de manipulateur dévoyé*, et l'idée me traversa l'esprit qu'il était lui-même l'expéditeur des lettres anonymes. Ou bien, était-ce une amante ou un amant poussé à bout ? La forêt alentour était déserte, des animaux rôdaient autour de nous. Pourquoi s'épanchait-il autant ?

J'avais chaud, les oreilles me brûlaient, je transpirais dans mon chemisier de satin noir, ma chair rose s'étalait de honte. La tête me tournait. Simon comptait se débarrasser de toutes ses femmes et comment ? En les sciant en deux, en les fourrant dans des petites boîtes ?

« Je suis capable de changer de vie, tu sais, du jour au lendemain. »

Il me serrait si fort la main.

La Polonaise, sa plus ancienne maîtresse, il avait couché avec elle à l'hôtel Nikko, sur le front de Seine, il mourait d'envie d'y habiter tellement c'était beau. La Polonaise insistait pour s'installer chez lui, mais il n'imaginait pas faire sa vie avec une vieille liaison à la campagne. J'écoutais, attentivement. Dans ses romans, il l'appelle Lukardis. Ahhh, il adorait ses longues jambes surmontées de grosses fesses, et sa belle petite tête de mort d'aristocrate, et jalouse avec ça, à en crever !!! Elle accourait n'importe où dès qu'il allait mal, c'était sa bonne fée. Dommage qu'elle se soit fait casser des dents par son mari à cause d'une lettre anonyme. Je transpirais, à nouveau mon odeur âcre me revenait sournoisement aux narines. Ils s'étaient rencontrés quand il vivait avec Mimi, une attachée de presse. Mimi, sa plus longue expérience, treize ans en couple. Durant ses années passées entre un appartement en béton brossé aux couleurs militaires près des Lilas et une maison de campagne dont il partageait à contre-cœur tous les frais, il peignait, s'amusait à convoquer des modèles maghrébines avec lesquelles il trompait Mimi. Je me l'imaginais en train de se branler sur la cuisse d'une de ces filles à la peau brune, puis de mentir à Mimi. À l'époque, il voulait écrire son premier livre, arrêter définitivement la peinture. Mimi, un des personnages de son second roman atteint d'un cancer, s'était prise de haine maladive contre lui, pourquoi tant de haine, lui qui n'est qu'amour et bonté ? Mes pieds enflaient, des grosses fourmis grimaçaient de long de mes jambes lourdes, le soleil me terrassait. Sa canne entrait dans mon champ de vision formant des cercles invisibles. Il fit un ultime voyage avec Mimi, une cure à Vals. Tandis qu'il se faisait masser à ses frais, il négligea son portable dans la chambre. Mimi le trouva près de son manuscrit, elle écouta la messagerie, et entendit toutes ses maîtresses, la blonde, la Sud-Africaine, Joanna, des stagiaires de vingt ans… d'autres noms de femmes jaillissaient de sa bouche. Un sentiment de tristesse mêlée de jalousie m'envahit aussitôt, je devinais chez Simon une attirance pour la pornographie, le mensonge, le complot, le tout un peu forcé. Je ne parlai pas de mes amants, puisque je n'en avais aucun depuis longtemps et je souris. C'était la fin de la journée, il m'attira gentiment par la taille pour m'embrasser, son paletot militaire exhalait une odeur de mastic chauffé, je le serrai si fort dans mes bras. Plus loin des sangliers furetaient sous les buissons, plus loin encore le son d'un quad. Il se leva d'un coup, en bon camarade je le suivis dans les bois. Le soleil rougeoyait à travers la dentelle des arbres. En fixant ses bottes allemandes qui se détachaient sur un fond de terre chocolat, je compris qu'il testait sur moi *sa came* d'écrivain. Il se livrait dans un monologue sans fin. L'hiver dernier, après avoir préparé une blanquette de veau pour sa maman, il s'était effondré de tout son long dans la forêt. Dès qu'il était sorti de l'hôpital, il s'était remis à faire la noce à tout-va… Un quotidien français souhaitait l'envoyer en Ouzbékistan pour interviewer le président en compagnie d'un ami photographe très drogué, amateur de météorites, mais l'avion s'était envolé sans lui. Il regrettait de ne pas avoir une vie d'aventurier de grand chemin, de jet-setteur international, qui lui aurait ouvert de nouveaux horizons avant la mort brutale, enfin le châtiment tant attendu, qui ne viendrait peut-être jamais… Je lui fis part de l'envie de me suicider en sautant par la fenêtre de mon appartement de Montmartre. Il me souriait, il me tenait si fermement par la main, nous avons marché et monté des pentes glissantes. Les arbres penchés semblaient se refermer sur nous à jamais. Des taches lumineuses s'allumaient au fur et à mesure que nous avancions dans la chaleur compacte presque étouffante de cette fin d'après-midi de printemps. Je le suivais par les sentiers touffus, son *goût*, me disait-il, le portait vers des filles particulières de la fin des années 1970, comme Edwige Belmore, consacrée reine des punks en 1977 pour avoir posé en couverture du journal *Façade* en compagnie d'Andy Warhol. Il se vantait même d'une liaison éphémère avec Edwige. Elle était mon amie, ma première fiancée-fille. Cette connaissance commune qui remontait au temps de bien des aventures resserra nos liens. Chez lui, ému, il me récita un poème qu'il lui avait écrit en 1978 :

*Souviens-toi moquette orange*
*Souviens-toi de mon bel ange*

Il me conduisit à la petite gare de Longpont, l'unique train du soir y passait à 18 heures. Sur le quai, la chaleur d'un printemps puissant nous enlaçait, nos lèvres se rejoignirent dans la tiédeur de l'été, il me dit :

« Avec toi ce sera différent, je changerai de vie, elles s'en iront toutes, je le sais.

— Et Pearl ?

— C'est fini, elle insiste pour que je lui rende ses sacs Hermès, ce sont les siens, ça me fait chier mais bon… »

Il m'embrassa à nouveau. Le TER Picardie arrivait, nos mains toujours enlacées, je montai dedans ; déjà, je ne voulais plus le quitter.

« Eva, on s'appelle ?

— Oui, Simon. »

En filant vers Paris dans les couleurs rose et bleu du soir, je reconnus la splendeur de notre amour, jusqu'à nos vieux jours, là où s'éveilleraient les âmes mortes.

## Montmartre

## Séduction

L'amour était entré dans mon cœur avec sa part de bonheur, il semblait être là depuis toujours. Je l'attendais allongée en robe claire sur le lit, le corps aminci par l'effervescence. Des pas montaient les escaliers, c'étaient ceux de Simon. Mon cœur se mit à battre la chamade. Il sonna, j'ouvris, il entra. Les pans de son manteau militaire voletaient derrière lui, une grosse épingle punk accrochée près du col, une bouteille de vin rouge dépassait de sa poche. Impavide, il remonta ses Ray-Ban opaques sur sa tête et releva le nez. D'un air exercé, il détailla l'appartement, fit la moue, posa la bouteille d'une main légère sur le bar, puis se laissa choir sur le canapé rose, les cuisses écartées moulées d'un Levi's blanc.

« C'est charmant.

— C'est trop petit.

— Non non… c'est ravissant… »

Sa voix partit dans les aigus, une personnalité plus ambiguë reprit le dessus, il admirait beaucoup ses mains.

« C'est drôle, plus jeune j'habitais à côté, rue Caplat, ma grand-mère m'avait offert un lingot d'or ; avec ça, j'ai pu acheter un deux-pièces minuscule, je faisais des sondages pour la Sofres… ça a duré des années. »

Il remua doucement la tête, bouche ouverte, la pointe de la langue retournée contre son palais, les paupières lourdes à peine soulevées.

« Un lingot d'or ? C'est génial. »

Il lorgna l'immeuble en vis-à-vis, je baissai les yeux.

« Tu as quelque chose pour ouvrir le vin ? »

Indolente, j'allai chercher deux verres ainsi que le tire-bouchon.

« C'est d'autant plus drôle que je ne m'y attendais pas, à ce lingot. »

Soudain, il se releva plein d'assurance gaillarde, déboucha la bouteille de La Rose Gadis. Tandis qu'effarouchée je me glissais derrière ma table, il continua de détailler mon chez-moi ; je n'osais bouger.

« Et tu vis avec ton fils ?

— Tu veux voir sa chambre ? Je te préviens, elle n'est pas grande. »

À l'aide d'une petite clef, j'ouvris la porte, Simon plissa les yeux pour faire le point sur le bureau.

« Viens dans le salon… »

Il s'approcha, je reculai.

« Oui mais il n'est pas souvent là, il fait le film de Larry Clark, il habite avec les acteurs dans une maison, il va et vient… il a dix-huit ans… maintenant. »

On s'assit en face-à-face.

« Ah ben dis donc, quelle famille, Larry Clark, ça promet ! Malheureusement je ne suis pas arrivé à visionner ton film entièrement, un souci de lecteur DVD et des embrouilles – un article sur les Rheims, Nathalie, Bettina et leur père Maurice, le commissaire-priseur…

— Hier soir au téléphone, tu avais l'air drôlement paniqué ?

— Oui, tout le monde m'en veut… Pierre Le-Tan pense que c'est un coup tordu pour me piéger. »

Le verre rempli à ras bord, il buvait trop vite, on a rigolé. Pieds nus, je partis me brosser la tignasse, la faire bouffer, me farder les lèvres de rouge. En revenant, j'étais très étonnée de voir un homme assis à ma table. Il me souriait faiblement, détourna péniblement le regard, déglutit et me dit un ton plus bas :

« Tu sais en fait c'était toi qui m'avais inspiré pour *Anthologie* !

— Ah bon ? Non, tu déconnes ?

— Si, un mélange de toi et de *Christiane F.* Dans le livre j'ai interchangé les noms, tu n'es pas la petite Eva, la connasse qui fait une overdose, mais Marina.

— Ah… Oui, je me suis dit qu'il y avait quelque chose de moi, hein ?

— C'est comme ça, j'y peux rien, on s'est retrouvés, c'est fou, non ? »

J'étais sciée de découvrir que je faisais partie de son passé depuis longtemps, en fait il m'idolâtrait secrètement, en fan.

« Il fallait que je te le dise. »

Il frémit tout en me couvant du regard, il se cambra légèrement, tout en accrochant ses pouces à sa ceinture, comme Johnny.

« C'est la vie.

— J'adore ce livre.

— Merci, venant de toi, vraiment, c'est un compliment, je me suis souvenu ce matin avec bonheur de ce que tu m'as dit hier soir au téléphone. »

Nos mains se rejoignirent. Je l'attirai dans ma chambre ou bien ce fut lui. Je fermai les rideaux noirs, il m'attrapa la taille, me fit basculer sur le lit, me releva la jupe pour me caresser, j'enfouis mon visage dans son cou et commençai à le déshabiller, il repoussa mon geste préférant le faire seul, me toisant de toute sa hauteur, il résistait, voulant commander, à ses élans, à ses humeurs, je me ployais, nous avons fait l'amour plus amplement, quelle découverte, nos corps s'emboîtaient parfaitement, un rien venait déranger nos ébats, le lit couinait, ça nous faisait marrer. Après l'amour on s'assoupit dans le calme, sa tête brune penchée, débordant du lit.

« Tu la connais depuis longtemps Divine ?

— En fait, elle s'appelle Ludivine, depuis petite.

— Et Paquita ?

— Pareil, c'est la même bande.

— Avant Paquita, à l'époque du Palace, elle était méchante, maintenant elle est devenue gentille.

À cette période, j'habitais avec Marceline, ma première fiancée, chez la femme de Cartier-Bresson. Marceline, elle me trompait mais c'était pas grave, on sortait la nuit…

— Je me rappelle vaguement d'elle, elle était copine avec Pauline Lafont, la fille de Bernadette, c'était la bande des *fifties*… C'est fou, on s'est jamais rencontrés.

— Si mais toi… tu ne te souviens pas de moi, t'étais dans la lumière. »

Il laissait pendre son bras droit raide, les deux jambes écartées, la mienne contre sa cuisse.

« Tu fumes pas beaucoup ?

— Non, j'ai des stents. Un jour on a baisé dans la salle de bains avec Marceline et j'ai surpris Nicole Cartier-Bresson en train de nous mater par le trou de la serrure, après le matin… Nicole me draguait poliment. »

Ses paupières se fermaient à demi pour se rouvrir comme surpris.

« Tu ne te fais jamais les ongles des pieds ?

— Ça m'intéresse pas, toi t'es du genre à lire Maurras ?

— Ah, tu connais ça, toi ?

— Oui, j'ai lu dans ma vie, tu sais, il a bien fallu que je m'éduque, puisque je ne suis pas allée à l'école… »

Je m'allumai une cibiche.

« Moi, je lis Paul Morand tous les matins.

— Jamais lu, l'autre jour sur ta table, j'ai vu que tu ne finissais pas tous tes livres ?

— Non, je les ouvre et parfois j'arrête, ça me suffit, je fais des associations, ça me donne des idées pour travailler…

— Je comprends… moi quand un auteur me plaît je lis presque tout, j'en garde juste un peu pour après quand ça me manque. »

Il m'observa longuement en réfléchissant.

« Tu es un stradivarius.

— Ah bon ?

— Tu sais ça… Tu sens tout. »

Ses yeux dans les miens, une fascination réciproque, tout allait s'enflammer, c'est sûr. Je m'en foutais, on en avait vu du pays, j'en avais avalé des couleuvres. Il se doucha, je le détaillai à son insu, debout dans la baignoire, la peau légèrement phosphorescente, des épaules trop étroites ; à son tour, il m'observa dans mes gestes quotidiens, je lui plaisais, je le sentais surtout plein de curiosités, d'attentions à mon égard, mais étais-je vraiment son genre de femme ? La question me traversa l'esprit. La blancheur de ma robe le tenait en respect. Le long silence inamovible des premières fois. La séduction, l'accès à tous les possibles, l'envie d'être aimé.

Nous avons bu, nous nous sommes étourdis.

« T'as un mec, avoue ? »

Il opérait de brutales intrusions dans mon existence.

« Non !

— Tu mens, t'as bien quelqu'un ?

— Non, Simon.

— C'était quand la dernière fois ?

— Il y a des années, presque trois ans, pourquoi ?

— Tu me mens ?

— Je ne suis pas idiote, tu as dû te renseigner, tu sais bien que j'ai personne depuis longtemps, sinon tu serais pas là. »

Je rougis.

La nuit, après de longs baisers, il me serra si fort dans ses bras. Je pris deux barrettes de Lexomil, l'espace devenait tactile, j'avais peur de mourir, ce serait idiot. Il m'agrippa la main. On resta longtemps dans le silence avant de s'endormir, il s'en foutait des redescentes, il sombra dans le sommeil avant moi.

Le matin, il observa mon réveil.

« Tes yeux verts, si beaux, je ne pensais pas qu'on pouvait tomber amoureux d'un regard. »

Les draps sentaient la sueur, le tabac. Le monde s'agitait dans l'immeuble ; dans la rue, le trafic. D'un coup, il se releva, s'habilla, descendit chercher une baguette ; j'attendais avec impatience assise à mon bureau qu'il remonte, j'entendais ses pas lourds et déjà si familiers dans l'escalier.

Nous avions le même grille-pain, des amis en commun, des souvenirs remontant à de hautes époques anciennes, le même goût pour le cinéma des années 1940, 1950 et 1960, des livres, c'était fou, nos vies s'en voyaient rallongées de nombreuses années comme dans la Bible, notre rencontre, c'était l'évidence même. Il avait ses habitudes, beurre salé, jus d'orange, café noir, jambes croisées, un bouquin ouvert à sa droite. Après le petit déjeuner, il vint se poster derrière moi comme un oiseau ou un zombie, une drôle de position.

« Tu vas venir à la campagne ?

— Oui.

— Tu aimes la campagne ?

— Oui, beaucoup, je t'ai dit.

— Je vais t'offrir une carte TER.

— Carrément.

— Il faut que je rentre, j'ai cet article à finir, je sais pas si je vais le rendre, ils me menacent et puis j'ai mon journal intime à terminer… ça prend tout mon temps… »

Il enfila son manteau militaire, jouant les Don Juan, je riais, je l'accompagnai pieds nus jusque sur le trottoir. Dans la rue, le soleil léchait les murs pentus, on se regarda, il me caressa les cheveux, il me semblait si grand, on se serra dans les bras.

« Simon, je ne veux plus qu'on se quitte, jamais ! »

C'était sorti dans un cri inouï.

« On va pas se quitter Eva, on se quittera jamais plus.

— C'est promis ?

— Oui, Eva. »

Je restai blotti contre lui et je riais.

« Tu ris comme une enfant.

— Arrête ! »

En face, un parking à l'ancienne, des voitures brillaient dans l'ombre, au bout la rue crayeuse entièrement blanchie par le soleil trop éclatant et le ciel bleu, je fermai les yeux.

La table pleine du petit déjeuner me procura du réconfort, j'y lus la femme d'intérieur, les heures calmes, cette forêt de Retz m'attirait, je la portais déjà en moi, j'envisageais depuis longtemps de m'éclipser de Montmartre, de détenir une résidence secondaire à la campagne. Chamboulée, je me recouchai, de mes attentes, de mes souhaits tout disait oui. De mes instincts, de cette femme qui bondit, jeune ou mûre, que dire ? Une déambulation dans Montmartre, toujours la même mais toujours différente, me livrerait assurément une réponse. De la rue Muller jusqu'à la rue Paul-Albert, là où se trouve une petite place ombragée à l'entrée des jardins du Sacré-Cœur, tout était vide, quelques garçons de café, des camions de livraison et le vent dans les arbres, le bruit des feuilles se frottant les unes aux autres. Je montai les marches menant à l'esplanade devant la basilique à la vue imprenable, ma robe blanche ondulant autour de mon corps. J'avais choisi d'habiter ce quartier à cause de ma jeunesse, des souvenirs de Charles, mon premier grand amour, de notre appartement à Barbès – j'y étais attachée. La rue de l'Abreuvoir, la rue Girardon où habitait Céline. Je tournai rue Gabrielle avec cette impression qu'il y aurait un grand voyage, je m'arrêtai place Dalida. À l'âge de seize ans, j'avais vécu quelques mois dans cet hôtel, je prenais mes premiers cours de théâtre avenue Junot. Lors de ma promenade je revoyais ma vie, elle me revenait, quelle drôle d'impression que ce tour. Je bus un café, seule comme à mon habitude, face à Paris. Un renouveau m'attendait, peut-être serait-il celui avec lequel je finirais ma vie ? Mes chaussures blanches près de la rigole, la cendre de la cibiche tombée et la cigarette qui me brûlait les doigts. Mes désirs étaient-ils compatibles avec la philosophie, celle des femmes dont je voulais me saisir, qui m'interpellaient par leurs idées, leurs positions de liberté ? Un blanc si grand, un flash éblouissant.

*Je ne savais plus.* Dans la soirée, Blue Divine me téléphona tandis qu'allongée sur mon lit j'attendais que le jour décline, je lui avouai aimer Simon, elle me dit en riant quelque chose comme : « Profites-en quand l'amour est là, il ne faut pas le rater, tu verras bien. » J'appelai Paquita, Vincent, tous étaient heureux ; j'avais cette impression d'être dans un coffre en nuage, enveloppant mon corps qui voyageait à travers d'autres nuages, j'étais si lasse, je m'endormis en pensant à Simon, au printemps tout simplement.

Le lendemain, à nouveau, ses pas retentissaient dans l'escalier et mon cœur battait. La poche remplie d'une bouteille de vin, il s'assit à ma table, on sniffait, mon trouble intense le touchait. Les pieds sales posés sur la table, moulée d'une robe noire, je fumais tout en buvant du rouquin.

« Tu veux pas que j'écrive un livre sur toi, je raconte ta vie, ça serait mieux que ton film, ça serait un beau livre… »

Mieux que mon film ? Mon cœur se serrait.

« Quoi, comment ça, mieux que mon film ?…

— Un livre pour toi écrit par moi, c'est mieux. »

Un malaise me saisit pareil qu'un sommeil lourd, accompagné d'une tristesse, mais rien n'empêcherait le bonheur.

« Simon, tu ne trouves pas que c'est un peu tôt, je ne suis pas contre mais on n'a rien vécu ensemble, il nous faut du temps, tu ne crois pas ? »

Il s'assombrit.

« On est vieux, on a plus le temps, si on fait pas les choses maintenant, on les fera jamais.

— Je viens de terminer mon film, il a eu du succès, retourner là-dedans, dans l'enfance… je veux connaître le monde, aller ailleurs… construire des choses nouvelles… inventons…

— Réfléchis !

— Je réfléchirai mais c'est non. »

L'idée me rebutait, replonger dans mon passé de gamine abusée, encore et encore ? Je voulais faire la suite.

« On n'en parle plus, Simon, s'il te plaît, on n'en parle plus.

— Comme tu veux. »

Rien d'autre que le ciel bleu et nous pour toujours. Tu m'offris la carte TER. Durant plus de trois semaines rien que l'amour et la perspective de l'avenir. J'adorais la campagne, le jardin d'émeraude, lire à tes côtés, écrire à Longpont, entendre le chant des oiseaux, le bonheur à profusion, les promenades dans les sentiers enchantés, je me perdais dans les bois avec toi, une vie nouvelle commençait.

## La providence

« Je t'ai trouvée, c'est toi que j'attendais depuis toujours.

— C'est vrai, Simon ?

— Oui, c'est comme ça… »

Dans le sentier, il parlait doucement, se tenant droit dans son imper mastic avec sa canne en main, dans la blancheur cotonneuse du printemps, sur le sable clair près de la voie ferrée du côté du plateau, des réservoirs et de la petite rivière. Ses yeux s'introduisaient dans mon âme, une telle révélation me bouleversa. Quelqu'un m'attendait, avec cette impression inaltérable que nous nous connaissions depuis toujours, l'éblouissement de cette découverte ne cessait de me pénétrer.

« Tu m'aimes ?

— Oui, je t'aime Eva. »

Je l'entraînai dans les hautes herbes, on s'y coucha. Je sentais poindre sa timidité, il ne l'appréciait pas, réprouvait les gestes tendres, me prit fort la main, ma jambe couvrant les siennes, il souriait de contentement. Nous observions ensemble le ciel d'un bleu étale, les avions rouge et jaune de l'aéroport de campagne.

« Je t'emmènerai un jour les voir si tu veux, c'est à côté.

— Comme dans *La Balade sauvage*, tu as vu *Splendor in the Grass* ?

— Oui… »

Il caressait l'herbe, se laissant désirer. L'éclat blanc de ses yeux jaillissait de sous ses paupières lourdes d'émotions, trahissant des envies folles mais contenues, jalousement conquises à l'impromptu. Il releva la tête, me détailla comme un bijou miniature, fier de l'esthète en lui, il me dévoilait ses connaissances en la matière. Soudain, il serra son poing contre sa poitrine pareil à un enfant avide et solitaire, j'étais émue de le contempler ainsi.

« On aurait dû se rencontrer plus tôt, on a perdu du temps, toi et moi.

— Avant, tu ne m'aurais pas aimé Eva, j'étais tellement insupportable, mais si je t'avais rencontrée enfant tu m'aurais rendu fou avec tes longs cheveux blonds, je me serais battu pour t'embrasser. »

Je repensai à ces moments violents où il aimait sombrer dans le vide, et ceux au grand jour où il se contrôlait, un mouvement de balancier. Un mécanisme subtil, je l'apaisais.

« Tu sais l'écriture, ça peut rendre fou.

— Ah bon ? »

Il se mit à rire, presque à vomir.

« Je suis perdu sans toi, Eva. »

Il détourna furieusement son visage, puis me regarda avec un soupçon de méchanceté consigné comme pour vaincre une maladie qu'il se serait inoculée, il s'offrait.

« On marche ?

— Si tu veux, viens on fait le grand tour. »

La tombe de l'archer, mort sous les rails, le moulin du pré, les cerfs, je te suivais mon camarade, je retrouvais l'enfance heureuse, tu marchais gravement, j'étais à la traîne.

« Attends-moi, Simon, je ne veux pas que tu me laisses toute seule.

— Viens ! »

Il me tendit sa main. Les taches de lumière dessinaient de nouveaux territoires, nous nous sommes allongés sur un lit de terre. Il extirpa de sa poche une édition défraîchie des *Malheurs de Sophie*, à tour de rôle nous en lisions des passages, nous discutâmes avec sérieux de la manière dont les scènes s'agenceraient, je m'amusais à l'idée de faire jouer les petites filles par des actrices âgées, ce serait un mini *Barry Lyndon*, il m'écoutait attentivement, la tournure de mes idées ; un script était différent de l'écriture d'un livre, son intérêt grandissait, ça lui apporterait un renouveau, apprendre les scènes, les dialogues, les cadrages… ça le distrayait.

« Je veux bien travailler avec toi mais que trois après-midi par semaine.

— On va jamais y arriver, tu déconnes ! »

Il me scrutait en silence, le bruit d'une scie s'arrêta procurant à la forêt un charme ensorcelant dans lequel elle semblait s'isoler. Il se leva, nous reprîmes notre marche, il glana des os d'animaux qu'il fourra dans ses poches, j'adorais le grand tour.

« Ils se sont battus ici durant la Première Guerre, c'est pour ça qu'il y a des trous partout. »

Les sentiers lumineux se métamorphosaient jusqu'à la cime des arbres, je me figeai.

« Il y a des gens…

— Le taxi qui amenait Pearl ne voulait pas entrer dans la forêt, il tremblait à l'idée qu'elle était remplie d'esprits démoniaques, viens avec moi, tu ne crains rien, il n'y a personne, ce sont les sangliers dans les fourrés.

— Tu n'as pas chaud avec ton barda ?

— Je n'ai ni chaud ni froid, pour moi c'est pareil, que je me drogue ou non, c'est la même chose, je ne sens pas la différence, ça ne me fait rien du tout, tu sais… rien, c'est comme ça ! »

Il le dit d'un ton bravache et sourd. Il haussa les épaules, me dépassa hâtivement. Cette volonté d'affirmer une réalité masquait mal sa crainte de s'émouvoir d'une femme. Un déni mâtiné de nihilisme brandi malgré tout et son contraire.

Une couleuvre ondulait sur le chemin. Je courus pour m'accrocher à son bras, le forçant à gambader, il riait heureux.

Nous sommes rentrés tard, épuisés, il fit couler le bain. Il m'attira sur le lit.

« Avec toi, Eva, je le sais, je vais me corriger, chasser toutes mes sales embrouilles du passé. »

Dans la salle de bains, il détaillait la rondeur de mes seins bien faits, la fermeté de ma chair à force de centaines de kilomètres parcourus dans toutes les piscines du monde depuis vingt ans.

« Tu as minci, ça te rajeunit.

— *Thanks.* »

Nous aimions prendre notre bain ensemble, tout allait si vite. Par terre mes affaires et les siennes m'enchantaient.

« Tu es mon ami ?

— Oui, je suis ton ami.

— Pour toujours ?

— Oui.

— Tu promets, Simon ?

— Comment tu peux en douter ? »

Le pouvoir des mots, les serments, la fidélité, le travail bien fait et de l'or au bout des doigts. Avec mon pied, j'envoyai de l'eau sur son visage, lui laissant voir la fente de mon sexe.

« C'est curieux dans l'intimité avec moi tu es restée une enfant.

— Ah bon ? »

Je rougis.

« C'est mal ?

— Non, c'est troublant, ma chérie. »

## Montmartre

## Le *best friend*

J'ai rendez-vous aux Halles avec un producteur, Au pied de cochon. Il va direct au but et me dit :

« Je n'ai pas pu lire votre script *Une jeunesse dorée*, j'ai trop de projets, désolé. »

Je repars déçue. Je dois retrouver Simon au café de la mairie du 18e. Pierre Le-Tan est arrivé le premier, lunettes rondes, chemise à carreaux toujours, pantalon de velours, le sourire.

« Ça va avec Simon ?

— Oui.

— C'est bien, il a de la chance, tu connais Javad, son meilleur ami ?

— Non. »

Pierre se met à rire, l'air farceur.

« Tiens, voilà le loup. »

Simon se joint à nous en veste militaire et Ray-Ban opaques.

« Ça marche bien entre vous deux ?

— Oui ! »

On répond de concert.

Après un détour chez le caviste, Simon suivi de Pierre me guide chez Javad. Le petit trois-pièces d'une saleté répugnante où gisent des godemichés, des matelas à même le sol sentant l'urine, le sperme, la débauche à fond les ballons. Une clocharde trop recouverte de vêtements dort profondément blottie dans un coin. Un chien au pelage râpé jappe. Javad, un casque lumineux sur les oreilles et des lunettes bandeau, se mate un film porno en arabe. Simon, véloce, ouvre aussitôt le vin rouge, l'atmosphère est crépusculaire. Javad se lève, son jogging Gucci est taché, il me fait une révérence avec un sourire de diabolo. Javad s'assoit à mes côtés tenant le chien turbulent en laisse serré contre sa cuisse. Dans un moment d'inattention général, il en profite pour dégainer sous mon nez son portefeuille, sous un plastique jauni, je vois une vieille photo de Simon en string sans barbe totalement défoncé, étalé sur un lit crasseux contre Javad.

Il me susurre :

« Il est comme ça, il changera pas… hi hi. »

Je dis : « *Fatalitas* » et Simon rit sans comprendre.

Il était très tard, la chaleur de la journée stagnait agréablement dans l'appartement, dans les fenêtres ouvertes se réfléchissait le Sacré-Cœur illuminé. Après avoir lu Larbaud ensemble à haute voix et dansé sur les Rolling Stones dans le salon au parquet blanc, nous regardions, défaits et las, assis l'un près de l'autre, *Invocation of My Demon Brother* de Kenneth Anger.

Le cendrier était plein, le magnum de La Rose Gadis vide.

« On boit, ça corrige… Eva, Eva, Eva. »

Les images saturées, les chairs roses moulées de cuir, les motos défilaient inlassablement sur l'écran. Il ouvrit une autre bouteille, son regard me couvait tout entière comme s'il se tenait au-dessus d'un ponton, il se pencha, le corps un peu mou, tout en séduction, rentra ses joues durement, je décelais dans ses mouvements le principe des allusions dangereuses, sa Rolex marquait 5 heures.

« Il faudra que je te présente mes parents, ils veulent te rencontrer.

— Avec plaisir. »

Il se rassit brusquement en face de moi, il était beau, la bande-son perdurait avec ses bruits de motos se mêlant aux flammes et aux croix gammées.

« J'ai un plan à la mer à Agay, un copain, dans deux mois, une maison rouge à flanc de colline avec une piscine naturelle, très 1950 Belle Époque, ayant appartenu à une comtesse russe, c'est tout ce qu'on aime, non ?

— Oui.

— On descendra en voiture, j'adore rouler.

— Oui. »

Je transpirais, lui aussi, tout allait si vite.

« Tu veux pas que je fasse ce livre sur toi, pas uniquement ta vie, ce serait notre histoire d'amour… mon amour pour toi.

— C'est vrai ?

— Ça ne se voit pas, on ne se quitte plus, on ne peut plus rien faire l'un sans l'autre ?

— Si…

— Alors ?

— Oui, je ne sais pas.

— Tu n'es pas une victime ; toi, tu es une battante. »

D'un doigt je calmai le son de la vidéo.

« Qu'est-ce que t'en sais, tu ne vis pas dans ma peau ? »

Il tira sur sa clope, ses dents jaunies étaient pourries par endroits, il sortit une langue énorme, noircie par le tanin, qu'il s'amusait à mordre.

« Ahhhh… Avec le coup du procès que tu as fait à ta mère, c'est toi, le démon.

— Quel coup ?

— La vieille, tu l'as entourloupée.

— J'ai gagné sur des photos érotiques… par principe, tu sais, ça compte. »

Il exhalait sa fumée, les volutes drapaient son visage, l'ampoule rotative multicolore derrière le bar accrochait sa peau comme dans *L'Enfer* de Clouzot.

« Je ne vois pas les choses sous cet angle, t'as pas de morale, Simon ?

— Et toi me fais pas rire, tu l'as arnaquée !

— *Arnaquée ?* »

Il but à nouveau une grande rasade de rouquin, se leva pour se laisser tomber comme un chiffon mou sur le canapé gris, plongea son visage dans ses mains, puis balança à plusieurs reprises son corps en arrière, le dossier du canapé cognait le mur, et ses yeux devinrent minuscules.

« Eva, il faut que tu le saches, je suis un séducteur, c'est terrible d'être un séducteur, pouah !

— Pourquoi tu dis ça ?

— Parce que c'est la vérité, je déteste les séducteurs. »

Il rougit violemment, honteusement, puis fixa ma tapisserie égyptienne en tremblant au bord des larmes, j'étais penaude.

« Mais j'ai une morale en moi.

— Tu as une morale en toi ?

— Oui. »

Soudain, j'eus l'impression fugace qu'il se parlait à lui-même au-delà de la situation.

« T'as pas la foi ?

— Si, j'ai celle du charbonnier, je crois c'est tout, pas toi ? »

Sur mon mur, une affiche représentait un diable hilare, vert anis, une bouteille de Maurin Quina dans les mains. Le coup relevait du théâtre, l'art se mêlerait intimement à la vie ; une pièce allait se jouer. Depuis toujours les spectacles m'amusaient mais le compagnon roublard manquait d'honnêteté, sa proposition, ou plutôt son braquage, se mariait mal avec l'amour. Je buvais, il sniffait, moi aussi.

« D'abord, tu ne sais pas qui je suis, en plus c'est ma vie, je travaille sur ma vie, ça m'appartient, dix ans de bataille pour faire mon film… dis-moi… pourquoi, dis, je te filerais mes souvenirs… !? »

Il rit, amer, contenant sa violence sourde.

« Pour faire un beau livre, j'ai plus envie de faire Sharon Tate. Toi, c'est plus fort, c'est moderne, c'est nous, tout concorde, ne soyons pas bêtes, ne rate pas ta chance. »

Il paraissait désespéré, se retira dans les confins du salon, je lui interdisais l'accès à mon trésor, c'était donc ça, évidemment, qu'il convoitait.

Une tristesse refoulée refit surface, m'asphyxiant. La condition de notre union liée à ce livre m'obligerait, encore une fois, à revivre mon enfance.

Subitement l'idée d'un réel danger se dressait entre nous. Je vis un mur ancien et gris, impalpable, transparent mais compact, c'était une frontière, une palissade dressée contre les balles, tout était noir autour, pas de fils barbelés. Cet homme allait se servir de moi mais jusqu'où ? J'eus la lucidité de comprendre que mon dévouement nous tuerait un jour, me dévasterait, me casserait. Ce n'était pas hors de sa portée, il savait, ça se voyait. Ce préambule, ma cour d'amour. Le stock d'histoires, en avoir ou pas, le sien, épuisé, plus qu'une solution : se servir de celui des autres, piller, entourlouper.

Lasse, je m'étalai sur le canapé, abandonnée à son regard, palpant mes seins.

« C'est toujours la même chose, de toute façon…

— Quoi ?

— Rien.

— Si on fait le livre, je vais négocier un gros à-valoir, on pourra vivre, voyager, je t'offrirai des cadeaux.

— Évidemment… »

De Simon, je ne savais pas quoi en dire, par certains côtés il désirait s'attribuer une famille qu'il convoitait, un pedigree. Sans doute son éditeur, au courant de son projet, l'attendait-il au chaud dans son bureau.

« Si je te dis oui, c'est pas tout, et pas longtemps, et toi en échange tu écris avec moi, on travaille ensemble vraiment, je vais trouver un producteur, t'es d'accord ?

— Oui.

— Ça t'intéresse, nous deux, comme une collaboration artistique ?

— Oui, on fait ça. »

Au lit, il avait clos les paupières et ne bougeait plus, je ressentais la frustration, notre pacte, la création à deux, un risque tentant, la redescente était vertigineuse.

« Viens, accroche-toi derrière moi. »

Mon corps tremblait, il fit volte-face.

« Calme-toi, tu n'es plus toute seule, je suis là maintenant et c'est du solide. »

D'un coup il s'endormit profondément, je le regardai s'enfoncer dans le sommeil tandis que le matin se levait.

*

C'est plus tard, nous sommes revenus d'Agay où nos liens se sont resserrés. À Paris, alors que je rentre à l'appartement, Donovan est sous la douche, son skate et ses fringues posés sur une chaise en bois.

« Ça va ?... Don !?

— Ouais. »

Il déboule aussi sec en marcel et short rouge, il est svelte et musclé à force de rouler dans les parcs, il me paraît grandi, il ne tient pas en place. Un halo de lumière semble l'entourer, elle irradie son cœur, une pureté exacerbée difficile à corrompre.

« Fais attention avec ce Larry Clark, c'est un pousse-au-crime.

— T'inquiète, je gère, j'ai dix-huit ans, tu peux rien faire ! »

Un sourire ravageur, il ressemble terriblement à Leonardo DiCaprio.

« Pourquoi tu me regardes comme ça ?

— Tu ne manges pas ? Si tu veux on grignote un morceau ensemble ? »

Il préfère se peigner longuement devant le miroir, creuse ses joues, change de chaussettes, en enfile des jaunes, met sa casquette de Donald Duck.

« Où tu vas ?

— Je vais rejoindre les autres, faire du skate.

— Tu reviens quand ?

— Je sais pas. »

La flamme de son regard balaye la veste de Simon posée sur la chaise, il relève le menton, un peu bravache.

« C'est à qui, ce machin ?

— Il s'appelle Simon, écoute Donovan, il faut bien que je refasse ma vie, et je n'ai pas envie d'être seule. »

Ses yeux bleus s'agrandissent au point de devenir aussi gros que deux boules de verre, il déguerpit.

« Où tu vas ? »

Il claque la porte. Une tristesse, celle des premières fois où le petit part, marquant à la fois un reproche et sa liberté. Après être restée inerte durant une heure en kimono sur le canapé, j'entends les pas de Simon, je cours ouvrir la porte.

Simon vise les chaussettes bleues.

« Ton fils est venu ?

— Ouais… »

Il s'assoit et ouvre un petit cahier : *j'emmenai Eva à la campagne. Je ne sentais en elle aucun lien avec le passé, sa vie ancienne s'était arrêtée, comme la mienne à l'instant où nous nous étions embrassés. Tout était rompu, nous étions désormais chacun le captif de l'autre.*

« Je vais le mettre dans *Eva*, on sort ? »

Dans la rue, j'entends une armée de pas derrière nous. Le partage dans l'amour, le don de soi à l'être aimé, je suis totalement troublée ; ma respiration s'accélère. Soudain, Donovan déboule comme l'éclair sur le boulevard de Rochechouart, fendant la foule sur sa planche de skate, il pile devant moi, évite Simon.

« Maman ?

— Eh Donovan je te présente, c'est Simon. »

Donovan le fixe droit dans les yeux, ébloui ou gêné par lui, Simon esquisse un pas en arrière puis se ravise, tend une main molle à mon fils qui la prend en souriant gentiment.

« Bonjour, enchanté. »

Simon courtois émet un petit rire.

« … Maman, ma chambre, on y rentre pas, je te préviens, j'ai pris toutes mes clefs… c'est quoi cette robe ? File-moi vingt balles, allez…

— T'exagères.

— Oui, c'est ça, allez vite ! »

Je lui sors un billet, qu'il attrape de deux doigts agiles.

Il saute sur son skate et glisse rapidement vers l'avenue Trudaine, ne le voyant plus mon cœur se serre affreusement.

« Il te parle crûment… »

Je toise Simon.

« C'est pas tes oignons, et dis c'est normal non, tu dors chez nous, lui ailleurs, tu lui as un peu pris sa place, hein, tu veux qu'il réagisse comment ?

— T'inquiète pas, il a autre chose à foutre à son âge, il vit sa vie. »

Le boulevard était ce jour-là humide et populeux, on se cognait contre les gens, collés l'un à l'autre, on avançait, il te taisait, enfermé dans ses pensées, c'était à moi d'amorcer la discussion, de devoir lui parler, il préférait. Impossible de rester seule à plus de quelques mètres, nous étions comme ces enfants qu'on tient en laisse pour qu'ils ne s'échappent pas. Tandis qu'il était chez Jeannette avec des copains et moi en face chez le marchand de couleurs, ne me voyant plus il me téléphonait :

« Alors, qu'est-ce que tu fais, tu es où ?

— J'achète de l'antimite.

— Je t'attends, chérie. »

Après, on s'est promenés, à Montmartre, rue Gabrielle.

Quelques jours plus tard, il m'emmena chez Anne et Andrée, ils habitaient rue Dupin un petit deux-pièces plein de livres choisis et de quelques bondieuseries, ils étaient charmants et coquets.

Sa mère m'embrassa chaleureusement, me décrypta, puis prit Simon à partie ; à son léger haussement d'épaules et à ses yeux lavande écarquillés, je compris qu'elle ne me trouvait pas très belle, son père m'appréciait davantage. Qu'importe, Simon avait obtenu son plus gros contrat pour *Eva*, cent vingt mille euros, il allait se refaire au casino de la vie et peut-être devenir populaire. Nous sommes allés fêter ça à la pizzeria des Abbesses ; à table, ivre, il commença à me questionner sans vergogne sur mon enfance, accès sans limite, j'en imposai une pourtant, deux heures quatre fois par semaine, ce n'était pas assez, il fallait tout lui déballer. Soudain, la dispute éclata, elles éclataient n'importe où comme des bombes, il les provoquait sadiquement, agité d'une exaltation singulière me voulant toute à lui sa prisonnière ; que je reste effarée excitait sa convoitise, allumait ses ardeurs et sa concupiscence, ainsi je me consumais. En redevenant celle qu'il voulait que je reste, il donnerait à la petite Eva un nouvel éclat. M'épinglant dans son cabinet de curiosités comme son plus grand trophée. Les collectionneurs sont des amateurs. Ne rien posséder, se laisser dépouiller, s'offrir à l'autre. Là résident mes valeurs morales. Encore une fois, je surestimais mes forces. À l'appartement, Simon me questionnait sans relâche, dans ces séances-performances, il m'imposa de visionner *Moi, Christiane F.* sur ma table de travail, puis me questionna sur ma mère : avais-je couché avec elle ? et jusqu'où étaitelle allée ? m'avait-elle prostituée ? Soudain, j'avais le vague à l'âme, de celui qu'on encaisse avec un salaud, quelque chose ne tournait pas rond, je calais, mais remplie de toutes les inquiétudes sur notre avenir je me tus, le feu aux joues.

« Tu veux plus parler, t'en as marre ?

— Arrête, on arrête, Simon ; oui, j'en ai marre. »

Ivre, il buvait encore.

« Il faut que je t'avoue une chose, je suis très très jaloux de ton fils, il est très beau. »

Il me souriait curieusement.

« Pourquoi tu dis ça ?

— Parce que c'est la vérité, il ne te parle pas comme à une mère, il te parle comme un amant.

— Tu délires ?

— Tu te rends pas compte peut-être de vos rapports ?

— Quoi ?

— La manière de s'approcher de toi dans la rue. »

Ces derniers temps, je me disputais au téléphone avec Donovan pour des histoires de clefs. Hors de question que Larry Clark entre chez moi faire la java en mon absence. Simon me provoquait tous azimuts, voulant en savoir davantage sur les séances photos et le petit chat mort et le Mandrax et Totenkopf. C'était facile de se donner le beau rôle du type inspiré qui expie ses péchés ne voulant plus différencier mon sort du sien.

« On stoppe avec tes questions, t'entends ? C'est des méthodes de tocard ! »

Bondissant de mon siège je lui fis face, il se leva, courba son corps pour mieux avancer son visage crispé dans une grimace haineuse de punk.

« Ah mon Dieu !

— Eva, si un jour ça doit se finir entre nous, ce sera très violemment, hein !… T'entends ! »

Je rigolai dans la peur et la sueur.

« Pourquoi tu dis ça, tu es fou ? Simon ?

— Parce que je le sais, ça ne pourra pas se passer autrement entre nous que dans la violence ! »

Il surenchérit, je faiblissais.

« Tu comprends !

— Tu crois que ça va se finir entre nous comme ça ? C'est impossible ! »

Il me prit dans ses bras, l'accolade fut brève et sèche.

« Mais non, Eva !

— Simon ?

— On arrête, allez ! »

Désarmée, je fermai les rideaux en tremblant, voilà à quoi menait ma résistance ; cependant, je désirais cet amour.

La campagne à deux. Je convoitais un bureau, un grand dressing. Ainsi les choses allaient à toute allure. J'exigeai qu'il descende sa liseuse verte, qu'il la case dans son salon. Mon coin de lecture, je dus me battre, me mettre à genoux pour l'obtenir. Il refusa la machine à laver la vaisselle sous prétexte que ça casserait ses assiettes anciennes et ses verres chinés aux Emmaüs, le grand frigo hors de question, et encore moins un plan de travail, impossible d'avoir une cuisine correcte… Il me fit une scène terrible lorsque j'achetai un robot ménager, pourtant il exigeait des plats différents midi et soir. J'aimais confectionner des mets uniquement à l'attention de Simon, tandis que je m'astreignais à une diète sévère avec l'envie d'embellir, de me rajeunir.

Un après-midi où je lisais Dickens et lui travaillait assidûment à un article à finir rapidement, j'allai l'embrasser.

« J'en ai marre, tu m'aimes ?

— Oui.

— Alors ? »

Honteuse, je baissai les yeux.

« Si tu veux je t'épouse ?

— C'est vrai ?

— Oui.

— T'es heureuse ?

— Oui.

— Ici, dans le domaine des Montesquiou ? »

Il réfléchit.

« Un bal ?

— Non, à Paris… »

Il s'en alla dans la cuisine pour s'emparer du calendrier des Postes accroché près de la gazinière et revint avec. Dans ses yeux jaillissait cette flamme particulière qui se consume en brûlant.

« Alors ? En juillet, c'est bien juillet, Simon…

— Non, à la fin de l'été, je n'aime que les jours froids, je déteste la chaleur tu le sais, l'entrée de l'automne sera parfaite, le 21 septembre.

— Le 21 ?

— Oui, le 21. »

J'étais si heureuse, faite pour le mariage, des projets à deux, une grande maison, mon bureau, le jardin d'émeraude, la tête me tournait, je courais dans toute la maison en dansant en chantant, c'était si gai, si joyeux.

La nuit, hilare, saoul, il essayait des vêtements face à l'armoire à glace peinte en argenté, la fenêtre était ouverte sur le balcon, les rosiers embaumaient la chambre. En bas, tournait un disque des Beach Boys, il hésitait.

« Porte des vestes d'homme avec des chemises noires, des blanches.

— Ça fait pas trop monsieur ?

— Non, ça te va bien, ça me plaît, c'est masculin.

— Tu crois ?

— Évidemment, tu pourrais jouer dans un film.

— Tu crois ?

— Oui, je t'écrirai un rôle…

— Je sais pas si je suis bon acteur.

— Je t'apprendrai… tu verras. »

Il rangea ses anciennes frusques, ses peaux de singe, ses vestes militaires avec ses nouvelles dans son dressing, je me tenais en odalisque sur le lit, ses gestes lents et fragiles m'intriguaient, me touchaient, me donnaient la sensation d'être commandée par un mécanisme dont je n'avais pas la clef.

« Je prends soin de mes affaires et encore plus de mes guenilles, mes pulls mités, mes vestes déchirées, j'aime celle-ci parce qu'elle est toute délavée. »

Il apparut devant le miroir au mercure profond, oscillant de droite à gauche, lissant ses cheveux d'une main, dans une veste, dont une des manches brûlées par la lumière prenait une couleur de bombe rouillée. Il roula sur le lit, m'attrapa la taille sauvagement, baissa la tête pour mieux l'enfouir entre mes seins et fit le bélier.

« Tu es la seule femme à être entrée dans mon sanctuaire, là où personne n'est jamais venu, la seule, tu entends ! »

Il se détacha de mon corps plissant les yeux, me fixant comme une ennemie redoutable, puis bascula le torse en arrière, retourna la paume de sa main sur son front humide, me serrant fort le poignet de l'autre main.

« Tu comprends ce que je veux dire ?!

— Oui !

— Personne au monde, Eva !

— Aïe ! Oui !

— Tu es la seule ! La seule femme ! »

Après cet aveu, il s'installa dans la baignoire, à mon tour de le rejoindre dans l'eau tiède. Derrière sa tête, la pleine lune encadrée par les grosses conques de Tahiti placées aux angles de la lucarne. Il buvait du vin, entama au hasard la lecture du *Baladin du monde occidental* de Synge, ça me rappelait le temps où j'habitais le quartier des brumes, des entrepôts et du pont Masséna, nous lisions ce texte dans notre groupe d'acteurs du quai de la Gare.

« Je descends arrêter le disque. »

Lorsque j'allai en chemise de soie rose pâle dans le jardin, la rosée du matin recouvrait déjà l'herbe verte. Il buvait du vin au goulot.

« Il y a un gros hérisson, Simon. »

La créature s'avançait sur un chemin tracé par d'autres créatures.

« Au début, il y en avait beaucoup plus, je ne sais pas ce qu'ils sont devenus.

— On va se promener dans la forêt ?

— Non, avant je dormais dans les bois quand j'étais ivre !

— Et ?

— Maintenant c'est fini, ça me rappelle de mauvais jours, j'étais seul, je mettais deux assiettes à table et je faisais comme s'il y avait quelqu'un pour me tenir compagnie, maintenant tu es là... »

Il monta à gros pas. Au lit il m'attendait dans l'obscurité m'écoutant respirer, allongé sur le dos, puis sombra avant moi dans les bras de Morphée.

Nous sommes allés choisir les anneaux dans le 18e arrondissement au Comptoir Joffrin, nos deux noms seraient gravés à l'intérieur – « Eva & Simon » – avec la date du 21.

L'allergie potentialisée par sa nervosité s'aggravait au point que Simon n'arrivait pas à respirer normalement, les visites chez les médecins ne servaient plus à rien, le petit déjeuner s'éternisait cafetière sur cafetière. Au milieu de la table les faire-part dessinés par Pierre Le-Tan, celui du déjeuner et du bal masqué, et la liste de nos invités.

« De toute façon Eva, entre nous, ça durera ce que ça durera, hein ? »

Il évitait de me regarder, dans l'intimité il avait l'air d'un sauvage.

« Je suis courageux quand même de t'épouser !

— Pourquoi tu me parles comme ça ?

— Je plaisante ! Allez, montre-moi ta robe. »

Je me laissai apprécier dans ma robe Vivienne Westwood rose *shocking*.

« Allez change-toi vite, il fait beau, on va se promener ! »

Il enfila ses jambières de cuir, son bob et prit sa canne, je m'emparai d'une cape rouge.

La promenade était si belle dans les chemins menant aux fougères du côté des pins.

« On ira en Champagne commander du champagne, c'est très joli, tu verras !

— C'est dommage que mon fils décide d'aller en Géorgie et d'y rester, son film est repoussé.

— C'est lui qui a décidé de partir, pas moi !

— Je n'aime pas son absence.

— Dramatise pas ! »

Pour la chemise de mariage, on est allés chez Hilditch & Key, dans la boutique tenue par un hindou de presque deux mètres et une femme à l'ancienne mode, sous les arcades de la rue de Rivoli. Je t'ai suivi dans la cabine ; de l'autre côté du rideau caramel, se trouvait un petit réchaud avec une casserole sur une table en formica. Alors que nous sortions, le couturier Valentino entrait. Cette chemise, c'est moi qui te l'ai offerte, elle était trop grande. La place de la Concorde et le vent ébouriffant mes cheveux. Paris comme avant, toujours, mais en mieux. Nous avons déambulé sous le ciel d'opale, et traversé la Seine, pour nous rendre chez Jean-Jacques Schuhl, en amoureux, main dans la main.

Dans l'appartement de la rue de Varenne, il faisait sombre, Jean-Jacques se tenait en retrait, près des vitres, il nous observait, la réverbération de la lumière le rendait très pâle, presque transparent, il alluma le cigare que tu lui apportas. La scène reste comme suspendue, Ingrid me souriait, elle dit d'une voix grave « se marier, pourquoi pas, c'est une bonne idée », elle était en noir avec une fleur du même rouge que ses lèvres, piquée dans son corsage. Je sortis d'un pochon mes souliers de princesse en cristal Swarovski faits sur mesure, de couleur chair avec des plateformes et du tulle, c'étaient des vraies chaussures de scène. Nous avons bu du champagne, elle se demandait si ça irait avec les antibiotiques, intrigué Jean-Jacques te questionna sur ton livre, tu parlas de « souvenirs » et je n'écoutais plus, je regardais les reflets du cristal se réfléchir sur leur visage. Ingrid viendrait à notre mariage, mais pas Jean-Jacques, Divine lui devait une vieille dette de cinq cents francs, ils étaient heureux pour nous, En sortant, nous avons continué au Flore, mais au vin blanc, jusque tard dans la nuit.

Peu de jours après, une terrible scène éclata à une soirée à La Méditerranée, tu étais saoul tu portais cette chemise largement ouverte, Jacques de G., ivre, te dit :

« Ta chemise, elle fait BHV à deux balles, mec. »

Tu évitas de répondre et me traînas par le bras jusqu'au trottoir où tu crias en exécutant le salut nazi :

« *Heil Hitler*, je vaux mieux que vous tous.

— Arrête ! »

Tu recommenças.

« Rien à foutre !

— Où tu vas ?

— Me défoncer.

— Avec Christine ?

— Et pourquoi pas ? Arrête de me faire chier. »

Je désignai un homme dans la rue.

« Je pars avec lui ! »

Tu me mis une raclée et courus boulevard Saint-Germain, je te rattrapai. On s'est empoignés sur une bouche d'aération malodorante, puis on est retournés dans le restaurant bondé pour nous saouler.

Un jour, après l'achat de vieux livres, il y eut des thés au jardin du Luxembourg, tu me montras des images de poupées en porcelaine. Je me souviens de t'avoir pris en photo devant le petit théâtre de marionnettes de notre enfance, nous marchions serrés, serrés. Une fois que nous fûmes arrivés au bassin sous le ciel bleu, tu hoquetas, la tête sur le côté.

« Je faisais du bateau ici avec maman et grand-mère.

— Et moi du cerceau avec Irène et Mamie.

— Tout petit, maman m'habillait en fille.

— C'est vrai ?

— Mh-mh, des barrettes dans les cheveux. »

J'assistais à la naissance de ton besoin impérieux d'entrer en compétition avec ma vie.

Dans les allées, des hommes et des femmes nous regardaient, se retournaient ; tu aimais me montrer, tu guettais les regards.

« Mère Ubu, vous êtes rayonnante ! »

## *Husband*

Le plus beau jour de ma vie arriva enfin. Je me maquillai seule devant la glace, j'avais l'impression de sortir d'un rêve fait la veille : on me tendait des faux cils, une sensation de merveilleux accaparait l'ensemble. J'entendis la clef dans la porte, son pas nonchalant.

« Eva, j'ai les anneaux gravés dans ma poche. »

Il avisa la table, suspicieux, fit un pas en arrière.

« T'as baisé ici avec quelqu'un avant le mariage, dis-moi la vérité ?

— T'es fou, Simon, arrête, c'est impossible, comment tu peux croire que je te trompe ! dis-je dans un cri.

— Pourquoi il y a deux tasses à café sur la table et deux assiettes ?

— Parce que je me suis fait deux cafés posés à chaque fois sur une assiette.

— Tu mens, quelqu'un est venu ?

— Non, c'est moi, mais pour qui tu me prends ? »

Il s'assit, ému, dans le canapé rose.

« Viens là ! »

Il m'attira sur ses genoux, on s'embrassa. Il mit ses vernis, moi mes chaussures en cristal, nous descendîmes les marches, remontâmes la rue Feutrier, nous prîmes la rue Ramey, le temps était resplendissant. Nous nous dirigeâmes au bar de la mairie. J'eus le sentiment profond de nouveauté me ralliant au passé, d'être poussée dans une brume, portée par une nuée, je ne trouvais pas d'écho à ce moment dans mes souvenirs, ça m'arrivait souvent avec Simon, un poids sur ma poitrine, une absence ou cette amnésie après notre première nuit d'amour, des flashs blancs. Je me perdais en lui donnant ma vie. Il s'était échappé aux toilettes. Lorsque je me retournai, Javad, posté face à moi, me suivait en robe blanche.

« Pourquoi t'es en blanc ?

— Ça te plaît pas, moi aussi je suis la mariée… ah Simon tu le connais pas, tu sais pas qui c'est, hein, ah ah ? »

Je crus entendre une *saloperie.*

Simon qui avait perçu les paroles de Javad se planta devant son ami.

« Javad ? Pardon pardon, mais va-t'en.

— Pourquoi, mon chéri, je te dérange, mon trésor ?

— Pardon, Javad… pardon, non ! »

Simon, tendu à l'extrême, laissa tomber son visage entre ses mains, en geignant.

Javad, dopé aux antidépresseurs, se retira, pareil à un fantôme, je me l'imaginais à la fenêtre de son balcon, surplombant le manège, la mairie.

« Simon, qu'est-ce qu'on fait ? On nous attend. »

Une petite foule s'était attroupée sur le terre-plein.

Simon, prévenant, m'entoura les épaules de son bras. Les amis, en robes de soirée, en beaux costumes, agitaient leurs mains en criant : « Voilà les mariés ! » Les parents de Simon étaient aux anges, des commentaires désagréables, de-ci, de-là. « Tu te maries avec Eva, tu exagères Simon, tu te crois à la fête à Neuneu ? » « Ça te fait un petit quelque chose, bon c'est pas rien, Simon. »

Mes oreilles se bouchaient, je ressentais comme des acouphènes. Nous avons posé pour des photos dans le grand escalier, Pierre, Gilles, Vincent, Christine, Raphaël, Blue Divine, Christian, Pierre Le-Tan, Francis, Frédo, Paquita, Marie Jeanne, tes parents et les autres, tous nos vieux copains, clic-clac des flashs blancs.

J'éprouvais une forme d'extase malgré tout.

« Ça y est, je me marie, je me marie », me suis-je dit tout bas.

Devant le maire, tu me glissas la bague au doigt et tu mis la tienne, on s'embrassa dans une grande effusion. Le déjeuner se déroula dans l'appartement de Christian près du Ritz, il fit un beau discours, à nouveau on s'étreignit, et tous applaudirent.

« Ça y est, je me répète, je suis mariée. »

Mes amis m'impressionnaient, ils étaient si solennels, nous prenions soin de parler à chacun d'eux et partout d'énormes bouquets de roses blanches avec nos deux prénoms Eva & Simon.

Dans le taxi qui nous transportait chez Divine, Simon s'énerva à cause de la circulation, il sortit d'un coup en vociférant en pleine place de l'Odéon, je lui courus après, mes chaussures à la main, mon bouquet de mariée, des paquets plein les bras, il s'en foutait, je dus le supplier pour qu'il revienne. Finalement il consentit à prendre les plaids, les livres, les théières, un tableau dans le coffre du taxi, ainsi nous avancions vers le jardin du Luxembourg, cahin-caha, laissant tomber la camelote, il maugréait.

« Simon, attends ! Attends-moi ! Taxi ! »

Place Paul-Claudel un autre véhicule s'arrêta, tandis qu'il nous menait rue Auguste-Comte, Simon balbutia :

« Quelles conneries, conneries d'embouteillages de merde, je vais devenir fou ! »

Un bal masqué, *pan pan !* Des hommes et des femmes costumés remplirent d'un coup l'appartement, mes vieux amis, des connaissances de cinéma, et tous les éditeurs de Simon en grande pompe, ses parents qui entouraient l'éternel fils et nos copains riaient, s'amusaient. On a dansé, on a bu, on a tapé, les travestissements aidaient à nous réjouir, on nous a photographiés pour une double page dans *Vanity Fair*, un cadeau de Raphaël G. À la fin de la soirée, Christine tout en plumes, excitée par les vapeurs d'alcool, exigea un baiser de Simon, leur langue sortie et ses seins dehors. L'empathie naturelle de Simon allégrement débridée par la drogue se plaisait à une forme de débauche où il trouvait d'autant plus de satisfaction qu'elle attisait soudainement ma jalousie, me réduisant au rôle de spectatrice blessée afin de mieux m'effacer de mon propre mariage. Et puis Hawa, turbulente, s'en mêla, remonta sa jupe froufroutante. À elles deux, Christine et Hawa, elles accaparaient le Simon. Dans de grands gestes théâtraux, il s'affala sur elles et ouvrit une bouche gourmande. Impossible de ne pas réagir, couper court à ce qu'il nommait avec volupté et emphase ses « années de dépravation ».

Mon sang ne fit qu'un tour, le poing brandi vers le visage de Christine, je hurlai :

« Casse-toi, Christine, dégage, t'approche pas de Simon, sinon j'te casse la gueule, t'entends ? Tire-toi, t'as compris ! »

Dans la tourmente, je bavais, hors d'haleine et tremblante.

Les amis m'encerclèrent, un peu choqués, rigolant à moitié. Christine obtempéra à reculons, attrapa au passage son manteau, disparut dans la ville, et Hawa se réfugia dans la cuisine.

Dans le taxi, les barquettes en alu du traiteur libanais se baladaient dans des sacs en plastique entre nos jambes, les vitres grandes ouvertes. Simon, un masque sur le haut du crâne, la chemise débraillée, grimaçait, serrant les dents, dodelinant de la tête qu'il relevait, un coup Zorro, un coup Simon, puis soudain il me tordit le bras.

« Aïe, lâche-moi !

— Tu te prends pour qui pour foutre mon témoin à la porte ?

— C'est mon mariage, non ?

— Christine, c'est mon amie, elle t'a rien fait ? »

Il vociférait.

« Elle se frottait contre toi, enfin Simon. »

Mon accent rageur l'implorait.

« Je t'interdis, t'entends…

— C'est mon mariage…

— J'm'en fous, tu me fais chier, putain ! »

Il tapa contre la porte, le taxi intervint.

« Hé ho, qu'est-ce qui se passe ?

— C'est rien monsieur, rien du tout, pardonnez-nous. »

Des sensations aussi inquiétantes que jubilatoires se manifestaient en cette nuit de noces, des forces obscures, inconscientes, remontaient des profondeurs de Simon dans la pure intention de me meurtrir – une épreuve à surmonter. Il grognait encore. Quelque chose de veule, d'aveugle, prêt à me terrasser se terrait en Simon. Je luttais, esquivant dans le silence, me remisant à l'intérieur de moi-même, tapie hors de sa vue. Les yeux affolés du chauffeur s'agitaient comme des billes dans le rétroviseur, il contracta la mâchoire, accéléra, une envie de nous mener à bon port lui brûlait les doigts.

Dans l'appartement, son corps butait contre tout ce qui croisait son chemin, aucun geste de tendresse envers moi, il préféra plonger lourdement dans le canapé de velours rose, et pointa l'index dans ma direction.

« Il n'y aura jamais rien entre moi et moi-même, t'entends ! »

Ses yeux disparaissaient engloutis dans sa chair, je restai statufiée au milieu du salon.

« Pourquoi tu me dis ça, Simon ?

— Rien à foutre... Jamais personne entre moi et moi-même, personne, même pas toi !

— Le jour de notre mariage ?!

— Et alors tu crois quoi ?!!! »

Pieds nus dans ma robe de mariée, les souliers en verre dans une main, j'étais bannie de cette journée sacrée, devenue une mauvaise plaisanterie, un jeu pour la galerie. Désespérée, traversée de pulsions suicidaires face aux fenêtres grandes ouvertes, j'éprouvai soudain beaucoup de chagrin, un coup au cœur.

Son corps sur le mien, cette odeur dans son cou, sur le pavillon de son oreille fleurant l'encens d'église, un regain de jeunesse inaltérable. « Je t'aime, Simon. » L'exaltation, la sienne ; la mienne prompte à la joie. L'étreinte solide m'envahit, un amour protecteur me soulevait le cœur. Une identique volonté de bonheur jusque dans le moindre de nos mouvements. Ils me surprenaient, car ils contenaient une constance énigmatique que ses paroles me refusaient. Un aboiement indigne se mêlait à nos ardeurs, celui du chien du voisin. Le mariage, je le sentais, forcerait à la régularité, celle de la femme au foyer, sa compagne, sa fée, sa stryge. Montmartre ne pouvait contenir l'étendue de nos sauvageries, il me fallait la campagne, le balcon et son rosier, le jardin d'émeraude. Après l'amour, nous avons rigolé. Tout était nouveau, incandescent et beau. Le soleil descendu plus près de la terre laissait entrer ses rayons d'or, irradiant tout jusqu'au moindre recoin de ma conscience, blanchissant des territoires inconnus.

## La mariée

Pour notre voyage de noces, tu m'emmenas à Palma de Majorque, où se passent des scènes d'*Anthologie des apparitions*. Je connaissais bien les Baléares mais pas cette ville avec cette zone portuaire où se nichent des bateaux de milliardaires, ni ses rues m'évoquant Naples, le trafic d'une mafia fantôme. Nous faisions l'amour dans cet hôtel biscornu situé près du port dans une ruelle étroite. Je retrouvais l'intensité des huis clos de la chambre, nos voyages extraordinaires. Nous sillonnions la ville de part en part, nous perdant, jusqu'à épuisement de nos corps. Nous avons tant marché ensemble, j'adorais me promener à tes côtés. J'appréciais aussi nos disputes, elles étaient la preuve de la reconnaissance de nos points de vue contraires, mais tu ne me comprenais pas. Et me revient comme une ritournelle de vieille folle : « Il n'y aura personne entre moi et moi-même, même pas toi. » La nuit de Palma et ses brillances, avec devant nous, comme un jeté de lit, la grande ouverture de la Méditerranée.

À Deià, nous nous sommes arrêtés devant un joli petit hôtel où Simon avait ses habitudes, il se cachait au bout d'un chemin sinueux. Mon bras sous le sien, je portais une robe claire, moulant mes hanches étroites, j'étais perchée sur des talons trop hauts accentuant le chaloupé de ma démarche. Le jardin suspendu à flanc de colline dominait une mer bleue ourlée de rouleaux d'écume nous renvoyant toute sa fraîcheur, des gros papillons se détachaient du panorama comme peint à la main. J'imaginais toujours des chambres blanches, au fur et à mesure que nous avancions, elles me revenaient, je revivais cette attente. Un vieux concierge dormait à demi derrière un *desk*. Au fond d'un couloir rougeoyant, un hublot donnant sur une crique turquoise m'étourdit.

« Simon Liberati.

— *Hello sir.*

— *The room 105 please* », dit Simon d'une voix un peu stridente un doigt dans son oreille, il me sourit, remonta ses Ray-Ban, croisa ses belles jambes, effleura rapidement mon avant-bras, s'amusant à y voir naître la chair de poule.

Le vieil homme un peu maigre, à la veste trop grande, aux yeux jaunes comme dans les camés napolitains, remit la clef à Simon d'un geste automatique.

« *Señor.*

— *I take the luggage, it's OK, OK…* »

Le concierge négligea de dire monsieur et madame Liberati, prononçant uniquement « monsieur ». La chambre était un studio charmant dans le style espagnol avec une belle terrasse dominant la crique d'où émergeait son rocher vert. Des flamboyants recouvraient un muret peint à la chaux blanche. Comme lorsqu'on se réveille d'un long sommeil, les couleurs s'avivaient d'elles-mêmes rendant l'espace surréel. Son repaire gardait des allures de garçonnière, je me tus, un peu déçue, le cœur froissé, à son désavantage. Simon m'entraîna sur le lit et nous avons fait l'amour, les nuits de java nous avaient éreintés, nous étions en sueur dans la chaleur, les draps étaient trempés, nous avons bien rigolé. Il se releva, s'assit sur un petit tabouret les jambes croisées, contre le mur granuleux, son visage penché laissait tomber ses boucles brunes sur sa joue, son expression me faisait penser à celle des hommes dans les peintures du Caravage, ou peut-être à John Malkovich dans *Les Liaisons dangereuses*, son front, sa mâchoire et même ses mains devenaient plus proéminents lorsqu'il était abandonné à mon observation ; nue, je pris possession de tout le lit, mon sexe sentait une odeur forte qui m'entêtait. Il enfila sa chemise noire, ouvrit une bouteille de vin blanc et partit admirer le panorama. Sortie de la douche, il me photographia mes cheveux enroulés dans une serviette éponge rose pâle. J'étais heureuse, très, très heureuse, mais à cause de l'intuition en descendant les trois marches, je désirais en savoir davantage sur sa vie. Bien qu'en réalité en connaître trop d'un coup m'importât peu, je ne voulais rien d'autre que nous deux, pas d'attaches, l'aventure de plein fouet.

« T'es venu souvent ici, Simon ?

— … Quelques fois, j'adore cet endroit, je m'y sens bien. Oui, bien sûr, avec la Polonaise et avec la Brésilienne, elle me pistait partout, j'ai cru que j'allais la tuer, je l'ai poursuivie à la hache à la campagne et menacée d'appeler la police si elle ne se barrait pas sur-le-champ, elle a eu peur, elle s'est cassée pfft ! disparue… ah ça !

— Ah bon ?

— … on venait ici les week-ends, c'est sur cette table que j'ai écrit la fin de *Jayne Mansfield.* »

Il prononçait Jayne Mansfield accentuant l'accent snob américain des tapettes.

« Tu aurais pu m'emmener ailleurs, un endroit spécial à nous, c'est notre voyage de noces… c'est dingue quand même… non Simon, dis ?

— Je sais pas… ici, c'est beau, je connais, on s'en fout, on est bien, t'es pas bien, toi et moi ici ?

— Oui, on est bien, c'est vrai. »

Je le déifiais, je croyais à ses déclarations passionnées comme on croit un enfant perdu dans la rue qui vous demande de l'aider à aimer encore plus, jusqu'à défier la nature.

On s'est embrassés devant le rocher.

« T'es pas contente ?

— Si, je t'aime Simon. »

Dire je t'aime prenait alors cette valeur d'absolu m'agitant de manière singulière. Je me barbouillai le visage, d'eye-liner, de rouge à lèvres, glissant mes fesses dans un short moulant qui selon lui faisait très Pamela Anderson, une des femmes les plus chic du monde.

Un vaste tapis de sable clair, la mer légèrement houleuse, le ressac des vagues me parvenait si distinctement. Des falaises ocre surmontées de pins, de-ci, de-là quelques baigneurs, un couple en jogging bleu pétrole le teint trop bronzé, le charme désuet du hors-saison. Ma tête posée sur son épaule, son regard plongé dans le mien.

« J'adore tes yeux, ils changent, c'est fou maintenant ils sont verts presque jade, ils attrapent la couleur des arbres et de la mer. »

Il me souriait, me pressant contre sa poitrine, son cœur battait plus vite que le cœur des autres humains. Je m'enfonçais entre ses bras protecteurs, le soleil amplifiait mon émotion, en fermant les paupières jaillit alors la splendeur anglaise, gothique, du jardin d'émeraude.

« Viens, on va nager ? »

Nous avons lentement marché jusqu'au rivage, on a fendu les flots ensemble, on s'est embrassés, l'odeur des pins mêlée à celle du fioul. Je nageai un crawl sportif, je me retournai pour vérifier sa réaction, il était épaté. Il brassait dans l'autre sens. Je le retrouvai, essoufflée, sur sa serviette, il mit brutalement fin à la conversation avec une femme à la voix pleine de revendications.

« C'est qui ?

— C'est personne…

— La Brésilienne, tu l'emmenais sur cette plage ?

— Oui… Elle nageait très bien, elle nageait tout le temps. Quand je me suis mis avec Pearl, elle est devenue dingue ! Pearl était tellement sublime et plus jeune, elle était folle… à en crever ah ! ah ! que je sois avec toi, ah ça doit la rendre malade.

— … on arrête de parler de ça, ça me rend triste tu sais…

— C'est toi qui me poses des questions, toi tu es là maintenant, et ça, ça ne bougera plus jamais… »

La nuit, ivres, nous dévalions les rues pentues pour nous perdre encore, boire dans les bars. C'étaient des déambulations sans but, des commencements de l'amour, de celui qui sera sans fin. Il se saoulait, je devinais qu'il n'avait jamais été seul, mais toujours acoquiné à des femmes, et que toujours il usait d'elles, de sa réputation d'homme violent, son désir imparable de détruire, ses fréquentations douteuses, sa malhonnêteté vis-à-vis d'elles, je m'en foutais pas mal, j'étais plus forte, habitée par l'amour et par son désir de m'aimer comme personne au monde.

Depuis le lit, je le regardais prendre sa douche puis donner un coup de balai, avant de disposer le petit déjeuner. Assise sur une chaise, les pieds sur la table, sachant qu'il me poserait des questions, je pris les devants.

« Tu faisais quoi en 1983 ?

— J'habitais avec des travestis thaïlandais rue de Solférino, certains allaient au bois, d'autres faisaient du karaoké en boîte, je sortais avec Letchi on regardait beaucoup la télévision tous ensemble *Pouic-Pouic*, un jour Kiwi s'est fait assassiner au bois de Boulogne…

— Et la première.

— Une fille dans mon immeuble tard…

— Tu t'es marié avec moi pour faire ton bouquin ?

— Je me suis marié avec toi parce que je t'aime, tu sais ça.

— On pourrait partir en Amérique ?

— On a la campagne. »

Il m'inspecta fasciné, en proie au trouble. Après sa tartine beurrée, à son tour de me poser des questions sur ma vie privée, usant d'une arme - le contrat -, dont une forme de déloyauté ne m'échappa pas.

« Tiens je note, je dirai ça, ce que tu me dis là, que je me suis marié avec toi pour faire le bouquin, ah ah. »

Il rigolait de son tour, complice de mon sort, j'en riais aussi. Il écrivait *Eva* tandis que je lisais Céline, plus il se concentrait plus se formait dans ma chair l'étrange sensation d'être aspirée par ses mains, de m'évider entièrement dans son ordinateur, alors se révéla la sensation de manque de moi-même. C'était la première fois que je ressentais avec un homme une telle captivité amoureuse.

Le soir, Virginie, mon amie réalisatrice, s'imposa à un dîner. Simon et Virginie évoquaient *Anthologie*, puis la discussion dériva sur la beauté des phacochères qu'elle adorait, je partis attendre Simon, pieds nus, le ventre trop plein, assise sur le trottoir, mesurant ma condition de femme, une part d'anéantissement me submergea, la nuit et ses papillons blancs.

## Longpont

Les semaines suivantes, je rapportai des meubles, des vêtements. Simon m'apprit à me diriger seule dans la forêt. J'étais entrée avec passion dans le début de mon roman, *Innocence*, on lisait dans le jardin, dans le salon, dans la profondeur des bois. La chaleur anormale pour la saison provoquait des orages diluviens. Le soir, on écoutait les Beach Boys sur le pick-up, fenêtres ouvertes en buvant des cocktails. Une nuit, je l'entraînai derrière moi à se déshabiller, à courir nus sur l'herbe verte, sous la pluie et le ciel zébré d'éclairs blanchissant les bois. Il riait, m'embrassait les mains, les portant à ses joues, trépignant, je sentais monter en lui une sève si juvénile ; une forme de pureté qui l'enthousiasmait débordait de Simon, bien qu'il la réprimât doucement. Dans ce qui me parut être sa timidité, je commençais à l'aimer sincèrement avec cette sensation intime de pouvoir le protéger, son abandon permettait aussi le mien. De ma vie, il préférait des époques où des événements plutôt que d'autres, qu'il fasse son choix ; puisque c'était pour son livre, je n'y voyais aucun inconvénient, il aimait l'icône, la muse, Le Palace, la petite fille martyre, et ma mère. Je lui laissais les miettes de mes tribulations, comptant les raconter à ma façon. Je repoussais à plus tard mes films et la promesse d'un travail commun, d'abord son livre, je l'épaulais pour qu'il obtienne le premier prix. Je n'appelais plus personne, aucune amie, aucun copain, zéro, la bulle totale. Je fus surprise de voir mon téléphone s'allumer, un texto de Donovan : « Mamoune, j'aimerais bien venir à la campagne avec Sarah, c'est possible ? »

« Simon, Donovan veut venir avec sa fiancée.

— Qu'ils viennent, lui et sa copine, tu as dit ?

— Oui, ce week-end... Ils peuvent prendre la chambre de tes parents ?

— La chambre de mes parents ? Bon... Je vois pas où ils pourraient dormir. Je te demande une chose : pas le matin, je travaille !

— Ne te fâche pas, oh j'écris aussi, tu sais !

— Mais bien sûr je suis heureux qu'ils viennent. »

Nous retournions lire dans son bureau, lui dans un fauteuil, moi lovée à ses pieds, il dut faire un aller-retour à Paris, j'allai farfouiller dans ses notes pour *Eva*, « mêler écriture et séduction ». *Eva me ramène par sa seule présence à la candeur dangereuse et brutale de l'enfance, elle qui a tant été abusée abuserait les autres à sa manière et réveille chez les hommes des brutalités de timide oubliées... dans mon souvenir nous enchaînions les nuits blanches à parler, à priser, à lire la Bible et à faire l'amour, et les journées commençaient parfois par de terribles disputes. Chacun était conscient des risques encourus et des menaces qu'un tel mode de vie faisait peser sur notre ménage.* »

Je refermai l'ordinateur, avant d'aller marcher pieds nus dans la campagne avec l'espoir d'attraper mal, de devoir rester au lit. Sa vie d'avant m'intriguait, il m'en parlait de la même manière que de la façon dont il voulait écrire certains de ses romans, inspirés d'anciennes structures de la Rome antique, écartant l'action dans un hors-champ. Je savais peu de sa première femme, si ce n'est qu'elle le traita de démon, ce qui l'amusait. En rentrant à la maison, il se confessa sur son vieil ami Alain Soral, ils ne pouvaient plus se voir, c'était trop dangereux. Selon Simon, Alain était un type au-dessus de la moyenne car il savait manier les concepts, Alain se vantait d'avoir écrit *Anthologie*, Simon s'en défendait, il le conseilla simplement pour le style indirect, ils s'étaient bien connus et amusés par le passé. Simon gardait dans l'obscurité ses trésors maudits, me les montrant par accident, c'étaient, au fond, des blessures. Je saisis son attirance, plus volatile, pour les ambiguïtés et les ambivalences. Ce soir-là, nous fîmes la noce, il se débrailla me communiquant la perte obscène de son moi.

J'attendais que les heures passent regardant les bois, comme si la forêt pouvait prendre une décision à ma place. Je me surpris, au premier étage, à chercher comme on joue une corde pour me pendre.

Le printemps me submergeait, j'avais briqué la baraque, cuisiné durant deux jours, les odeurs d'épices montaient jusque dans notre chambre. J'appréciais Sarah en robe de dentelle blanche, grande, belle, avec des longs cheveux châtains, un air sauvage de jeune fille moderne, des livres dans une main, un bouquet de fleurs dans l'autre.

« Tiens, c'est pour toi… »

Une voix grave un peu traînante.

Donovan, silencieux, se figea à la vue du jardin d'émeraude ; soudain, il blêmit.

« Je comprends », dit-il.

Son regard se posa sur moi tandis que Simon, planté contre la porte de la cuisine, savourait la scène d'un air souverain. Nous avons déjeuné gaiement dehors, en famille sous des grands chapeaux, il faisait si chaud. Pendant la promenade jusqu'au tombeau, Simon racontait à mon fils l'histoire des tranchées et de l'abbaye et lançait des blagues sur ses pseudos quand il écrivait à vingt ans, Donovan riait volontiers, curieusement à l'aise avec l'humour provocateur de Simon. Mon fils, surpris de voir son père remplacé par un autre homme, était doux, gentil, je le revois encore avec son sourire aussi frêle que son corps, se découpant dans le bleu du ciel, sur le chemin de sable blanc longeant les pins, ce pan de forêt comme en Russie. Ce soir-là, Simon se livra d'une voix mesurée, perlée de petits rires, sa trajectoire longue, difficile, ses années RMI jusqu'à trente ans, ne sachant pas comment travailler ni gagner de l'argent, son père poète surréaliste, sa mère danseuse nue comme la mienne, son goût pour le punk, le rock'n'roll, le goût pour les people trash, Hollywood Babylone, ses articles d'astrologie. Puis, Donovan joua de la guitare dans un coin, tapi comme un chat.

Dans la chambre à coucher, la nuit, Simon en pyjama boutonné jusqu'au cou, le drap épais tiré haut, son poing serré posé sur sa poitrine, me dit tout bas :

« Je ne veux surtout pas insister avec ton fils, je le laisse venir vers moi, sinon il va croire que je suis en demande, ce qui est faux et il ne viendra pas… »

Je chuchotai à mon tour :

« Elle, je la trouve bien, elle est agréable, elle a lu toute la fin de l'après-midi Tolstoï, elle veut faire des études de littérature.

— Elle est jolie fille mais elle n'est pas à mon goût, elle a quelque chose de commun d'un peu vulgaire, ton fils est très beau il le sait, vous vous ressemblez. »

Il y eut un grand silence, avec cette peur que les enfants aient entendu nos conneries.

## Les beaux jours

L'extravagance et le sordide lumineux dans lesquels l'impensable se produisait donnaient naissance à des jours saturés de bonheur. Simon, par amour pour moi, me faisait toutes sortes de promesses, évoquait de grands chamboulements dans son existence, comme vendre sa maison et moi mon appartement avec l'idée qu'on s'installerait dans un endroit à nous, qui ne serait pas Longpont mais un lieu pensé à deux, c'était envisageable, nous tirions des plans sur la comète. Longpont ne partirait pas si bien, pensait-il, et il y perdrait trop d'argent. De mon côté, enthousiasmée par la campagne, et visant en artiste avoir mon propre espace, je fis estimer mon appartement que j'avais mis en vente depuis trois mois, afin de rénover les grandes dépendances de Longpont. J'y installerais un bel atelier de photo cinéma, un grand bureau-bibliothèque avec mes livres, un vaste dressing qui accueillerait mes robes de bal, un vrai salon avec cheminée où recevoir nos amis, nous ferions des dîners champêtres, toutes sortes de dîners à thèmes, et, bien sûr, il y aurait une chambre pour Donovan. Simon fit déplacer un architecte, il y eut des plans, des dessins, un cahier encombré d'images. Simon m'écoutait parler, n'obtenant pas de réponses de sa part, je revenais sur ce sujet dans le bain tandis qu'il me massait les pieds ou dans le lit avant de m'endormir. J'imaginais des dominantes vert et brun comme dans les westerns, en fermant à demi les paupières dans des moments de distraction ou quand je cuisinais, car les dépendances se dessinaient derrière la fenêtre au-dessus de la gazinière ; à travers les vapeurs des casseroles s'installaient de brefs souvenirs optiques, très anciens, datant de mon enfance heureuse aux États-Unis. Ce seraient des cabanes comme à Los Angeles, en bois à grosses planches, au fond du jardin. Avec les importants à-valoir d'*Eva* on redonna un bon coup de frais à la baraque, papiers peints anglais, peintures, salle de bains recarrelée, et son salon-bureau entièrement refait. Au fond, je désirais vraiment m'installer aux États-Unis, mais cette perspective fut définitivement remisée aux oubliettes, à cause des parents de Simon qu'il visitait avec dévotion chaque semaine, devant se justifier auprès d'eux, s'excuser de tout départ de plus de quinze jours. La moindre plaisanterie à leur sujet tenait du sacrilège. Une chance inespérée se présenta *via* Facebook, deux jeunes producteurs fous des années 1980 souhaitaient enfin produire *Une jeunesse dorée*. Simon rétablit son rythme à l'ordre immuable, il garda finalement toutes ses vieilles habitudes. Les journées étaient réglées de cette façon :

- Faire la noce à chaque fois que nous allions à Paris.
- À Longpont, lire ou regarder la télé le soir.
- Ne pas se lever après 9 heures ni avant 8 heures, ne jamais faire l'amour le matin et éviter de discuter du scénario.
- Le petit déjeuner terminé, une fois la porte de son bureau fermée, préparer une partie du repas de midi.
- Après sa séance d'écriture du matin, deux heures pendant lesquelles il donnait tout, il téléphonait à ses amis, à ses parents.

Le repas servi, il appréciait ma cuisine, meilleure que celle de Pearl et de toutes les autres femmes réunies. Ce compliment, évidemment, me réjouissait. Après le café, nous travaillions sur le script, souvent il répondait de façon distraite à mes questions, je devais me répéter, récupérer les intentions des scènes, les motivations des personnages, il m'écoutait, accumulant des notes auxquelles il ne réfléchissait que de manière paresseuse. Il s'exécutait, prouvant par ses actes qu'il collaborait mais dérapait en vannes débiles. Les après-midi prirent son temps de désœuvrement nécessaire, celui de la détente après l'effort du matin.

Un goût de perte s'insinuait avec les prémices de l'usure, du gâchis. Je réagissais en ogresse… perdant tant d'énergie. Un jour je décidai de le prendre de front, il était assis devant son ordinateur à chercher sur Google Maps les repaires de la famille Manson.

« T'as pas envie qu'on travaille ensemble, tu te fous de moi.

— Mais si je t'attendais… arrête de t'énerver…

— Simon, je peux te laisser tranquille écrire tes livres tout seul, je m'en vais… je trouve quelqu'un d'autre pour collaborer, tu sais…

— J'ai dit que je le faisais… arrête !… Plus jeune, j'ai tenté la Femis et je l'ai ratée, j'ai écrit deux scripts pour l'assistant de Luc Besson, mais il n'a jamais réussi à trouver l'argent pour les tourner… Avançons… je peux faire deux choses à la fois, c'est même mieux pour moi d'alterner. »

Simon aimait me faire comprendre qu'il préférait jouer seul en compagnie de ses propres personnages, dans son salon-bureau, où il accumulait tous les butins, mes idées nouvelles, mes souvenirs anciens. Je ressentais chez lui un manque de générosité, une forme de trahison existait avant même que le livre ne sorte, il se parjurait déjà sur *Eva*.

Il me revenait en tête, de façon plus claire, ce que sa mère m'avoua un mois après notre mariage lors d'un thé pris rue Dupin : « Simon ment beaucoup, il faut que tu le saches, je suis arrivée à le corriger sur beaucoup de points, mais pas sur celui-là, c'est vraiment terrible. »

À la phrase de ma belle-mère s'ajoutait l'annonce perfide du jour de notre mariage – « Il n'y aura rien entre moi et moi-même, même pas toi ».

Prisonnière de son rapt, j'étais sans doute la proie de tromperies. Mais qui ne s'accorde pas quelque liberté avec la réalité dans l'intimé ? Aveuglée par l'Amour, avec ce besoin maladif d'être aimée lorsque j'étais livrée à mes peurs, je me laissais vivre, malgré la situation ambiguë, inédite, cruelle. Les soirées de lecture, leurs éclats, nos échanges littéraires me comblaient, elles débordaient dans le jardin d'émeraude où je bouquinais des heures entières - mon jardin, ma maison. Ce soir-là, tandis qu'il se promenait, habillé de blanc, tenant d'une main molle un livre de Joyce, jouant de sa canne « *My Beautiful Little Precious* », il s'approcha de moi pour me piquer les fesses.

« Sur le papier, toi et moi, ça le fait, je ne pensais pas que ça marcherait.

— Pardon ?

— C'est quand même une rencontre et, au-delà de ça, on collabore ensemble, jamais de ma vie je n'aurais pensé que ce serait possible, de faire ça avec une femme à mes côtés, tu m'apprends, ça m'ouvre l'esprit, j'étais tellement renfermé sur moi-même et si égoïste. »

Je me tirai le visage, je palpai mon cou.

« Ton lifting, je pensais pouvoir te l'offrir, mais je peux seulement en payer la moitié, sinon on ne pourra pas vivre et je vais être en cavalerie sur Sharon Tate.

— *Cavalerie* : ton idée fixe pour empiler les livres, fais plus court.

— Si je pouvais, ça ne se décide pas…

— Et je veux passer le permis de conduire pour aller à Paris.

— Toi au volant, oublie, c'est une mauvaise idée, tu auras un accident, tu n'as pas besoin de voiture, je t'accompagne à la gare si tu veux aller à Paris. »

Ce refus d'entrevoir la possibilité que je passe le permis m'oppressa, le vent couchait l'herbe, le soleil passait violemment à travers les trouées des nuages.

« Je suis comme Natascha Kampusch.

— Viens, je t'emmène à la cave et je t'enferme, tu vas mal finir, mais ne le dis pas, sinon, j'aurai des problèmes ! Allez, on y va ! »

Il me tira par la manche d'un mouvement sec.

« Arrête, tu me fais peur, Simon !

— Je rigole viens là, un bécot à bibi. »

On s'est embrassés.

« Et le jardin, je pourrai jardiner ?

— Non, quand on commence à jardiner, c'est qu'on n'a rien d'autre à foutre. »

Je tordais entre mes mains *Une jeunesse dorée*, notre script.

« J'ai pensé à un truc pour le film quand ton couple de jeunes amoureux, Rose et Michel, va dans ce château à la campagne, c'est chez Lucille et Hubert, qui sont un peu leurs michetons malgré tout… cette Lucille qui est très mondaine est entourée de petits chiens et d'homosexuels, c'est une ancienne rédactrice de mode américaine qui a hérité…

— Ça ne me dit rien du tout, l'ancienne rédactrice de mode et les petits chiens.

— Tu vois, tout ce que je te propose, ça ne te plaît pas.

— C'est un couple qui rencontre un autre couple ?

— C'est nous quatre, ah ah !
— Pourquoi tu ris si fort ?
— Ça me détend, si on a plus le droit de rire !… j'ai envie d'aller à Paris vite, on file ? »

*

À Paris je divague dans le lit, la tête en craie, me croyant à l'HP, il est dans le salon endormi, habillé, à son insu je farfouille dans son journal intime titré *Liberty*, une curiosité mêlée de jalousie me taraude, qu'écrivait-il sur ses anciennes maîtresses, je lis : « Vers onze heures, aller-retour en go fast à Paris dans leur quatre-quatre. Karima Dealer Tapage nocturne (deux grammes, une bouteille de Mercury et trois bouteilles de champagne). On boit, on tape, on discute jusqu'à quatre heures du matin, heure à laquelle ils vont s'isoler pour baiser dans la chambre zéro. Moi je continue jusqu'à l'aube au vin rouge en écoutant *Sympathy for the Devil*… je vais chercher Flower et son fils au train de 10 h 35… je fais remarquer à Flower que cinq ans était son âge quand sa mère est partie… »

« Qu'est-ce que tu fais ?… Lâche ces pages… »

Il se redresse d'un coup.

« Tu l'aimais Flower, enfin Pearl…
— Oui… c'est ma vie… tu fouilles dans mon portable, mon ordinateur… qu'est-ce que tu cherches ? »

Il me dit ça sur un ton si méchant, je détestais les redescentes, soudain je fonds en larmes, et il me contemple.

*

Tandis qu'étalée sur le tapis du Ritz à sommeiller j'observais une soudaine rixe de chats dans le jardin, tous ceux des maisons avoisinantes passant par là, Simon vint prendre place, comme dans un tableau aux verts profonds aux ocres bruns, dans le fauteuil amande. Un tableau américain, l'impression d'être dans *Lolita*.

« Je vais te lire un passage d'*Eva*, tu veux ? »

— Je t'écoute. »

Je tendis mes jambes pleines de sève juvénile, il se tenait bien droit, ému.

*La petite fille blonde du couvent de mon enfance, ma Pegeen, s'était enfin donnée à moi. Je n'aurais plus jamais besoin d'embrasser d'autres filles ou, suivant mes habitudes d'enfant, du travail accompli près de vingt ans plus tard, du lent sortilège de la lecture, une Ève de chair et de sang m'était rendue et comme tous les êtres romanesques, elle ne vieillirait jamais, ne me décevrait pas, ne partirait pas. Eva était là pour toujours, jusqu'à ce que la mort nous sépare.* Tu vois, tu peux me faire confiance.

Il rit, dans un pleur, les nerfs le lâchaient quelques fois. En ce jour terriblement ensoleillé, après sa lecture, je compris avoir trouvé ma place auprès d'un mari, d'un compagnon de jeu. J'espérais depuis tant d'années, sans y croire vraiment, vivre auprès d'un écrivain à côté duquel moi-même j'écrirais. Il s'assit à sa table, lové derrière des piles de livres.

« Où tu vas ?

— Je reviens. »

Je montai dans mon dressing comme on court vers une loge de théâtre pour changer de costume, je mis une robe fourreau bustier de velours parsemé de perles d'eau, puis dévalai les escaliers à toute allure.

« Tu la trouves comment ?

— Elle fait très Marilyn sur King's Road.

— Oui mais ça te plaît ? »

Je m'examinai dans les vitres du salon.

« Bien sûr, mais tu es si narcissique, Eva, c'est fou. »

Je me changeai et partis dans la campagne avec un livre de Dickens, je m'allongeai dans un pré, contre un arbre, avec, au-dessus de moi, les gros nuages du Valois.

Un soir de cette si belle saison, alors qu'on était assoupis au lit ensemble à regarder un vieux film en noir et blanc tout en sirotant un magnum de La Rose Gadis, alors qu'on s'était sacrément drogués à Paris la veille et l'avant-veille, mon mal de crâne s'intensifia. Depuis mon opération de beauté, douze jours plus tôt, les antidouleurs, le stylo dans l'oreille, mon immersion totale dans l'eau chaude, les cataplasmes, rien n'y faisait, sauf celui de m'agiter pour rien du tout. Soudain, je ressentis le claquement d'une veinule, puis le début d'une hémorragie. Une douleur intense me saisit, les coutures se soulevaient comme un filet de pêche retiré de l'eau brutalement. Un coup du sort avec Simon à mes côtés qui tripotait lentement la manette de la télé.

« Hein ?

— J'ai encore mal !!! »

Je me tordais, il fixait le poste des yeux, évitant mon regard.

« À la tête, Simon.

— Mais qu'est-ce que tu veux que je fasse ? »

Tandis qu'une autre partie se décollait de mon crâne, la télévision diffusait des taches sombres dansant sur son corps. J'avais le sentiment de me trouver dans une séquence d'*Evil Dead Rise*, un de ses films préférés. La douleur brûlante s'intensifiait, se déplaçait du front aux tempes, je bondis me regarder dans le vieux miroir des Montesquiou, ma peau se distendait de plusieurs centimètres sur un des côtés…

« Regarde, Simon, mon visage, il gonfle ! »

Je revins vers lui, il observa le phénomène, la bouche tordue dans un étrange rictus, aspirant ses joues et haussant les épaules.

« Oh pas plus que ça, dit-il d'une voix fluette.

— Mais si !

— Qu'est-ce que tu veux que je te dise : un peu, oui ! »

Il continua obstinément à suivre le film, je dévalai les escaliers, courus me regarder dans la salle de bains du bas et y chercher la glace à l'éclairage le plus éclatant. À droite, ça gonflait encore. J'allais de pièce en pièce, devant chaque miroir, pour vérifier que je ne délirais pas, tous me renvoyaient une tête à moitié hydrocéphale.

Je retournai dans la chambre.

« Simon, aide-moi, regarde-moi, s'il te plaît, j'ai mal ! »

Il eut pitié de moi et ne bougea pas du lit.

« Putain aide-moi !

— Qu'est-ce que tu veux que je fasse ! »

Il prit un air pleutre, rien ne semblait normal et la télé continuait, toujours des bagnoles se poursuivant les unes après les autres dans Paris.

« Je vais mourir Simon, aide-moi, je vais crever ! »

Il finit par se lever prenant soin de se tenir à distance, protégeant son regard en visière, je courus chercher une serviette dans la salle de bains.

« AÏÏÏE, j'ai mal Simon, aide-moi, putain de merde ! »

Au moment où il se planta devant moi, ma peau se déchira brutalement au niveau de la jugulaire, le sang arrosa en jet dru son visage, je me détournai, ça pissait sur les murs, ceux de la chambre à coucher, sur le miroir de Montesquiou.

Je criai, la face en sang.

« … Simon !

— Qu'est-ce que tu veux que je fasse ?!

— Appelle le Samu putain, le chirurgien !!! »

Il s'empara de mon portable.

« Docteur, ma femme a un problème, son lifting, c'est vraiment impressionnant, il y a du sang partout, c'est très gonflé. »

Sa voix si polie.

« Oui… à Soissons… oui… oui. »

J'avalai une plaquette d'antidouleurs, je me couchai recroquevillée, la nécrose gagnerait tout mon visage.

« Donne le téléphone, j'appelle les pompiers ! »

Il me tendit le téléphone.

« J'ai eu un accident, vous devez venir à Longpont. »

J'attendais leur venue, et songeais : j'ai grignoté du fromage durant le film, je ne vais pas pouvoir me faire anesthésier avant huit heures. Des gyrophares orange et blanc. Les pompiers n'avaient jamais vu ça, ils suspectèrent Simon, j'insistai, il n'y était pour rien, c'était un accident. Ils m'emmenèrent à l'hôpital de Soissons. Simon nous suivait en bagnole, il resta avec moi jusqu'à l'arrivée du chirurgien. Puis une ambulance me transporta seule à Paris. Je repassai sur le billard, tard dans la matinée.

Alors que j'étais à la clinique pendant deux jours, Simon se divertit un soir, à une projection d'un film de Fassbinder en compagnie de Jean-Jacques et d'Ingrid et de copains, racontant à qui voulait l'entendre la scène si pittoresque et terrifiante de mon visage pissant le sang.

De retour à la campagne, il me suivait partout avec ses lunettes, les transparentes et les opaques, il n'en revenait pas, tant le lifting était réussi. Accrochée derrière son bureau une nouvelle photo, Sharon Tate éventrée le soir du crime. Sa mère lui dit :

« Fais le portrait de ta femme, peins-la, elle est jolie. »

En vain, il préférait me jalouser. Assise sur le tapis du Ritz, je sentais que des disputes allaient encore exploser.

« Tu vas draguer des mecs avec ton lifting ?

— Non.

— Tu fais plus jeune que moi, c'est fou, je devrais m'en faire un pour mon cou, il pend à cause de l'alcool.

— Vas-y… te gêne pas, c'est unisexe.

— En tout cas, c'est grâce à moi, hein, je t'ai dépoussiérée, retapée, t'étais plus rien, grosse au fond de ton appartement avec tes bras enceints, maintenant tu as retrouvé de ta superbe, et tu vas voir avec le livre, je vais te remettre sur le marché, tout le monde va parler de toi et t'admirer dans Paris. Allez vas-y qu'est-ce que tu disais à ta mère quand vous vous disputiez ?

— Va rôtir en enfer sale pute, tu me verras plus connasse, t'es plus ma mère avec ce que tu m'as fait !

— Ahhh, pauvre Irina, elle a du mérite ! dit-il d'un ton châtié.

— Arrête, Simon. »

Il se délectait de sa provocation ; avec ça, un mal de crâne.

« Tu parles comme une charretière, je reconnais bien le ton du Palace, celle de la DS.

— C'est marrant, je ne me souviens pas de toi… zéro.

— Je suis parti dans mes études de latin, c'est quand même autre chose… »

Une bonne surprise, on proposait à Simon de réaliser un film pour Canal.

« On l'écrit et je le réalise ?

— Je suis écrivain, si je fais un film commandé par Canal, je veux le réaliser.

— Je suis réalisatrice.

— Et sur l'affiche il y a marqué en gros ton nom, pas le mien, je suis pas con ! C'est ton nom qu'on remarque.

— L'art, c'est une collaboration… Tu veux rien me donner ?

— Non.

— T'es salaud, c'est pour le boulot ! J'ai envie de réaliser ! »

Exaspéré, il ferma les yeux et dit :

« Bon d'accord, je l'écris et tu réalises.

— Non, on l'écrit ensemble.

— Tu participes à l'écriture, c'est une commande, celui-là, on me l'a demandé à moi… pas à toi ! »

Des disputes aussi stupides que violentes auxquelles je réagissais jusqu'à m'éreinter. Dans *Rosa Mystica*, ce moyen-métrage, Donovan allait jouer un rocker fiancé à Marisa Berenson, elle se promettait d'user de tous ses pouvoirs au cours d'une réunion magico-satanique inspirée par la Golden Dawn d'Aleister Crowley pour réunir une tontine en vue d'acheter la bécane de rêve de son bienaimé. Donovan, ça l'amusait d'interpréter ce rôle, mais ce qui nous plaisait davantage à mon fils et surtout à moi résidait dans le fait que notre petite famille prenait des allures de troupe.

Une seconde surprise se présenta bientôt : une invitation à Tokyo, pour la promotion de *My Little Princess*. Il y avait des papillons à profusion dans les bois, beaucoup de blancs, ils voletaient dans la maison rendant l'atmosphère paradisiaque, ils tournicotaient autour de nous alors que nous prenions le thé sur le tapis du Ritz.

« Tu vas me tromper, je le sens !

— Non, tu es dingue, je peux partir à Tokyo sans te tromper, c'est pour le travail.

— Tu te fous de ma gueule, tu vas m'humilier pendant que j'écris *Eva*, tu sais que je suis entièrement attaché à toi, tu vas me ridiculiser, m'amoindrir.

— Pourquoi tu dis ça ? »

Cette obsession, la peur d'être amoindri par la femme à qui il déclarait sa flamme le taraudait sauvagement. Il pleurait presque en parlant. Comme un garçonnet, il tendit les deux bras vers moi.

« Eva, Eva, je veux partir avec toi, je ne veux pas que tu me laisses seul, je veux profiter du Japon aussi, allez… »

Sa voix enfantine me surprenait.

« Tu me dis ça, on dirait que ta mère t'a privé de je ne sais quoi et que tu en veux encore… pourtant tu as eu tout ce qu'il te fallait, tiens regarde. »

Je m'emparai d'une photo, Simon petit dans une auto rouge rue Dupin, brandissant une gaufre sous l'œil énamouré de sa mère.

« Hein ? »

Il m'arracha le cliché des mains, le reposa soigneusement sur une autobiographie du photographe

Cecil Beaton conseillée par Pierre Le-Tan, dépité, il détourna son regard et croisa ses belles cuisses.

« Évidemment on part ensemble, Simon. »

Il revint à nouveau vers moi, s'assit sur le tapis, s'accorda un espace de méditation dans lequel j'entrai, si bien que le thé nous parut à tous deux l'accessoire d'une dînette.

« Tu promets ? »

Soucieux, il parlait bas.

« Oui, Simon, allez c'est bon. »

Il se releva d'un coup, changea encore d'attitude, mit ses lunettes sur la tête de cette façon que je détestais et nommais « celle du directeur artistique de la publicité ».

« Enlève ces lunettes, c'est horrible, arrête, ce n'est pas possible. »

Il s'exécuta.

« Ça va être bien le Japon à deux, je n'y suis jamais allée.

— Moi non plus. »

Il revint tout agité près de mon corps.

« Embrasse-moi, tu m'aimes ?

— Oui, Simon. »

On s'est embrassés.

« Alors pourquoi tu voulais t'en aller sans moi hein ? »

## Tours miroirs

Le vieux chauffeur aux gants blancs roulait aux abords de Tokyo, la ville de néons et de buildings de plus en plus haute et vaste semblait se construire au fur et à mesure que nous avancions, l'air conditionné empêchait les bruits extérieurs de nous parvenir. Les femmes en kimono se déplaçaient lentement aux passages piétons, la lumière d'huître perlée du ciel avait cette couleur laiteuse, presque trop blanche, comme nettoyée après l'ondée. Je guettais les cerisiers en fleur mais n'en voyais pas, c'était la fin de la saison, de ce rituel *hanami* signifiant « regarder les fleurs », la fin du printemps. Une chaleur d'Extrême-Orient, à la fois fraîche, moite, mes aisselles, le creux de mes reins, de ma nuque, de mon entrecuisse prennent un aspect huilé, une fine couche de transpiration impudique voile mon corps. L'espace change mes gestes, je m'évente à peine d'une main, tu es à ma droite en veste militaire, chemise noire, lunettes noires.

C'est la première fois que nous partons si loin. Le dépaysement te ravit, tu n'es plus le même, une part douce, féminine t'échappe. Je te tiens par le bras, je sens ton léger tremblement, tu oscilles, me souris. Un flot de tendresse jusqu'ici réprimé s'épanche. Mystère des voyages, la voiture est une chambre blanche, c'est notre vrai voyage de noces. Derrière nous un cortège de véhicules, le staff de la promotion. Nous ressentons que de notre intimité peuvent naître de grandes choses, cela t'étonne et te surprend doublement, cette simplicité dans nos échanges. Depuis longtemps une grande part de toi ensevelie, perdue à jamais, te contraignait à te tenir en équilibre à la frontière de la liberté, des interdits, des péchés, des rémissions, des rédemptions passagères. Nous au Japon plus forts que toi avant et que toutes tes sottises, celles que tu t'imposais – tes règles.

Le taxi s'arrête devant le Grand Prince Hotel Takanawa, la porte d'entrée est loin, il nous faut marcher sous le soleil jaune, les graviers gris impeccables et les érables, les grooms. La profondeur du temps. Je vois tes yeux derrière tes lunettes, ce sont ceux d'un enfant respectueux du monde, tu n'as plus peur. Dans le lobby, le distributeur du film m'explique le déroulement des trois jours de promotion. Anamaria Vartolomei, mon actrice, et ses parents nous suivent à distance, on nous offre à chacun des cadeaux. Tu es si content, dans un même élan, nous nous empoignons, nous nous jetons dans les bras l'un de l'autre, nous sommes heureux, un couple choqué se détourne, pas d'effusions en public.

Notre chambre donne sur un jardin japonais, des jardiniers vêtus d'ensemble de teinte châtaigne travaillent dans un même tempo régulier, les regarder nous force à la méditation. Choyant, prévenant, allongé sur le lit, tu bois du thé, nous ouvrons nos cadeaux, délicatesse. À nouveau nous nous étreignons, impossible de me détacher. Tu dois finir un article vendu à *Libération*, « Une petite princesse au Soleil levant ». Mais, je t'oblige à sortir, tu caches ton ordinateur sous l'oreiller. Un plan dans les mains avec des ronds rouges entourant les sites à visiter alentour, nous descendons une pente vallonnée. Tout est si bien ordonné, tu me fais remarquer une ruelle impeccablement balayée, nette, joliment arrangée, elles se succèdent. Le cimetière te plaît beaucoup, le culte des morts. Je t'apprends que j'ai visité partout dans le monde les lieux où ma grand-mère avait vécu, celle qui est presque morte en tombant d'un trapèze alors que son père l'avait mise enceinte et qu'elle voulait avorter de ce viol, celle qui un hiver à l'approche de Noël s'est suicidée la tête dans le four à gaz. Je veux garder un souvenir. Je te prends en photo assis sur une tombe, je n'ai aucune image de moi datant de ce périple, tu ne me photographiais jamais, il fallait t'y obliger, tu disais ne pas savoir le faire. Nous sommes montés dans un taxi blanc pour visiter le temple Ikegami Honmon-ji, tu remarques que le chauffeur est très âgé. Le temple en hauteur dominait la ville, loin de tout, l'amour augmentait sans cesse, il nous fallait faire des haltes pour respirer. Nous avons dîné tôt dans un restaurant ancien aux murs rouge et noir où s'alignaient des idéogrammes géants, il donnait sur la rue, avec cet aspect sauvage des lieux de prédilection. Tu m'as parlé d'une île où des guerriers avaient été oubliés pendant la guerre, nous avons bu du saké. Attirés par un *rakuten* engouffrés là où des hommes et des femmes s'enferment des journées entières jouant imperturbablement aux machines à sous, nous sommes restés immobiles, ils portaient des gants et des lunettes à visière, des seaux en plastique multicolore emplis de jetons étaient attachés à leurs pieds.

Nous avons repris notre marche, nous aimions nous perdre ensemble, et cette douceur ineffable, elle ne nous lâchait pas, s'offrant à nous. Des publicités géantes à perte de vue sur des buildings, les centres clignotaient, les ruelles s'illuminaient, des odeurs de prune. D'énormes écrans retransmettant des scènes filmées me rappelant un vieux séjour à Saint-Anne où je fus internée à la suite d'une trop grande prise d'amphétamines. J'étais montée sur le toit d'un immeuble pour me suicider, les pompiers rouge et noir m'avaient attrapée, étendue sur le brancard, derrière la vitre du Samu s'étalaient les écrans identiques à ceux-là. Et de l'autre côté des persiennes de ma chambre d'hôpital se trouvait une image prémonitoire, notre quai de la gare du Nord assourdissant. Je te confiais ce souvenir, mais je ne sais si dans le tintinnabulement des clochettes des vendeurs ambulants de viandes chaudes et sucrées, dans le bruit des mélodies diffusées par les haut-parleurs des magasins et dans celui vibrant des automobiles, tu as retenu ces visions prophétiques, ou bien les as-tu oubliées, car tu ne les as écrites nulle part.

Dans un petit magasin, tu achètes du vin, du saké, de la viande séchée en bâton pour moi, une brioche vapeur pour toi, vite un taxi, il nous faut rentrer, l'accès de l'hôtel est difficile, nous l'avons raté, refait un tour d'échangeur, nous sommes passés sur un embranchement, un pont où vivent des clochardes. Le chauffeur très âgé à la peau toute fripée nous sourit. Tu prends la clef de la chambre 115, nous traversons des salons couleur cailloux. En kimono de coton blanc et bleu, tu dégustes ta brioche encore chaude face à la baie vitrée. Après un parc, se dressent toutes sortes de tours dont des miroirs, eux, reflètent la ville, le ciel et nos pensées distraites se laissent happer.

« Simon, viens dans mes bras.

— J'arrive. »

Tu dors nu.

« Accroche-toi. »

Durant les trois jours de promotion intense entre l'hôtel et l'ancien palais on ne se quitte pas ou presque. Pendant les interviews, je te vois assis dans l'ombre, amoureux attentif puis remontant vers notre chambre, ton livre de Burroughs à la main. L'hôtel est vraiment gigantesque à l'instar de ceux des stations balnéaires, bordé par des plans d'eau avec des carpes, un petit pont ; le soir, les arbres s'illuminaient prenant des teintes phosphorescentes. J'aimais t'y retrouver entre deux interviews, tu finissais ton article assis sur le banc d'un temple miniature. Un photographe nommé Shikashi nous rejoignit, il m'offrit courtoisement des masques de beauté. Il ressemblait à s'y méprendre à l'acteur de *In the Mood for Love*. Shikashi t'entraîna pour explorer l'autre versant de la ville à la recherche d'appareils photo anciens. Je t'attendais dans la chambre face aux tours miroirs, à ton retour, tu me décrivais les grands magasins d'appareils photo, le quartier où les filles dansent nues en compagnie de robots clignotants, une enclave où se cache une série de restaurants servant des poissons uniquement pour un couple. J'aimais entendre ta voix sans te regarder. On me libéra de mes obligations en début d'après-midi. Le bar avec les filles nues et les robots montrait portes closes, l'exposition Balthus à l'autre bout de la ville nous tentait, à nouveau des taxis avec des hommes âgés te rappelaient ton père. L'exposition raviva notre émotion, *Les Hauts de Hurlevent*, l'atelier du peintre minutieusement reconstitué. En sortant nous avons traversé un parc immense où s'attardaient des étudiants, des vieillards, des couples d'amoureux. On s'est engouffrés dans le métro pour la première fois, il était plus large qu'en France, il te plut tant – tu écarquillais les yeux –, j'aimais te voir heureux, ouvert, curieux du monde. Je pris conscience de l'importance qu'auraient les voyages dans notre vie. Tu étais si différent, jamais nous n'étions si pleinement ensemble qu'ailleurs. Les problèmes avec les éditeurs, les difficultés financières, les pactes faustiens étaient alors remisés au grand vestiaire de l'existence, l'étendue du désir remplaçait la recherche du bonheur et y pourvoyait. Subrepticement, tu me parlais déjà de la mort, inévitable, évoquant les beaux kamikazes. Chaque phase était complexe, différente. Notre couple s'imposait au monde dans toute sa plénitude, tout m'intéressait chez toi, ta vision esthétique que tu polissais chaque jour davantage, je te disais où j'en étais dans mon roman, et toi dans le tien. Tu me prévenais de tes futures recherches que tu lirais jusqu'à épuisement le jour où tu attaquerais Sharon Tate, tu me parlais de la scène de l'enfant mort qui ferait tant de mal à la Brésilienne, ce besoin de faire crever, ta cruauté s'accentua au Japon. Tu disais : « Sharon, ça va être terrible, je vais être très méchant », à quoi je répondais : « T'es con, t'as pas besoin d'être méchant pour être terrible », alors tes yeux se promenaient sans voir comme deux fentes d'un masque. Tu m'ouvrais des horizons inconnus, aux territoires de nos connaissances communes s'ajoutait celui des livres, il s'agrandissait chaque jour un peu plus. Prudent, face à ce que tu devais prendre comme de la convoitise de ma part, tu m'interdisais souvent d'en savoir davantage sur tes lectures, tes recherches, je n'avais pas le droit de lire la moindre ligne d'*Eva*. Tu brandissais un argument imparable, la peur de perdre le fil ou que l'inspiration s'évapore. Brimée, confuse, j'acceptais, respectant le rythme de ta création.

Dans le grand magasin les étals de bonbons, d'éventails, de foulards, de produits de beauté, touchaient grâce à leurs agencements hautement soignés, sophistiqués, la perfection. Tu m'offris des bijoux de tête, beaucoup, la vendeuse me regardait avec une envie à peine dissimulée. Des fleurs, des barrettes en strass, des pics pourvus de boules, des cages rondes, des voilettes, des bâtons aux couleurs iridescentes.

« Tu es contente ?

— Oui.

— Ça te plaît ?

— Oui, beaucoup.

— Tu vas pouvoir les mettre dans les cheveux, tu vas les porter ?

— Oui. »

Nous sommes sortis dans une lumière éclatante, je sens encore le poids de ton corps contre le mien.

La promotion m'accaparait, on se retrouvait dans la chambre entre deux shootings, je courais dans les couloirs, je continuais à t'appeler depuis le set. Impossible de me séparer de toi, toi aussi tu me téléphonais, ils rigolaient de nos effusions.

« *Love husband, Simon, very in love, good husband.*

— *Yes, very good husband.*

— *Always with you.* »

Avant la projection officielle de *My Little Princess* qui eut lieu dans un petit cinéma, une actrice Disney nous chanta un poème en japonais écrit de sa main pour honorer la sortie de mon film, elle te plaisait beaucoup. Le lendemain, mon actrice Anamaria repartit avec ses parents nous laissant seuls, plus d'interviews, plus de shootings. Nous voulions visiter le fameux marché aux poissons. L'eau miroitante, les gants blancs, les petites baraques collées les unes aux autres, les poissons d'argent étalés en plein soleil.

Le site enchanteur resserra nos liens, nous nous y promenions sans fin comme ensevelis à jamais dans le temps.

Le soleil était de plus en plus éclatant.

« Tu es belle Eva, tu le sais.

— Tu es heureux ?

— Oui. »

Il me disait ça toujours de cette voix d'écolier, comme si, à mes côtés, il retrouvait son enfance, on marchait en silence, étonnés par sa perfection.

À ma demande, le soir, nous avons traversé Harajuku, le quartier des lolitas, bondé de jeunes filles, de femmes habillées en petites filles, de héros et d'héroïnes de mangas. Tu n'apprécias pas l'exposition Hokusai. À mes joies simples, tu apposais soudain l'étendue de ton indifférence. Une forme de mépris sans fard jaillissait à l'improviste. Le sanctuaire d'Asakusa t'amusait davantage, les centaines d'échoppes fermaient toutes en même temps, pareilles à un immense battement d'ailes de papillon. Dans le magasin d'une petite ruelle, je te forçai à acheter une chemise hawaïenne en soie, à motif poulpes. La nuit, toi habillé de cette chemise et moi d'un fourreau, nous sommes montés sur une des plus hautes tours miroirs boire des cocktails dans un bar, la ville brillait comme des diamants agités au creux de nos mains, saouls, on ne savait plus où se situait notre hôtel.

« Je regrette qu'on n'ait pas d'enfants ensemble…

— Je n'aime pas les enfants, Eva, tu le sais.

— Je voudrais qu'on voyage beaucoup, découvrir le monde avec toi.

— Pourquoi pas, on le fera. »

Une tristesse t'envahissait, l'âge t'embarrassait, c'était un sentiment nouveau pour moi – une barrière.

De retour dans la chambre, nue et ivre sur le lit, je t'écoutais me lire Burroughs, nous avons fait l'amour brutalement devant les tours miroirs contre la baie vitrée, mon corps inondé de rose, de bleu, de vert.

Je voulais voir Kyoto, les jardins, les temples. Notre chambre étroite grise pleine de puces te rebutait. Un soir égarés près de la gare, nous sommes entrés dans une boutique miraculeusement ouverte, une unique ampoule jaune se balançait au-dessus d'une très vieille femme, elle semblait nous attendre depuis une éternité. Partout des piles de kimonos anciens, très beaux, si peu chers : ici, on ne porte pas les vêtements des morts. Tu m'en as offert trois, un blanc, un bleu, un bigarré avec des roses et un sac en serpent. Tu étais confus, tu tremblais d'émotion.

« Le blanc, Simon, c'est ma vraie tenue de mariée.

— Je m'en prends un aussi, le noir long. »

Nous deux postés devant le miroir, main dans la main, à la tombée du soir en kimono. Nous tanguions. Il rôdait des esprits, la vieille insista pour fermer sa boutique. Le soir, nous avons dormi enlacés avec nos kimonos dans la chambre pleine de puces. Le lendemain, avant de repartir pour Tokyo, un taxi nous mena loin dans la forêt où se dressaient de vieux temples, tout était désert. Tu marchais seul, entouré d'esprits, la tête me tournait, tu pris peur.

De retour à Tokyo, on s'installa quelques jours à nos frais à proximité des tours miroirs, dans l'hôtel Villa Fontaine situé à Shiodome. L'espace ultra-moderne, laqué noir et mauve, me rappelait New York, et toi bien sûr *Blade Runner*. Shikashi nous invita dans une fête sans que nous la trouvions, nous le rencontrâmes dans un escalator, en blouson de satin blanc et lunettes noires chantant David Bowie, il rentrait se coucher, une séance photo l'attendait à l'aube.

« Pourquoi y a-t-il tant de vieux chauffeurs, Shikashi ? lui demanda Simon.

— Parce qu'ils sont obligés de travailler jusqu'à la mort, ici pas de retraite, quelques pensions et pas pour toutes les entreprises, partout sous les ponts des clochardes, le Japon, oui… »

Tu fus surpris, toi si protégé et protecteur de tes parents, impuissant à secourir ni sauver qui que ce soit d'autre. Une séquence curieuse traversa mon esprit. C'était au tout début de notre relation, je te suivais dans le Sud où tu allais interviewer un ami, une connaissance de Marayat, fausse vraie auteure d'*Emmanuelle*, puisque c'est son mari qui fit le nègre. Tes parents partouzaient avec Marayat. Tu souhaitais écrire un livre d'après *Emmanuelle* et ses voyages, finalement tu préféras écrire *Eva*. Je songeais à ça, en te suivant sans poser le moindre jugement sur ton choix, et qu'aurais-je dû dire, nous marchions en silence dans la nuit étoilée, en direction des tours miroirs. En rentrant fourbue au Villa Fontaine, avant que n'éclate une dispute m'obligeant à dormir par terre, je te pris en photo en chemise poulpe dans le couloir festonné de lumières en douches iridescentes, ton corps contre le mur. À l'image les faisceaux se transformèrent en flammes, tu sembles surgir ou entrer dans les enfers. Le lendemain, je travaillai à distance sur notre film *Rosa Mystica*, un montage à visionner, tu avais terminé ton article « Une petite princesse au Soleil levant » pour *Libé*, tu écrivais sagement *Eva*. La séance de montage finie, je proposai d'acheter des éventails pour tes parents, tu me laissas choisir, la chaleur perlait dans ma nuque, tu ne voulais pas boire d'eau. Nous avons dépassé les tours miroirs pour déjeuner dans un restaurant gastronomique près du palais de justice, des poissons délicieux. Je portais le sac en serpent, repensais à mon père mort, à partir sur ses traces dans *Innocence*. Je t'en parlais, évoquer mon père en fil rouge, une telle idée te rendait jaloux, comme tout ce que je disais, comme toute ma vie qui n'entrait pas dans *Eva*, et partout où nous allions des tours miroirs nous entouraient.

« On retournera au Japon, Simon ?

— Oui.

— Tu promets ?

— Oui.

— Simon ?

— Oui. »

## La France

Anne nous a servi le thé, elle remuait de l'air avec l'éventail rosé, et André avec celui bleu nuit. Nous dégustions des monts-blancs tandis que j'écoutais Simon raconter minutieusement le Japon à ses parents, ravis, heureux. Anne posa une main sur son épaule.

« Tu as de la chance, tu as une femme au foyer délicieuse, et en plus, elle aime les voyages ! »

Simon sourit.

« Je dois avouer, maman, que le Japon, ça a été le plus beau voyage de toute ma vie. »

Il baissa les yeux si pudiquement.

« En plus, Eva est une grande artiste, son film est superbe. »

Au mot artiste, au mot superbe, je le vis s'emmurer, sa jalousie, elle, se mêlait intimement à l'envie, à nos disputes, à nos étreintes.

« Tu ne dis plus rien, Eva ? »

Anne me souriait.

« Laissez-la donc tranquille, Anne », dit André.

Après un verre amusant avec Pierre Le-Tan place du Palais-Bourbon, je suis remontée dans mon quartier écumer les Guerrisol et les librairies tandis que Simon visitait J.-J. Schuhl en compagnie de Pierre. Puis je l'ai attendu comme à mon habitude, sous le dernier panneau de la gare du Nord avec mes emplettes, des surprises pour Longpont. Dans le TER, soudain il me jaugea curieusement, je me sentais émue de construire l'avenir, et lui sans doute de me donner cette illusion.

Le soir, au lieu de dîner, il ouvrit le magnum de La Rose Gadis, à nouveau les lignes, je le suivis frénétiquement, il posa le disque des Rolling Stones, *Sticky Fingers*, sur le pick-up, alluma des bougies, des encens d'église, rejeta son corps en arrière et clama :

« C'est ça, nous, on est des *white trash*, hein, hop ?!!!

— Non, Simon, je ne suis pas une *white trash* !!!

— Si, on est extrêmes, toi t'aimes ça.

— Non. »

Il remit le disque.

« Si !!! Pour moi il n'y a que la Factory et les années 60 et 70, rien d'autre, c'est ça mon goût, il n'y a rien d'autre, il n'y a que Warhol ! »

J'avais connu Andy par le passé, il le savait, mais n'osait pas la ramener tant il était en boucle.

« Si !… Rien d'autre, Eva, c'est le goût absolu, rien d'autre que ça… viens, on va se mater *Ciao!*

*Manhattan*, elle est tellement défoncée, elle est sublime, regarde. »

Edie Sedgwick marchant en équilibre le long de l'arête d'un coteau, puis affalée sur un lit avec de vilaines prothèses mammaires, ne pouvant plus articuler normalement, les faux cils dégringolant, et Simon soliloquant jusqu'au petit matin, les *bickers*, Sid Vicious, Johnny Thunders, les stars abîmées, déchues, impossible d'en placer une, je l'écoutai jusqu'à l'écœurement ; il y eut même des larmes d'épuisement.

« Moi, ce qui me plaît, c'est de voir les femmes chialer, et surtout en faisant le ménage à quatre pattes, ça m'excite.

— Oh ta gueule !

— Ah ah ah ah, tu crois que tu m'impressionnes ? Tu ne pleures pas, t'es qu'une comédienne à Patrice Chéreau, j'aime pas les bobos.

— Viens, on va se coucher Simon. »

À peine pouvait-on grimper les marches, il se mit au lit. J'errai dans la maison, sur la place du village, près de la voie ferrée alors que la campagne s'éveillait, à regarder au petit matin les trains filer en direction de Paris, c'était loin, puis je m'enfonçai dans les bois pour me perdre dans la forêt, je ressentais, malgré les notions de liberté que provoque en général la débauche désinhibitrice, l'enfermement. Nous avons des sujets concomitants, sur lesquels nos points de vue divergent, une forme de morale, voire de sérieux, de nécessité me guidait pour les recherches, malgré les entraves disséminées sur mon chemin.

La visite de Donovan accompagné de Sarah me réjouissait. Je préparai ma belle recette française, une daube provençale de Robuchon dans des proportions gigantesques. Pieds nus, assise dans les escaliers à cette place que j'appelais « les steppes », je compulsais mes livres de cuisine. Avant l'aube, je remplissais des dizaines de barquettes à congeler, toutes ces nuits où je cuisinais, pour ne pas l'embêter, prenant de l'avance sur notre temps de travail, puis j'allais me recoucher auprès de Simon, dans la tiédeur du lit.

J'entendais des rires cristallins venant du parvis.

Donovan arrivait, il se détachait de tout, il était debout dans l'entrée verte au sol carrelé de rouge, les cheveux longs blonds, il n'avait pas vingt ans, sa beauté me ravit, il était avec Sarah, j'aimais tant sa belle simplicité. Mon fils offrit en cadeau à Simon une photo de lui en Iroquois, ils l'accrochèrent ensemble au-dessus d'un de tes portraits pris par l'amateur de météorite, j'étais ébranlée. J'entraînai Don au premier, devant le chambranle de sa porte, posée sur un chevalet, se dressait une peinture de la Vierge à l'Enfant. Les murs de sa chambre étaient tendus de papier peint noir orné d'anges surmontant des boules d'or, il me souriait, joyeux. Nous déjeunâmes dans le jardin d'émeraude, le ciel était entièrement bleu. Pour plaisanter Simon proposa à Don de goûter aux barquettes libanaises de notre mariage auquel il n'avait pas pu assister, elles étaient pourries, nous avons bien ri. Après, nous sommes partis en promenade dans le chemin des fougères anciennes qui mène au tombeau sans sépulture, le soleil illuminait les sous-bois. Don nous photographia avec son Canon. Un autre week-end, Donovan vint seul nous apporter les photos joliment encadrées, tu les posas contre la vitre donnant sur l'abbaye, après l'avoir raccompagné à la gare, tu t'approchas des images pour mieux les contempler, et me dis :

« On dirait qu'il veut nous séparer.

— Comment ça ?

— C'est évident, toi tu es seule et regardes bien droit l'objectif et moi, je suis de dos tout seul aussi, et je suis loin, je m'enfonce dans le chemin des fougères. »

Ces clichés détenaient une part de prémonition, mais je préférai me taire.

*

« Prends la grande casserole et moi la petite !

— Ne t'affole pas, Eva, c'est ce qui est prévu.

— Le dîner ne sera jamais prêt, je dois m'occuper de la salade.

— Tu en fais toujours trop, il en reste des tonnes ! »

J'aimais les grandes tablées, recevoir du monde, quinze, vingt, trente personnes, l'extension de notre maison avait lieu chez Divine, avec sa complicité, on organisait des petites soirées.

« Je ne vais pas pouvoir transporter tout ça, c'est trop lourd, Simon.

— Fais attention, tu marches sur ta traîne, tu vas l'abîmer. »

Les vêtements étaient chinés, en plus de ma garde-robe, je m'occupais d'habiller Simon de pied en cap, des marques, du cachemire, des velours, des tweeds, de la soie, de l'anglais, de l'américain, il avait le choix.

« Mes chéries ! »

Divine nous ouvrit.

« Oh là là, ça va, Simon, c'est pas trop lourd ?

— Poussez-vous, je la pose direct sur la gazinière.

— Tu veux un coup à boire ? »

Elle nous suivit en courant sur ses mules en boa.

« Oui, j'ai soif.

— Oui, moi aussi ! » dit Simon.

Il posa le gros faitout. Elle le servit en premier. Simon avala d'un trait deux verres de rouquin coup sur coup, elle le regardait pleine de sous-entendus.

« Ça va, elle t'embête pas trop avec le livre, tu peux faire ce que tu veux ? »

Elle me servit du vin l'oreille béante, la mule cochonne.

« Il m'a fait lire des petits bouts au dernier moment, puis je l'ai lu en entier, j'ai rien eu le droit de retirer… »

Simon, placide, se mirait dans la glace, se recoiffant à l'aide de son peigne.

« Tu vois, il dit rien…

— C'est normal, c'est ton mari, c'est un grand écrivain. »

Divine se retourna pleine d'aplomb et tout en séduction vers Simon…

« Hein, elle te laisse tranquille ?… C'est vrai, vous êtes toujours ensemble ?

— Et où tu veux qu'on soit ? »

Il déboutonna sa chemise blanche sur son torse en sueur, ajusta sa veste en velours noir Dior.

Divine faisait la belle dans sa robe bleue, elle s'était peint des faux gants bleus, même ses cheveux avaient la teinte curaçao.

« Tu veux des fromages, Divine, je sais que tu en raffoles… dit Simon d'un ton bien élevé, ménageant ses effets.

— Si tu peux en acheter, j'ai pas de liquide… »

Il opina du chef…

« Elle te regarde avec amour, Eva, tu l'aimes, ça se voit.

— Ah bon, tant que ça ? »

L'idée que tout ça se finirait dans une grande danse au milieu du salon m'échauffait les esprits.

« Ton fils est souvent chez Sarah en ce moment, mais il a sa chambre en bas dans mon petit atelier.

— Montre.

— Nan, c'est pas le moment, c'est là que Simon dormait parfois avant qu'il ne te rencontre, je leur ai dit de passer, mais ils sont avec leurs copains à une soirée à la tour Eiffel.

— Il vient à la campagne quand il veut, n'est-ce pas, Simon ? »

Les deux bras vers le ciel, je m'étirai.

« Mais oui avec son fils, qu'ils viennent quand ils veulent… ! » lança Simon d'un ton las.

Au tour de Divine de se pailleter les yeux de lapis-lazuli devant le miradou.

Simon s'approcha de moi d'un pas félin. Je portais une robe blanche avec un faux-cul, un drapé venait recouvrir le dessus des genoux, le tout en crêpe de soie.

« Attends, je vais te fermer tes boutons dans le dos.

— Bon, je vous laisse, je vais finir de me préparer. »

Divine s'en alla à petits pas glissés boa-boa vers sa salle de bains.

« J'espère que je ne vais pas me faire agresser à ce dîner.

— Arrête, calme-toi, m'arrache pas la robe ! »

Cette peur d'être agressé était annonciatrice d'une agression, d'une surenchère de sa part, comme toujours. Derrière ses manières polies et parfois obséquieuses s'ouvraient des jardins en ruine où l'impur se combinait avec ses malices. L'appétit pour la débauche, remisé au placard, orientait son instabilité, devenue sinueuse, tapie, prête à intervenir dans les moments les plus imprévisibles. Il m'admirait.

« Mère Ubu, vous êtes magnifique ce soir.

— Merci, père Ubu. »

Notre rapport, inflammable, explosif. Près des fourneaux, je pressentais un scandale avec son livre, un anéantissement. Je lui tendis le visage, il me lécha le museau.

Simon déguerpit, je m'approchai des fenêtres, j'aperçus juste le pan de son manteau militaire, son ombre caressant en silence le trottoir, il disparut du côté du lycée Montaigne. Les halos des réverbères, derrière se dessinaient le jardin du Luxembourg fermé et plus loin le boulevard Saint-Michel, là où habitait David Rochline dans les années 1980. Divine apparut un turban sur la tête comme dans Banana Splits.

À table, mes amis de toujours, Paquita en lunettes sombres, David Rochline en costume trois-pièces à rayures toussait le teint terreux, amaigri, il me souriait, le cœur empli d'une douce tristesse. Vincent, habillé d'un costume seersucker et d'un gros nœud papillon, était à côté de Francis Dorléans au corps d'athlète impeccable sous une veste croisée ; qui aurait cru qu'il avait soixante-dix ans. Marina de Grèce, Dani, Mondino en pantacourt, Virginie Thévenet en cuissardes à côté de son mari Jacques de Gunzbourg, Betony Vernon, tout en combinaison de latex chair, Pierre Le-Tan venu en catimini pour Thadée Klossowski plus que pour Simon, ça le piquait, ça le remuait le Simon cette attention débordante pour Thadée si chic, authentique, original. Pierre adorait le livre *Vie rêvée* de Thadée, une réussite, une pure merveille. Assise à son côté j'appréciais sa présence, j'aurais voulu m'isoler avec lui.

« Alors ton prochain livre, Thadée ?

— J'essaie de réunir la correspondance de mon père, faire un ouvrage de tout ça, je ne sais pas, c'est difficile… aujourd'hui avec les petites filles, non ?

— Oui, c'est vrai…

— Sur Balthus, bonne idée, renchérit Pierre amusé.

— Enfin je fouille, je cherche, je verrai bien où ça va me mener.

— David, une chanson. »

Vincent le pointa du doigt.

« Oui », clama Paquita.

David maquillé d'une couche de pancake, les yeux charbon, se racla la gorge, nous offrit avec le plus grand sérieux une chanson de son répertoire, « La vie rêvée ». Il nous regardait tous, les uns après les autres, de cet œil qui a tout vu, comme Charles Boyer dans *Liliom*.

On applaudit à tout rompre.

« À moi. »

Paquita se lança dans Piaf, « Mon manège à moi c'est toi ». Tandis que Simon se rendait dans la salle de bains, j'allai m'asseoir près de David.

« David, tu te souviens du temps où tu habitais à côté, je venais chez toi parfois en fin de journée. Un jour, tu avais trouvé que mes seins avaient poussé, tu t'étais précipité pour m'enlever mon soutien-gorge et les boules de coton comme des cotillons de couleur étaient tombés par terre et tu avais ri ?

— Parfaitement…

— J'avais honte de mes seins trop petits… À cette époque tu me tirais les cartes et tu ne te lavais pas. »

David se figea, son regard se flouta.

« Paquita m'a dit que tu as une chose dans la poitrine, c'est vrai ? »

La lumière semblait s'assombrir, un halo autour de nous.

Il se pencha contre mon cou pour chuchoter :

« C'est tout petit, caché dans le poumon, un cancer. Ils vont tenter une nouvelle chimio. »

Simon me regardait sans me voir, adoubé par ma petite bande d'amis qu'il enviait et rêvait d'avoir depuis sa jeunesse, il rigolait.

« Qu'est-ce que t'as, Simon ?!

— Rien, tu m'agresses ?

— Non, Simon, non.

— Si tu m'agresses, je sais ce que tu penses de moi, hein, Betony !

— Arrête.

— Vous disputez pas.

— Eva me cherche toujours, ça l'amuse…

— Arrêtez tous les deux… écoutez-moi, je vais vous inviter à une fête Cluedo, vous allez tous venir !

— La mort ! grogna Simon.

— Arrête, tu es ridicule ! »

Je me tournai vers Thadée.

« Tu n'es plus à Paris alors ?

— Non, je vis en Suisse. »

Simon s'affala sur la banquette avec un verre de vodka, les pupilles comme des soucoupes. Vincent se leva pour fumer près des portes du jardin. Divine envoya sa playlist aléatoire, je me précipitai pour danser ; Vincent, Francis, Paquita, David et Divine, on se trémoussait, on dansait comme ça pour le plaisir de se retrouver après tant d'années, Simon ne bougeait pas, il s'endormait sur la cuisse de

Pierre. Dans le taxi qui nous ramenait, il s'effondra lourdement contre la portière, m'abandonnant, je payai, le hissai dans les escaliers. La nuit fut difficile, j'avalai des somnifères, mon cœur battait, une redescente, la punition.

« Simon, j'en ai marre de la défonce non-stop, ce n'est plus possible, il faut arrêter...

— Moi ça m'aide à travailler, la fracture, ça me donne l'élan pour écrire. »

C'était la saison des défilés, j'écrivais régulièrement des nouvelles sur la mode pour la NRF, j'assistai au défilé Chanel, il déjeunait avec Pierre Le-Tan, je le rejoignis place du Palais-Bourbon, la terrasse était balayée par le vent, ils étaient au vin blanc, des rires, des moqueries, des livres rares, la collection de Pierre, achats et ventes à Drouot, sa fâcherie avec Modiano, des dessins à terminer pour Pinault, du travail l'attendait, des finitions en toutes petites hachures. Derrière ses lunettes rondes, Pierre et ses yeux en sourire mais préoccupés toujours par sa fille Olympia. Simon avait son rendez-vous avec Jean-Jacques Schuhl, Pierre le retrouverait. Chassée de leur cercle, j'allai chiner chez Guerri à Clichy.

« Dis à Jean-Jacques que je l'embrasse, on se verra une autre fois, hein, dis-lui ça : une autre fois...

— Ouais, je n'y manquerai pas, mère Ubu. »

« Le porno c'est ce qu'il y a de mieux, avant je n'allais pas au cinéma, il n'y a que ça et Warhol, les années 70, rien d'autre j'aime les gens perdus, je me sens comme eux, je les comprends, avec mon ami le cycliste on se faisait des soirées hôtesses de l'air, elles étaient cool, il classait les femmes par taille à côté de leur numéro de téléphone… Tu me crois pas, mais j'ai la foi dans la résurrection des morts, tu as les pieds si sales, j'aime les chignons les femmes très coiffées j'aime Joseph von Sternberg…

— Moi aussi.

— Mon père s'est engagé dans la SS, on l'a foutu dehors parce qu'il était trop jeune, et maman à de grandes mains… *(Un silence où il s'attriste.)* Ah j'aime les bikers de la mort… Rose et Michel se prostituent…

— Non, ça suffit… J'en ai marre.

— Tu me trouves con ? c'est ça ? dis-le… »

Son ordinateur ouvert sur ma table, il choisit une vidéo de Kenneth Anger, *Scorpio Rising*, les motos et les blousons noirs, je restais immobile dans le canapé rose, il s'alluma une mentholée.

« Allez viens près de moi ?

— Non, ras le cul, Simon, de vivre comme ça ! J'en peux plus. »

Saoule, je partis en claquant la porte, dévalant les escaliers, rasant les murs comme une furie jusqu'à Pigalle où je fis demi-tour à toute allure. À mon retour, il pionçait à demi, écroulé sur la table, il releva les paupières et tapa du poing sur la table.

« En plus demain il va falloir que je me trimballe toutes tes putains de casseroles, toute cette bouffe que tu fais en trop, c'est toi qui me fais chier, connasse ! Allez ! Ça suffit ! Je vais pas me laisser faire par toi. »

Il alla dans la chambre s'effondrer. J'attrapai mes manteaux me préparant un lit de fourrures au sol.

« Qu'est-ce que tu fais ?!

— Je dors dans le salon.

— Viens, allez… viens te coucher.

— Non. »

Il écoutait mes pleurs étouffés. Je ne luttais plus contre l'invasion de mon espace intime, je tentais de m'apaiser en pensant à la mer, au ciel bleu, au sable blanc.

Dans le taxi qui nous menait place Vendôme chez Schiaparelli on se tirait la tronche, le ciel bleu, les touristes et le jardin des Tuileries, des femmes chics et des flashs partout.

« Quoi encore, vas-y crache la valda !

— Tu vas encore me faire une criiiiiise, je vais me faire agresser, parce qu'il y aura Christine et Hawa et je ne sais quiiiii encoooooore.

— Tu me fais chier, Simon, tu vas trop loin, fais attention ! »

Le soir il buvait, à nouveau du gros rouge, je le suivais comme une chienne, je picolais aussi au restaurant japonais du saké à gogo, on se disputait pour tout et pour rien, de la pure surenchère, des idioties d'attardés.

« Tu ne vas pas me faire chier putain, tu sais que tu peux tout faire à cause du livre, que tu peux me torturer.

— Te torturer de quoi, Simon ? C'est quoi ces embrouilles, ho tu écoutes quand on te parle !

— Pétasse ! Tu m'auras pas à ce jeu-là, t'entends, je suis plus fort que toi, alors ça !

— Franchement, je regrette ce bouquin !

— Oh je t'en prie, tu dis n'importe quoi, hein, s'il te plaît ! »

Je le quittai brusquement renversant à moitié la table, remontant la rue Muller, les trois étages, je fermai quelques lumières, je m'étalai sur mes fourrures, je pleurai en silence dans les poils d'un vison vert. J'entendis ses pas monter, la clef dans la porte, il la ferma doucement, il s'allongea près de mon corps, il me prit la main, la posa sur sa poitrine près de son cœur, il battait si fort.

« Eva, j'ai peur, j'arrête mes conneries j'arrête tout c'est promis, j'ai peur pour nous, Eva, c'est horrible !

— Je te crois pas.

— Tu paries ?

— Ouais…

— Plus rien ! Même plus une goutte d'alcool ! Tu verras quand je dis une chose je m'y tiens, sinon, on ne va pas tenir à deux à la campagne… J'ai…

— Quoi ?

— J'ai quelqu'un de très mauvais au fond de moi et il ne faut pas qu'il sorte parce que ce quelqu'un peut nous détruire, je le sais, c'est terrible. »

Je me tus, impressionnée par une telle révélation.

Et quelle était cette personne très mauvaise ?

Je fermai les yeux, nous nous prîmes dans les bras, serrés très fort jusqu'à ce que je ne puisse plus respirer.

# II

## Les heures blanches

« J'en ai marre de toujours tirer ces valises.

— Tout est dingue !

— Allez viens, Poulou. »

C'est la nuit noire sur les parkings de l'aéroport, les carrosseries luisantes des voitures réfléchissent le ciel, des kilomètres de bagnoles à l'infini. Il entre chez Hertz, je le suis, il se met dans la queue, j'attends sagement avec les quatre valises sur le ruban de moquette orange, les grands *desks*, des femmes grosses, maigres, des sportives, une famille de Juifs orthodoxes sur des sièges en plastique de teinte sanguine s'empiffrent d'énormes burgers, un employé à la peau sombre vibre au contact de son autolaveuse, des jeunes couples fatigués vêtus à l'identique, et cette odeur de mer, de nuit compacte. Simon attrape les clefs, son visage rayonne, il s'avance lentement vers moi, amaigri, les cheveux bruns, le teint déjà halé, *so handsom and strong*, notre union le rajeunit.

« Tu es contente ?

— Ouais…

— Viens ! »

Nous slalomons entre les voitures, jusqu'à un gigantesque 4 × 4 Cadillac Escalade, une fois assis à l'intérieur nous dominons royalement l'espace. Le pare-brise panoramique nous reflète, et derrière, des halos spectraux illuminent en taches régulières des véhicules immobiles qui semblent sortir d'un théâtre abandonné. Il appuie sur un gros bouton, un tableau de bord complexe, partout des écrans rotatifs, tactiles, des interfaces lumineuses en américain se déclenchent au moindre geste.

« Je ne vais jamais arriver à conduire ce tank, tout est électrique. »

Il recule en trombe, braque rapidement, suit les flèches au sol, rate la sortie, fait deux fois le tour du parking à trop grande vitesse, pile devant une guérite où attend un homme orange à l'air dubitatif, tend son ticket.

« *What I do?*

— *It's not the good car sir, it's not your car, sorry!*

— *Thank you*, putain. »

Un tour de parking comme au cirque.

« Putain, je vais rentrer à Paris…

— Arrête… Calme-toi !

— Eva, je ne vais pas arriver à conduire, je suis fatigué, c'est dangereux, quand je suis venu la dernière fois j'avais chopé une bagnole pourrie chez RentAbreak, je m'en foutais de ma vie, c'était plus facile ! »

On retourne chez Hertz, je l'attends de pied ferme à la même place, les Juifs orthodoxes n'ont pas terminé leur dîner, ils en sont au *jelly dessert*, il refait la queue, je rigole vêtue de mon short blanc, sous mon grand chapeau, mes jambes montées sur des talons. Aucun sang-froid, il serre ses poings de rage. Un homme orange intervient au *desk*, on doit le suivre. Le 4 × 4 Ford est plus petit mais encore si grand, il entre dans le GPS l'adresse de Monte Hellman à Laurel Canyon.

Simon avait réussi à vendre un article sur le réalisateur de *Macadam à deux voies*. Monte louait une chambre dans sa maison sur Airbnb, une idée de Simon pour potentialiser notre séjour.

« J'espère que c'est bien chez ce Monte ?

— On y passe une semaine, on voit, si c'est bien on reste plus, c'est moins cher que dans la maison de Silver Lake et on peut toujours lui annuler une semaine de réservation… à cette bonne femme.

— Je n'ai pas envie d'être avec d'autres gens, je veux qu'on soit tous les deux dans la maison.

— C'est toi qui décides. »

C'est la fin de la nuit noire, le rose se pointe au loin, le *freeway* me procure une forme d'extase, la voiture me berce, j'incline la tête contre ton épaule, j'aime lorsque tu roules vite vers l'horizon sur des routes fluides.

Le soleil se lève sur Sunset Boulevard, je suis éblouie, ses longs palmiers plantés sur les blocs, des *billboards*, des tapins, des femmes avec leur maison dans des Caddies, des *malls*, cigarettes *and liquorices*, des bars désuets et d'autres peints en rose, en bleu, en jaune, des supermarchés, mexicains, hawaïens, véganes, des salles de sport à même la rue, des vitrines pleines de donuts, des *tattoos shops*, des *barber shops*, *no* librairie, beaucoup de *ice-cream shops*, des cinémas, des restaurants comme des jouets, des néons, toutes sortes de néons sculptent le paysage, des détritus tourneboulent sans arrêt, des bus jaunes filant à toute berzingue, des voitures *stretch* blanches aux vitres sombres, le Sunset Strip, des stations à essence, et toujours ce ciel bleu menant à la mer, le soleil se lève tandis que nous bifurquons vers Laurel Canyon, des routes pentues tournicotant, les maisons petites trapues ou imposantes en bois perchées dans la végétation, des vieux poteaux télégraphiques et partout l'horizon qui ne cesse de grandir fait renaître primairement l'espoir, qui prend le dessus, en levant la tête le haut des bâtiments, 1930, 1950, 1960, 1970, cette partie semble enfermée dans ces années, des pans délabrés s'enfoncent dans la terre, des habitations s'écroulent, plus nous grimpons plus se dressent des propriétés interdites et d'autres avec des limousines se faisant mousser par des chauffeurs en livrée. Le soleil perce plus nettement la végétation, la poussière se soulève en nuée, celle du matin de toute l'Amérique, des vendeurs de journaux, des laitiers, au tournant des routes nous voyons se dessiner rectiligne la ville dans toute sa splendeur azuréenne sous une nappe de brouillard, un nuage de vapeur, ses volutes se distendent, apparaissent à l'œil nu d'autres canyons. Le chemin se rétrécit, *NO ISSUES*. Nous ne trouvons pas la maison de Monte, des femmes musclées huilées joggent en parlant au téléphone, elles surgissent au sommet d'escaliers, des travailleurs en bleu hissent des planches à l'aide d'une poulie, construction, abandon. Ça y est, nous avons trouvé, malgré un GPS obsolète, la demeure de Monte surplombe LA. On sort de la bagnole, le pépiement des oiseaux agite les arbres odorants. La clef sous le paillasson, une petite porte, un escalier abrupt s'ouvrant sur un vaste salon, et, derrière la baie vitrée, une piscine, celle qu'a peinte David Hockney. Sur le bar, un mot pour M. et Mme Liberati avec une feuille dessinée marquant l'emplacement de notre habitation. Au bout du couloir sombre, notre chambre, petite et claire, du bambou peint en blanc, une porte et des larges fenêtres donnant sur la piscine bordée de hauts palmiers oscillant lentement dans le ciel. On s'assoit sur le lit ; l'angoisse, le désir, la fatigue nous étreignent, on se renverse, on s'empoigne, on se détend sur le drap rose délavé par d'autres voyageurs, au-dessus de nos têtes une affiche de *Macadam à deux voies* et devant un poster, une photo peinte de Malibu.

« La chambre est minuscule.

— Un peu.

— Il y a un patio avec une table, je te la laisse Simon, je travaillerai au lit. »

Je me love dans tes bras.

« Eva on va être éclatés si on dort maintenant, j'ai envie de boire un café.

À l'opposé de la piscine, un balcon où l'on découvre un autre versant de LA. Nos corps tendus l'un près de l'autre dans la fraîcheur du matin ; l'Amérique et toi me tournez la tête.

« Poulou ! »

Du bout des doigts, tu me coiffes gentiment les cheveux. Je te suis. Nous reprenons le 4 × 4, admirons le monde, des chemins bifurquent sans arrêt, en bas sur une route à flanc de colline les voitures filent attirées entre elles par un étrange magnétisme, une école, des enfants bruyants, le pépiement des oiseaux, je me dis : « *Grosse galette*, Dos Passos ! » Les impressions me reviennent, rejaillissent avec la puissance spirite.

« Elle est pas mal, sa baraque.

— On pourrait voyager davantage, se détacher de tout, ne revenir à Paris que pour nos projets, c'est une vie possible… parcourir le monde…

— Attends, je me concentre sur la route. »

Sunset Boulevard, tout est fermé à cette heure, à l'exception du café Starbucks. On se gare dans le parking face à un mur rose et bleu tendre, une ombre en diagonale modèle la perspective, l'évocation des souvenirs malgré la distance et le temps n'en est que plus vivace. Je peux me remémorer absolument tous les murs où tu as parqué ta caisse.

« EVA ! SIMON ! »

L'annonce de nos deux noms criés trop fort par le serveur gêne ta pudeur. Assis dehors sur une estrade nous apprécions nos cafés. À droite s'élève un restaurant en bois façon bateau de pirates, le Saddle Ranch Chop House : *Steaks Ribs Chicken Seafood Sandwiches Pancakes* sur le toit de l'auvent en bois, postée en équilibre une carriole tirée par deux chevaux, à chaque fenêtre du premier des mannequins en petite tenue froufroutante semblent nous alpaguer, cow-boys, cow-girls, chercheurs d'or, derrière émerge un *billboard* affichant un requin mauve et, en face, le Sunset Tower 1930 et un Best Western, un couple de vieux en jaune, bras dessus, bras dessous, entre au Sunset Plaza.

« J'ai habité plus bas au Standard Hotel.

— Ah oui ?

— Oh là là, c'est une autre époque, je travaille tellement mieux sans boire ni rien… je serais mort sans toi, quelle horreur quand j'y pense, putain ça me fait froid dans le dos.

— *Stop talking about death, please, please.*

— Arrête de parler en anglais, vraiment c'est, je ne sais pas, agaçant.

— Tout est encore endormi, qu'est-ce qu'on fait ? »

Venice Beach, ses boutiques de marijuana, ses murs repeints, ses fresques, ses planches sales, les hommes musclés, les caniches, les immeubles 1980, les balcons remplis de pots de fleurs se mourant sous le cagnard. Les vendeurs de *waffles*, de glaces, de tee-shirts, et de temps à autre des baffles en hauteur avec de la musique, des drapeaux comme des fanions, des vélos, des lunettes bandeaux.

« Je n'aime pas ce coin.

— On se baigne quand même ?

— Si tu veux, mais je n'aime pas ce coin, Eva. »

Nous traversons le large banc de sable menant à une mer plate, cette image identique à celle que je convoque pour m'apaiser avant de m'endormir ; nous sommes étendus l'un à côté de l'autre avec personne alentour sauf quelques grands gars faisant du volley-ball, le bruit mat des ballons.

« J'y vais. »

Il me suit du regard, je m'élance, je fends les flots, je crawle de dos, de face, l'eau est sirupeuse, c'est agréable, j'ai pied partout ; me vient cette révélation qu'un jour je saurai deviner l'événement avant qu'il ne se produise, comme quelques années auparavant, j'avais pressenti l'accident au coin de la rue, la chute de l'enfant d'une amie dans le salon, le feu à l'école, j'anticipais les phénomènes, les catastrophes, ils bourdonnaient dans ma tête me figeant, ces prédictions s'étaient discrètement enfuies, mais soudain grâce à Venice et à ses canaux, à barboter dans l'eau plate, je songe à ce don, il me reviendrait et ce serait aussi l'annonce du bonheur. Je ne te parlais jamais de la force de mes pouvoirs et tu te gardais de t'exprimer là-dessus.

À l'horizontale sur le sable, extatique, tu regardes le ciel.

« Simon ?

— Oui, Eva… Ici, c'est atroce…

— J'aime bien l'ambiance dégradée, populaire… Dis-moi un secret ?

— Je veux aller à Malibu. »

Nous sommes à LA pour un mois, *Eva* allait sortir à la rentrée, c'était une affaire pliée. À sa demande, j'avais promis de ne pas parler des scénarios durant ce séjour et nous avions décidé de travailler chacun de notre côté sur nos bouquins, à l'exception des rares matinées à chiner de-ci, de-là. Des embouteillages en accordéon, et puis le trafic à nouveau fluide ; quand même : deux heures trente pour atteindre Malibu. Des parkings et des parkings et des plages sublimes à perte de vue et cette route qui mène vers Big Sur, San Francisco ! On se sourit, plusieurs fois bêtement, des rires sexy. Simon s'arrête à l'entrée de Topanga Canyon Boulevard, casquette noire sur le crâne, sort de la bagnole, attrape le sac de plage ; il a l'air si sûr de lui.

« Viens, Poulou ! »

Nous courons jusqu'au bord de l'océan scintillant, l'étendue marine nous éblouit et, à gauche, tout au loin, la jetée avec la foire et ses manèges, la grande roue immobile. Les embruns aspergent nos visages, les vagues écument, je tente de rentrer dans l'eau mais les vagues féroces me rejettent.

« C'est pas une mer pour nager, personne ne se baigne ici ! »

Tandis que je m'installe sur ma serviette, il part plonger dans les rouleaux de l'océan. Je m'assoupis, lourdement enfoncée dans le sable aux éclats de lune. Ma peau est chaude, je bronze, je rêve d'éternité. J'entrouvre les yeux, des femmes se sont installées sur des chaises pliantes, Simon revient vers moi, il se colle à mon corps, on s'endort. La voix de Mariah Carey émane d'une barre de son. Simon me regarde si tendrement, un amour presque insupportable émane de nous, il m'est impossible de songer à autre chose, si ce n'est à le voir se déployer, nous prenons tout l'espace et les États-Unis c'est si grand.

« Simon. »

D'un coup, tu te redresses, tu remets ta montre, tu te peignes, je fronce le nez.

« On remonte en bagnole par Topanga, je veux voir l'endroit où a dormi Bobby Beausoleil avant de poignarder son professeur de guitare, quand il traînait avec les Straight Satans. »

J'enlève le sable sur mes cuisses, là où quelques secondes plus tôt se trouvait sa main.

« Il avait vendu des pilules de mescaline au gang de motards mais c'était de la strychnine, ils ont obligé Bobby à se rendre chez son dealer, le professeur de guitare, pour récupérer la thune avec Susan Atkins et Mary Brunner. »

Il parle encore en surjouant l'accent américain.

« Et alors ?

— Rien, c'est très connu, il va dans cette maison, une des filles se sent menacée et le braque avec un pistolet, une embrouille de fric, il garde le prof en otage et appelle Manson à la rescousse qui lui tranche l'oreille avec une épée.

— C'est tordu ! »

Simon opine du chef.

« Ils sont repartis et Bobby, fou, est revenu le poignarder en plein cœur. »

Je glisse mes fesses dans mon short, reste en soutien-gorge, étire mes mains vers le ciel, le soleil étincelle, tu mets tes lunettes noires, je m'y reflète en minuscule, tu m'attends.

Je me précipite dans tes bras de peur qu'il ne nous arrive quelque chose d'impossible en plein jour.

« Calme-toi. »

Je me laisse choir un moment, tenant ferme le bas de ton pantalon, incapable de bouger, je ris. Parfois je retombe si facilement en enfance, retrouvant un bonheur aussi inextinguible que subi, il me surprend, il jaillit de si loin, de ces lieux dont on ne revient jamais. Personne ne comprend ce genre d'événements ou plutôt les gens font comme si ça n'existait pas. Il dégaine son plan où se trouvent, je le sais, de petites croix tracées à divers endroits. À nouveau je t'enlace, je t'embrasse.

« Arrête, Eva, tu es surexcitée…

— Pourquoi ? je t'ennuie ?

— Toi, tu ne m'ennuies jamais, c'est impossible !

— C'est par ici sans doute que Marilyn a posé dans tous ses maillots de bain, elle aussi elle aimait bien être devant les bords de mer… »

Tu ris, je te rejoins dans ton rire.

« Allez, *let's go, darling.*

— Pas *darling.*

— Dis-moi mon amour, pourquoi quand je te parle de mes vieilles blessures, de mes traumatismes, tu t'en fiches toujours ? »

Il prend le gros sac, me montrant bien que c'est lui qui le porte, qui assume.

« Parce que tu n'y crois pas vraiment toi-même…

— Je te fais jamais chier avec ça, c'est tout…

— C'est vrai…

— J'ai fait un gros boulot là-dessus quand même, reconnais-le.

— Je reconnais ! »

Mon Dieu, le ciel de la Californie et ce *freeway* qui se remplit.

« Qu'est-ce que tu as ? hein ?

— Ce que je veux c'est aller au Luna Park, tout là-bas, me promener entre les manèges endormis.

— Pas aujourd'hui, l'avion m'a suffi. »

La route monte, sillonne, la terre a la couleur du café brûlé, Simon a allumé la radio, elle diffuse un mélange de hits du moment et de vieux tubes. Il se tait, observe mon visage, fouetté par mes cheveux blonds dans le vent, je souris, à nouveau des rires sexy. La voiture pénètre dans un chemin qui rétrécit, l'atmosphère hippie communautaire reste inchangée malgré les années, des enfants baguenaudent pieds nus, les maisons sont ornées de minéraux, entourées de hautes pierres, de tissus délavés, orange, jaune, rose, des clochettes et des drôles de mandalas, mon humeur se trouble, je veux voir l'école et l'église, ça ressemble à des lieux hantés de mon esprit, de vieux lieux de pèlerinage, ils me rappellent le temps où j'habitais Frisco en 1970. La nature vibre autour de nous, il ralentit et se gare.

« C'est elle, celle du professeur de musique. »

Il sort de la bagnole se dirige vers un mont, avec dessus une baraque, elle sommeille tranquillement, attendant comme la Belle au bois dormant qu'un propriétaire trouve acquéreur. Tatouée de l'ombre des palmiers, son aura maudite me fait frémir, il rôde, emprunte le chemin, revient, marchant lentement vers moi comme si éternellement il me rejoignait.

Assise devant la piscine vide de Monte, en robe moulante, je me l'imagine pleine. Monte Hellman, assez vieux, n'a pas l'air commode du tout, il arrose son jardin vêtu d'un jean, d'une chemise à carreaux et aux pieds il porte une grosse paire de rangers.

« *Hello Monte.* »

Il ferme l'arrosoir, je trottine derrière lui, il désigne un réfrigérateur plein de victuailles. Simon, qui s'est changé, me sourit derrière le bar.

« *Look this, it's for your breakfast.*

— *Oh, thank you, pleased to meet you, I am Simon Liberati.* »

Monte évite de lui serrer la main, le gros chien aboie.

« *She is Dolly, hey Dolly.* »

Le propriétaire caresse sa chienne.

« *Bye…* »

Monte rend son sourire à Simon, puis disparaît dans son studio, à côté de la terrasse surplombant LA.

En amoureux, on se balade gentiment dans le quartier où se dressent des demeures de l'âge d'or. Intrigués par une propriété en friche, on s'approche des grilles, une famille de clochards millionnaires trie des ordures, poussant des Caddies sur leur terrain, suivis de leurs chiens, au milieu de tentes hérissées de bouts de métal étincelants, et au-delà le soleil décline sur Los Angeles, avec ce fond béni électrique, rose, bleu et jaune, des mouches dansent avec élégance dans un coin, les arbres exhalent leur fraîcheur, on s'embrasse, furtivement, tu préfères rouler en direction de Beverly Hills, les lumières de la nuit me galvanisent, l'air aussi doux qu'une caresse, le feu rouge nous immobilise, mécaniquement je sors le portable gentiment prêté par Christian L. avec, à l'intérieur, tous ses contacts perso américains.

- Bret Easton Ellis
- Beyoncé
- Dita von Teese
- Will Smith
- Leonardo DiCaprio
- Dolly Parton
- George Clooney
- Gigi Hadid
- Kim Kardashian

« Tous ces numéros, on appelle qui de sa part, Bret Easton Ellis ?

— Non.

— Pourquoi ? allez, on l'appelle ?!

— Parce que c'est non. »

Il démarre en trombe.

« Mais si Christian nous a filé son téléphone, c'est pour qu'on appelle des gens, tu dis ce qu'il t'a dit, que tu es un ami, je peux insister pour que Christian rappelle derrière ?

— Non.

— Tu déconnes, on peut faire une interview de Bret Easton Ellis, c'est un plan marrant, on s'en fout… c'est un prétexte pour rencontrer des gens, l'interview…

— Je ne sens pas d'appeler les gens qui ne me connaissent pas.

— Oh là là… tu n'es pas très aventurier.

— Non, j'ai juste pas envie qu'on se foute de ma gueule. »

Je m'enfonce dans mon siège tandis qu'on roule dans les belles avenues de Beverly Hills, rien que ma tête en rase-mottes, les maisons luxueuses défilent, nous sommes sans doute dans le triangle de platine, des haies, des palmiers, à nouveau Sunset Boulevard.

« On va voir la maison des LaBianca.

— Je veux boire des cocktails.

— Je ne bois pas.

— Putain, Simon, on est à Los Angeles ! »

La voiture glisse lentement dans Los Feliz sans qu'on parvienne à identifier la maison des LaBianca parmi les frondaisons des arbres, il décélère, intrigué, face à des bâtisses trop illuminées, et cette sensation de perte dans la nuit.

« Je ne la trouve pas, un autre soir.

— Allons sur Hollywood… »

Le boulevard nous plaît, on musarde, on se pâme devant le Chinese Theatre. Au Musso and Frank Grill, l'inconnu me tient. La curiosité l'emporte, nous ne savons pas où nous arrêter, nous sommes ravis, émerveillés d'arpenter un quartier aussi fameux, mais Simon refuse tous les restaurants, les considérant trop clinquants, trop chers, trop touristiques.

« Eva, rentrons, je suis exténué.

— D'accord, comme tu veux, c'est toi qui conduis. »

Chez Donatella, des hommes et des femmes bien habillés, sur les tables des photophores. Je suis émue d'être face à toi dans ce lieu incertain, tu détailles le menu l'air chic, tes cheveux plaqués en arrière, la flamme de la bougie danse sur les verres de tes lunettes, comme le tsadé, je prends mes aises.

« Cet aigle sur ton ventre, franchement !

— C'est un ange, Roberto Cavalli, tu prends quoi ?

— J'ai envie d'un *cheese* et toi ?

— Un Z California dream avec une salade verte.

— C'est tout ?

— Oui. »

Les couples nous matent, un charme émane du nôtre, ça ne te déplaît pas la normalité, la simplicité au milieu des autres, une ampleur se dégage de toi. Une anxiété toujours présente refait surface, les arbres protégés par des halos grouillent sur ma droite.

« Simon, je peux te poser une question ? »

Il hoche la tête.

« Tu ne te fâches pas ?

— Non.

— Tu as terminé ton livre sur Manson, pourquoi tu fais encore des recherches ?

— … Si je trouve des détails supplémentaires, sur ces mêmes endroits, on ne sait jamais, et c'est toi ma chérie qui m'as poussé à demander cette bourse et je fais ce que je dis, c'est un principe, sinon tout part en couille. »

Il sirote son Coca *light*, j'allonge mes jambes sur ses cuisses, on se sourit, toujours prêts à partir dans un tête-à-tête, mais il les retire doucement.

« Arrête !

— Pourquoi ? »

À jeun, il se retient. Après deux Z California dream, je suis ivre.

Dans la rue je ris contre les arbres, prisonnière des lumières, il avance lentement.

« Il y a un 7-Eleven, j'achète du vin.

— Allons-y. »

Le sentiment d'être dans un *teen movie*. Il contemple attentivement les automobiles, ses paroles se rétractent, mais Simon revient toujours de ses cachettes.

« On peut partir dans la vallée de la Mort, c'est très dur, il fait très chaud, j'aimerais aller là où Manson a eu cette révélation bizarre, il adorait le désert dans lequel il s'est planqué, à cause de Rommel... tu roules les vitres fermées et il n'y a rien autour.

— J'ai pas envie d'aller dans la vallée de la Mort, ça ne me plaît pas de voir du sable et des carcasses rouillées, enfermée dans la bagnole sous quarante degrés.

— Tu as tort, c'est magnifique, on doit prendre assez d'essence pour éviter de tomber en panne... je voudrais m'enfoncer plus loin que la dernière fois.

— Je ne veux pas.

— Il y a un seul hôtel dans une ville fantôme...

— Non, Simon, j'ai besoin d'un endroit paisible, longer la côte, aller à Big Sur.

— C'est pourtant une vraie expérience ! »

Les deux mains planquées dans les poches arrière de son jean, Simon se balance légèrement, me considère, mû par une étrange détermination. Dans le 7-Eleven vide, je m'empare d'une bouteille de vin californien.

« Laisse, je vais payer. »

Il dégaine son portefeuille.

« Viens, Eva. »

Lorsque je me réveille, je suis seule dans la chambre, les voix étouffées de Monte et de Simon me parviennent de derrière le mur. De l'autre côté de la fenêtre, la piscine vide et ses palmiers s'introduisent dans mon esprit, leurs palmes se meuvent lentement en silence. Simon mène la conversation sur Dennis Carl Wilson, le batteur des Beach Boys, un acteur de *Macadam à deux voies*. Monte l'appréciait, mais n'est pas loquace, Simon tripote son appareil à enregistrer.

« *Sorry, I look the* "magnétophone"*, I love the cars in your movie, particularly* la *Pontiac GTO and* la *Chevrolet 1955.* »

Simon parle curieusement l'américain.

« *Is it difficult to finance movie?*

— *Yes very! It could take a lot of years.*

— *Yes... My wife does movie, it's complicated, I know, it's terrible, so much work, so much pain, waiting for money, losing time... script again.*

— *Yes, very long.*

— *Courage.*

— *Yes, thank you.* »

Je m'assois sur le lit nue et faible et je détaille l'image repeinte de Malibu au coucher du soleil orange et noir, la boule de feu aux reflets jaunes s'infiltrant sous l'horizon.

« *Dennis Wilson, one of your actors, was a friend of Charles Manson?*

— *Yes, at the beginning...*

— *Did you meet Charles Manson?* »

Un silence.

« *Yes, I met Charles Manson, yes, yes, I knew him... but I don't want to talk about Manson. Sorry, it's... no.*

— *No, why?*

— *No, thank you, no, Manson, it's the past for me.* »

Soudain la conversation freine, je me dirige au fond du couloir, je me glisse dans une cabine exiguë et jaune. Sous la douche, la déambulation de la veille au soir me revient en tête – sa fascination des crimes. Dehors le ciel semble peint en bleu par un gai luron. Habillée d'un maillot de bain dos nu et d'un short, je m'introduis dans leur champ de vision, ondulante sous mon chapeau incrusté de lunettes en plastique, lorsque je baisse la tête, je peux voir sans être vue, Monte me dit :

« *Hey... hey! The hat!*

— *Yes! the hat! kills the cat!* »

Il me détaille aimablement puis se lève de son tabouret.

« *An another day maybe, Simon, sorry I must go to work on my next movie.*

— *Yes... Monte, I must take a photo of you for the reportage?*

— *Yes, in the afternoon after lunch, when you want, I am here.*

— *Perfect.* »

Monte s'en va à petits pas dans son bureau ; après deux cafés, on va écrire, Simon installé à une table en terrasse et moi à un guéridon dans la chambre.

À Amoeba Music, on fait l'acquisition de vinyles à écouter le soir à la campagne, mais pas de CD pour la bagnole. Simon, tendu, guette le coup de fil de son éditeur. On s'engouffre dans un Fast Tacos. La chaleur est étouffante et son éditeur finit par appeler, ils n'arrivent pas à négocier les droits de la photo pour la couverture avec Roxanne Lowit, ça traîne en longueur. Les odeurs des clochards affalés me parviennent malgré la vitre épaisse, Simon s'avance dans ma direction.

« Tout est super gras ici.

— Écoute, Roxanne, ne leur répond plus…

— Je vais réessayer.

— C'est pressé… »

Nous retournons à Malibu, à l'entrée de Topanga, tu fourrages sous un talus, c'était là une des entrées du *snake pit*. Après, nous prenons possession de la plage, nous lisons tête contre tête, et je m'endors lourdement dans tes bras.

Le soleil décline rose orangé, nous roulons sur des routes sauvages, il s'engage dans une voie sans issue, au bout une propriété grillagée.

« Le soleil est tombé.

— … C'était par là je crois le ranch je ne suis pas certain. »

Nos pieds s'enfoncent dans du sable blanc, il flotte une odeur de ciment, au loin les lumières de la ville scintillent, j'enlève mon short, j'ôte mon maillot, je retire sa chemise, je l'embrasse, il me serre la taille, mon corps nu sent sa sueur, il me reluque timidement avec une pointe de méchanceté.

« Si on nous voit…

— Et alors ça te plaît pas ?

— Allons dans la voiture. »

Une fois à l'intérieur, il tremble, l'air apeuré.

Il ferme les yeux, contrainte je me rhabille, puis je clos à mon tour les paupières, et tourne la tête appuyée vers la vitre. En arrivant chez Monte j'allume la terrasse, je t'entraîne dans la chambre, tu m'arraches les vêtements et nous faisons brutalement l'amour dans l'obscurité, seul le bleu t'éclaire ; après, j'ai comme une envie de mourir, mais je mets une jolie robe rose pâle parsemée de strass, et je cours jusqu'à la piscine, j'attends assise en fumant que tu me rejoignes, et tu es venu.

À nouveau sur la quatre voies, direction Malibu avec le trafic en accordéon, nous sommes à présent ultra-bronzés.

« Tu as vu le GPS ?

— Et ?

— Une heure vingt… Je ne supporte pas cette circulation, ça m'oppresse ce temps perdu dans la bagnole, on va faire ça pendant un mois en plus, on ne peut discuter d'aucun script, on en a quatre en chantier, *Une jeunesse dorée*, *Franck et Vicky*, le projet autour de Renée Vivien, et *Magazine* sur les magazines féminins ! Je ne vais pas m'asseoir dessus… et c'est de l'argent, c'est abêtissant quel gâchis, sans compter celui sur ta relation avec la Brésilienne, on fait quoi tous les après-midi… pas parler se taire embouteillage rester dans voiture scotch sur la bouche Malibu Malibu Malibu Malibu oh ?

— Si vas-y, parle, c'est juste compliqué de se concentrer sur la route et de discuter de films.

— Écoute-moi, après je ferme ma grande gueule… Pour *Franck et Vicky*, je trouve qu'on ne va pas dans la bonne direction, il vaudrait mieux revenir au fait divers d'origine avec cette fille qui se fait tuer par son copain homo, repartir sur cette piste, creuser… Tu comprends ?

— C'est toi qui t'es barrée ailleurs, tu ne voulais plus, tu préfères faire des comédies consensuelles pour plaire.

— Tu dis n'importe quoi, tu es délirant… comment tu me parles ?

— Si, tu trouvais ça trop trash, mais t'es bonne dans le trash, toi t'es hyper trash, c'est toi qui m'emmènes là-dedans, moi je te suis c'est tout…

— Tu mens, je déteste ça, le trash pour le trash !

— Ah ah ah ah, continue, je t'écoute, ma chérie !

— Cette fille, la manière dont il la traite est misogyne, un pédé avec une idiote qui veut faire la pute pour lui plaire, putain !

— Ah ah ah, rien à foutre, j'aime le trash.

— Tu fais exprès Simon, hein, de me dire ça dans la bagnole.

— Ne parlons pas de scripts maintenant, on va avoir un accident. »

Les voitures nous klaxonnent. On reste dans un silence pesant jusqu'à la mer, le *gloom* recouvre la plage, on va au Luna Park embrumé, on s'embrasse sous la grande roue.

On remonte par Sunset. Kenter Avenue, Bundi Street, Marymount, Bel Air, Westwood Plaza, Copa de Oro, des embouteillages, Roxbury, Rexford, enfin Beverly Hills et sa fraîcheur malgré le trafic, Hillcrest Road.

« J'ai été à l'UCLA.

— Pourquoi tu me l'as pas dit ? Je l'aurais mis dans *Eva*, tu t'es gardé toute la came pour toi.

— Ça suffit, c'est ma vie.

— C'était pas le *deal*, chérie.

— Tu me fais chier.

— C'est pourtant la vérité ! »

Westwood et le premier grand *billboard*, Doheny Road, Horn Avenue, Sunset Plaza, Fairfax, au feu rouge un endroit où enregistrer ses propres chansons, des magasins de guitares, un Wendy's.

« Regarde le Wendy's, il est beau… les couleurs Lego.

— Oui… je conduis. »

À nouveau le trafic.

« Il y a un *vintage store* ! »

Il obtempère pour un rapide *U-turn*. Dans le magasin, tu essayes des chemises, tu m'offres des belles robes anciennes.

« Simon on rentre à Silver Lake ? »

Il fait nuit, seules les lumières de la rue se faufilent, vertes, nous faisons sauvagement l'amour dans la chambre, je déambule comme une somnambule dans notre maison entièrement *fifties* avec cette impression vertigineuse d'être plongée dans une sur-réalité.

Étalée sur les coussins fleuris de la terrasse, avec, au-dessus de ma tête, une pergola noyée sous une tendre et généreuse glycine exsudant son délicat parfum, chargé d'épices mielleuses, et dans mon dos, quelques marches en pierre menant au jardin luxuriant, ses cactus gris et, au fond, ocre rouge comme une pâte de coing, l'atelier du fils de la propriétaire, parti en randonnée. Les hauts palmiers dansent imperceptiblement dans le ciel azuréen. Figée sans bouger tant la plénitude du bonheur m'envahit, de l'autre côté du *highway* se trouve cet étrange bâtiment : la clinique du Rêve. Je te rejoins à petits pas, tu es endormi dans le canapé couleur caillou du salon, je me penche sur toi, tu sursautes, je me love contre ta poitrine.

« C'est incroyable ce que tu fais jeune dans cette robe layette, tu n'as pas bougé, même tes expressions sont si juvéniles, c'est à se demander comment tu fais, parfois on dirait que tu as seize ans… ah, les éternelles lolitas.

— Et… ?

— Tu as de la chance, tu as une peau épaisse… et un joli teint bronzé… c'est quoi ce petit air mutin ? »

Il met la climatisation en marche, ferme les rideaux lourds. Bientôt Paris lirait tes mots d'amour, fulgurants, passionnés, inspirés, sur la table Tikky du salon, le texte imprimé d'*Eva*, à la page 222, la dernière :

*Eva qui revient bientôt ta fourrure et tes grosses lunettes fumées de lapin blanc. À cette distance tu mesures à peu près vingt-cinq centimètres, le gabarit d'un peuple de petites femmes imaginaires à la chair tiède et aux longs cheveux blonds que je rêvais d'asservir et de tourmenter quand j'étais enfant, la taille exacte de mes souvenirs.*

« *Hello*, entrez !

— Bonjour !

— Ma femme, Eva.

— Eva, ah, c'est toi… il m'a beaucoup parlé de toi… Ravie, Joane. »

Une belle brune hyper sexy plonge son regard dans le mien, captant immédiatement qu'on sort du lit, *sex gloss*.

« On se fait la bise ?

— Bien sûr. »

Après avoir jeté un bref coup d'œil à ma tenue – je porte une robe Prada noire sous un blouson de cuir, des talons très hauts –, elle se tourne vers Simon avec un large sourire aux dents entièrement ligotées de fils transparents.

« Contente de te revoir, Simon, depuis le temps ! »

Elle se recule pour mieux se saisir du corps entier de Simon.

« Ah oui, très en forme ! »

Elle bave un peu, un Kleenex au coin de sa belle bouche.

« Merci, ah ! »

Le ton de Simon, soudain cynique. Joane s'esclaffe comme pour cacher le plaisir sincère d'être en sa présence, le sourire chevalin, la salive aux commissures de ses lèvres, ses yeux au ciel.

« Ah, *my god… god!* Je me suis fait baguer ! qu'elle dit d'une petite voix chantante, puis elle toise Simon, la tête penchée sur le côté, marquant un temps d'arrêt pour se souvenir. Presque trois ans… hein ? J'ai fait une affaire, bientôt il n'y aura plus rien… dans ce quartier, venez. »

Sa queue-de-cheval se balance de droite à gauche comme sa croupe haute, dans un jogging super fin et blanc. On traverse une pièce loft laquée blanc, découpée au format Scope, qui surplombe le jardin festonné de guirlandes aux ampoules colorées.

« Attention les marches ! »

Joane sourit, la salive dégouline, récupérée par le Kleenex.

« Ah là là ! »

On se détache les uns des autres pour arpenter l'herbe verte fluorescente, drue, avec de-ci, de-là de grands cactus, une haute haie sépare ce havre de paix de l'incessante circulation vibrante de la nuit, le ciel mauve, les lumières au-dessus du Hollywood Bowl ressemblent à une soucoupe volante.

« Je vais commander des gros yuccas, dans les pots en terracotta, ce sera super. »

Soudain une vague de vent brûlant, les feuilles des arbres émettent de sauvages bruissements, comme habitées par des animaux invisibles.

« Je vous sers un verre de vin ?

— Je ne bois plus, je suis au Coca.

— Ah bon, carrément au Coca ?

— J'ai tout arrêté. »

Joane hausse les épaules, dubitative, l'air de ne pas y croire.

« Je veux bien un verre moi, Joane. »

Elle me sert, j'inspecte. Simon me disait qu'il tenait cette fille en estime pour son indépendance, malgré un père gangster à Nice, qu'elle s'était faite toute seule dans la ville-lumière de LA en vendant sa camelote aux actrices d'Hollywood.

« C'est tes bijoux ?

— Oui. »

Je m'approche des amas de petites perles, des gouttes d'eau, des médailles frappées des signes du zodiaque.

« C'est bien, ils sont super ! »

Ils se jaugent longuement.

« Et quoi de neuf alors ? s'enquiert Simon.

— J'ai un copain, il réalise des séries, ça fait trois mois, je verrai... venez, suivez-moi. »

Elle se détourne, Simon fait une drôle de moue accompagnée d'un lent mouvement comme voulant chasser l'image de Joane. Au premier étage, trois chambres laquées de teintes lait fraise, lait vanille et lait menthe, donnant sur une place verdoyante, résidentielle.

« Tu as de la chance, Joane, c'est bien d'avoir une maison à soi. »

On s'installe doucement dans un des canapés profonds et blancs du salon, Simon la soupèse de derrière ses Ray-Ban transparentes qu'il vient de mettre et qui lui donnent cet air réfléchi.

« Ton livre sort à la rentrée, c'est ça ?

— Oui… voilà.

— C'est super. »

Quelque chose chez Joane refuse de prendre Simon tout à fait au sérieux, elle dodeline de la tête.

« *God god god*, il y a des putois, j'espère qu'ils ne vont pas spreeter.

— Ah… Joane ?

— Oui… dis…

— Voilà… J'ai une proposition, je voudrais que tu fasses la traduction en anglais de l'article que je viens d'écrire sur Monte Hellman, c'est assez pressé, je n'ai personne, c'est payé cinq cents euros… tu veux ?

— Je ne sais pas quoi te dire, oui… oui. »

Dubitative, elle pivote dans ma direction.

« Mais vous faites quoi à LA au juste ?

— Des vacances et quelques vérifications, je peaufine le meurtre de Sharon Tate.

— Il m'emmène à Malibu tous les jours.

— T'es dingue, Simon ! »

Simon me scrute méchamment. Soudain surgit avec force l'odeur répugnante.

« Le putois a spreeté. »

Promptement, Joane se redresse pour fermer, de ses belles mains aux ongles longs, les baies vitrées, des gestes vifs, assurés.

« C'est infernal ! »

Elle se pince le nez, rigole pour se lisser lentement ses cheveux tirés, la tête inclinée en arrière, les iris de ses yeux larges, noirs, semblent s'enfoncer dans les coussins blancs.

« … Tu connais un endroit où on pourrait aller près de Los Angeles ? »

Ma voix intime et sa chair rose. Elle avale suavement une gorgée de vin, se tourne vers Simon.

« Près de Palm Springs, je t'enverrai le lien, un hôtel très joli tout en bois avec des bains de bulles et des balades… près de Joshua Tree, on y va souvent avec Paul, c'est super, vous allez kiffer.

— D'accord, ça peut être une alternative. »

Il hoche la tête si poliment, d'un coup je descends mon verre.

« … Je dois me préparer. »

Elle se redresse, nous aussi.

« Venez dîner un soir avec Paul ? »

Elle se dirige vers la sortie, elle nous ouvre la porte.

« *A ciao* », dit Simon.

Le restaurant Musso and Grill sur Hollywood, le vent du soir s'y engouffre me provoquant la sensation d'être au bord de m'envoler. Le dos arrondi, il hausse les sourcils.

« Qu'est-ce que t'as, tu me cherches ?

— Non.

— Vas-y, dis ?

— T'as couché avec cette fille ? »

Il se recule sur sa chaise, écarte ses cuisses moulées dans une paire de jeans blancs, tape du plat de la main sur la table.

« Non, je lui plais, c'est tout… elle me drivait le jour, la nuit en bagnole, elle venait me chercher au *Standard*, j'étais venu pour une conférence sur Jayne Mansfiefd, elle m'a présenté un bon dealer dans un parking, elle m'accompagnait partout à n'importe quel moment mais on n'a pas couché ensemble, ça aurait pu, remarque elle en avait vraiment envie… et finalement je me serais bien vu faire ma vie à LA, écrire dans sa baraque pendant qu'elle enfilait des perlouses… elle était encore plus belle et plus mince, les jolies filles s'intéressent à moi, je suis plutôt pas mal, j'écris bien, je sais flatter leur narcissisme, un écrivain ça enjolive, ça donne un pedigree… et puis elle a le côté un peu vulgaire des vendeuses en parfumerie, je trouve que ça a son charme, bien nickel bien propre avec la queue-de-cheval que tu peux tirer, c'est excitant… ! »

Il se met à bouffer à toute allure, de gros morceaux d'affamé, attendant que je réagisse… la manière dont ils se sont calculés sur le sol laqué blanc me déplaît, rien de plus. Ce serait nier la vérité que de prétendre n'en avoir strictement rien à foutre.

« Simon ?

— Je bois pas, je fume pas, alors je bouffe, il faut bien compenser.

— … tu lui plais toujours…

— Visiblement elle a un mec qui bosse à LA… et qui, lui, va s'installer chez elle, son père a du blé, la baraque, c'est pas les bijoux, il y a du bien… oh putain, j'ai envie de boire, je me retiens, c'est horrible, une vodka avec un énorme rail… putain, ah un rail ! »

Il rejette son corps en arrière, fait un bon sur le siège en moleskine verte.

« Bois un verre ! »

Je ris presque.

« Non, c'est non ! »

Il avance sa trogne vers moi…

« Eva, elle en avait pris, elle, de la coke, et un sacré railloux, je lui ai rien demandé vas-y, on commande un autre verre. *Please sir, an another wine for my wife…* Mets-toi à ma place, tu ne tiendrais pas, tu n'en es pas capable ! Tu n'as pas tenu deux jours quand on a dit qu'on arrêtait… Tandis que moi oui, ça, c'est des preuves d'amour, moi je tiens, moi j'ai une parole, eh oui !

— Sa baraque, elle est bien… J'aimerais en avoir une comme ça à moi.

— Longpont, ça ne te suffit pas… »

Le serveur ultra-musclé se pointe avec le verre de vin aromatisé à la banane. La conversation dérive sur Hemingway à cause d'un bar à proximité où il avait ses habitudes. Simon n'apprécie pas Hemingway, ni Dos Passos, ni Bolaño. Nous nous opposons soudain, sans frein, unis dans la réalité cruelle inaltérable. Je vise les voitures sur Hollywood, il me fixe.

« Qu'est-ce qu'il y a, Simon ?… accouche !

— Ah… J'ai les nerfs solides pour te supporter, en plus tu me fais chier avec cette Joane qui va nous filer des plans parce que c'est une fille sympa, elle va me faire ma traduction, tu ne manges pas ta *Caesar salad* ?

— Non !

— Alors pourquoi tu commandes une salade César ? »

Comme lui, j'avance la tête pour le narguer.

« Pour faire un *doggy bag*, hein !!! »

Soudain, il rit follement.

« Ah ah ah ! J'adore comment t'as dit ça, c'est tellement toi ! »

Il applaudit, très fort, et les trois pelés se retournent.

L'Edison, située *downtown*, se remplit de couples hyper lookés, l'ancienne centrale électrique reconvertie en boîte de nuit, regorge d'objets hétéroclites. Les machineries en cuivre bien briquées, les murs gangrenés de bouteilles d'alcool lumineuses, au loin une gymnaste debout sur un trapèze. Appuyé au bar, tu bois une bière sans alcool, je sirote un cocktail jaune au lait de coco. On se promène comme dans un musée, la faune nous distrait, des salles se succèdent, séparées par des murs en briques de verre, partout des poteaux et des fils, tout un réseau électrique, crépitant par endroits, provoque l'illusion d'une imminente explosion, au sol des tapis arabes, des Chesterfield, du mobilier gothique, une arrière-salle de Gotham City.

« Ça va, tu te sens bien dans cette boîte de nuit ou on s'en va ?

— Oui, très bien… Moi, l'ambiance me botte… »

Plusieurs bars, les canapés pris d'assaut par des grappes de jeunes Américains, rigolant, beaux et bronzés, et l'arrivée massive de très belles filles en blanc, la peau nacrée, les cheveux impeccables.

« Tu veux danser avec moi ?
— Oui, je veux bien. »

En descendant Sunset, nous sommes passés devant le Black Cat et le Tiky Bar, Fountain Street, le vieux cinéma, l'hôpital pour enfants, la secte de la scientologie, le cinérama, le Denny's, le Rose Bowl, Franklin. Il se gara rapidement devant la maison de Joane, je somnolais, ses bottes sortirent de mon champ de vision, je repensais ardemment à *La Balade sauvage*, j'avais des obsessions, elles m'absorbaient.

« C'est bon, elle a le doc.
— T'as vu son mec ?
— Il était là mais je ne l'ai pas vu… elle m'a filé l'adresse de Zuma. »

La plage de Zuma était sauvage, chaude brûlante, les vagues énormes, on s'assit sur nos serviettes, face à la mer.

« Regarde, Eva, il y a des dauphins !
— Non ?
— Si, c'est des dauphins.
— Non. »

Soudain il se redressa, courut jusqu'aux vagues écumantes, je le rejoignis. Des bêtes grises roulaient à fleur d'eau, tu étais si joyeux, tu trépignais comme la fois où on s'était promenés nus sous la pluie dans le jardin d'émeraude. Soudain, j'éclatai en sanglots.

« Pourquoi tu pleures ?
— Pour rien, Simon.

— Poulou, regarde, ne sois pas triste, il y en a plein partout !

— C'est vrai !

— Poulou !

— Tu m'aimes, Simon ?

— Oui, mon Poulou, tu es l'amour de ma vie !

— Prends-moi dans tes bras, vite. »

Tandis qu'il me serrait contre lui, d'autres dauphins sautaient hors du Pacifique, se montrant plus amplement à nous, il y eut un attroupement, nous sommes restés à admirer les flots marins, tu te baignas avec les dauphins. Dans la voiture tu étais si heureux d'avoir vu les dauphins, c'était si rare de te voir si content, bête et simple. C'était une journée splendide, jamais je ne l'oublierai, le bord de mer et les dauphins. La musique à fond et les bouchons, on fit une halte dans une coquette pâtisserie pour y déguster ton gâteau préféré, la tartelette aux fruits rouges, et moi un cheesecake. Après avoir baguenaudé sur Sunset, dans une admiration réciproque, on a dérivé au Jumbo's Clown Room.

« On se mate un strip-tease.

— Non.

— Allez, regarde l'ambiance est top avec les habitués !

— Non, Eva.

— C'est moi qui paye.

— Non, vas-y toute seule si tu veux. »

Il se barra en courant.

Plus tard, dans le patio aux cactus gris, le bruit de tes pages tournées, mêlées aux miennes, scanda si agréablement le rythme de la soirée.

El Coyote. Les lettres de néons rouges se détachaient sur le ciel rose indien et bleu nuit, *El Coyote Mexican Food* sur les façades blanches, l'entrée tapissée de photos lui plut ainsi que l'ambiance inchangée malgré les années passées, plusieurs salles, turquoise, orange, circulaires, serpentaient. Des guirlandes scintillantes pendaient du plafond, au sol une moquette chamarrée de volutes *seventies* orange et noir et partout des banquettes de moleskine rouge, sur les murs des chapeaux, des selles mexicaines, il me regardait avec amour et nervosité.

« Je veux m'asseoir là où Sharon Tate a pris son dernier repas avant de se faire assassiner, toutes les tables sont prises, on va être obligés de se mettre près de l'entrée.

— Merrrde !

— Allons-y. »

On s'assit dans un coin sombre, les faibles lumières dessinaient des auréoles sur son visage.

« Je veux un tacos au poulet et une Margarita.

— Moi au bœuf, je te préviens, ça a la réputation d'être dégueulasse. »

La nuit capiteuse retenait la chaleur du jour, un garçon débraillé surgit, s'empressa de prendre notre commande.

« Je reviens. »

Il s'extirpa de ma vue en inspectant les lieux, me laissant dans le vide électrique, les ampoules qui clignotaient et toute la quincaillerie. C'était une Margarita géante trempée dans du sel bleu, de la liqueur du Pacific pour bébé dauphin sale, je détestais lorsqu'il me quittait, même pour aller pisser, nous ne nous séparions jamais. Une petite voix intérieure me disait qu'il usait de son pouvoir sur moi, une autre plus forte que je pouvais le quitter. Me séparer de Simon me traversait parfois l'esprit comme un énorme tabou. J'eus, enfant, des soucis de dyslexie, ce n'était pas un problème, mais une qualité en plus. Je m'aimais tout en me détestant. De notre ego, s'aimer soi-même ou non, il évitait toujours scrupuleusement d'en parler franchement, une part de nous nous échappait. Au fond, devant les fenêtres, un totem mexicain ; en regardant bien, il y en avait un peu partout. Il revint en sueur, respirant mal, godillant sur ses jambes, lorsqu'il s'assit ses yeux se fermèrent, il mangea son plat de tacos dans un appétit mou, se laissant happer, totalement fasciné par les brillances, l'œil noir, il fixa durement le service en métal contenant les sauces piquantes, tritura le couteau, s'admirant furtivement dans la lame.

« Il y a quelque chose de très mauvais ici ! dit-il d'une voix d'enfant plaintif.

— Comment ça ?

— De très mauvais.

— Arrête, Simon, tu me fais peur.

— Si. »

Il continua de dîner se sentant tout à la fois agressé, anéanti, possédé par l'esprit d'El Coyote. C'était le moment de finir les nachos ou, à mon tour, d'aller pisser et de photographier les détails du restaurant pour affiner son roman. À mon retour, ses yeux étaient statiques grands ouverts comme s'il voyait la mort en moi ou en lui, je ne savais plus, mon cœur battait la chamade, il transpirait.

« Pardon, je ne me sens pas très bien.

— Ah bon… c'est festif, je trouve que c'est un décor où vivre vaut la peine de mourir, hein ?

— Ouais… allez… il faut partir, ça vaut mieux, cette bouffe est vraiment hyper dégueulasse. »

Il tremblait.

« Elle l'est. »

En réglant, il croisa ses jambes. Avant de sortir il se scruta longuement dans le miroir, en aficionado, il photographia des photos de stars d'Hollywood accrochées dans l'entrée, un halo comme une torche géante incendiait le 4 × 4. Sur le chemin, il suait à grandes eaux malgré les vitres ouvertes.

« J'ai plus la notion de l'espace, où tu es Eva ?

— Là, près de toi.

— Il faut que je me concentre, je ne te vois plus, je ne sais pas, ça gondole partout.

— Mais non ?

— Ça va pas aller…

— Pourquoi ?

— Je ne sens plus mes extrémités, ils ont foutu un truc dans la bouffe. »

En passant le porche mexicain de notre maison, j'attrapai nos maillots secs, posés sur une chaise contre la haie, lorsque je le rejoignis dans la chambre, il se tenait allongé bien droit au bord du lit avec son poing serré sur la poitrine.

« Viens à côté de moi, ce restaurant dégage une charge… il y a des esprits… c'est évident.

— Je suis d'accord avec toi, comme pas mal d'endroits ici.

— Non celui-là est hanté par des entités très très nocives. »

Il se tut, je n'osais pas le rejoindre, je suis partie dans le jardin pour admirer notre belle maison briller dans la nuit américaine, je l'adorais.

Il y eut un jour de chaleur grise, nous avons fini par trouver ce fameux ranch des Manson, il ne restait rien d'autre qu'un cirque de terre battu caché quelque part derrière des fourrés encerclés de minéraux ternis, tu étais déçu. Par la suite on s'est baladés au Getty Center, j'étais bouleversée par la beauté du *Blue Boy* de Gainsborough, tant j'y reconnaissais mon fils, c'était Donovan, il me manquait. Nous avons flâné dans le magnifique jardin de cactus jusqu'à la tombée du soir. Un poison violent s'évidait dans mon corps, je n'arrivais pas à nommer tous ses composants. Je ne te connaissais pas assez, pas encore pour te comprendre, tu évitais de te livrer sur tes réelles habitudes, tes mécanismes, tes systèmes, tes intentions, comme le font, je crois, les autres hommes. Dans la maison après le déjeuner nous faisions souvent l'amour dans la chambre verte, tu appelais ça : « Notre réconciliation » ; sinon, nos disputes nous figeaient dans le silence. Dès le début tu avais clamé que tu haïssais les bizarreries sexuelles tout en affirmant qu'après la cinquantaine un homme est toujours dévoyé, et sans doute par précaution ou par désintérêt tu ne souhaitais rien savoir de mes fantasmes, c'était selon toi de mauvais goût, je respectais ton choix en silence, comprenant ta gêne d'enfant vis-à-vis de parents loquaces et partouzeurs.

Un soir, Roxanne Lowit et sa fille sont venues dîner chez nous. Roxanne nous apporta la belle photo pour la couverture d'*Eva*, et nous avons discuté, tard dans la nuit, des clubs new-yorkais des années 1980, dans les odeurs de miel épicé et de curry. Joane et Paul nous ont conviés à un barbecue, tu étais gêné d'être en couple avec un autre couple, et j'eus soudain de la peine de te sentir si timide. Un samedi, nous les avons retrouvés au Dresden, le bar était bondé, je les ai observés, ils avaient l'air d'être partis pour la vie. La fin de notre séjour approchait, nous avions passé tant de temps dans les embouteillages, Malibu, « *the snake pit* ». Cependant, j'aimais tout de notre périple si précieux.

Une fois, pour nous divertir, j'appelai Dita von Teese du portable de Christian, nous avons dîné avec elle à Los Feliz, son fiancé travaillait chez Disney, elle portait une robe Lanvin de style grec, elle n'était pas du tout sensible à ton charme, elle te laissait palabrer. Elle nous invita à un de ses strip-teases, une Moroder *party* sur Sunset. Nue, elle s'ébrouait dans sa grande coupe de champagne. Dans la salle petite basse enfumée, on s'est embrassés, ta beauté d'homme mûr, je l'ai eue tout entière, le meilleur âge, ta belle période. Tu détestais quand j'abordais tes possibles impostures, tu devenais très méchant, il n'y avait que toi pour te prononcer sur ta lâcheté et ordonner ton monde.

Un beau matin, après notre séance de travail, alors que je cuisinais et que tu te tenais sous les arcades à la mexicaine à téléphoner, tu es revenu encore plus blême et désossé qu'à El Coyote.

« Ta mère attaque mon livre.

— Mais non ?

— Si, Irina a attaqué.

— Mais ça veut dire quoi ? C'est fou ! Mais non, Simon, pourquoi ? Pourquoi ? Encore ma mère !?

— Je ne sais pas, elle dit que c'est diffamatoire, attentatoire à sa vie privée.

— C'est vrai ! »

Il serra le poing qu'il plaça entre son visage et le mien.

« Qui a fait ça ?

— Elle, Irina attaque, elle s'en prend à mon livre avec cet avocat horrible maître Lupot…

— Je ne sais pas qui est ce maître Lupot…

— Je ne dis pas de mal d'elle, au contraire, elle le prend de travers, en mère maquerelle qui t'a vendue, en plus vraiment je parle plutôt en bien de ses photos… et de ses qualités artistiques, pour qui sait lire moi aussi je suis un esthète.

— Ouais… merci pour l'info, on sait qu'au fond, tu l'aimes bien… »

Je songeai qu'il l'avilissait, la dégradait dans le but qu'elle réagisse, pour qu'il ait l'occasion de se défendre publiquement, qu'on prenne la défense du LIVRE d'amour. L'histoire entre ma mère et moi ne le regardait en aucune manière, elle le repoussait avec tant de force, que venait-il faire au juste dans la famille ?

Déstabilisée, je me laissai choir dans le canapé, la cuillère en bois à la main. Cette scène, une agression dans la maison de Barbie ; je pensais aux bas-fonds, à l'alcool frelaté.

*Assise sur le trottoir juste mes pieds avec ma cuillère en bois et les fumées de New York.*

Une vision : les méfaits du passé se répètent, ils se déplaceront dans le futur, emportant avec eux l'immonde gageure. Cependant, dans le salon, ne me parvenait rien d'autre que deux mots : « VOL » et « *COPYCAT* ».

Pourquoi pensais-je à ça en regardant Simon ? Le temps était splendide.

« *Oh God !* »

Le monde semblait se dérober sous ses baskets, il tapait le mur du poing.

« C'est flippant, Eva.

— Bon Simon calme-toi, elle peut l'interdire ?

— Je ne pense pas, je n'espère pas, il paraît que Lupot est très fort qu'il gnaque tout le monde, c'est un livre d'amour, sur l'inspiration littéraire d'un homme au mitan de sa carrière… il a des chances d'avoir le Goncourt, ils croient en moi… mon éditeur, ça au moins j'ai de la chance. »

Je suis partie en courant dans le jardin caresser le chat gris, le curry accrochait, une odeur de cramé refluait, mes ongles me brûlaient, je frottai mes yeux. Je m'assis dans l'angle en bas des escaliers, ma cuillère à la main. Tu m'emmenas ce soir-là au

Del Mar, à Santa Monica, à boire du champagne, la vue imprenable, j'étais ta prisonnière.

« Je savais que tu allais foutre un bordel infernal dans ma vie, Simon.

— Toi, t'es increvable !

— Tu ne me parles pas comme ça, c'est moi qui ai changé toutes mes habitudes de vie pour toi, pas le contraire quand même !

— Eh ho, viens là, tu ne vas pas te plaindre, j'ai fait un beau livre d'amour qui aura beaucoup de succès, je te remets en selle. »

Le soleil disparut dans un tombeau et une douleur sourde se tapit dans mon cœur.

« C'est moi qu'elle attaque, pas toi, et c'est moi qui suis emmerdé, ne confonds pas tout, ma chérie.

— Arrête de parler de ma mère... Je veux boire des cocktails dans un bar et rigoler ! »

Des centaines d'éoliennes tournaient doucement tandis que l'aube se levait, le soleil apparaissait plus pleinement sur la ligne d'horizon, c'était avant Palm Springs, j'aurais voulu qu'on roule toujours sans s'arrêter jusqu'au Mexique. Sur Internet, l'hôtel se vantait d'être dans le pur style cosy ranch 1950, il tenait ses promesses. Un *desk* en bois, deux piscines de bulles chaudes, une autre couverte et profonde, des transatlantiques blancs et partout des bungalows privés avec terrasse donnant sur la vallée.

Dans la chambre, son corps en boule recroquevillé sous le drap fin, vêtue d'un peignoir de soie, je le rejoignis, son cœur battait fort dans ma main.

« Je suis angoissé, Eva, ça ne va pas du tout, ta mère attaque mon livre, il ne va pas sortir, elle va l'arrêter, elle veut modifier des passages… sur notre intimité… mes parents vont mal, chaque fois que je vais chez eux je n'ai qu'une envie : me défoncer. »

Son ton geignard.

« Arrête, ça suffit, s'il te plaît, arrête !

— Je n'ose pas regarder mes comptes, je dois être à moins cinq mille, ils ne m'ont pas fait le virement, j'en suis certain, toutes ces factures qui m'attendent et les impôts, je voudrais que ça marche, des grosses ventes, et qu'on soit tranquilles, tranquilles, je me calme… ahhh, essayons de dormir, oh si je pouvais rêver à d'autres choses qu'à mes comptes, que je rate le train ou que je tombe en panne, accroche-toi, je t'aime ! »

Mon enthousiasme s'effaçait au profit d'une humeur dérisoire, puis en enfilant mon vieux maillot de bain une pièce noire, je retrouvai le sens de nos valeurs.

Lorsque je m'éveillai le visage en plein soleil, il n'était plus près de moi, je le cherchai dans la salle de bains, en vain, et le trouvai à lire Bugliosi en savourant une bonne collation autour de la piscine, les saucisses avec les œufs suintaient sous l'effet de la chaleur, l'hôtel paraissait vidé de ses occupants, je tirai le transat face à Simon, face au soleil, bus du café tiède où flottaient des moustiques morts. À l'abri d'hypothétiques regards, on s'embrassa, le romantisme de Simon, brisé depuis longtemps, rejaillissait avec une force mal contenue, il rougit.

« Peut-être que j'ai des nouvelles du front. »
Je haussai les épaules.
« Ouais, c'est ça.
— Te fous pas de ma gueule !
— Ce qui est sûr, c'est que le procès, ça entache le livre d'amour, c'est plus pareil, Simon ! »
Parfois je m'égosillais pour ne rien dire, il n'écoutait plus.

J'avais envie de m'oublier, de trouver une consolation dans ses bras, le scandale à venir n'était pas qu'un vague pressentiment hallucinatoire mais une réalité, il s'habilla rapidement dans la chambre éteinte.
« Viens, on va faire un tour en ville.
— On va voir le casino.
— Si ça te fait plaisir. »
Avant de sortir de la chambre d'hôtel, il s'est parfumé d'encens d'église.

En nous regardant dans un miroir en pleine rue principale de Palm Springs, je me disais que sous notre aliénation se cachait une douceur caméléon, partout des vieux en short et casquette. Tout autour les montagnes. Une rue principale, le casino. Nous sommes entrés dans un vieux bar, raffiné et ancien, il n'avait rien de nostalgique, c'était nous qui l'étions. Malgré l'anxiété le désert aspirait joliment nos pensées. Au fond de la salle, une grande et belle fenêtre d'où s'élançait une lumière mystique. Au bar, des femmes trop apprêtées, en tailleur-pantalon de couleurs criardes, papotaient en sirotant leur *drink* ; émue, je m'appuyai contre son épaule.

« Truman Capote est venu ici à la fin de sa vie.

— Tu crois ?

— J'en suis certain avec son masseur, c'était son mec... »

Il grignotait des cacahuètes et reçut un texto.

« Je vous appelle plus tard. »

« Ton éditeur ?

— Oui.

— Qu'est-ce que tu as ?

— Rien, j'adore cet endroit, il est inoubliable, Eva, Eva ! Ma chérie ! »

Soudain il me dévora plus amplement, m'imposant son admiration, m'offrant un beau sourire, un tantinet tocard, je m'en foutais. Nous avons gentiment roulé dans Palm Springs et ses alentours, de la terre s'élevait des nuées de poussière, les nuages filaient bas, Simon concentré ne parlait pas.

« Heureusement qu'on n'a pas d'enfants, avec nous deux, il serait devenu fou.

— Pourquoi tu dis ça ?

— C'est évident, tu imagines le gosse dans quel état il serait.

— Tu m'attaques ?

— Non, je te dis la vérité.

— Je m'excuse, on arrête de rouler, on rentre, tu ne penses pas ce que tu dis, tu es juste énervée à cause du livre parce qu'il va avoir du succès, tu es jalouse et ça t'énerve !

— Jalouse, jalouse... aouahh ouahha je te déteste ! »

Je me tus, abêtie, et lâchai dans un filet d'air :

« Tu es si stupide Simon d'aller dans cette direction avec moi... ça va nous abîmer.

— Toi, rien ne peut t'abîmer. »

Les éoliennes à perte de vue, énormes.

En rentrant, il s'allongea sur le lit, ne sachant pas quoi faire d'autre avec ses mains que lire Bugliosi, je me baladai autour des piscines, le cœur serré et songeai en observant les ombres *je t'aime pour toujours mon amour*, c'était fou et triste. Dans la chambre, il ne dormait pas, ma présence l'apaisa. Le lendemain matin, avant de partir de l'hôtel, on s'est réconciliés sous le drap blanc, puis on a parcouru l'incroyable parc Joshua Tree, éblouis par la force et la beauté de la nature, je ne désirais pas rentrer en France mais rester enfermée avec toi dans la réserve à jamais. Je craignais ta déclaration d'amour en public, la manipulation tous azimuts de mes sentiments ne me seyait pas, selon toi il fallait être rock'n'roll, chic et provoc. Je voulais raconter l'incroyable histoire de notre anonymat. Au fond, par-delà les éoliennes, une voiture blanche et ses feux arrière rouges.

## Le Valois

À Longpont, alanguie sur la liseuse verte, je regardais les flammes s'élever dans la cheminée, la théière de Paquita offerte pour notre mariage étincelait, je rêvais à mon roman *Innocence*, à la jeune fille qui grandit, à la femme universelle. Il tapait à deux doigts sur son ordinateur, le disque des Beach Boys avait été remisé dans le buffet breton. Rien que les bruits de la campagne, le soir, et au loin l'âne solitaire qui brayait.

« On mange quand ?

— *Soon*… Je suis certaine que Javad y est pour quelque chose dans cette affaire de procès. »

Il s'interrompit avec un air de fausse sollicitude voyant son téléphone s'allumer.

« C'est lui… chut ! Chut, chut, c'est Javad.

— Chut, chut. »

Il décrocha, prit sa voix enjouée, venimeuse, proche du roucoulement.

« Comment ça va ma mamie, vous m'appelez pourquoi ? Pour que je vienne vous admirer au hammam du Moon City avec vos godes ?... Vous avez des ennuis avec votre perruque... nous sommes parfaitement heureux et nous n'avons pas envie de vous parler... Non, je n'ai pas le besoin de vous voir, mamie... Vous mangez du Canigou, avec les orteils dans le cul ? Vous vous essuyez avec les pages saumon du *Figaro* ?

— T'es flippant, Simon, raccroche. »

Il me fit signe de sortir du salon, comme on chasse un importun. Enfermée dans mon bureau, je sentais les minutes s'étirer, prêtes à disparaître dans le néant. Mon téléphone vibra, c'était Javad.

« Oui ?

— Ce n'était pas toi dans *Anthologie* mais une punk qui a fait une overdose, il t'a menti.

— Quoi ?

— Il raconte n'importe quoi... il ne s'est jamais inspiré de toi dans *Anthologie*, c'était une copine à nous... ah ! »

Il raccrocha, je dégringolai les escaliers, hirsute, indécise, en proie, contre ma volonté, aux caprices les plus malséants.

« Simon, je ne veux plus que tu fréquentes ce Javad, tu entends ! »

Simon se tenait tapi derrière la table à manger si bien que j'aurais pu ne pas m'apercevoir de sa présence, le rond de lumière tombait en douche devant son corps, piégé par ces vieux murs, il m'apparut comme une gargouille gothique dans un poste de police, je ne cillai pas, mon œil de verre, celui qui voit tout, captait plus qu'il n'en fallait, provoquant l'étourdissement.

« Simon, tu entends, promets-moi !

— Tu veux me couper de tous mes amis, hein, c'est ça, tu t'es installée ici pour me faire chier ?

— Pardon, qu'est-ce que tu dis, Simon ? J'ai pas bien compris. »

D'où me parlait-il ?

« C'est mon plus vieil ami, je l'aime mon Javad, Javad… »

Il pleurait presque.

« Il vient de m'appeler, il m'a dit que ce n'était pas moi dans *Anthologie*, il a lu les épreuves d'*Eva*, il a été voir ma mère c'est sûr, le procès c'est lui.

— Sans doute a-t-il mis maître Lupot en relation avec ta mère, c'est possible, il est capable de tout…

— Et tu ne fais rien ? »

Il se leva d'un bond, sautant carrément sur ses pieds plusieurs fois comme au Gibus.

« Je vais à Paris et je vais le tuer ! »

Plein de hargne, il rugissait.

« Ahhh !

— Non, ne fais pas ça !

— Si, j'en ai marre, je prends la batte de base-ball et je le tue, j'y vais ! »

Il s'empara de la batte de base-ball, l'accessoire de notre script *Franck et Vicky*, celle-là même avec laquelle Franck fracasse la tête de la pauvre Vicky Morgan – rendue idiote sous notre plume et diabolisée par un pédé fou –, avant d'aller se dénoncer à la police.

« Arrête ! »

La porte du jardin était ouverte, l'odeur des bois, celle du grand tilleul, et la vision de l'abbaye dans la nuit me firent frémir.

« Change de numéro de téléphone, au moins. »

Il tapait son front contre le mur glauque, une fois, deux fois, trois fois, il prit un air si malheureux, pleutre et chagrin, lâcha la batte de base-ball, elle tomba avec le son curieux d'une grosse allumette…

« C'est entendu, demain je change de ligne, c'est con, putain, tous mes numéros de téléphone vont sauter, je vais être obligé comme un crétin de rappeler les gens du boulot, je vais passer pour un con, je fais ça pour toi, t'entends ! »

Il se mit torse nu, enfila sa veste Helmut Lang couleur de bombe rouillée, s'assit fulminant dans le fauteuil à fleurs bleues face à la porte d'entrée.

« Et qu'est-ce que je peux faire, ça fera vendre le livre… mhhh mhhh… »

Il hurlait entre complainte et prière.

— On arrête là… Stop ! *Basta !*

— Eva… »

Il tendait ses bras vers moi comme lorsqu'il voulait partir au Japon, puis, voyant que je ne me précipitais pas, il se ratatina en boule, il couinait en pleurnichant de rage, je n'en pouvais plus de ce cirque.

« Le dîner est prêt, tu veux ou pas passer à table, Simon ?

— Il est déjà 22 heures, si je mange trop tard je ne dormirai pas, ta blanquette à la vanille là, ça m'est parfois indigeste.

— Va bouffer à l'Auberge !

— Oh non, je ne veux voir personne. »

Durant le repas, nous avons parlé subitement d'Amérique. Cependant je pensais à ma mère, quelque chose ne tournait pas rond, dans le piège de Narcisse aux pétales de velours rose.

Mon sexe était brûlant comme si la chaleur de l'été s'était concentrée à l'intérieur, nous avons fait l'amour, après je me suis branlée, et nous avons recommencé à faire l'amour, je ne savais plus où j'étais. Dans l'obscurité de la chambre, l'ombre des rosiers tatouait les murs, nos corps.

« Toi tu n'as pas de bite mais tu voudrais en avoir une ?

— Mais Simon…

— Toutes les filles ne rêvent que de ça, une bite entre les jambes qui se dresse, désir de puissance…

— Mais tu es fou, jamais, même pas en rêve !

— Ah il est gentil Simon, je suis ton bon toutou hein, c'est ce que tu te penses ? Mais… je suis trop gentil… »

Et j'ai rigolé, fumant une cibiche, buvant un verre de vin.

Le lendemain, je traînais dans l'entrée dans une robe *fifties* bustier en tulle et velours rouge, un des cadeaux de Simon, les bagages étaient explosés et ce goût d'Amérique dans ma bouche.

« Simon j'ai envie de me suicider.

— Arrête de dire des conneries, monte dans ta chambre va écrire. »

# Paris

Rue Dupin, la vue splendide sur Paris, les toits de Saint-Germain, dans le ciel quelques nuages paresseux et le balcon si joliment fleuri, nous étions côte à côte, assis sur le canapé, toujours à la même place, avec ma tête penchant docilement sur ton épaule. Anne en face de nous, André bien installé sur une chaise toute retapissée.

« Ton bronzage, Eva, est superbe, moi aussi avant j'adorais les plages, me dorer l'été à Saint-Tropez, mais maintenant avec André c'est du passé on ne voyagera plus.

— Ma mère s'était remariée avec un juif roumain, il était fantasque, joueur, excentrique et bohème, il y a quelque chose de toi, tu es bohème, mais tu ressembles plus à maman, hein, Simon ? »

Simon hocha la tête affirmativement, André plissa les yeux, un courant d'air fixa l'instant, des serviettes blanches en papier voletèrent sans jamais redescendre. Le père de Simon me trouva amaigrie, je le bassinais avec l'Amérique, il riait, je l'amusais. Simon et Anne partirent en cuisine, Anne grondait Simon.

Elle revint, suivie de son fils penaud, planta ses yeux d'acier dans les miens.

« Je disais à Simon qu'il n'aurait pas dû parler de ta mère comme ça dans le livre.

— Elle attaque.

— Je sais… il m'a raconté ça au téléphone… ah là là je ne trouve pas ça bien, Simon, je tiens à te le dire ouvertement, tu as tort pour ta femme, voilà… »

Elle tendit les bras devant elle…

« Le livre est beau, c'est un grand livre d'amour à ton intention, bon !

— Ça va faire scandale.

— Je sais, ma pauvre, mais le livre, lui, est bien, tu es sa muse, il est si fier de t'avoir pour lui. »

Anne tentait par tous les moyens de se ranger du côté de son fils.

« Ouais, je dis.

— Et il t'aime. »

Simon me retrouva sur le canapé, posant à peine ses fesses, le corps tendu vers Anne, il me serra la main.

« Maman… »

Anne se rassit, tourmentée, lissant les plis de son pantalon, André regardait le balcon fleuri d'un œil ultra-fixe.

« Est-ce que Javad vous a téléphoné… papa ?

— Oui, il est terrible, lança André, il dit des gros mots la nuit, il dit qu'il veut m'enculer.

— Ne lui répondez plus, maman.

— D'accord, dit Anne obéissante, puis furieuse, mue par une dévotion chrétienne, elle croisa les bras, enfin quand même ! C'était ton ami depuis tant d'années, il t'a beaucoup aidé quand tu étais dans la dèche, il est amoureux de toi et alors ? Je te trouve très dur avec ce pauvre garçon, tu ne jurais que par lui…

— Il est trop fou.

— Mais enfin… on le sait.

— Je ne veux plus que vous lui parliez, ni qu'il vous attaque, non, maman !

— Entendu, nous t'écoutons, Simon. »

Je rougis, Simon me regarda calmement dans un grand détachement, j'allai m'allonger sur le lit de la chambre de ses parents qui fut la sienne enfant, il vint près de moi, me serra si fort les mains, son front collé contre le mien.

« Je t'aime, Eva, je t'aime. »

Quelque temps plus tard, alors que j'étais seule à Longpont, à regarder la télévision, lui se trouvait à l'intérieur du poste, sur le plateau de « La grande librairie » en face de Christine Angot, il était encore plus beau, maquillé, en super forme, la chemise grande ouverte. Ses phrases se détachaient.

« Mais vous êtes sûr que vous l'aimez, votre femme ? »

Simon rougit et dit :

« Oui.

— Et ce n'est pas dangereux pour votre couple ? Vous décidez d'entreprendre l'écriture de ce livre à un mois de votre rencontre… »

Prudent, il rectifierait poliment, parlerait de serments, d'indéniables preuves d'amour. *L'épreuve d'amour*, mais jusqu'où ? Nos vies déformées entre fiction et réalité.

*

« Où es-tu, Eva, tu ne réponds plus… j'étais inquiet.

— J'avais laissé le portable… j'étais partie me promener dans les bois.

— Je me tape les courses pour toi avant que le Carrefour Market ferme… j'achète ton vin, tes Tic Tac… et voilà j'arrive, chérie. »

Dans la nuit, alors que nous étions au lit, et que Simon dormait profondément, je fixai intensément l'angle de la pièce, je voyais mon père comme lorsque j'étais enfant.

Le matin, en face-à-face, il beurrait ses tartines grillées.

« Fais-moi un croc.

— Tiens, c'est tout. »

Il me tendit un petit bout de pain.

« Simon, dans mon livre, le fil rouge c'est mon père, la reconnaissance des morts, cette filiation c'est important, la transmission… tu savais que mon père faisait partie d'une loge rosicrucienne… il avait des dons de télépathie, il pratiquait la divination, il était dans l'oracle. »

Il but mes paroles et lança une autre cafetière.

Il y eut un grand silence où je le sentis réfléchir intensément à ce que je venais de dire ; je décidai immédiatement de changer de sujet.

« Dans mon film, Simon… ?

— Oui.

— L'argent ne doit pas prendre autant de place, ça tue la poésie. »

Il se rassit, épuisé, la table était jonchée de factures qu'il ramassa en un tas pour les pousser contre ses Kardegic et mes soins capillaires.

« Tu as sans doute raison, l'argent à l'époque, ce n'était pas si important.

— Rose et Michel vivent d'amour et d'eau fraîche.

— Fraîcheur de vivre Hollywood chewing-gum ! »

Il montait une épaule et puis l'autre façon *samba do Brasil.*

« Arrête avec tes blagues, Simon, rien n'est sérieux avec toi !

— Il est tard, je vais travailler, hein… si tu permets. »

Il partit s'enfermer dans son bureau, avant de monter dans le mien, pour retrouver mon père, j'écrivis sur un des carnets du film : « Les petits matins blêmes, ceux où l'on se réveille sans savoir où l'on est après avoir fait l'amour, tous les matins en noir et blanc, revoir les films de Louis Malle pour ses scènes de lit et ses panneaux, ses gros plans, lire Louise de Vilmorin. »

*

Un soir, Blue Divine invita du monde, une sorte d'apéritif dînatoire pour fêter la sortie d'*Eva* porté aux nues, suivi de son scandale avec ma vieille mère échevelée, traînée depuis le mois d'août dans les tribunaux par l'avocat maître Lupot, et Javad qui s'était, paraît-il, rendu au procès avec son casque lumineux et en robe de mariée, je devinais qu'il avait monté le coup pour te rendre service, et je pleurais doucement de l'outrage, tapie dans la voiture garée avenue de l'Observatoire, sombre à cet endroit sans éclairage. Simon, agacé, gêné, par mes larmes évitait scrupuleusement de me consoler, les termes *angoissée*, *hystérique*, *folle*, *enfantine* sortaient de sa bouche sur un ton d'insultes, des gouttes de pluie comme des crachats s'écrasaient sur le pare-brise créant une dissonance dans l'habitacle.

« Qu'est-ce que tu as ?

— J'ai le droit de me sentir mal, oui ou non, c'est possible, ça ?!

— Calme-toi, je n'en peux plus, je n'arrive pas à me garer, j'ai une patience d'ange avec toi, tu fais de moi ce que tu veux, je suis devenu ton esclave !

— Mon esclave, tu es mon esclave ?

— Oui, je suis vraiment trop sympa. »

Je me troublai dans le gris-noir du boulevard, partout où j'allais dans Paris, il me suivait, pourquoi me suivait-il avec une telle dévotion ? Lorsque je chinais entre Pigalle et la place Clichy dans les Guerrisol, il m'attendait patiemment au café du coin, durant des heures. Certaines chineuses, amusées, me disaient :

« Il est très attaché, dis donc, il ne te lâche pas… on n'a jamais vu ça, tu en as de la chance, on n'a pas un mari comme ça, nous. »

C'était la vérité. Par ailleurs, Simon se montrait plus diplomate que moi, avec les deux producteurs, il m'aidait à prendre mes décisions, jouant très parcimonieusement à ce qu'il nommait de façon générale le « *personal assistant* de Mme Poulou ». Curieux du mal et désireux d'ériger sa morale à la lumière du mal, dans cette attitude irrésistible qui l'avait fait naître à la littérature, plein de ses soi-disant vertus qui lui permettraient bien évidemment d'atteindre le vice ; je ne m'en rendais pas compte, je croyais à ses serments publics : dans tous les journaux, des « Je t'aime » et « Eva, l'éternelle Lolita ».

Chez Divine, David Rochline stationnait dans la cuisine, le monde tournicotant autour, et lui au ralenti. Il toussotait, le crâne chauve sous l'une de ses plus grandes casquettes de Poulbot, celle en patchwork de daim, de Liberty et de petits pois blancs sur fond rouge. Son torse, cette fois complètement amaigri, dénudé, sans plus aucun poil, pareil à la statuaire religieuse, suintant on ne sait pourquoi, montait et s'abaissait au gré de sa respiration difficile, ainsi allaient aussi les colifichets autour de son cou, la petite ballerine, le bouddha, l'accordéon, la main de Fatma, l'étoile de David, un cœur, un dé, des anneaux de Saturne, une dent de requin. Une étrange fièvre brillait dans ses yeux jaunis, son regard acceptait le voyage dans l'autre monde… Le bruit courait qu'il s'était servi de bombes durant des années pour peindre ses créneaux, ses murailles, ses tourelles, ses donjons et que les produits toxiques étaient la cause du fameux petit cancer niché dans ses poumons ; son art le plus précieux l'avait tué, quelle injustice. Il croisa ses bras, puis, comme un automate, remonta l'un d'eux, pour, de sa main, tenir sa joue trop maquillée.

« David ?

— Eh oui… David. »

Il glissa son pied, près du mien, dans un pas de souris.

« Ça n'a pas marché, la nouvelle chimio.

— Et ?

— Rien… on peut en faire une autre mais…

— Mais ?

— Mais je ne veux plus. »

Il haussa les épaules, la tête penchée, glissa ses bras derrière le dos, se balançant, puis pivota, attrapa un paquet qu'il me tendit.

« Tiens, c'est pour toi, Paquita m'a dit que tu en avais envie après les avoir vus au Purgatoire. »

Je sortis deux dessins, l'un représentant une femme arachnéenne à la tête de Marlène, les cuisses ouvertes, l'autre Jésus-Christ un nœud rose sur la tête, surmonté d'une tête de marshmallows toute souriante.

« Ho…

— Tu es contente ?

— Oh oui alors ! merci !… »

Je l'embrassai.

« Voilà… »

Il se racla la gorge.

« Et tu es contente, je suppose, du livre de ton mari ?

— Oui, tu l'as lu ?

— Non, pas encore, il paraît que je suis dedans au Purgatoire au moment de votre rencontre. »

Il papillonnait des cils, j'eus ce sentiment étrange qu'il n'appréciait pas beaucoup Simon.

« Viens ! »

Il me prit par le bras, Simon, assis dans le canapé blanc, là où quelques mois plus tôt il pleurait à grosses larmes devant Leonello B., disant qu'il perdait son talent en se mariant avec moi, sourit extatique en voyant David. Vincent, Francis, Paquita, Frédo, Pierre Le-Tan, ils étaient là, un verre de rosé à la main, Divine se pencha.

« Ma poule, Charles va peut-être passer mais c'est pas sûr, et ton fils m'a dit que oui, mais je n'ai pas de nouvelles.

— Ça serait chouette ! » dit Vincent.

Divine était harnachée d'une robe noire parsemée de rossignols turquoise miniatures, avec aux pieds des cothurnes ressemblant à des cages en métal.

« Regarde, Simon, les cadeaux de David.

— Mais c'est charmant, merci David, vous êtes à l'honneur, Poulou fou, les dessins, le fils, Charles, le premier grand amour !

— Tu es fière du livre de ton mari, c'est beau ce qu'il dit sur toi, hein, tu l'inspires ! »

Le ton bravache autoritaire, irraisonné et doucereux de Divine.

« Oui ! »

Je me blottis amoureusement près de Simon, il releva ses manches.

« Elle aime bien faire des caprices de petite fille, attirer l'attention sur elle, hein, mère Ubu ?

— Arrête tes conneries ! »

Il baissait les yeux de honte.

« Il est gentil, ton mari, de te supporter, renchérit Divine d'une voix de donneuse de leçons, tu as du courage, Simon, il t'aime.

— Ha, elle n'est pas facile ! hein, tu vois ? » me jeta Simon, soucieux de ramasser les compliments de tous mes amis dans son escarcelle.

« Oh arrêtez, c'est bon, où qu'il est le fromage ? » cria Paquita.

Tout le monde se mit à rire. David semblait prendre place au musée Grévin tandis que Paquita se tartinait une large tranche de pain avec du camembert. Simon examina les peintures avec ravissement, et David repartit dans la cuisine, on l'entendait tousser face aux fenêtres donnant sur le Luxembourg.

« Il m'a dit qu'il ne voulait plus se soigner. »

Simon évitait mon regard.

« Ah bon ? »

L'avenue de l'Observatoire gris et blanc, crayeuse en pleine nuit, la pluie s'était arrêtée, avec ce vent, le même exactement que le jour où il m'avait enlevée à la campagne.

Le soir, on est allés à Saint-Germain boire des verres au Flore avec notre bande de copains.

Assise sur le tapis du Ritz, entourée de livres de stars, de décors cinéma et de bandes de photomatons que nous avions faites ensemble une nuit du côté de Bastille, nous rêvassions. Je regardais le portrait d'Isabelle Corey, cette fille à la Bardot qui avait joué dans *Bob le flambeur*, elle ressemblait à ma Rose. Je t'avais dit : « Rose michetonne Hubert dans un hôtel, elle ne couche pas avec lui mais lui montre ses seins et le plume, c'est son pigeon, ça l'amuse, lui, d'être le pigeon d'une demoiselle. » Le chat roux se tenait derrière la porte vitrée donnant sur les dépendances, le ciel s'assombrissait, il s'est mis à pleuvoir des trombes, tu méditais face au jardin, anxieux, puis tu t'es mis à arpenter la pièce nerveusement.

« Mon père va mal, je sens qu'il va lui arriver quelque chose, ma mère s'inquiète. »

Soudain, le téléphone sonna, c'était Paquita, tu t'es vivement retourné.

« … Eva… ça y est, David est mort, dans la nuit je lui ai tenu la main jusqu'à la fin, voilà, c'est dur », elle pleurait.

J'ai pleuré.

« C'est horrible, Paquita », et j'ai raccroché, je suis montée m'enfermer dans le bureau rose sous ses dessins, il était impossible qu'un ami qu'on avait aimé et qui nous avait enchantés depuis l'enfance nous quitte. L'enterrement eut lieu au cimetière du Montparnasse, le 25 octobre 2015, avec tous mes vieux copains. Le plein soleil et David mort, nous sommes allés boulevard Camélinat dans son atelier de Malakoff y prendre un dernier repas yiddish entre ses tableaux, ses sculptures, ses femmes amphibies et toutes les Marlène. En fin d'après-midi, il y eut un verre de commémoration organisé par la femme de Patrick Modiano. Simon fit le dégoûté pour ne pas aller chez eux, à mon grand regret, je voulais tant le rencontrer.

C'était par une belle journée d'automne où les arbres gardent encore toute la flamboyance de l'été, nous marchions ensemble, longeant le chemin de fer, nous nous dirigions vers la promenade du haut, où se trouvent les réservoirs, là où tu m'avais dit le premier mois de notre rencontre m'avoir trouvée pour la vie, tu avançais lentement contemplant la nature, martelant la terre avec ta canne. Nous parlions de nos pères, le mien s'était engagé dans l'armée allemande à dix-huit ans, le tien aussi, et nos deux mères avaient été danseuses nues à Pigalle, ma mère et ton père connaissaient Breton, ils auraient pu se rencontrer. Une meute de chiens courait en sous-bois, une chasse aux sangliers en contrebas, des bruits de tirs se répandaient et cette lumière éblouissante, aveuglante.

« On ne va pas aller plus loin… c'est dangereux.

— Je vais faire un livre sur mon père, j'y pense depuis longtemps. »

Il se retourna vers moi, ses lunettes noires reflétaient les nuages.

« Parce que je fais le mien ?

— Toi, ton père, tu ne l'as pas connu ou presque pas, alors ça n'a rien à voir, ça n'a pas la même valeur.

— Mais c'est mon sujet, le père dans ma famille… !

— Il y aura peut-être des connexions mais c'est très différent, et puis je suis écrivain, c'est mon métier, avant toi. »

Je restai interloquée, avec d'un coup l'impression d'être bannie de mon sujet. Au loin, les bruits de tirs et les aboiements des chiens.

« Moi, mon grand-père violeur, mon père et la guerre, la peur des hommes, un gynécée, la traversée de ma grand-mère de la Chine aux Amériques, cette violence des hommes qui se perpétue… c'est instructif, féministe, non ?

— AHHH… *Féministe* ? Tu n'es pas féministe. Tu délires complètement, tu me cherches… rien à foutre du féminisme, tu n'y crois pas toi-même. »

Personne ne nous entendait, hormis la forêt, ses esprits, les tirs, les chiens et la chaleur annonçant l'orage.

« Tu me voles ça aussi. »

Il se tut, savourant ma condition, et ma peine.

« Je voudrais que tu arrêtes de m'emmerder, hein ? »

Dans la voiture, on ne voyait plus rien tant il pleuvait.

« Qu'est-ce qu'on fait, Eva, on rentre, hein ? »

On est chez tes parents, ton père va mal, mais il est bien mis, très coquet, les fenêtres sont ouvertes sur le balcon fleuri, et derrière l'étendue de Paris, l'orage menace d'éclater. Rangés sur une étagère, tous les articles d'*Eva*. Anne sirote son thé, elle nous a avoué avoir bu une demi-bouteille de whiskey avant notre venue, pour tenir le coup. Il y a des gâteaux, Simon s'empiffre sans faim. Mon corps moulé dans une robe chair année 1940 Schiaparelli est contre le tien. Anne chuchote à l'oreille de Simon.

« Depuis que ton père est tombé dans la rue en allant à l'église, il ne veut plus lire… ça fait deux jours qu'il se tait. »

Anne tend les bras, désemparée. Un grand silence hanté par l'oubli.

« Mais ça va aller, maman, ça va revenir.

— Je ne sais pas ! Je suis inquiète… »

Anne et Simon, attentifs ensemble à André ; Simon a terminé sa tartelette aux fruits rouges.

« Elle est pas mal, celle-ci, elle vient du Bon Marché, la pâte est bonne. »

Anne se félicite, hoche la tête. À nouveau la pluie, torrentielle, Simon et Anne se lèvent, Simon emboîte le pas de sa mère, ferme la fenêtre, je souris à André, ils se rassoient.

« Un déluge, dit Anne, oh là là, et mes fleurs. »

Je m'approche d'André, il reluque ma poitrine.

« Alors, André, ça va mieux ? »

André lève le doigt, ouvre la bouche, on reste suspendus.

« On a vu un très bon film à la télévision *Les Contrebandiers de Moonfleet*, ah oui, c'était très amusant. »

André soudain joyeux.

« Ah, papa parle ?

— Anne, de la tarte ?! »

Anne sert André, se retourne vers nous, hoche la tête vers Simon, lui fait un clin d'œil.

« Et vous, vous avez vu des bons films, vous ?

— Maman, il pleut trop depuis des jours, nous n'avions malheureusement aucune chaîne et j'ai encore des rendez-vous à Paris pour *Eva*… alors, papa, tu as aimé *Les Contrebandiers*, hein ?

— C'est un film de Fritz Lang, un Eastman-color…

— Tu permets, Eva…

— Elle a le droit de s'exprimer, dit Anne, ils sont terribles. »

Elle va dans la cuisine.

« Mes jambes me font si mal, elles sont si gonflées, c'est mon désespoir, c'est pour ça que j'ai arrêté la danse. »

Je la suis, elle piétine, la pluie tambourine de plus belle, comme des perles jetées aux vitres.

« Quel caractère il faut pour le supporter !

— Simon est parfois méchant. »

Elle ferme à demi la porte et murmure :

« Comme son père, têtu, méchant, buté à dire des choses horribles, depuis cinquante ans…

— Sur la guerre ?

— Oui, la guerre, dit-elle de sa voix flûtée.

— Hitler ?

— Oui, j'ai dû subir ça.

— Qu'est-ce que tu dis, maman ?

— Rien, Simon, tout va bien ! »

Anne pose une main sur mon épaule :

« Ah ma pauvre tu as bien du courage, j'en ai eu, il faut en avoir ! Je me fais beaucoup de souci pour André. »

En sortant, malgré la pluie, on rôde autour du Bon Marché, je suis un peu pompette, je te sens distrait. En rentrant à Montmartre, Simon ne bouge plus, il regarde fixement le plafond, j'admire une photo pleine page de moi dans *Marie-Claire*, un sujet culturel : « Les femmes de l'année. »

« Mon père va mal, je vais mal… il perd la boule, maman me dit qu'il ne veut même plus aller à l'église… comme quoi… même ça… ne parlons plus, retourne-toi, j'ai une allergie qui recommence, on se couche, allez… »

À Longpont, il s'était endormi devant la cheminée, il ne réagissait plus, on devait travailler. Dehors, un temps sombre encore à l'orage, il ronflait depuis une heure. Un cake au parmesan et un gâteau au fromage blanc l'attendaient, rien que pour Simon. Je me tenais dans l'escalier humide, celui des steppes.

« Simon ? Simon ? Simon, tu dors ? »

Il se réveilla, me regarda l'air angoissé, comme si tout était perdu d'avance.

« Simon ?

— Oui, Evvvvaaaa, Evvvaaaa !

— C'est gai… on ne va pas bosser, je sens ? »

Il prit un air rogue, celui de l'érudit accompli face aux compromissions exigées par le script, il se caressait la barbe.

« Tu ne veux plus… »

Il tapa du poing sur son genou.

« Être réduit à ça !… mais oui, ma chérie, on va travailler… »

Il imitait ma voix aiguë.

« Et pourquoi non ? Je t'attends, j'ai relu la biographie d'Elizabeth Taylor, quelle vie dure, je n'ai rien d'autre à faire, tu le sais bien les après-midi, en plus avec ce charmant petit temps, ah les Goncourt et Paul Bourget, ce n'est pas si mal, Paul Bourget. »

*Pourquoi me parlais-tu comme ça ?*

Il ne bougeait pas et d'un coup me tira sa langue énorme.

« Hein… tu ne veux pas du prêtre dévoooyééé, non ??? Tu veux autre chose, pourtant le prêtre dévoyé, c'est un très bon personnage… Où tu vas ?

— Je m'en vais, je pars… »

Je suis montée remplir ma valise, des robes, des sacs, mes cahiers à spirale, mes livres, j'ai descendu mon bagage, en rafale.

« Tu m'emmènes à la gare… allez, ça suffit, je me barre !

— Tu fais quoi, Evvvaaa ? On devait pas faire ce script, hein… Eva ? »

Ça sentait bon le linge propre, Simon s'occupait de faire tourner les machines, les draps séchaient dans la chambre de ses parents, celle du bas.

« Emmène-moi à la gare, s'il te plaît. »

Il sortit son téléphone, regarda les horaires des trains.

« Il y en a un à 17 heures. »

Puis il vint m'effleurer avec son bras, se recula et s'appuya contre le chambranle de la porte.

« Tu ne peux pas partir, Eva, tu es absolument incapable de partir, tu dis toujours que tu t'en vas, je commence à te connaître, tu ne dis pas ce que tu penses, tu dis le contraire, quand tu dis que tu pars, c'est que tu veux être ici, hein ? Et quand tu dis que tu ne m'aimes plus, c'est que tu m'aimes… je le sais. »

Il tendit à nouveau les bras vers moi, je me suis blottie d'un coup contre son épaule.

« Viens. »

Il m'emmena dans la chambre, nous nous sommes glissés sous les draps, nous avons fait l'amour sagement. Après nous sommes partis nous promener sur le chemin des fougères. Le temps d'opale changeant, une embellie. Il marchait lentement à mes côtés, des gouttes tombaient des arbres, certains étaient si rouges, je dis :

« Rose, Michel, Hubert et Lucille font un plan à quatre, ils prennent de l'opium et couchent tous ensemble… »

Il ne réagissait pas, nous continuions à nous enfoncer dans la forêt, il me piqua le pied avec sa canne.

« J'ai une idée, un prêtre les marie, c'est Alain Pacadis qui les marie tous ensemble dans leur château ? »

Je partis en riant.

« C'est bien, comme ça, c'est bien. »

Je regrettais d'avoir accepté si spontanément, je sentais à mon contentement qu'il ne travaillerait pas bien les jours suivants.

Le 13 novembre 2015, les enfants eurent le dernier train de justesse, ils passèrent les barrières de police gare du Nord comme des invisibles. Je bouquinais pour la seconde fois Proust, *Albertine disparue*, sur la liseuse verte. Les feuilles du grand tilleul se détachaient dans le vent. À l'approche de l'hiver, le corps de bâtiment des Montesquiou se dévoilait à travers les arbres. J'attendais avec impatience le printemps et l'été, ils louaient leur propriété pour des mariages, j'aimais entendre de loin les discours aux mariés, les flonflons de la fête, les rires des enfants, et ceux des couples éméchés. Les roues de la voiture de Simon crissaient sur le gravier, je courus leur ouvrir la porte. Donovan, vêtu d'un long manteau de cuir mandarine comme le jeune comte Dracula et d'une chemise échancrée, monté sur des boots à talons, avec sa couronne de cheveux d'or, sa guitare à la main, était accompagné de Sarah en dentelle blanche, bas blancs. Mon cœur battait, ils étaient si bien assortis. Le pas doux, léger, de Donovan.

« Mamoune. »

On s'embrassa, Sarah aussi.

« Merci Sarah pour la bougie, c'est gentil.

— C'est normal. »

On se tassa dans le salon, Simon alluma la bougie.

Donovan s'assit dans le fauteuil rouge face à la cheminée.

« Il va y avoir une guerre, c'est pas possible, j'ai peur dans Paris, c'est ouf.

— Ah bon ? »

Donovan atterré, Sarah toute blême se blottit contre lui et murmura :

« Franchement, tous ces morts à un concert, j'ai jamais vu ça, c'est la panique.

— Si tout pouvait sauter !

— Arrête Simon !!! »

Sarah ne riait pas, enveloppée dans la mousseline blanche, les traits tirés par l'inquiétude, elle sortit une tiare qu'elle posa sur sa tête de madone.

« Ahhh, en tout cas, ici, vous êtes en sécurité, vous restez, il y a de quoi tenir.

— J'ai faim, Mamoune. »

Son sourire si joyeux, parfois je me demandais comment j'avais pu mettre au monde un fils si agréablement liant, doux, précautionneux, une fierté.

« Alors ?

— C'est prêt, il y a une quiche, un gigot de sept heures, un gâteau au chocolat, venez à table ! Simon, le riz ?

— Ouiiii. »

Simon préposé à l'autocuiseur.

« Trop cool, tout ce que j'aime ! » dit Donovan.

Son sourire s'amplifiait, la pudeur colorait ses joues d'un rose poudré, un personnage de Turner, un héros de Dickens, il tournait sa main sur son ventre. Sarah se planta devant moi. Son long corps affublé de couches de mousseline superposées m'évoquait je ne sais pourquoi ceux des momies, des perles grises à ses oreilles brillaient d'un éclat sourd.

« Je vais chercher ce qui manque. »

Elle fila en cuisine à grandes enjambées et revint avec les serviettes et quelques couverts dans les mains, son regard aux yeux bruns languissants, le côté belle fille des bords de mer de la côte Ouest, elle avait du chien et de l'honnêteté, et quelle voix grave, chaude.

Elle s'assit, pencha sa tête, ses cheveux balayaient sa taille minuscule.

Donovan me souriait toujours, l'air taquin.

« Ça va, monsieur mon fils ?

— Ouais… c'est bizarre en ce moment les temps…

— Simon ?

— Oui, ma chérie ?

— Tu prends la sauce piquante avec le riz ?

— OUIIII, Eva ! »

Simon déposa une coupelle de riz blanc alors que le regard de Donovan tombait sur le livre *Eva* au milieu de Kardegic, de factures, de feuilles d'impôts.

« C'est ta mère… »

Il prit place.

« Je sais.

— Tu l'as lu ? » demanda Simon.

Donovan haussa les épaules à la Chaplin ainsi que ses sourcils, puis déclara tout bas :

« Non, je peux pas, on me l'a offert dans un dîner sans savoir que t'étais ma mère, j'sais pas… j'étais gêné.

— Pourquoi ?

— T'es ma mère, je ne me vois pas en train de le lire. »

Donovan combinait, avec enthousiasme, tous les ingrédients du plat principal, genre pâtasse pour ouaf.

« Ça ne se fait pas de tout mélanger comme un fou, à table, chez les gens.

— Pourquoi ? Ça fait country.

— Country… »

Simon s'empara du magnum.

« Disons que ça n'est pas très poli… Vous voulez du vin, les enfants ? »

Il avait pris sa voix stridente.

« Pourquoi pas, oui, merci. »

Simon servit le verre de Sarah puis, après avoir bu, Donovan dit tout fort :

« Alors, tu ne bois plus du tout, Simon ?

— Non.

— Et tu arrives à tenir, sans déc ?

— Un jour je recommencerai mais plus tard. »

Donovan défiait Simon.

« Non, quand ?

— Dans dix ans, au moment du déclin.

— Carrément, t'as programmé et tout ?

— Quand je serai vieux et déglingué, je me droguerai à fond, plus rien à foutre, c'est chic, les vieux défoncés.

— Arrête avec ça, Simon !

— Si et j'irai à fond les ballons, à fond !!! »

Je m'arrêtai de manger mes quelques feuilles de salade garnies d'un blanc de poulet.

« C'est des menaces, Donovan, tu crois ?! Tu me menaces devant les enfants ? »

Je haussai le ton.

« Mais il déconne maman, il blague, sois cool ! »

Ils me regardèrent, effarée, je me tassai.

« Ta mère a la tête près du bonnet, hein ? »

Donovan éclata de rire.

« Il a raison Simon, tu pars vite, maman.

— Ah bon… Je pars vite ?

— Tu prends le parti de Simon, Donovan, tu me vannes ? »

Il riait, me narguant sans me répondre.

« On rigole maman, cool.

— Et tes études de littérature alors, Sarah ?

— Oui, je vais aller à la Sorbonne. »

Donovan termina le premier, rota, puis sourit l'air hyper angélique, passa ses mains dans sa crinière blonde, tout le monde l'admirait, il s'alluma une cigarette, souffla la fumée, bridant les yeux.

« On va partir à LA, j'invite Sarah. »

Il chantait presque.

« Non ?

— Si.

— Je suis trop contente, c'est trop cool, j'ai trop hâte.

— Quand ?

— En avril… à Silver Lake. »

Il fit claquer les deux derniers mots dans une tonalité d'argent. Simon posa un verre d'eau vide sur sa tête, l'air de ne plus savoir où il était, on a tous rigolé, Sarah mangeait des quantités énormes.

« Tu ne grossis jamais ?

— Non, elle ne bouge pas, c'est la vie. »

Après le dîner, on se précipita pour écouter à la radio les nouvelles des attentats, puis Simon mit le disque de Charles Manson, et entama gentiment la discussion sur Charlie le soir du meurtre, « le couteau était rentré comme dans du beurre dans le ventre de Sharon ». Il décrivit avec soin les vêtements des filles faits en cheveux humains, attirant l'attention fascinée de Donovan. Je découvris avec effroi chez mon fils un vif intérêt pour les crimes pop. La magie émanant de Donovan remplit toute la pièce au point de réduire les proportions de Simon, puis Simon fourra sous son nez la photographie du corps de Sharon éventrée, le tapis ensanglanté et, plus loin, le drapeau américain.

C'était l'après-midi, on s'est promenés du côté du tombeau, je pris des photos dans le sous-bois, Simon allongé les bras en croix sur un tapis de trèfle, il était aux pieds de Donovan et Sarah posant langoureusement sur un tronc d'arbre, des libellules dansaient, et cette odeur de terre grasse, le paysage merveilleux avec des arbres tordus, charbonneux. Au loin, les champs de blé illuminés réverbérant la lumière comme une mer d'huile. Sarah clopait dans la nature, exhalant la fumée d'un coin de ses lèvres, elle se déhanchait comme Birkin, les cheveux relevés, elle baissait la tête pour réfléchir, sa longue nuque se tendait pareille à un genou trop blanc. Le bonheur simple, ensemble.

« Simon, donne-moi le bras ? »

Il s'arrêta, mû par une subtile tendresse sous laquelle perçait sa rudesse, à l'éclat de son regard je saisis son contentement, je m'accrochai.

« Viens. »

Nous les suivions plus lentement, ils gambadaient vers les champs, disparaissaient derrière un de ces voiles luminescents qui semblent marquer une frontière avec l'invisible, j'embrassai Simon, sa bouche avait le goût des fruits rouges et du fromage blanc.

« On réunit tout le monde pour Noël ?

— Bien sûr !

— Il veut inviter deux copains ?

— Mon père sera très content, il adore la jeunesse. »

Je t'ai entouré le ventre de mes deux bras, ma tête contre ta poitrine, mes pieds avançaient tout seuls, puis un bras serpentant derrière ton cou, je te tirai les cheveux.

« Aïe. »

Je courus, courus, les rejoindre, puis me retournai attendant que tu viennes vers moi.

## *Christmas*

En odalisque sur la liseuse, les yeux de biche toujours, et des leggings sortant d'une fourrure mauve et violet que tu appelais celle du Muppet Show, avec au bout mes mules à talons zébrés en bois YSL, toute parfumée et sur la tête des bigoudis, je te reluquais, je te taquinais avec des gazouillis.

« Tu fais ça bien, dis donc.

— Oui. »

Simon avait retiré pour cette occasion unique, exceptionnelle, les livres de ses deux tables, recouvertes de nappes blanches. Dans une coupelle brûlait du papier d'Arménie, il disposait au centre des boules de Noël en verre anciennes, des branches de pin coupées dans les bois, des images colorées de nos stars préférées, ses os glanés, une couronne. Je nous revoyais nageant dans une calanque de Marseille, l'eau claire, les rochers ocre et l'étendue de la Méditerranée, ton avant-bras rougi lacéré par une méduse, les marques presque parties.

« C'est joli.

— Tu veux que je t'aide ?

— Non, je préfère le faire tout seul.

— On retournera à Marseille, Cassis ?

— Oui.

— On devrait partir dès le mois de mai, profiter du soleil plus tôt, faire comme si c'était l'été tout le temps, on peut écrire partout…

— Je dois aller acheter des cacahuètes et du whiskey pour papa, Poulou.

— Poulou fou. »

J'entendis sa voiture démarrer, partir de Longpont, et le ciel bleu se découpait derrière les vitres. J'avais cuisiné durant des jours un Noël russe, le poêle dégageait sa douce chaleur, je restai immobile à regarder sa décoration. Des Noëls en famille avec des ascendants, des descendants et des amis de mon fils, sa fiancée, c'était bien, la famille réunie, tous ensemble.

Ton père est chic dans son caban avec son foulard motif cachemire, ta mère aussi. Elle me sourit dans son chandail bleu avec ce collier à la pierre du même bleu que ses yeux, une barrette retient ses cheveux blancs lisses et brillants comme une brosse de soie, la cuisinière me chauffe trop fort les jambes.

« Tout ce travail, mon Dieu, c'est toi qui as fait tout ça ? »

Anne est époustouflée.

« Oui. »

André vient admirer le repas à petits pas.

« Oh là là, c'est extravagant, je suis épaté… Vous avez fait tout ça ! » répète André, amusé.

Anne si grande et André plus petit, avec des mains fines, les ongles longs. Par terre, sur le buffet, près de l'évier, des plats partout, une multitude, des pirojkis, toutes sortes de boulettes, du caviar d'aubergine, des champignons, un chou farci, du kasha, du gravelax, une pièce montée, un délire total.

— Eva cuisine très bien… Je te sers un Martini ? Papa, un whiskey ?

— Oui, bonne idée !

— Eva, j'ai mis ma bûche aux marrons dans le frigo avec les blinis et là le saumon sauvage, là le foie gras… Eva… Tu veux des glaçons ? »

Son père, avec sa bosse dans le dos, rôde autour des livres, les caressant amoureusement, les examinant comme un trésor inestimable.

« Tiens… Eva, ton Martini. »

Simon affable me tendait mon verre.

Anne s'avança.

« Il a du courage, Simon, avec tous ces alcooliques autour de lui, je t'admire, bravo Simon ! »

Donovan descendit bruyamment les escaliers, il riait, des cris de joie d'Anne.

« Ahhh le voilà.

— Vous moquez pas de moi, bonjooooour.

— Tu es beau tout en blanc !

— En mode Petit Prince ! »

André ouvrit un livre, le referma, leva le doigt.

« *Elle me faisait déjeuner sous la table*
*Histoire sous un nuage*
*Espoir, espoir absolu*

*Enfance où le froid louvoyant tracassait la campagne*
*L'asphyxie était sur les toits*
*Lavande*
*Toute l'étendue de la femme*
*Elle était éteinte soumise*
*Fidèle*
*Facile muette appauvrie*
*Par mes rêves*
*Le jour buvait tous les poisons du soir.* »

« Bravo André, c'est fantastique votre mémoire de "Pardon" d'Éluard, dit Anne.

— Bravo papa.

— Attendez, je vais vous laisser votre place. »

Donovan s'assit sur le prie-Dieu, André le regardait tout sourire.

« Et tu t'appelles comment, jeune homme ?

— Donovan, je vous l'ai déjà dit…

— Ah oui, Donovan. »

Mon fils se tourna vers moi, je haussai les épaules, Simon debout au milieu de la pièce servait le champagne.

« Alors, Simon, Charles Manson, tu en es où, raconte ?

— Ah, j'ai bientôt fini, je suis sur une longue descente dans les maisons, ils y vont comme de bateau en bateau… sans toucher terre ou presque… »

Je me figeai, impossible pour lui de ne pas s'inspirer de mes idées, la muse des fourneaux s'impatientait, Anne me visait de ses yeux perçants.

« Le bain est prêt, tu le prends avec moi avant que les autres n'arrivent, sinon il n'y aura pas assez d'eau pour tout le monde ?

— Je te rejoins, chérie, vous nous excusez !

— Mais oui, mais oui, bien sûr, Simon prends tout ton temps, j'ai trouvé *Finnegans Wake*, je vais relire des passages, c'est merveilleux. »

Anne plongea son nez dans une vieille édition.

La salle de bains embuée, impossible de voir le sorbier, ton corps dans l'eau avec le mien, nos jambes entrelacées, tu me massais le bout des pieds, ma tête tournait doucement, j'étais heureuse, un peu ivre, les amis de mon fils arrivés en taxi, poussant le portail grinçant, des oiseaux s'étaient envolés.

« Il y a un truc que je n'arrive pas à trouver sur la fin de *California Girls*.

— Pourquoi tu n'écris pas à ce Bobby Beausoleil en prison, il peut te répondre.

— Non, je vais dédier mon livre à ton fils.

— Ah bon ?

— Mais tu ne le lui dis pas.

— Non. »

Je me savonnai le corps, il l'appréciait dans la baignoire.

« Sinon, ce ne sera pas une surprise… C'est fou comme il a su attraper le truc chic que tu as… il t'a bien observée, c'est un séducteur et je m'y connais et un sacré, celle-là, elle est sympa, mais pas à mon goût.

— Pourquoi tu me dis ça encore !?

— Il sait y faire, c'est un malin, avec toi il fait ce qu'il veut !

— T'es con avec tes blagues ! Par moments, on dirait que tu fais exprès de jouer au tocard.

— Ah ça y est, tu recommences, je suis con et tocard ? Ton fils, on peut rien dire, ah ça… Il fait trop chaud, je sors, je tiens plus, je vais m'occuper de mes parents, et des amis de ton fils, j'en ai marre de me faire engueuler ! »

En descendant habillée d'une robe romaine noire longue Westwood, j'entendis Anne dire à Simon :

« Ta maison, avec Mimi, tu ne la regrettes pas ? »

Elle se retourna un peu ivre, agitée, ses pieds d'éléphant dans ses chaussons de danseuse.

« Ces longs couloirs Farrow & Ball gris et noir, et le jardin quelle beauté… elle avait les moyens, tu étais à l'aise… quand même…

— Arrête maman, Eva est là.

— Excuse-moi, mon chéri ! »

Elle s'assit un grand verre de whiskey à la main. Deux jeunes gars de vingt ans et Donovan, chahutant poliment, André si gai.

« Et ta fiancée, Donovan, demanda Anne, elle est où ?

— Sarah, elle arrive demain, là elle est avec ses parents. »

Il y eut en ces temps, jusqu'au jour de l'An, une succession ininterrompue de repas faramineux que personne n'arrivait à terminer. Anne s'attela au jardinage, elle était la seule autorisée à toucher aux rosiers qu'elle-même avait plantés avant mon existence dans cette demeure où je ne suis plus qu'en songe, tel un fantôme qui viendrait hanter sa propre maison, reconstituer les événements, en dresser l'inventaire fastidieux. On aime comme on disparaît, pour toujours. Régis, l'un de tes vieux copains, amena sa fraise et son jeune chien, voulant discuter avec toi, se livrer. Tu écoutais tes amis avec beaucoup de sagesse, tu riais aux blagues avec cette désopilante propension à ne t'émouvoir de rien. Si ce n'était de l'idée que tu voulais qu'on ait de toi, tu aimais, lorsque tu recevais des compliments pour ton goût exquis et trash, qu'on flatte ton orgueil. À cette époque, tu étais gai comme sous la pluie, comme avec les dauphins, tu mis pour nous amuser ta chemise poulpe de Tokyo et rabattis tes cheveux en avant, j'aimais quand tu faisais le pitre, j'ai toujours été bon public pour les farces enfantines, les petits spectacles, les envolées lyriques, les déguisements, j'ai pris des photos et je t'ai filmé. Tes parents repartirent en premier, André avec son écharpe neuve et ta mère contente du manteau en cachemire beige Dior chiné au Guerrisol, puis ce furent les deux copains, la belle Sarah et Donovan qui s'en allèrent.

Dans la soirée, les enfants me manquaient, j'errai entre la chambre, la salle de bains, mon bureau rose, mon dressing rempli de vêtements, le tien plein des miens, sans savoir où me poser tant leur absence me perturbait. Je priai Simon de lire mon livre *Innocence*, les quatre-vingt-dix pages suivantes, il connaissait les quarante premières. À nouveau, je m'échappai dans les bois, arpentant les chemins jusqu'à la butte de Château-Fée, des cerfs gambadaient dans les pins, les rayons du soleil éclairaient les fougères des sous-bois à intervalles réguliers, ce signal, lumineux, m'intrigua, il s'était déjà produit avec la même musicalité durant des voyages, chant des pistes. Je m'agenouillai, attendant d'être nimbée de lumière. Lumière et eau, je pris soin de visualiser l'empreinte de mes pieds dans la terre poudreuse gris perle. À mon retour, je retirai lentement mon manteau et patientai dans l'entrée verte sur le sol en brique rouge. Les tables avaient retrouvé leurs livres depuis la veille, Simon préservait tout juste une place pour le plateau à thé, il fumait, odeur de jasmin, j'écoutais ses mains tourner les dernières pages d'*Innocence*.

« Eva, tu es là ?

— Oui…

— C'est super.

— On comprend tout ?

— Viens là ! »

J'allai le retrouver, timide.

« Est-ce qu'on comprend vraiment bien tout ou pas ?

— Oui ! »

Les pages du texte étaient étalées à ses pieds, il se redressa, ses deux bras tendus vers moi, ému.

« J'aime beaucoup.

— C'est vrai.

— Oui… ah oui, ah ça ! C'est très juste… ça sonne très vrai comme toujours, Gabor, l'ami de ta mère, est formidable. À la foire, tu peux couper et on ne comprend pas ses modèles, détaille-les davantage et il y a des enchaînements où tu t'embrouilles.

— Avec Mamie, trop d'allers-retours ?

— Oui…

— Et le père, l’absence présence ? L’au-delà, l’invisible. »

Les mots m’écorchaient la bouche.

« Tu fais avec ce que tu as… Vois avec Juliette, ton éditrice, c’est mieux, discute avec elle… »

Il s’assit, dépité.

« Je vais lui envoyer cette partie.

— En fait, ce que j’ai écrit, toi tu le développes complètement, d’une ligne, tu fais toute une scène… on est avec toi… c’est vivant, c’est émouvant, tu as créé un personnage intelligent qui vit dans la vie comme dans les livres… tu aurais pu faire de grandes études… si on t’avait donné le choix, tu es appliquée, persévérante…

— Et ? »

Il me regardait autrement, en rival, je sentais poindre sa jalousie qu’il réprima au profit d’une fierté, celle de m’avoir sous sa coupe.

« Tu n’as rien écrit dedans, j’espère ?

— Non, juste corrigé les fautes. »

Il mit les mains dans ses poches et se retira en reculant.

« Tu ne touches pas, tu me dis, c’est tout. »

Il emprunta un air doux et supérieur.

« Ma chérie, ton livre va être très bien, tu t’inquiètes toujours, fais-toi confiance. »

Il me visa plus sévèrement et dit d’un ton badin :

« Dis donc, tu t’es gardé toute la bonne came pour toi, hein… tu m’as bien roulé ? »

Il ouvrit la bouche façon grenouille.

« Pourquoi tu dis ça ?

— Parce que c'est ça, en fait, je te sers à te faire ta publicité. »

Il se rassit ses pieds dans ses deux bottes de cow-boy bien écartées l'une de l'autre.

« Arrête avec tes blagues, Simon.

— Non non non... En fait c'est ça, je te sers d'imprésario, tu me plumes ?

— Quoi ?!!! »

J'allai pour partir.

« Eh psittt, viens là. »

Je m'exécutai, il retira mon manteau, d'un grand geste je me détachai de lui, il m'enserra.

« J'ai pas envie !

— Viens ! »

Il m'attrapa, nous avons fait l'amour dans le salon, mes genoux posés sur l'osier du prie-Dieu, le jardin était phosphorescent.

C'était la nuit, le boulevard Saint-Germain, vide à cette heure, recelait des trésors sortant de leurs cachettes, tout s'éclairait, les perspectives anciennes se livraient au présent dans un déferlement continu, comme à l'époque de notre jeunesse. Le Flore presque désert, et nous deux très habillés, moi trop maquillée, assis à notre table, face à la porte. Je buvais du vin, tu m'enlevais les petites poussières sur mon manteau.

« On est toujours les premiers, je déteste ça.

— Comme des péquenauds.

— Je m'en fous, j'aimerais partir aux États-Unis, au Texas.

— Non, le sud de l'Italie, Naples, la côte amalfitaine, c'est ce qu'on aimait. »

Ce que je préférais, c'étaient nos déambulations, celles des commencements de l'amour, celui qui sera sans fin, avec cet art de la répétition, sa constance immuable.

« Tiens, voilà Jean-Jacques et Ingrid. »

Simon régla, se précipita pour aller à la rencontre de Jean-Jacques, ils étaient encore dans le taxi. Devant Lipp, un petit groupe s'attroupait, entrait. Je sortis pour m'éloigner vers l'église, de ce point de vue, le restaurant éclatait de tous ses feux. L'idée que des filles s'accaparent Simon m'obsédait, il n'était jamais le même après les sorties, aimant jouer *les trouble-fête*, comme une idiote j'adhérais au piège, avec le sentiment vague du tampon d'éther que l'on vous fourre sous le nez. Je crus entendre mon nom, me mêlant au tohu-bohu de la soirée Purple, des gens de la mode, des belles femmes, et Simon discutant avec Christine, seins nus sous son chemisier poreux et blanc.

« Eva !

— Ingrid. »

Ingrid les cheveux en pétard rouges et une robe en lurex violette, des lunettes fumées, Jean-Jacques était beau avec sa canne, royal, impérial, un jeune homme vint à sa rencontre, *Rose poussière* à la main.

« Vous me ferez une dédicace tout à l'heure, maître ?

— Pardon ?

— Vous me ferez une dédicace tout à l'heure au dessert.

— Oui. »

Pierre Le-Tan arriva en veste militaire, Simon s'assit en face de moi, Pierre rigolait prétendant s'être adonné avec volupté à des blagues au téléphone avec pour cible des demi-inconnus, annonçant que la femme trompait l'homme, nous riions de ses farces, j'adorais l'entendre parler de ses enfants, il les aimait tant, la soirée fut si joyeuse, je ne me souviens pas d'une vraie conversation, mais d'avoir répété à plusieurs reprises « les miroirs sont beaux, ce soir », ils l'étaient, on s'est souri Simon et moi.

« Pourquoi tu ris autant ? »

Je riais à gorge déployée dans ma robe en shantung rose perlé.

« J'ai le droit, Simon.

— Elle est gaie, elle a raison, on n'a pas besoin de savoir pourquoi on rit, c'est idiot, voyons ! »

Ingrid et sa repartie allemande. On est rentrés tard, tu t'es assombri dans le taxi.

« Tu ne dis rien !

— Je suis angoissé, et j'ai tous ces articles à faire, Jean-Jacques écrit quand il veut, il est héritier, je ne peux jamais m'arrêter. »

Du monde vers la rue Rochechouart et tous ses shawarmas suintant sous les lumières ruisselantes, brochettes, couteaux, viandes, grands autels, des tapins hurlaient dans la rue.

« Pierre m'a dit que Thadée est persuadé que ton truc, c'est de tirer toute la couverture à toi et rien d'autre, que c'est une manie chez toi.

— Pierre veut ma mort. »

J'avais mes souliers à la main, le taxi nous épiait.

Dans l'appartement, il règne une stupéfiante chaleur tropicale, des mites volettent malgré une odeur d'antimites, des ampoules cassées, des coins plus sombres comme salis, effacés, des tas de vêtements de luxe et de chaussures, des fourrures, de belles pièces anciennes, mes valises éventrées, du Kardegic et des factures, Simon allume la salle de bains, un rai blafard éclaira le lit.

« Je ne vais pas tenir ici, je ne vais pas y arriver, j'ai un mauvais pressentiment. »

Son corps hostile, impossible de l'approcher. Je vais me servir du vin, je m'assois à ma table les pieds dessus, je m'allume une cibiche, la première, le plus tard possible. Il s'affale sur le lit, sa main sur la poitrine, fixe le plafond, je devine son corps, une voix moribonde s'élève :

« Mon père ne va pas bien, il ne parle plus, il lâche complètement prise… Toi, tu t'en fous ?

— Pas du tout !

— On m'a jeté un sort ! »

Il s'énervait.

« Qui ?

— Je sais pas, je sais plus, je n'aurais pas dû venir à Paris, Pierre m'a piqué Jean-Jacques, ils se voient maintenant sans moi, Pierre dit du mal de mon livre, je ne devrais pas sortir, aller dans des dîners, on aurait dû rentrer directement en voiture. »

Il geint.

« Arrête de boire, tu es saoule ! je ne veux plus voyager, je voudrais que tout s'arrête et pourrisse, que tout saute et ne plus entendre parler de scénarios ni des producteurs, dire qu'il faut encore les voir dans le 11$^{e}$… Tu viens pas te coucher ?

— Non… merci, je me délasse, et toi tu me fais super chier !

— Ah oui, je te fais chier… ?!! »

Il déboule, nu sous sa chemise blanche.

« Connasse ! »

Excité, il vient administrer un coup de pied dans la chaise de mon bureau, trouant le cannage.

« Tiens, je suis un génie, moi !

— Aïe ! »

Il me renverse par terre.

« Salaud !

— Tu me cherches ? »

Je retire mon alliance, la jette dans l'espace, elle retombe émettant un léger tintement. La poitrine de Simon se soulève, je lis dans ses yeux qu'il sait que ça doit vriller, comme avec « les autres », ses nanas avec qui il cassait les services à vaisselle, bazardait les meubles par les fenêtres ou avec Berthe, sa première femme, qu'il tirait par les cheveux à travers les rues en la lattant entre deux bagnoles.

« Elle est où, l'alliance ? »

Il se penche, grimace, avec l'air diabolique d'un sorcier.

« Putain… je sais pas, partie en vacances, bordel !

— Ah ouais ? »

Il tourne autour de moi, me tamponne le buste avec le sien. Je lui mords le bras.

« Aïe, pourquoi tu fais ça ? Pourquoi tu me mords, tu n'as pas le droit ! »

Il le dit d'une voix efféminée qui me surprend.

« Tu me traites comme un chien. »

Je recule.

« Tu sais quoi ? Tu es égoïste, prétentieux, et malhonnête, et c'est de ça que tu vas crever !

— Je suis prétentieux.

— Prétentieux, traître et faussaire. »

Il ferme les yeux.

« Putain, tu m'as mordu... J'en ai assez, je vais me coucher, retrouve l'alliance, allez !

— La messe a été dite Simon, j'en ai marre.

— Retrouve l'alliance ou je me barre. »

Le ventre en avant, il fonce au lit, l'oreille tendue. À quatre pattes, je tâtonne partout, à droite à gauche, des cigarettes, des épingles, des moutons, des boutons, l'alliance !

« Je l'ai retrouvée. »

Je la remets à mon doigt, je me remarie avec Simon, je m'étends au sol les bras en croix.

« Tu ne crois pas en Dieu.

— Tu me fais chier. »

Il y a un grand silence, je me lève, crapahute par-dessus son corps, me glisse sous les draps qui sentent le tabac froid, il pleure presque, on dirait la fin d'un monde.

« Donne-moi ta main, bouge pas. On est trop anxieux toi et moi, dormons. »

J'ai le souvenir que le givre et la neige recouvraient alors la campagne, que tu ne parlais plus, le script se complexifiait, tu ne trouvais pas, ne répondant plus à mes propositions, je n'appelais personne. On s'est promenés aux confins la forêt, tu t'assis au pied d'un arbre.

« Il ne se passe rien.

— J'aime quand il ne se passe rien.

— À quoi tu penses ?

— À mon père qui vieillit très mal, lui qui avait une conversation si brillante, qui ne donne plus rien, à moi qui bientôt n'arriverai plus à bander, quand on ne bande plus, on n'écrit plus de la même façon.

— C'est dans ta tête Simon, le sexe et l'écriture.

— Non, c'est pas dans ma tête, cette énergie vitale de ma bite elle va partir, et pareil dans l'écriture, la gnaque, la gnaque je ne vais plus l'avoir, elle ne sera plus la même après, la sève, la force ne sera plus là, la partie sera terminée, Eva, c'est la réalité, après on peut se raconter ce qu'on veut.

— Qu'est-ce que je peux faire ?

— Rien.

— Je ne veux pas finir comme mon père, faiblir, dépérir, mentalement, physiquement, je préférerais qu'on m'achève, ou plutôt non, je regarderais mon corps pourrir, c'est une expérience que j'attends avec impatience, ma lente décomposition dans un monde en décrépitude. »

Il partit à grands pas, je sortis mon téléphone pour le filmer à travers les sous-bois et les marécages. En rentrant, je lui dis :

« Je n'aurais jamais dû accepter que tu accapares mes souvenirs… je pensais pas… tu peux pas comprendre… »

J'attendais une réponse.

« Tu me cherches ? qu'est-ce que tu veux au fond ? hein ? me faire chier ?!!! »

Il détestait quand je touchais « à son travail », ça le rendait *très* méchant, je savais qu'ayant formulé ces phrases, il trouverait le moyen de me châtier.

« À plus tard. »

Marcher, prendre la route, m'égarer dans les bois, la tête me tournait, je m'éloignai de la maison pour admirer derrière la dentelle des arbres aussi noire que du charbon le ciel orange et rose, la fin du jour.

## Mon prince

Donovan, entouré de ses copains et copines, ondulait dans une véritable chemise de mousquetaire que venait recouvrir un gilet brodé tzigane acheté lors d'un voyage en Hongrie, le regard souligné de khôl, les cheveux longs accentuaient son côté androgyne, le visage constellé de traces de baisers de filles, le feu aux joues, il tirait sur sa cigarette à la main baguée, on eût dit un jeune dieu à sa genèse, il venait d'avoir vingt ans. À sa demande, j'avais préparé un chili pour quarante personnes et je tournais inlassablement la grosse cuillère dans la marmite, ses amis à tour de rôle se présentaient, me saluant me bisant me félicitant gaiement, appréciant le plat géant, *The Queen Mother.* Habillée d'une robe de cocktail noire 1950, montée sur des chaussures en crocodile à lanières, je suivis mon fils du regard lorsqu'il se précipita afin de s'arranger face au miroir, renvoyant, floutés, les halos brumeux de la rue Auguste-Comte, si sombres, masquant le Luxembourg, congédié dans le monde de l'enfance.

« On va faire une photo, poussez-vous », dit-il de sa voix douce.

Derrière le chambranle de la porte, des gigantesques bouquets de fleurs voyageaient en l'air, des jeunes filles si belles, éclatantes de jeunesse, partout des rires, de l'effusion joyeuse. Des baffles s'échappaient sa playlist, The Dandys Warhols, The White Stripes, The Verve, The Strokes, les musiques que nous écoutions dans notre maison d'Aubervilliers. Je m'assis un moment pour mieux m'imprégner de ses vingt ans, de son sourire. Sarah en blanc, enturbannée, adossée au mur jauni et son rire rauque, elle clopait envoyant la fumée sur le côté. Me revenait dans la buée et les vapeurs de chili un après-midi clair et calme au palais de Tokyo, il venait d'atteindre sa douzième année, il portait un tee-shirt et des lunettes style mods. Il était si maigre, si fragile. Nous avons bu deux menthes à l'eau face à la Seine et ses bateaux, adoré l'exposition, traîné à la librairie. J'étais surprise de retrouver le vieil appareil de ma jeunesse dont je lui avais raconté l'histoire, elle appartenait à notre bande. On s'est calfeutrés dans le Photomaton pour y jouer les vedettes et faire des grimaces. Sur l'esplanade, le vent soufflait fort, nous sommes remontés à Montmartre en taxi avec les Photomaton posées sur nos genoux, elles reflétaient les nuits d'un autre temps, la traversée de Paris en noir et blanc l'émerveillait.

« Maman, qu'est-ce que tu as ? Allez, lève-toi, je te prends en photo devant la casserole.

— Ah ! »

Je rougis.

La cuisine bourrée à craquer, je reculai, fièrement, émue, tournant la cuillère dans le chili, *clic-clac.*

« Une de vous deux », lança Sarah.

Dans les bras l'un de l'autre, on a posé langoureusement.

« *Mam cooking for my birthday, yes.* »

La jeunesse applaudit, il posta la photo sur Instagram.

Dans l'entrée se déversaient toutes sortes de créatures, la sonnette résonnait sans cesse et des rires, impossible d'atteindre le salon, je ne sais plus où se cachait Simon, sans doute assis sur un canapé l'œil flâneur, dans un retrait piqué de jalousie, de ce qui n'a pas été et de ce qui ne sera plus. Donovan swinguait avec Sarah sous les cris et les hourras, des flashs partout. « Je regrette de ne pas pouvoir boire », la voix de Simon derrière moi. « Bois vas-y ! » « Non c'est pas grave. » « Viens maman. » La mère et le fils, on dansait bien ensemble, rien que pour la musique, dans le rythme, tout s'illuminait et surtout la fraternité, des flashs et des applaudissements encore. Je retrouvai Simon dans l'entrée, il discutait avec Francis Dorléans de Mme de Créquy, je m'affalai les pieds chiffons, Divine posa sa main sur mon épaule.

« Charles m'a dit qu'il viendrait mais je ne sais pas où il est, c'est con, tu m'avais dit que tu avais envie de le voir », dit-elle un peu trop fort, d'une voix de cafteuse.

Je me levai.

« Tu es saoule Eva, tu ne tiens pas debout.

— Ah bon ?

— Alors il est où ce Charles, on ne le voit jamais, Eva ? Hein ? me dit Simon, piqué.

— C'est Charles, attends… ah ah ! »

Divine partit pieds nus pour exécuter avec Donovan des passes de rockabilly, elle aimait tant la jeunesse. Dans la cuisine, toujours un monde fou, Paquita pleurait derrière la table ronde.

« David me manque, c'est dingue. »

De gros sanglots, des halètements et de la morve, sa poitrine se soulevait jusqu'au menton.

« Je sais moi aussi.

— C'est horrible, c'est les meilleurs qui partent.

— Ah là là. »

Simon déboula, Sarah le devança.

« Je vais m'occuper de faire un peu de vaisselle, ne pas laisser ça à Divine.

— Sarah, les gâteaux. »

Elle sortit les gâteaux du frigo, nous plantâmes les bougies.

« Simon, s'il te plaît, allez va dans le salon, sois gentil. »

Il s'exécuta. Tout était sombre, les gens chantaient « *Happy birthday* ». Sarah et moi, l'une à côté de l'autre, bras tendus, et au-delà de la chantilly et des flammes, comme dans un médaillon, le visage de Donovan.

Le matin dans mon bureau rose, la fraîcheur du jardin monte et les rires des enfants dans la cour d'école s'éloignent, il est tard, presque 9 heures. Je descends prendre un café, habillée, maquillée, avec mon cahier, mes lunettes, ma petite fourrure sous le bras. Je me scrute longtemps dans le miroir, une simple mise au point. Le téléphone sonne.

« Allô maman oui papa est encore tombé dans la rue… mais ça va il n'a rien… Tu veux que je vienne… Il se repose… Ah je te rappelle. »

Il se retourne, me considère assise dans l'escalier.

« De toute façon ma matinée de travail est fichue.

— J'ai compris ! »

L'œil me fusille, il n'y a pas de mots pour parler de son père.

« On va aux Emmaüs.

— De toute façon c'est toi qui décides de tout ! »

En silence, je me couvris de ma fourrure violette, et lui de son barda. Nous sommes montés dans la Twingo, la campagne était extraordinairement verte, des cyclistes, un soleil pâle, dans une grange un feu de bois.

« On pourrait visiter les cathédrales… on ne l'a jamais fait… »

Il se taisait, renfrogné, en Picardie, il n'y avait pas de vaches.

« On pourrait faire du tir à l'arc ?

— Je déteste le sport !

— Une rando en montagne avec des croquenots ?

— Est-ce que tu trouves indispensable de me dire ça alors que papa va mal ?

— Pardon Simon, pardon, ah ! »

Je joins mes mains en prière, posant ma tête contre la vitre.

Aux Emmaüs, des repris de justice, des vieilles sympathiques, des quincailliers, une bonne ambiance à la Mocky. On achète de la vaisselle ancienne, des casseroles, des draps, une machine à faire les compotes, des vieux *Paris Match*, un miroir de sorcière, le froid durcit mes pieds, le bout de mes doigts, je ris en sautant.

« Vous êtes contente tout d'un coup.

— Ça m'arrive de m'égayer toute seule.

— C'est bien, Poulou.

— On va déjeuner dans une auberge ?

— Non, je veux faire toujours la même chose, c'est très bien *Les Âmes mortes*.

— Quand tu auras fini, tu me le passeras.

— Pourquoi tu veux lire ce que je lis ? »

En revenant, je pris la peine de nettoyer les vitres, la lumière tombait sur ton corps, éclairant une partie de ton beau visage, soudain la séduction resurgit et derrière toi une toile, un triptyque abstrait de ton grand-père aux dominantes verte et blanche, minérale. Ta chemise noire, tes gestes lents, nos tête-à-tête, tu caressais les vieilles assiettes, tu trouvas mon cake aux olives parmesan lardons nigelle et poivre bien meilleur que d'habitude.

« Je suis un mâle alpha et aujourd'hui les mâles alpha sont en péril, je suis à l'ancienne, j'y peux rien, les gens comme moi ne sont plus à la mode, je vais dépérir et puis c'est tout.

— Ah bon ?

— Oui, le monde change, toi tu t'en fous parce que tu sais que tu es supérieure, je sais ce que tu penses… et pour les femmes c'est leur tour… tu sais que tu existes au monde, que tu es là et ça suffit.

— Hein ?

— Tu me détestes, tu me traites de ringard…

— … Parfois je me dis qu'il vaut mieux vivre que de se prendre le chou, que de rester enfermé à écrire toute la journée à la campagne. Si on ne vit pas, on n'a rien à écrire, naturellement, tout simplement… »

Simon me scruta tout en ambiguïté, je me demandais quand il allait couper le cordon avec ses parents. Sans doute jamais, il se mentait, brouillant les pistes, masquant un trouble plus profond. Un jour et même plusieurs fois, il m'avoua que son papa avait touché son zizi dans le bain et aussi sa mère mais c'était confus, brutal, et dit dans l'alcool des nuits blanches.

*

Anne téléphonait beaucoup, André n'allait vraiment pas bien, il reparlait de la guerre et d'Hitler, se levait la nuit, ne tenait plus en place, elle souhaitait que Simon vienne l'aider à Paris. Simon résistait à la demande d'Anne, m'expliquant qu'elle s'était occupée bénévolement de personnes malades durant une longue partie de sa vie, qu'elle bénéficiait d'un important réseau d'amies dans son quartier et qu'elle pouvait pour une semaine se passer aisément de ses services. En revanche il me culpabilisait de ne pas compatir davantage à cette situation dramatique, la déroute de la rue Dupin.

Simon se traînait sans plus se changer, ni se raser, empruntant des postures de vieillard.

« Tu ne viens pas regarder la télévision ? Eva ???

— J'arrive !

— Viens ! »

Mon cœur battait fort, difficile de me concentrer sur le film, la chambre renvoyait toutes sortes d'éclats blessants, impossible de discerner son regard caché par des Ray-Ban noires.

« Maman croit que papa a l'Alzheimer, son père l'a eu, c'est génétique…

— Que faire ?

— Rien, est-ce que tu as touché à mes livres sur l'orphisme et Breton, les poèmes de mon père…

— Je ne touche à rien, ici, je n'ai pas l'impression d'être chez moi, rien n'a bougé dans cette chambre depuis mon arrivée. »

En boule, il se tirait les cheveux.

« Qu'est-ce que tu as, tu te sens pas bien ? »

Soudain, il se retourna me regardant comme si j'étais le diable. Un grand silence, sauf la télé, quelqu'un roulait à toute vitesse sur les Champs-Élysées dans un Paris en noir et blanc.

« Après ce livre sur mon père, je ferai un livre sur ma paternité, mon désir de paternité, l'enfant qu'on m'a pris, mon manque de paternité… avec la Brésilienne, c'est un thème universel, la paternité, l'homme abîmé, le monde est en déroute, Eva, et je n'en fais plus partie. »

Il se secouait dans tous les sens.

« Tu n'as pas besoin d'être méchant, si ? Pourquoi tu es violent quand tu me communiques des choses importantes ? Je peux t'écouter.

— Je fais ce que je veux. »

Il changea de chaîne, s'arrêta sur un documentaire sur les tornades.

« Et le script ? »

Il bondit, se cognant la tête contre le mur.

« Aïe… je vis comme dans *Misery*, je suis ça, moi, l'écrivain de *Misery* », il criait en plus de pleurnicher… « Je suis un grand écrivain et tu m'obliges à écrire pour des cons de cinéma de bobos de merde, tu ne m'auras pas ! »

Il me tourna le dos dans le silence.

« Tu m'as volé mon métier, c'est pour ça que tu es venu ici.

— Comment ça ? J'écrivais avant de te connaître.

— Mais c'est moi qui t'ai présenté mon éditrice, tu t'es faufilée, tu veux prendre ma place, ton fils aussi, quand il vient il s'assoit sur ma chaise, il écoute mes disques. »

Il augmenta le son de la télévision, je descendis en chemise rose boire du vin, par terre se trouvaient des limaces albinos qui se traînaient en file indienne comme si par accident quelqu'un avait lancé des serpents. Lorsque je remontai, il lisait Saint-Simon.

« Il y a une invasion de limaces.

— Viens là, bouge pas, mon allergie va se déclencher. »

Sa misogynie m'intéressait.

« Tu es venue pour me détruire, je n'ai plus d'inspiration, avant j'écrivais comme ça dans la fébrilité, j'ai perdu la grâce, c'est cassé, c'est de ta faute, la grâce est partie…

— Attache-toi les couilles avec des élastiques et fais-les-toi péter, recommence, tu m'avais dit que ça te faisait du bien à l'inspiration. »

Je me dénudai d'un coup, attendant qu'il me prenne, il ne venait pas.

« Ahhhh ! là là ! là là ! C'est plus possible ! »

Il y eut un grand silence pathétique, il serra les mâchoires, tapa de toutes ses forces le matelas, puis brandit son poing devant mon visage.

« Ahhh je me contiens, j'ai quelqu'un de mauvais en moi, tu ne m'auras pas Eva… et maintenant c'est toi qui écris… je t'entends le matin, tu es contente, tu avances bien, tu ne m'auras pas, Eva. »

Un de ces matins de printemps, difficile d'écrire, à la douleur du quotidien s'ajoutait celle de mon passé à gérer dans *Innocence*, soudain une peine terrible s'introduisit en moi, pareille à une entité, j'étais possédée par la souffrance - loin de penser alors qu'elle me rongerait. Je descendis. Une rage indomptable me traversa dans son salon, il me jugeait méchamment, hargneusement, sans la moindre tendresse, sans me prêter secours, comme une étrangère, me niant tout entière.

« Qu'est-ce que tu fais dans mon bureau ?

— Je n'arrive pas à travailler, j'ai mal.

— Sors de mon bureau, monte ! Je suis concentré, ne viens pas me déranger. »

Debout face à lui je pleurais.

« Tu es une bonne actrice.

— Je ne t'aime pas, Simon… »

Il se recula sur sa chaise, à peine, m'examinant par en dessous, les paupières lourdes.

«Je ne t'aime pas, tu es si malhonnête avec moi, avec le monde.

— Tu ne penses pas ce que tu dis ?

— Laisse-moi finir, tu n'as aucun sentiment, tu n'en auras jamais, ce n'est pas dans tes capacités… je n'aurais pas dû t'épouser voilà… je sais que ça ne sert à rien de parler de ça avec toi, alors je vais bien sûr, sortir… »

Dans un grand silence où s'élevait le chant merveilleux des oiseaux, tu me soupesas du regard, je te sentais démasqué, tu as clos tes paupières, recueilli dans une prière, quelle était cette prière ? T'en souviens-tu ? Pourras-tu un jour me l'écrire afin que nous la partagions ? C'était là mon premier aveu de désillusion sur notre mariage. À toute allure je grimpai les marches, toi, épiant mes pas et mes gestes, heureux de me savoir captive et furieux de deviner mon plaisir à prendre possession de ta chambre, sans toi. Au déjeuner, tu négligeas mes aveux avec un déni de génie. Tu te levas pour arranger le bouquet et tu dis :

« Pour moi, il n'y a que l'esthétisme. »

Anne appelle Simon affolée, André est cette fois entré à l'hôpital Cochin, le Samu est venu à 6 heures du matin, il a perdu la tête, il est resté agrippé aux rideaux toute la nuit. Cet incident attendu et redouté donne tout son sens à son livre. Nous partons par le premier train, il me demande de le rejoindre plus tard dans la journée. Quand j'arrive dans la chambre, Simon se tient debout, je m'assois sur le bord du lit, André tire sur la sonnette, s'épanche sur les charmes de l'infirmière, rit de ses farces, ses traits asiatiques se sont accentués.

« Anne, vous êtes où Anne ?... Anne ? »

Un cri de détresse.

« Mais je suis là, ne vous inquiétez pas, près de vous, comme toujours.

— Ah Anne ! Anne ! »

Anne me scrute de ses yeux bleus comme surgis d'une chaîne de montagnes irlandaises, voilées par la brume, elle sourit.

« Je ne peux plus bouger... il veut que je sois à côté de lui, il m'aime et ne veut pas qu'on se sépare, il me réclame sans cesse. »

Simon a du mal à respirer.

« Papa va beaucoup mieux, Eva.

— Oui, je crois, je ne sais pas..., dit André, il y a des espions... ici aussi, il y a la police. »

Anne se penche vers Simon.

« Simon, je vais me débrouiller, pars à ton dîner avec Eva, allez vous amuser.

— Vous êtes sûre, maman ?

— Oui, Simon. »

Nous avons déambulé, bras dessus, bras dessous depuis Port-Royal jusqu'à Saint-Michel, le médecin l'avait rassuré sur l'état de son père. Il m'a offert une coupe de champagne au Balzar, et m'a embrassée je lui ai fait du pied, j'étais chic dans ma robe de shantung noire perlée, avec mes souliers à brides en vernis assortis à ma pochette et ma veste en vison vert. Alors que nous arpentions le boulevard Saint-Germain, comme avant, comme toujours, m'apparurent l'ancien Drugstore et son cinéma. Simon, marchant à ma cadence, affichait sa fierté de nous exhiber, passant devant le Flore, des gens nous reconnaissaient. Nous nous acheminions lentement vers la rue de Bellechasse, chez Vincent, mon ami d'enfance. Le jour déclinait rapidement, à un moment je nous ai vus avec l'éclat du soleil derrière nous, dans le reflet d'une vitrine, nous étions beaux.

Chez Vincent, je me trouvais dans son salon, une nouvelle cartographie se dessinait dans le décor baroque, les lourds rideaux de soie, les longs canapés de velours, du pourpre et du vert de Venise, des bustes antiques, les miroirs, d'autres appartements se juxtaposaient, l'effet de l'opium me submergea. Vincent gambadait gaiement vers moi en costume seersucker bleu et blanc, il slalomait entre ses meubles exquis, nous étions tout un groupe à dîner de curry rouge dans des assiettes de poupée. Pierre Le-Tan assis à mes côtés me souriait, toujours poli, attentif. Vincent vint prendre place entre Pierre et moi, Simon rapprocha sa chaise.

« Tu veux venir avec Eva au mariage de Rossella et Spiros ? dit Vincent.

— Je sais pas… »

Simon absent.

« Eh fais pas ta bégueule, Simon, on te connaît eh, c'est chez les Visconti en Italie, tu ne vas quand même pas nous faire le coup de refuser !

— Je suis sûr que c'est très amusant…, dit Pierre, chez les Visconti. »

Vincent fâché se leva, on se mit à danser, je m'imaginais être une taxi-girl quelque part à Shanghai. Simon avait disparu, je le retrouvai dans la chambre fleurie, celle de Vincent, en compagnie de Pierre, ils compulsaient un livre de photographies sur Tony Duquette.

« C'est pas terrible son papier peint au mur, hein ?

— Oui, je suis d'accord », accusait méchamment Simon.

Je m'allongeai avec vous, la fumée de cigarette stagnait en couche, formant des escaliers, estompant vos visages.

*

*En Italie, nous avons eu la chambre de Luchino Visconti, elle était bleue avec des déités aux murs et un lit matrimonial. Tu n'avais pas de maillot de bain et ne voulais pas sortir de la chambre, Francis Dorléans t'a prêté le sien et on est allés se baigner dans la piscine. Le château des Visconti était la copie d'un vieux et ressemblait à un décor d'opéra. Parmi les invités, il y avait Vincent, Elie Top, Catherine Baba, nous avons surpris Hawa et Christine en short sur une balancelle. Depuis l'affront de la scène où tu t'étais vautré sur elles à notre mariage, et ton attaque dans l'appartement, me déclarant : « Il n'y aura jamais personne entre moi et moi-même, pas même toi » et comme l'offense était si grande dans mon cœur, je t'avais demandé par respect pour moi de ne plus leur parler, et de ne pas en rajouter, et tu me fis cette promesse. Nous avons dansé et bu, et nous nous sommes enfermés dans la chambre, à manger du gâteau, et tu m'as coiffé les cheveux et puis tu m'as lu « Mon cœur mis à nu » de Baudelaire. Nous nous sommes promenés dans la propriété et nous avons découvert une énorme maison de poupée. Le temps et l'espace changeaient nos idées. Vincent était triste par ce qu'il se séparait d'Elie, une liaison de plus de treize ans, et lorsque je le regardais dans la pénombre, il m'apparut le jeune homme que j'avais rencontré en 1976 devant la boutique Sacha. La nuit, nous avons nagé nus dans la piscine et puis Hawa et Christine se sont dépoilées, elles ont sauté dans l'eau et Christine criait : « Trop drôle Simon tout nu », et puis on s'est enfuis. Tu râlais au nom de ta liberté et je t'ai dit : « Je suis entièrement à toi », et tu as répondu : « C'est vrai », puis nous avons parlé de Scott et de Zelda Fitzgerald, tous les deux enlacés sur le tapis de la chambre, je t'avais mis autour du cou l'un des foulards de Visconti, de ceux que portait Burt Lancaster dans* Violence et Passion.

*

« Helmut Berger ne me souriait pas, et je lui ai dit : “Vous savez j'ai un très bon dentiste à Milan.” Il l'a très mal pris… je lui ai donné l'adresse, et il n'y est jamais allé… on se voyait souvent dans le temps… »

Simon et moi rions de la blague de Jean-Jacques, Pierre était à mes côtés, les fenêtres ouvertes donnaient sur le jardin puis la rue de Varennes.

« Tu sais, j'ai vraiment beaucoup aimé *Innocence*, la manière dont tu parles de ton père…

— Merci, Pierre.

— Vous aussi vous sortez un livre à la rentrée, sur votre père… Il m'est très sympathique, le titre c'est *Les Rameaux noirs*… ?

— Oui, Eva est très présente dans mon roman, comme toujours… »

Pierre se resservit à boire, Ingrid s'éventait.

« On se croirait en Afrique avec cette chaleur. »

Tout le monde rit, elle se retourna vers Jean-Jacques.

« Eva va faire son film…

— Je rentre bientôt en préparation… »

Jean-Jacques me parut si sérieux, il fumait le cigare.

« Bravo, elle est forte ta femme, ce n'est pas facile de faire des films, lança Ingrid.

— Parfois plus difficile que des livres, surenchérit Pierre, eh oui… »

Jean-Jacques me regardait avec intensité, au sol des boules de papier froissé, il s'amusa à les faire rouler de la pointe de sa canne. Ingrid enjouée me souriait.

« C'est une bonne idée de faire jouer ton fils et il y a toujours Isabelle Huppert ?

— Oui et Melvil Poupaud… »

Pierre se resservit une coupe.

« Je vais faire ce récital, je me suis décidée, avec des chansons que Jean-Jacques m'a écrites bien sûr…

— C'est merveilleux », dit Simon.

Pierre s'est levé, doucement, je remarquai qu'il portait une veste militaire comme Simon.

« Tu pars déjà ? »

Simon resta perplexe.

« Oui, je dois retrouver ma femme, je repasserai plus tard, si vous êtes toujours là. »

Dans le couloir, Pierre nous salua de la main, une fois la porte fermée, au bout d'un moment, Jean-Jacques brisa le silence :

« Je suis inquiet pour Pierre, il a toujours mal au dos… vous en pensez quoi ?

— Je pense qu'il est surmené, il travaille trop, il fait des excès aussi… », répondit Simon.

Je me poussai vers le soleil, Jean-Jacques et Simon ne savaient pas quel mot de bamboula ou de nouba ils préféraient, et à ma demande, Ingrid évoqua sa tenue de scène pour son tour de chant, une robe Yves Saint Laurent d'époque, faite exprès pour elle.

Lorsque nous descendîmes la rue de Varennes, elle était chaude, mes talons aiguilles s'enfonçaient dans l'asphalte.

« Dis-moi la vérité, tu as couché avec Melvil Poupaud ?

— Tu es fou.

— Tu es sûre ?

— Comment tu peux penser une chose pareille. »

Le lendemain, on s'envola pour le Portugal, Donovan nous rejoignit pour le mois d'août, tous les étés comme chaque année, il était avec Sarah. On dormait dans la maison des bateaux où il n'y a que des bateaux, face aux rizières et, tout au bout, la mer, c'étaient des vacances extatiques et blanches. J'étais émue et fière que Don joue le rôle de Michel, Galatéa Bellugi interpréterait celui de Rose, enfin j'étais arrivée à me réaliser dans ma vie artistique, entre livres et films.

Huit mois s'étaient écoulés, j'avais tourné *Une jeunesse dorée*, nous étions à Naples et il pleuvait. Dans la chambre, tu lisais *Les Confessions* de Rousseau, tu tirais la tronche, tu te plaignais d'avoir été délaissé, que je n'étais plus la même femme. Pierre t'aurait affirmé que j'avais couché avec Melvil, ce qui était faux et tu ne me croyais pas. Il me restait le montage et la postproduction. Durant ce temps, tu projetais de t'installer à Paris, écrire à Montmartre, nous ne voulions pas nous séparer. Lorsque le film fut terminé, j'attendis une sélection dans un festival, c'est toujours mieux d'avoir un prix avant qu'un film sorte en salle. Pierre avait un cancer, cette nouvelle nous affectait, à nouveau tu pensais à la mort. À Longpont, tu t'amusais à me dire qu'il ne pouvait y avoir deux capitaines à bord, puis tu sortis des vieux magazines avec Brooke Shields en couverture, tu me parlais des lolitas, on t'avait proposé un article sur Emmanuelle Seigner, « en mère courage ». Je ne voulais pas que tu prennes de manière détournée la défense de Polanski, au vu de ce qui s'était passé dans mon enfance, je dus négocier avec Emmanuelle, et toi tu insistais de manière déraisonnable, tu m'insultais. Et moi, je te disputais devant les copains, je t'engueulais jusqu'aux larmes, et tu affirmais que Polanski était un grand cinéaste, et que mon passé n'avait jamais existé. Tu allas même jusqu'à envoyer un mail de soutien à Gabriel Matzneff qui te valut un crachat dans la gueule, que je ne regrette pas. Et après, après tu disais : « Regardez comme elle me traite, elle est insupportable », et moi, je te suppliais de ne pas m'allumer avec ce genre de sujet, j'allais m'enfermer dans mon bureau rose. Te laissant ton bureau, ton salon, et tout le reste de la maison.

# III

J'avais pour refuge Longpont et l'insociabilité de Simon, il s'obstinait à se terrer, aimant me faire souffrir sans raison, me déséquilibrer par amusement, se jouant de mon agressive lumière à éclats brusques, de ma trop grande franchise. Il ne croyait pas aux valeurs de l'honnêteté, je mis trop de temps à le comprendre, ne l'acceptant jamais. Parfois je désirais être cette femme aimée sincèrement, simplement. La jeunesse innée que je portais en moi, je la perdais avec Simon qui ne savait pas quoi en faire, restait sourd à mes demandes. Il me disait : « J'aime bien te voir peiner là-haut dans ton enfance, ça m'excite, alors que moi… je me délecte dans la vieille Europe. » Je le soupçonnais depuis longtemps d'avoir des dons d'érudit supérieurs à son œuvre, j'étais en train de m'apercevoir avec effroi qu'il ne s'agissait non de son œuvre mais de son cœur, le cœur n'y était pas. La bonté, pas davantage. En promenade dans la forêt, Simon réfléchissait à son roman, *Occident* (le héros est peintre, un ancien type d'extrême droite). C'était par un après-midi gris, lourd, orageux, en chape de plomb, le chemin des poules puait, les chiens aboyaient, et partout des mouches, je te suivais, j'étais lasse de te suivre, lasse de crier, lasse que tu ne m'écoutes pas, que tu ne me comprennes pas. Je fis volte-face, courus dans la campagne à perdre haleine, les cheveux en furie, piétinant la gadoue. J'éprouvais de l'affliction. Aveuglé par ton orgueil, celui de te façonner un personnage, tu ne me laissais plus de place. La forêt de pins reste pourtant pleine de nous. C'est après cette course, plus misérable que les autres, que mes émotions commencèrent à s'infecter durablement, je pleurais doucement parmi les blés, le ciel me parut pourtant si clair. Mes nerfs se détraquaient, le centre vital était touché, c'est le moment précis où s'installa ma tristesse sans joie, le début de ce qu'Anne soupçonnait être une dépression. Des larmes montaient à mes yeux sans raison ; ta volonté à m'ignorer, tu me rejetais tout entière. J'étais loin alors de deviner tes arrière-pensées de mécréant. Nous nous sommes échappés un long week-end sur les traces du film *Mort à Venise* pour un de tes articles, la redondance de la mort dans notre vie et du thème du film, un pléonasme. Ton acharnement contre moi était déjà à l'œuvre, tu pris davantage plaisir à me trahir, m'humilier sournoisement, je ne te faisais plus rien lire de peur que tu pilles mes histoires. Tu allais toujours trop loin ; depuis le début, nous avions dépassé les bornes. Pour me mettre hors de moi, tu m'avouas dans le bain, avant que la nuit ne tombe :

« Eva, je t'ai épousée pour te piquer ton stock, sans le mariage, tu n'aurais jamais accepté, Pierre pense que c'est le mariage le plus sinistre auquel il ait assisté… il n'a pas tort… pauvre Pierre… »

## Venise

La couverture de *Vogue* représente un être hybride moitié homme, moitié femme laissant le choix de préférer l'un ou l'autre ou bien les deux en même temps. Le magazine semble léviter dans le petit salon mauve et violet de l'hôtel aux teintures sombres damassées d'un vieil or poudré. L'écran de cheminée protège de fausses flammes léchant un faux bistre, sur sa saillie sont posées des rangées d'orchidées froissées mais encore vivantes. Ma tête tangue avec la désagréable sensation qu'elle est remplie d'eau, c'est sans doute l'effet du bateau taxi qui nous a transportés depuis l'aéroport jusqu'au pied de la Salute. Le vaporetto qui vrombit se décide enfin à partir, son ombre s'allonge sur le plafond doré pour disparaître, ne laissant derrière lui que le clapotis de la lagune. Un Chinois porte nos valises toujours trop pleines de mes vêtements, une précaution que je prends au cas où il me faudrait continuer ma route seule. L'escalier est étroit mais le lit *king size* et la chambre chinoise, deux grands vases où je pourrais me cacher sont collés contre le mur, derrière les fenêtres, la basilique Santa Maria della Salute est si proche, je n'en vois que des parties, ses grandes oreilles blanches et glauques se découpent sur un ciel azuréen. Simon a déjà le nez plongé dans une carte de la ville ; posés à côté sur une tablette de laque noire un guide bleu datant des années 1920 et la petite pochette en tissu de l'agence de voyages de luxe pour laquelle il doit écrire son texte.

Il est encore très tôt, nous sommes des privilégiés, nous avons pris possession de la chambre avant midi. Allongée sur le lit, je pourrais y trouver une mort éternelle et subite. Une autre fenêtre s'ouvre sur un bâtiment qui semble toucher le nôtre, un couple de mouettes s'y promène gentiment, leurs cris me transpercent, je ne savais pas que leurs pattes étaient d'un jaune si vif, je me demande si ces bêtes sont comestibles ou si un jour elles l'ont été ? Je veux poser la question mais n'arrive plus à communiquer avec Simon, il s'ensuit une mélancolie profonde, une blessure qu'aucun remède ne peut guérir, cela dure depuis plusieurs mois, peut-être plus, je ne sais pas. La parole et les mots ordonnés se sont retirés pour faire place à de l'amertume, à un choc blanc. Quand nous sommes à la campagne, je pleure de plus en plus. « Arrête de faire le singe », aime à me dire Simon qui garde le cœur dur. Tandis que j'écris, j'ai l'impression qu'une voix me double, c'est la voix de la chambre chinoise. C'est amusant, il y a trois singes dans la chambre, ils sont dorés et tiennent des abat-jour en papier de riz. *Chambre chinoise.* À présent le voilà plongé dans un livre dont je connais les cinquante premières pages. *Venises* de Paul Morand. Toujours, il passe d'un livre à un autre, s'arrête, s'endort, se réveille et recommence. Jamais il ne me parle vraiment de ce qu'il écrit, de peur que le texte ne se dérobe. Ses emportements à mesure que nous travaillions ensemble m'ont terrassée. J'étais abîmée, je suis abrutie, folle, oui je rabâche. C'est le corps et la machine qui se détraquent, mais je résiste. Il se lève à contre-jour, ses paupières lisses, légèrement bridées, il paraît géant et d'un autre siècle. La vie comme à la foire du Trône, il y a un monstre dans la pièce, Venise et ses tours de magie. « Je vais me faire couler un bain » ; « Tu as raison, va te laver » ; « Tu pourrais être aimable, au moins ». L'homme qui prétend préférer le bel art à la réalité, la littérature à la vraie vie, s'est enfermé dans la salle de bains pour uriner. Des idées toujours plus sombres me rattrapent pour mieux m'asphyxier. L'idée de fuir m'obsède, avec cette pensée incertaine de rencontrer quelqu'un qui me sauverait. Sur le dépliant du palais Fortuny, une gravure ancienne, qui représente deux personnes penchées sur un même métier à tisser, me fend bêtement le cœur. Fuir pour rencontrer un riche Asiatique et tout oublier au dernier étage d'un building miroir à Hong Kong. Est-ce ce genre d'homme qu'il me faudrait ? Et est-ce que ce genre d'union pourrait me faire sortir de ma condition ? Ma condition de femme, j'entends ? Cette voix qui me double et qui appartient à la chambre chinoise. « L'a'gentne fait pal'bonneur mail ylcontibueu » – l'argent. Le fric à gogo. *Gogo dancer, millions of Golden boys*. Ces voix qui se chamaillent et bourdonnent dans mes oreilles. Ces derniers temps, je songe sérieusement à consulter un médecin, un chaman serait mieux, mais où le trouver et à qui demander ? Médecin-*man-men*. Le bain à remous s'est arrêté, il se vide. Je retiens mon souffle. La chambre chinoise ne me répond plus, elle aussi préserve son mystère, se fait désirer telle une fausse pucelle à laquelle on a recousu l'hymen des dizaines de fois pour mieux tromper celui qui vient et qui attend qu'on lui dise « Je t'aime ».

Nous avions envisagé ce voyage pour nous retrouver, nous changer les idées. Je ressens chez Simon des afféteries surannées, et voilà que j'imite un geste qu'il fait souvent lorsqu'il est au lit près de moi, je me débarrasse de miettes invisibles au bout de mes doigts, tout en considérant mon alliance.

Le vaporetto avance dans la lagune d'un vert jade clair, l'eau se plisse d'écailles d'argent. Les palais défilent, jaunes ou ocre, d'autres blancs, et salis par le temps, des maisons trompe-l'œil aux jardins suspendus. Nous nous tenons debout en silence, j'évite de croiser son regard. Des filaments d'algues opale dansent au fond de l'eau. En Italie, toujours le même ciel bleu, le temps ne change jamais, comme dans les films. Le ciel soudain criblé d'oiseaux et au loin une chanson gaie, « Il ragazzo della via Gluck » d'Adriano Celentano. Le bruit de talons aiguilles sur du marbre et la vision d'un tailleur en piqué blanc Balenciaga que je portais à treize ans me renvoient à la pureté de mon premier amour avec Charles S. Je sens son regard fusiller ma nuque. Je suis assise à la proue du vaporetto, sur un siège en plastique bleu pâle, engoncée dans mon manteau de renard, je retiens ma toque de fourrure pour qu'elle ne s'envole pas. Des cloches sonnent, il est midi. Devant les maisons et les palais, les mâts à perte de vue ressemblent à des sucres d'orge gigantesques et les gondoles noires longues et pointues à des cercueils affamés. Allons-nous nous séparer pour toujours, Simon et moi ? Est-ce qu'éloignés l'un de l'autre nous nous aimerions davantage ? Allons-nous divorcer ? Je ris d'un rire débile dans la lagune en feu qui s'élargit et m'éblouit, j'ai envie d'un spritz avec des olives. Je m'étale de tout mon long, prenant possession des autres sièges en plastique bleu, tel un gros babouin amer, et je ne vois plus rien, Venise s'obscurcit et le jardin d'émeraude jaillit derrière une vitre salie, un triangle noir posé sur la gauche masque une partie du paysage, la lame de la guillotine est relevée, prête à s'abattre mais elle ne bouge pas, me laissant entrevoir l'abbaye et sa rosace vide dans l'immensité du ciel gris, tu es en blanc, tu tailles les rosiers, c'est un dimanche, le repas est prêt, les pieds dans l'ombre, la tête mouillée, le corps tendu d'une robe blanche – « Simon, Simon, Simon ? » Ces souvenirs me submergent au point qu'il m'est difficile de voir Venise, ou autre chose que des lambeaux.

Le poulpe dans son encre gît au fond de mon assiette, je sale ses tentacules luisants et bois un Prosecco Frizzante. Simon déguste des *spaghetti alle vongole*. Il n'y a presque personne autour de nous, il est bien trop tôt en Italie pour déjeuner, une honte me terrasse, je n'arrive toujours pas à le regarder en face.

« Je ne me sens pas bien… ça ne passe pas Simon, j'aimerais vraiment que ça passe, alors ça passe un peu c'est vrai, mais ça revient très vite et c'est tellement désagréable… mais ça va passer… »

Des larmes roulent sur mes joues, son regard se fige, je sens ses paupières tendues, très vite, il tire sur ses manches.

« Je ne t'ai rien fait, vraiment… c'est un roman… »

Il prend des précautions, recule sur sa chaise.

« … Non, mais tu aurais pu me parler… on a fait ce stage d'acteurs ensemble que je dirigeais, tu jouais ton propre rôle dans la suite overdose, avec la Brésilienne, je t'ai filmé, tu jouais bien au père trompé avec un poupon en plastique dans les bras, tu avais six Brésiliennes et autant de Lukardis et de Mimi, toutes tes maîtresses, et on devait faire ce film. On avait un producteur, toi tu as décidé d'arrêter le film, évidemment ton éditeur t'a convaincu de plutôt faire ton livre, pour une fois que je voulais, moi, faire quelque chose sur ta vie… Bon, très bien, c'est ton histoire, elle t'appartient, parfait, OK, *basta* ! Mais je suis ta femme, et tu aurais pu me faire lire ton roman *Occident* au lieu que je le découvre après tout le monde.

— Et alors ?

— On vit ensemble, tu t'es inspiré de moi pour Emina, tu ne t'es pas dit que ça pouvait poser un souci entre nous ? L'effet de surprise et la minimisation de l'autre ? Me parler simplement, me faire lire, tu sais aussi bien que moi que les personnages sont à peine masqués… d'ailleurs, ça te faisait marrer, exofiction… Rappelle-toi au début de notre rencontre quand on se droguait encore.

— Arrête.

— Une nuit à Montmartre, alors que je te racontais mes souvenirs, tu m'as dit que tu n'avais jamais autant joui qu'avec cette femme enceinte… »

Il avale ses pâtes dans sa grosse bouche et apprécie le silence du vieux restaurant vénitien.

« Tu l'as dit… pourquoi tu la décris comme une femme fatale qui te fait bander à crever… une Mme de Merteuil dont tu ne peux pas te passer, elle est ta grande passion destructrice… ta grande joueuse devant l'éternelle, bon très bien, OK ! Mais moi tu me prêtes les traits – on m'a reconnue, excuse-moi… ne mens pas – de cette Emina dans ton livre, pour qui tu formes des vœux, n'est-ce pas ? Pieux… Qui est une totale schizo et qui quémande bêtement des scripts stupides, et des Tic Tac et qui se roule par terre comme une enfant, qui a des problèmes neurologiques et pas de sexualité… Pourquoi ? Et c'est l'amour raisonnable et pépère avec cette fille… ça me blesse… tu ne peux pas savoir à quel point… et je trouve que c'est une curieuse façon de me mettre mal et ça fait des non-dits de merde.

— Eva, Eva… Emina a quinze ans dans le livre… je ne peux pas faire de scènes de sexe avec une fille de quinze ans…

— Ah… ? Ah c'est ça… tu as envie de baiser avec une fille de quinze ans ?

— Lolita, Lolita. »

Il me provoque.

« Lolita quoi ? Lolita quoi ???... Nabokov défendait Lolita, il était contre les prédateurs, tu as mal lu... c'est quoi cette posture ? »

La bouche ouverte, je reste hébétée découvrant une des raisons de mon agonie, j'avale d'un coup deux tentacules de mon poulpe, bien trop salés, et puis me jette sur les grissinis et fais passer avec le Frizzante.

« ... Entre nous, s'il ne se passe plus rien dans notre vie maritale, c'est à cause... de cette bonne femme que tu as dressée entre toi et moi, pourtant je suis compréhensive, large d'esprit, pourquoi tu joues à me faire mal avec des cachotteries ? Toujours par-derrière...

— Je ne céderai pas...

— J'ai le droit de ressentir des choses ou ce n'est pas possible, j'ai le droit de te parler de mes sentiments ou bien penses-tu que tout te soit acquis d'avance ? Tu poses ces bombes !

— Arrête de crier, c'est insupportable !

— Rien n'est acquis ! »

Le serveur nous regarde sous le néon blême, il nous juge, j'ai honte.

« Simon... il y a des femmes que je croise dans les rues, elles me demandent comment on va... en fait, ça te plaît de me perdre, de me diminuer : pourquoi ? On pourrait parler simplement. »

Dehors le bleu de la lagune se reflète sur les façades.

« Tu ne vas pas recommencer à m'emmerder avec ce roman sur lequel personne n'a rien eu à redire et qui raconte l'histoire d'un peintre dans le déclin de l'Occident chrétien, c'est littéraire, ma chérie… je me réfère à la littérature… ça plaît. »

Il dodeline du chef, navré, j'ai du mal à respirer.

« … t'aurais pu éviter cette paralysie dans laquelle tu m'as plongée ! Me demander au moins avant d'envoyer ton texte, me parler… parler à ta femme. »

Il me regarde savourant son effet, les choses m'échappent.

Une famille d'Italiens vient d'entrer dans le restaurant, mes sentiments exacerbés me répugnent.

« Arrête, tu es stupide et ridicule… regarde-toi ! »

Simon prend son air distant.

« … Le mieux est de se séparer pour voir comment les choses stupides et ridicules se comportent… Simon. »

Les femmes se retournent vers moi pour me dévisager et rire, ma tête chavire, c'est le Frizzante.

« Tu confonds tout, c'est grave… c'est de la bêtise… tu vas te ridiculiser…

— Sans doute… et bêtement jalouse d'un personnage de fiction, et d'une histoire que tu as trafiquée, ça, tu as réussi ton coup… tu n'es même pas le père de l'enfant, même ça, tu l'as piqué à cette fille, c'est dégueulasse… »

Le serveur nous regarde avec des yeux ronds…

« Imagine que Jean-Jacques fasse un coup pareil à Ingrid… il se recevrait le ragoût dans la gueule, ils se disputent beaucoup et tout le temps mais il l'écoute, mais c'est vrai tu n'es pas Jean-Jacques, il a écrit un livre d'amour à LA FEMME, la femme de sa vie. »

Simon serre ses deux poings et devient écarlate.

« En plus… encore ses liaisons dangereuses… Je t'en veux de m'avoir piégée, tu peux comprendre ? Regarde mon état, tu n'as pas besoin d'une femme mais d'une présence aveugle que tu manipules, et qui te dit “Oui oui tu es formidable”, qui te lèche les couilles et que tu peux berner, c'est ça, ton truc. »

Il se retient de ne pas renverser la table.

« Tu es en proie à des démons infernaux… Simon. »

Les hommes et les femmes nous dévisagent, j'ai fini le vin et les grissinis, il y a des taches plein la nappe, plein mon legging.

« Pourquoi tu m'as emmenée en voyage de noces à Deià ?

— L'endroit était charmant… tu ne vas pas te plaindre… je t'ai ramassée dans ton taudis, t'étais grosse et personne d'autre que moi ne voulait de toi… j'ai fait le sale boulot, je t'ai retapée, estime-toi heureuse !

— T'es ignoble… de me répéter ça !

— Je vais pisser, tu permets… »

Je repense à mon premier amour, à notre voyage Charles et moi à Venise, il y a si longtemps, je n'avais que quatorze ans, tout était pur limpide gai.

Mes yeux gonflés de larmes se ferment, lorsque je les ouvre, Simon est devant moi, il porte ses Ray-Ban noires et son bonnet.

« Il n'y a rien de fertile entre toi et moi… il n'y a pas de projets, ils partent tous à la poubelle, il n'y a pas d'avenir… je croyais qu'à deux nous allions partager, comme un jeu, l'écriture de scénarios… tu m'avais promis qu'on travaillerait ensemble sur un autre film… même un texte pour moi à jouer, une nouvelle, tu ne le fais pas… pourquoi tu promets ? Tu devais m'écrire un conte pour enfants… après *Boule de neige* que tu as fait pour la radio.

— Excuse-moi, ma petite chérie, je ne vais pas travailler pour ces crétins du cinéma… j'ai autre chose à faire… !

— Alors pourquoi tu promets ? »

Je me bourre de son bout de pain d'un coup, il me scrute avec ravissement.

« … je vais me trouver un autre mec…

— Qui ? »

Il devient menaçant.

« N'importe qui…

— Tes scénarios ne rapportent pas un rond… pourquoi j'irais me faire chier ? »

Ma jambe lui lance un coup de pied.

« C'est faux, mon film est bien, il va sortir bientôt et ça va rapporter bien plus que tes bouquins et tu le sais, tu mens, tu ne vends rien !

— Aïe, pourquoi tu me tapes ? ! Je me suis excusé pour le roman… je ne pouvais pas faire autrement que de parler de cette paternité, cette histoire m'appartient, tu comprends, elle m'est légitime… intime et puis fondamentalement, encore une fois, ce n'est pas le sujet d'*Occident*, ce sont des personnages dans une fiction… Proust et tant d'autres se sont inspirés de la réalité pour créer des personnages… cette histoire est maintenant derrière moi, ça suffit… passons à autre chose…

— Tes personnages sont loin d'être des héros, c'est même tout le contraire, si moi je ne te le dis pas, qui te le dira ? »

Il enfonce son bonnet sur la tête, le garçon nous apporte l'addition, Simon paie, plie bien la note qu'il fourre dans la poche intérieure de son manteau de marin.

« Eva, du jour où je t'ai rencontrée, je n'ai été qu'avec toi, ne dis pas le contraire… Le sujet du livre est l'art et la peinture en Occident.

— Je t'ai aussi dit au début de notre relation que, si ce que tu écrivais ne me plaisait pas, j'avais le droit de te quitter et tu m'as répondu en riant devant le mur minéral : "C'est une bonne raison, j'espère que ça n'arrivera jamais."

— Chacun fait ce qu'il peut, tu as le droit de ne pas aimer… mais je te rappelle que c'est toi qui es venue me chercher… tu savais bien qui j'étais… au fond… tu savais…

— Non, je le découvre chaque jour un peu plus !… et tu es incorrigible, de pire en pire !

— Viens… »

Les rues étroites et désertes, blanchies par le soleil de février, quelques vieux Italiens encore très élégants, portant chapeau et chaussures bottier, et des Italiennes en tailleur d'hiver qui jacassent sur un pont. Certains attendent dos à la lagune, adossés contre les parapets. Nous déambulons et nos pas retentissent pour disparaître à jamais dans l'autre monde. Des jardins enfermés derrière des portes en fer forgé. Je me sens oppressée. Nous parcourons une place et puis une autre, nous traversons un vieux rêve et son décor.

« On dirait un rêve, Simon, un décor de théâtre.

— Oui, ça me fait la même impression, un rêve déjà vu, c'est incroyable…

— C'est quand même beau.

— C'est Venise. »

Il s'assoit sur un banc rouge, je le rejoins, nous contemplons les façades antiques. Il fait un temps radieux, vraiment. On ne pouvait pas espérer mieux. La bora souffle, je ne l'entends plus, je lis sur ses lèvres qu'il veut voir des églises, que ce qu'il notait sur le plan dans la chambre chinoise, c'était l'ordre des églises à visiter.

Simon avise son Huawei et m'indique que nous avons effectué sept mille pas, nous entrons dans une église couleur brique, légèrement en retrait de la lagune, l'intérieur est sombre et les peintures mal éclairées. Simon s'approche d'une Vierge à l'Enfant puis d'un saint Jean-Baptiste à la croix, je n'aime pas aller dans les lieux de prière pour apprécier la peinture religieuse, je préfère attendre au grand air. Je m'allonge sur un de ces bancs rouges face à l'étendue du ciel, j'écoute les soupirs de la lagune. Je pourrais prendre le petit pont, tourner à droite, disparaître, puis réaménager seule dans mon appartement de Montmartre, quitter Simon réellement. Simon s'avance, son plan de Venise à la main. En me levant, je sens la présence de gondoles noires, elles flottent sur l'eau.

« On va en visiter une autre ? »

Il me fixe d'un sale air.

« On a dit qu'on visitait les églises, alors on les visite.

— Oui… »

Nous reprenons notre promenade silencieuse. Ma tête inclinée par la mauvaise humeur me fait mal à l'épaule. Une autre église plus petite. On entre, il faut payer pour visiter, Simon n'a pas la monnaie.

« Bon on s'en va… »

Il sort, énervé.

« C'est pas la peine de visiter des églises et d'être de mauvaise humeur à ce point… »

Nous marchons au hasard.

« Qu'est-ce qu'on fait ?

— On va chercher un Bancomat, tu tires de l'argent et tu vas visiter ton église… c'est dommage d'être ici et de ne pas les voir… »

Un petit pont et puis un autre. Enfin au loin une épicerie bio, un café, de la musique et un fleuriste chiche.

« Il doit y avoir un Bancomat là-bas, c'est commerçant… »

Il s'éloigne, je m'assois sur le parapet face à un mur de pierres grises et je nous vois à Montmartre en pleine nuit dans le salon déglingué, son corps nu.

Ses pas résonnent, il a son bonnet enfoncé jusqu'aux oreilles, je crie :

« Suis-moi, je connais le chemin de ton église ! »

L'église est petite, encore plus en retrait que la précédente, et le banc rouge bien au centre de la place, je m'allonge et lance avec trop d'assurance :

« Je t'attends sous le ciel bleu, au soleil. »

Des enfants jouent au ballon, nous nous sommes éloignés du centre de Venise et de la place Saint-Marc, craignant des vagues de touristes. Une vieille femme vêtue d'un vison blanc en forme de pagode et col puritain passe un petit pont un panier de courses à la main, ses pieds sont moulés dans des souliers de Minnie en plastique noir. Son visage lunaire m'apparaît progressivement, elle a des yeux sombres découpés dans une chair molle, des lèvres laquées rubis dessinées à la Marlène Dietrich, des sourcils peints à l'eye-liner suspendus sur le front. Ce ne sont pas ses cheveux mais une perruque à la Marilyn, savamment assortie à ses souliers. Elle a des bagues à chaque doigt, un sourire statique effaçant toute autre expression, il n'y a que celle du bonheur permanent, c'est une apparition. Alors qu'elle me dépasse, j'ai la sensation que ce n'est pas une femme mais un vieux mime italien tout grimé. Simon sort de l'église, je me lève pour l'attendre devant le pont où se trouve un *palina* avec un cormoran de mer qui me crie : « *Never more.* »

Nous nous perdons dans le dédale des rues vides, elles débouchent sur des places agréablement ensoleillées aux palais fermés, partout des cormorans.

« C'était mieux ici avec la brune ou avec la blonde ?

— Je ne vois pas de quoi tu veux parler…

— La dernière fois que tu es venu à Venise, c'était avec la Brésilienne d'*Occident* ?

— Oui et ? »

Nous marchons à distance, parfois c'est moi qui le devance et, d'autres fois, c'est lui. Il marque un arrêt devant le panneau *vaporetto* et part dans la direction indiquée par la flèche.

« Et vous habitiez où ?

— Dans un hôtel donnant sur la lagune qu'on avait réservé sur Internet, la chambre était très grande, avec un grand lustre et une grande armoire...

— Ah et c'était dans quel quartier ?

— Je ne sais pas, Eva... »

La discussion reste bloquée, il le fait exprès. Après un enchevêtrement d'impasses basses et malodorantes, nous débouchons sur une large rue avec des hôtels surplombant la lagune, des fenêtres ouvertes sur des chambres boisées agrémentées d'immenses lustres allumés et de laitons dorés, ce sont de belles *camera matrimoniale*, leurs propriétaires sont peut-être enfermés dans la salle de bains à faire l'amour, ou assis à siroter un spritz, ou couchés au lit à lire *La Stampa* ou bien sortis en amoureux pour une balade.

« C'était une chambre comme ça... »

Il me montre celle que je regarde...

« Celle-là ?

— Oui... peut-être, j'avais eu de la chance... il y avait même un bureau pour écrire...

— Mhh. »

Ce voyage est celui de la fin de notre histoire, c'est chacun pour soi maintenant. Je relève difficilement mes paupières, alourdies par l'humiliation. Je ne veux plus l'aimer, la blessure est cette fois profonde, trop d'éléments nous séparent de l'innocence, de la pureté, il n'y a jamais eu que le passé de nos vies entre nous, mais avons-nous pris le temps de vivre ? Son teint couleur papier mâché et nos cheveux comme du crin ; est-ce possible que ce soit vraiment terminé ?

Il regarde son Huawei, peut-être un post sur Instagram, et me dit après un long temps :

« … On a fait douze mille cinq cents pas. »

Il range son portable dans sa poche.

« Je ne digère pas ces pâtes… »

Il piétine, les mains derrière le dos.

« Tu veux qu'on s'assoie au soleil pour boire un café ?

— Je voudrais voir la Ca' Rezzonico si ça ne t'embête pas… »

Tout est bourgeois en Italie même les vendeurs de crack à califourchon sur leur scooter emmitouflés dans leur doudoune Uniqlo. Nous traversons des groupes de touristes français, allemands, espagnols, tous en parka. Au bout de la longue rue sombre, la station de vaporettos apparaît en plein soleil et, sur le côté, une rue bondée d'échoppes.

« C'est tout droit…

— On peut passer par là… on rejoindra la station en tournant plus loin à gauche…

— Comme tu veux… »

Ma gorge est terriblement crispée, j'ai du mal à respirer, alors je m'arrête, paniquée, et il me considère à distance.

« Qu'est-ce que tu as ?

— Tu savais, putain, que j'allais être gênée, à Venise ! Depuis des jours, je te dis que je ne me sens pas bien et tu ne veux rien entendre et tu m'emmènes ici dans votre théâtre, comment tu pouvais croire que ça me ferait plaisir !?...

— J'en ai marre de me faire agresser !

— C'est toi qui passes tout en force, jusqu'au point de rupture !

— Je crois finalement que tu as raison, il faut que tu ailles te faire soigner, ça devient inquiétant, tu as un réel problème ! »

Je le pousse violemment, son corps vient frapper la pierre grise et, furtivement, je le vois nu à nouveau.

La rue pleine de boutiques, regorgeant de masques. Ils sont très laids, mal patinés, masques à trois têtes, masques soleil, masques oiseaux de feu, masques du docteur de la peste, masques citron, masques courgette. Je cherche si, par hasard, il n'y en aurait pas un plus laid que les autres à accrocher dans mon bureau, *souvenir de Venise.*

« Je te préviens, Eva, je n'achète rien. »

Il recule encore, à mon tour, je fais quelques pas en arrière.

« Mais je peux regarder... ça m'intéresse, moi, les masques, même moches... Et s'il y en a un qui me plaît, je me l'achète... si ça me fait plaisir de me payer un masque moche ? »

Il y a aussi des sceptres avec boules lumineuses, des capes noires, des collerettes en papier, des jeux de cartes, des cornes de diable, des aimants décoratifs pour frigo et stylos en tout genre et quelques cœurs gonflables, puisque, dans quelques jours, c'est la Saint-Valentin. Parmi l'amoncellement d'horreurs, j'aperçois mes vieux amis, tous alignés en rang, Matamore, Arlequin, Brighella, Pantalon, Scaramouche, Polichinelle, l'occasion de les fréquenter ou de les voir rassemblés ne s'était pas présentée depuis mes dix-sept ans. Une légende courait sur les masques de la *commedia dell'arte* parmi les élèves du théâtre : si on utilisait les masques sur scène jusqu'à s'approprier pleinement leur caractère et qu'on parvînt à faire rire et émouvoir le public, alors il fallait continuer à jouer avec, et si ce n'était pas le cas, si on ne prêtait plus vie aux masques, ils se vengeraient terriblement d'avoir été délaissés.

La peinture jaune acide des murs de l'épicerie me torture malgré mes lunettes noires, Simon aussi a remis les siennes. Il achète du pain, du fromage au poivre et une bouteille de vin, et à ma demande des mignonnettes de limoncello que je compte siroter ce soir dans la chambre de l'hôtel. Il paie, en sortant nous bousculons des touristes qui s'accommodent de paninis géants. Nous nous dirigeons vers le vaporetto express en quête de clients. Fendant la risée de l'eau, les gondoliers rament lentement et avec souplesse dans leur tenue traditionnelle, pantalon noir moulant, tee-shirt à rayures marin, petit foulard entortillé, lunettes noires, chapeau de paille d'Italie. Les lettres déliées de *GONDOLA* surmontant le ponton m'évoquent Charles, mon premier amour de jeunesse, mais aussi Christian L. et notre bande rebelle, et les années 1950 que nous adorions.

Un groupe de femmes en manteaux de fourrure nous rejoint sur le quai, l'une d'entre elles porte un trois-quarts en panthère et sur la tête une toque, une autre de grands foulards, vient s'ajouter le mime italien avec son panier, croisé auparavant, tous ensemble nous nous embarquons sur le vaporetto, des voiles de soie s'agitent devant ton visage.

Je me tiens à l'ombre dans l'entrée de la Ca' Rezzonico, de-ci, de-là des bancs vides. Plus loin des colonnes encerclent une cour intérieure, petite, carrée, en marbre clair, à ciel ouvert, sa lumière m'éblouit et me communique un secret opaque et blanc : le boulevard de Rochechouart en 1978, une virée en DS, nous étions raides dans la bagnole et Charles riait. Des Japonais curieux arpentent en rigolant doucement la salle des Longhi, qui nous ravit, derrière les jalousies en partie relevées s'étend jusqu'au ciel le Grand Canal laqué turquoise, au-delà de la place Saint-Marc puis la mer. D'autres salles avec une table au centre et quelques chaises contre les murs joliment tapissés de rouge ou de jaune et encore le Grand Canal et ses canaux derrière les jalousies. « Je me tiens derrière des jalousies », me dis-je furtivement. « Je me retiens derrière des jalousies. » La tête me tourne.

Nous montons des escaliers, empruntons un couloir ; à l'ombre d'un sapin, assis debout couchés des hommes en blanc, portant des longs chapeaux de magicien à bout carré et des masques de polichinelle, discutent entre eux à flanc de colline verdoyante. *The clown's holiday*, sur l'autre mur un couple de comédiens improvise *les amoureux,* il la serre dans ses bras, d'une main elle s'évente gaiement, prête à danser, à l'embrasser et, au-dessus de ma tête, à ciel ouvert, encore des polichinelles masqués, l'un d'eux joue à balancer son ami sur une corde, une grande échelle négligemment posée contre un des arbres m'invite à les rejoindre. À l'étage supérieur, un petit théâtre de marionnettes, quelques vieux masques parmi des assiettes et des robes de *ladies* et de *children.* Tous ces tableaux de jeux joyeux, et tous ces masques de comédiens me rongent et me dévorent.

Le vaporetto express s'arrête devant le Harry's Bar que nous longeons. Le quartier bondé regorge de magasins de luxe, des restaurants et des façades d'hôtels, des familles. Je connais cette rue, où se trouve Louis Vuitton ou peut-être Chanel, c'est dans cette rue que nous étions descendus avec Charles, je ne vois plus l'hôtel, il a disparu, disparu, notre hôtel a disparu, je m'adosse contre le mur, ferme les yeux. Il pleuvait, il pleuvait beaucoup à Venise, des heures entières passées dans la chambre, elle sentait le remugle et la pluie. Le matin, il partait m'attendre au Caffè Florian. Je m'habillais de ce tailleur blanc parce que c'était la couleur de la pureté, et il m'avait promis le mariage à ma majorité, j'allais le rejoindre pour le café. Hermès, Blue Marine, Salvatore Ferragamo et, derrière, la place Saint-Marc et la basilique, ses arcades, des groupes qui avancent en doudoune en riant et des femmes marchant à reculons se filmant avec leur téléphone au bout d'une perche. À l'intérieur du Caffè Florian, des Asiatiques, beaucoup de Chinois. Simon commande un chocolat chaud et moi un spritz.

« Déjà ? il n'est pas un peu tôt pour boire ?

— Pourquoi pas... c'est orange et sucré, c'est sympa.

— Comme tu veux...

— Ça n'a pas changé ici ?

— Non... ?

— Tu veux qu'on aille voir la basilique après ?

— Non, peut-être pas, il est trop tard...

— On ira avant de partir ?

— On verra.

— Ça te dirait d'aller à Rome un jour avec moi ?

— Rome est une ville très morbide, Rome sent la mort. »

Soudain apparaît son sourire forcé de joker, derrière ses paupières figées, son regard se tend.

« Ma chérie ah ! Ma chérie ! Tu parles de Rome dans ton livre ?

— J'y ai vécu, moi, tu sais... c'est ma vie. »

Puis il balaye la salle du regard, boit son chocolat, avale ses tuiles d'un coup et prend soin de tirer sur les manches de son pull-over troué, dans l'expectative. Je sors mon portable et fait une photo : *Simon au Caffè Florian.*

Devant le Harry's Bar nous prenons le vaporetto du soir, sous la lampe la femme en manteau de panthère nous reconnaît mais ne sourit pas. Enfin, la chambre chinoise et son sol de marbre frais. Simon téléphone à un ancien coiffeur reconverti dans les jardins, un ami de Carlos d'Arenberg, il nous attend chez lui pour nous parler de Venise, Simon espère sans y croire vraiment qu'il l'emmènera visiter l'ancien casino où jouait Casanova, devenu les bureaux de l'Alliance française. Ma tête tangue, envie de rien, j'imagine l'apéritif dans le jardin de l'homosexuel et l'attirance de cette personne pour Simon en chemise déboutonnée – je n'irai pas et je cherche des yeux le paquet en papier kraft contenant les mignonnettes de limoncello, elles sont dans la poche intérieure de son manteau, à peine les ai-je sorties de leur cachette qu'il part en claquant la porte :

« À plus tard. »

Ma bouche a longtemps gardé ce goût de *lemon curd* et, tandis que je le regardais dîner dans une de ces trattorias désertes, l'idée qu'il m'avait doublement trahie avec son roman *Occident* me torturait, et, dans la chambre chinoise, alors que nous étions au lit, il s'est approché pour me caresser, mais je ne voulais toujours pas qu'il me tienne dans ses bras ou qu'il pose ses lèvres sur les miennes, alors je l'ai repoussé, puis plus rien, je me suis réveillée en sueur au milieu de la nuit pour pleurer doucement et longtemps sans pouvoir m'arrêter, lui non plus ne dormait pas, il écoutait mes pleurs. Au-dessus de l'armoire chinoise régnait une cage vide pour faire chanter un oiseau aux yeux crevés.

Il marche sur le sable clair de la plage du Lido les mains derrière le dos, en compagnie de la dame de l'agence de voyages qui est venue nous chercher pour nous montrer le Grand Hôtel des Bains vide et fermé où s'est tourné le film *Mort à Venise* de Visconti, je les laisse discuter, je les suis à distance molle. Des formes vagues bétonnées ourlent le paysage et, surgissant des dunes clairsemées de touffes d'herbes, une balançoire d'enfant où s'amuse un couple d'adolescents enveloppé d'une couverture tartan, elle est brune et plate comme lui, ils agitent gaiement leurs jambes, ils portent aux pieds des méduses de plage. Ils sont jeunes, il me semble nous revoir avec Christian Louboutin devant le Cirque d'Hiver, alors que j'avais onze ans et lui treize.

« Viens… Eva.

— J'arrive. »

Je les suis, ils discutent, nous passons devant le palais du festival, où *Une jeunesse dorée* vient d'être refusé.

Soudain, la dame s'en est allée, nous restâmes tous les deux, prîmes un vaporetto. Au fur et à mesure que le soir tombait la tristesse augmentait, rendant chaque chose incertaine et fragile. Place Saint-Marc, il faisait nuit, on marchait dans les rues désertes et sombres et, à nouveau, je lui ai parlé d'un script, je me suis mise à bégayer et il a rigolé doucement ; gentiment, il m'a dit : « Tu es fatiguée, Eva, c'est les nerfs, ma pauvre. »

## Saint-Germain

La psy, les cheveux acajou, les mains capuchonnées de bagouses posées sur les accoudoirs d'un fauteuil Louis XV, dans l'angle pointu d'une chambre surdécorée couleur bleu roi, me darde un regard gênant. Ma vue baisse avec la tension, quelque chose de chimique grouille en moi comme une lampe trop chauffée brûlant un tissu, ma peau est irritée, mes jambes et ma gorge sont gonflées, je n'arrive pas à parler.

« Oui, j'écoute alors ?

— Hmmmh… J'ai peur… je sens un danger monter depuis plusieurs mois, j'habite isolée à la campagne avec mon mari, il est violent, nos rapports sont brutaux… je ne suis plus tranquille.

— Vous ne pouvez pas partir ?… Venir à Paris chez des amis ?

— Si… J'ai un appartement.

— Alors ? …vous pouvez ?

— … en ce moment je n'ai pas assez d'argent pour vivre seule… »

Les murs sont recouverts de papiers dorés, de liège, d'écailles, à côté un coffre, un vase Ming. Le chauffage émet des bruits disgracieux d'intestins.

« On ne couche plus ensemble… »

Elle se rétracte comme pour se protéger, j'ai le sentiment d'être une vieille délinquante.

« Une copine, vous en avez ?

— Les femmes sont jalouses, elles ne sont pas gentilles, si elles pouvaient me voir la gueule ouverte, amoindrie en train de mendier, elles seraient contentes… c'est la vérité.

— Bon, on va arrêter.

— C'est cent euros ?

— Non, cent vingt, mais puisque vous m'avez demandé un prix. »

Rue de l'Université, il pleut. Je m'assois sur un banc du boulevard Saint-Germain, j'ai dépassé les restaurants de la Rive gauche où nous n'irons plus.

« Simon… tu sais, peut-être que le mieux c'est de se séparer.

— Arrête de dire des conneries, tu prends quel train ?

— Le prochain. »

Simon m'attend sur le quai, j'aime le rejoindre, c'est comme un départ, la gare et Simon. Il fait nuit, ça bruine. On monte dans la voiture, il y a des travaux sur la route, on prend un chemin de campagne où des cerfs gambadent.

« C'était pas mal, elle est intéressante, cette psy ! »

Il évite de me regarder, il accélère, il aime le danger.

« Pourquoi tu vas voir cette femme ?

— Pour résoudre des problèmes entre nous. »

Sa veste est sale, son pull est troué.

« C'est une mauvaise idée, tu n'en as pas besoin, une psy à Paris toutes les semaines, elle va foutre le bordel dans notre vie, détraquer notre système, ton film est sorti, il est bien… tu devrais être contente, mais non… au lieu de ça, tu fais la gueule. Lis, avance dans ton nouveau roman. »

On se gare devant le mur des Montesquiou. Il sort les courses du Carrefour Market. La lune baigne de ses rayons d'argent le jardin et la maison, il passe devant, ouvre la porte qu'il referme à clef, me rejoint dans le salon face à la cheminée, s'assoit près de moi, j'avais enfilé ma veste de renard mauve.

« J'ai froid, tu sais… froid.

— Je vais faire un feu. »

Il lance de l'essence sur les bûches éteintes, envoie une allumette, le feu repart d'un coup.

« Je ne veux pas divorcer, une séparation, c'est terrible, et nous, on ne s'en remettra jamais, je ne veux pas, Eva, je t'aime, on est faits l'un pour l'autre. »

*Donovan insistait pour qu'on honore tous ensemble notre invitation de cinq jours au Festival international du film de Miami pour* Une jeunesse dorée*, il n'arrêtait pas de m'appeler et même de m'envoyer des images de locations de maisons dans des zones aussi exotiques que Little Haiti dans le but de prolonger ce voyage en Floride, qui selon lui n'aurait lieu peut-être* *qu'une seule fois dans notre vie. Partir tous les trois lui tenait à cœur, et j'avais adoré notre séjour à New York où tu m'avais invitée dans cet hôtel près de Times Square, tandis que mon fils enregistrait des chansons dans le studio du fils de Johnny Cash. Parfois, nous déambulions gaiement dans la ville, nous avions été jusqu'à Staten Island, visiter la statue de la Liberté. Tu portais ce jour-là ton manteau de la marine et Don son imperméable de cuir noir, le bateau tanguait et nous nous penchions en zigzaguant tous les trois contre le vent. Il fut surpris de la petite taille de la statue de la Liberté, le soir tombait et la ville brillait comme un diamant, notre bonheur touchait à la perfection. À chaque fois tu rapportais nos péripéties, elles t'amusaient tant, parfois tu les introduisais dans des articles qui n'avaient rien à voir, tu aimais raconter notre vie. À force de pugnacité Don l'emporta, et nous sommes allés à Miami, El Portal, puis le Standard Spa qui ne te déplaisaient pas. Don n'était plus avec Sarah ; de nature liante, partout où il allait, il se faisait tout un tas de copines super* trendy, *mais il n'avait pas de voiture et tu étais obligé de l'accompagner dans les soirées et ça te foutait sacrément les boules, tu disais : « En fait, c'est pour ça que vous vouliez que je vienne, pour faire le chauffeur de ton fils, que je l'emmène voir ses copines » et « Il se fait pas chier, il en quitte une, il s'en trouve dix, il est malin, il sait y faire. » Il est vrai que toutes ses fiancées ont toujours été super* gorgeous. *Don sortait de son côté, et nous du nôtre, il m'envoyait ses séances photos dans des salons de coiffure* seventies *avec les nénettes, tandis que je lisais* Lol V. Stein *et toi* Prières exaucées, *ça t'énervait, il était si beau, elles étaient si belles. La mer, le soleil, l'atmosphère un peu vulgaire, le casino, les belles bagnoles, on s'est rabibochés sous les draps, puis on allait se baigner. On aimait bien Downtown et Ocean Drive, tournicoter autour de la maison de Gianni Versace. Parfois, tu avais peur et te murais dans un silence opaque. C'est à Miami que tu as commencé à t'habiller en Simon le cochon, en Garbage Pail Kids des Crados, en vieux rocker dégoûtant, en réaction aux gonzesses de Don. Soudain, je vis naître ta rivalité envers mon fils. Edwige Belmore était morte à Miami au Vagabond Hotel, en visitant sa chambre, il restait encore quelques-unes de ses affaires dont nos livres. Tes nerfs lâchaient, en allant voir le cimetière qui a inspiré « Thriller » de Michael Jackson, tu as défoncé la caisse sur un dos-d'âne, tu étais soudain si agressif et violent, je t'ai insulté, à nouveau on se disputait, tu voulais toujours immanquablement avoir le dessus et c'est toi qui criais le plus fort, m'abrutissant. Don était furieux et même triste, il rajoutait doucement : « Maman, t'es conne, il est bien Simon, pourquoi tu lui parles comme ça ? Tu ne devrais pas », et à nouveau je me mis à culpabiliser au point de ne plus pouvoir penser.*

## *Family life*

La pelouse de Longpont avait brûlé, je revenais de Taipei où je m'étais exilée dans un hôtel de luxe, à suivre mon film, exigeant du festival des journées supplémentaires pour travailler sereinement à mon livre, je l'appelais, il m'appelait, toutes les trois heures, au hasard des rues trop chaudes ou de ma chambre. Alors que j'entrais dans le salon de sa maison, je vis Anne rivée sur la terrasse surplombant le jardin, les pieds gonflés posés sur une chaise à siroter du whiskey, une paire de Ray-Ban fumées sur les yeux et André un livre à la main qui me visait sous les siennes, il grignotait des cacahuètes du bout des doigts. Depuis plus de deux mois, Simon avait installé ses parents à la campagne, l'ascenseur de la rue Dupin était en panne pour une durée indéterminée.

« Viens voir maman, assieds-toi avec nous », me dit Simon.

Anne s'étirait, miaulant gracieusement.

« Ah qu'est-ce qu'on est bien, qu'est-ce qu'on est à l'aise ici, c'est merveilleux, et toi ma belle ?

— L'Asie... le film, j'ai pu travailler là-bas, m'isoler. »

André rigolait.

« Papa, un autre whiskey ?

— Volontiers. »

Simon servit son père, puis posa sur la platine un disque de la Callas qu'il écoutait enfant avec sa mère, par terre gisaient des livres de démonologie, de crimes, de sectes, de rituels sacrificatoires, un ouvrage sur les bons curés dans la littérature.

« Il y a mon taboulé libanais mais si ça ne te plaît pas..., dit-elle d'une voix aiguë.

— Si vous permettez, je vais monter dans mon bureau. »

Je m'enfermai dans le bureau rose durant des jours, la musique classique l'après-midi m'empêchait d'écrire, alors je déménageai à Paris une semaine, puis revins à la campagne avec mon fils. Don avait installé son studio de musique dans les dépendances dans le but d'écrire et de composer des chansons pour son album.

À déjeuner, une fois que nous étions réunis tous ensemble autour de la table installée sur l'herbe desséchée, à nouveau André ne se souvenait plus du nom de Donovan, ce qui n'était pas sans plaire à Anne. L'ambiance étouffante dans le jardin, et nous vêtus de blanc avec de grands chapeaux ridicules. De drôles de rires ponctuaient leurs reparties. Il n'y avait que Simon, l'éternel fils de ses parents, il savait ce que je pensais de sa soumission, et même de son atavisme, mes regards le gênaient. Donovan assis à côté de moi habillé en cow-boy ouvrit grand la bouche et les yeux, dans le langage des sourds ça voulait dire : « Au secours. »

« Ça fait des mois qu'ils sont ici, c'est ouf ouf ouf, ils ne bougent plus, ils sont incrustés. »

Un silence d'où s'extirpait le bruit d'une scie et de guêpes affolées.

« C'est ennuyeux, ces guêpes *(Anne, une voix perchée)*, très ennuyeux, elles aiment mon melon.

— Il va falloir que je fasse quelque chose. »

Simon agitait son bob orné d'un ruban noir.

« Pardi », dis-je.

Et mon fils se marrait, Simon se rassit, il avait chopé de l'embonpoint, à nouveau il se vieillissait, il se mettait étrangement au diapason de son père, sous l'œil charmé de sa mère.

« Je reprendrais bien un peu de melon, il est vraiment exquis, Simon.

— C'est vrai qu'il est délicieux cette année, c'est bien vrai, tenez maman. »

Après une absence, un gouffre s'entrouvrit en moi, énorme ; j'eus l'impression qu'il allait mettre sa tête dans le sexe de sa belle maman comme un jeune taureau, mais non, il s'essuya le front et la conversation dériva honnêtement sur Chardonne et Morand, avec cette propension à nous exclure, mon fils et moi, en utilisant l'odieux, la prétention et le superfétatoire.

Je pris mon fils à part.

« Alors les amours, Donovan, ta nouvelle fiancée ? »

Il hésitait à me répondre, jouant de la batterie sur la table avec deux doigts.

« Elle s'appelle Éliane, je l'ai rencontrée chez Divine, elle était figurante sur ton film, imagine.

— Ah bon ? Tu es sûr ? T'as une photo ? »

Il glissa sa main dans la poche de sa chemise de cow-boy, en sortit son iPhone, me montrant une fille rousse, plutôt bourgeoise, anorexique, avec des grands yeux bleus et un chouchou dans les cheveux, je lui donnai quatorze ans, Simon balaya l'écran du regard, appuya d'un doigt, l'image disparut.

« Merde, j'espère que je ne l'ai pas effacée.

— T'inquiète, mec.

— Simon, poursuivait Anne, nous aussi on veut un portable pour se joindre, André et moi, lorsque je suis en courses, c'est plus pratique et s'il se passe quelque chose tu es plus facilement joignable, toi aussi. »

Donovan souriait, gonflant les joues.

« Vous habitez où, Éliane et toi ?... Hein, Donovan ?

— Arrête de lui poser toutes ces questions, tu enquiquines ton fils, voyons ! »

Simon posa lourdement son bras autour de mon épaule, façon camarade.

« Chez elle à Saint-Germain.

— Tu t'emmerdes pas, les beaux quartiers, les belles filles, c'est con que t'aies pas une bagnole, au fond ! »

Simon et Donovan se toisèrent en rigolant.

« Il a raison, c'est de son âge, rétorqua Anne.

— Eh oui, c'est de son âge. »

André riait.

« On a envie de venir un week-end, elle est fan de toi depuis des années, elle veut te rencontrer, maman…

— Non, Simon ? »

Au bout d'un long moment, Simon me répondit d'une voix comme greffée :

« Oui, bien sûr, ton fils peut venir avec sa copine, je lui ai déjà dit, il est ici chez lui. »

Soudain le jardin abstrait me parut une prison.

« Ce n'est pas ça que je voulais te demander… j'y vais… »

Ils continuèrent, évoquaient de vieux souvenirs, d'anciennes vacances, une cousine bonne sœur, les frères d'André fascistes, je m'éloignais avec les plats. De loin, dans l'obscurité, ils m'apparurent empaillés, inutiles.

Enfermée dans le bureau rose avec cette idée fixe : ne plus jamais rien faire lire à Simon. Il me pillait impunément d'une façon ou d'une autre depuis notre rencontre. Je l'entendais téléphoner sous les fenêtres, la tête dans les rosiers.

« Pierre est retourné ce matin à l'hôpital… pour des examens… »

Je partis me promener dans les sous-bois avec Donovan, silencieux, ému par la nature environnante.

« Je pense que je vais retourner vivre une partie du temps à Paris.

— Qu'est-ce qui t'en empêche ?

— Tout, le fric, je n'en gagne pas suffisamment, il ne me laisse pas m'organiser… pour que je puisse alterner entre ici et Paris, il est jaloux, il ne veut pas travailler avec moi… et il devient méchant…

— Arrête… allez, tu nous dis si on vient quand même… ?

— Vous pouvez venir sans moi, je ne suis pas obligée d'être là, ne me prends pas en otage.

— … C'est pas cool pour elle, je lui ai promis…

— Tiens, le voilà. »

Simon marchait indolent à notre rencontre, dans le sentier, aidé de sa canne, avec des guêtres beurre frais assorties à son bob.

« Tiens tiens, les Ionesco.

— Je vous laisse… »

Donovan bifurqua, s'évanouit derrière un talus. Je m'avançai vers Simon, nous marchions en silence dans le chemin des fougères en direction de la butte de Château-Fée. Il ne parlait pas, alors je dis :

« Ce serait bien de se retrouver que tous les deux, tu ne crois pas ? »

Il s'arrêta, fit tourner sa canne.

Le soir, je disposais les assiettes, Anne et André attendaient à table, une fois que je fus assise, Simon me rejoignit, je dis :

« Simon m'invite à Los Angeles.

— Tu n'y penses pas Simon, c'est impossible ! » cria Anne.

Un silence, et Simon rougit, contrit, soufflant.

« Pourquoi ? il n'a pas le droit de partir avec sa femme, votre fils, de vivre sa vie ?

— Mais ?

— Mais quoi... ? Quoi ? »

Je la regardais bien droit dans ses yeux qui se rétractaient.

« Mais bien sûr, ça...

— Maman, ce ne sera pas pour longtemps, ne t'inquiète pas », dit-il courtoisement.

Je suis allée m'affaler dans le jardin jusqu'à ce qu'il crie mon nom pour que je revienne à table. L'après-midi, difficile à nouveau de me concentrer dans mon bureau, André écoutait dans la chambre en dessous la radio à fond, Anne et lui parlaient de nous, allongés dans leur lit, de notre voyage impossible, de son fils à elle, du devoir du fils. J'ai installé une table de bistrot dans le jardin, sous un parasol, au milieu de la pelouse râpeuse pleine d'aoûtats, de cette place, je pouvais apercevoir Simon enfermé dans son bureau à travailler à ses *Démons*, il tapait vite avec deux doigts, la langue sortie, avec à ses côtés *Cité de la nuit* de John Rechy annoté partout.

Le temps était frais pour la fin de l'été, je portais une petite robe claire, Pierre Le-Tan sortait de chez lui, et avant même que nous ayons atteint les chaises du Bourbon, il nous rejoignit. Pierre et Simon s'embrassèrent, à mon tour de lui faire la bise.

« C'est là. »

Il désigna un immeuble jouxtant le café, Simon marchait devant.

« Alors Pierre ?

— Je vais crever ! »

Il n'y a que moi qui entendis Pierre. Tous les trois, nous montions dans son nouvel appartement, dans l'autre se trouvaient sa femme et son jeune fils. Pierre désirait sans doute le repos, il y avait là quelques meubles, presque rien. Je restai tapie, immobile dans un coin, alors qu'ils discutaient à contre-jour. Pierre montrait ses dessins et de nouvelles acquisitions à Drouot. Les gestes de Simon, vitrifiés dans l'enfance, étaient si lents, et Pierre essoufflé se tenait d'une main à la table, je détournai mon visage vers une des fenêtres ouvertes, m'en approchai et j'entendis Pierre me dire un ton plus haut :

« Tu sais, j'ai toujours la cape en vison d'Alice Sapritch mais je la garde. »

## Los Angeles Arcadie

*Septembre 2019*

Nous voyageons sur un vol Air France, ma tête est posée dans le creux de ton épaule, ces derniers jours tu n'as pas cessé de me répéter que tu étais heureux de te retrouver avec moi dans la maison de Silver Lake, que nous y serions tranquilles, qu'une vie aventureuse t'attirait. Tu voulais que tout soit parfait et, pour me faire très plaisir, sachant que j'aime par-dessus tout les vêtements, tu t'étais débrouillé pour décrocher dans un magazine un article sur les vintages d'Hollywood, le sujet se focalisait sur le style *Équipée sauvage* et les silhouettes sorties de films noirs des années 1950, tu m'avais dit que je devais photographier des pièces et promis que nous ne passerions pas nos journées à descendre nous baigner à Malibu. Ma joie est intense. Secrètement, je caresse l'espoir qu'on s'installe à LA, et que le temps s'arrête pour nous réunir comme ces amants pétrifiés par la lave du Vésuve, rattrapés par le feu, gisant à Pompéi, nous les avions longuement cherchés un hiver sans les trouver. Mon Dieu, j'aime les États-Unis et, comme toi, je préfère de loin Los Angeles à New York, plus sauvage et fou. Sur tes cuisses est posé le livre de Truman Capote *Prières exaucées*. Tu m'avais expliqué que c'était un livre maudit, que Capote n'avait pas réussi à terminer, et que toi tu ferais ce que Capote n'avait pas pu faire, je ne comprenais pas tout ce que tu me disais. C'était une histoire d'inceste entre frère et sœurs, tes personnages voulaient s'introduire dans le roman de Capote. François-Marie Banier était un des caractères dont tu voulais t'inspirer. Au printemps, il s'était faufilé chez tes parents pour y prendre le thé, allant jusqu'à s'allonger sur le sofa en chaussettes. À ton grand regret, il refusa de te livrer ses souvenirs, il te fallait donc te débrouiller autrement. Tu n'en étais qu'au tome un, et tu peinais – le livre n'était pas assez diabolique. Dans l'avion, tu regardes *Prières exaucées*, puis les gens faire la queue aux W.-C., tu t'agites anormalement, tu te balances en avant et en arrière comme un enfant enragé dans un siège pour bébé.

« Je ne tiens pas, Eva !

— Quoi ? calme-toi !

— Je savais que ce n'étaient pas les bonnes places, c'est de ta faute, je n'aurais pas dû te laisser choisir, ça pue et ces gens qui me regardent… pourquoi !?

— Arrête, Simon. »

Un steward prévenant arrive.

« Tout va bien, monsieur ? Nous allons bientôt commencer notre descente… »

Tu opines du chef poliment, les lumières fortes s'allument dans le Boeing, et derrière le hublot apparaît la naissance du jour.

Les voilages de notre chambre vert amande se soulèvent au gré du vent, tu m'enserres de tes bras puissants, nous faisons l'amour. Depuis le début de notre relation, tu ne plonges jamais tes yeux dans les miens, tu préfères quand je me retourne la tête enfouie dans le coussin, et nous continuons. Je retrouve notre intérieur, il m'apaise.

« Tu es contente ?

— Oh oui… beaucoup, tu le sais… on devrait venir ici plus souvent…

— C'est possible, si on la loue deux fois par an, Annie nous fera un prix.

— J'aime cette maison !

— Reste… »

Simon me retient.

« Laisse… je vais prendre une douche, tu devrais t'occuper de la climatisation, on va mourir avec cette chaleur. »

Le couloir me paraît sombre, je n'ai jamais été aussi belle, je m'en souviendrai, et aussi de ce sentiment de plénitude effaçant toutes mes peines anciennes. En me regardant dans la petite armoire à glace de la salle de bains, j'ai soudain peur du vide, comme la fois où très jeune je me tenais sous acide sur le toit d'un gratte-ciel de New York du côté de Chinatown prête à mourir en sautant, mais finalement, le soir même, je m'étais retrouvée au concert de Grandmaster Flash.

*I'm close to the edge/I am trying not to lose my head.*

La climatisation est en marche, elle étouffe mes pensées.

« Ça y est, j'avais oublié qu'elle était si forte. »

Le jet de la douche et les brillances argentées de la tuyauterie m'absorbent, me ravivent des souvenirs, les centres d'accueil mais aussi les métros de Londres et plus tard l'appréhension de l'hôpital psychiatrique où je finis malgré moi, enfermée d'office par ma mère. Je me sèche dans la salle de bains jaune canari. On se frôle dans le couloir. Toutes mes robes pendent joliment aux cintres. Je plie bien les affaires de Simon. Je déambule dans notre passé, la table Tiky, les chambres entièrement *fifties*, le compartiment wagon jaune et blanc où l'on se restaure et, tout au bout, la terrasse avec son jardin luxuriant. Mes yeux se posent sur le sol comme des ombres sur d'autres ombres, je m'assois, je contemple, je mesure les années passées. La fenêtre guillotine donne sur la maison mitoyenne en bois peint couleur gomme et, au-dessus, le ciel bleu, éclatant de fraîcheur ; les palmiers bougent ostensiblement. Je visualise parfaitement ton corps sous la douche, tes gestes au-delà des murs. Tu me rejoins sur les banquettes basses de la terrasse, le fils de la propriétaire, absent pour trois jours de randonnée dans la vallée de la Mort, a fermé son atelier. Nous sommes en septembre, la densité de l'air retient toute la flamboyance de l'été. Cependant, les fleurs embaument et nous enveloppent de leurs parfums, m'étourdissant d'une douceur si excessive qu'elle engendre de sombres plis de souffrance nichés au sein même du plaisir. La femme en moi n'a jamais été si complète et ce sentiment de volupté s'accompagne d'une crainte soudaine, cette plénitude peut m'être affreusement retirée. Ce trouble me rend mutique, tu es d'une rare beauté. Je retrouve chez toi l'écorce du vil séducteur contenant cachées des émotions encore impalpables. Tu baisses tes paupières qui se tendent, féminines, derrière tes cils courts dans le blanc de tes yeux, je devine qu'une secrète émotion en exagère l'éclat. Le vent chaud gonfle les pans de mon pantalon acheté avec toi près du Gange à Bénarès, il s'évase comme deux gigantesques cerfs-volants, un nuage teinté de rose prend dans le ciel une nuance cerise et me revient en mémoire notre périple à Joshua Tree. Nous aurions pu nous égarer dans ce désert et au-delà, mais nous ne l'avons pas fait.

« Tu te souviens de ce parc, Joshua ?

— Et surtout ce bar étrange, le bar de Truman. »

Soudainement, il sourit, se tasse en lui-même, hausse ses épaules trop étroites s'affaissant légèrement sous le poids de l'âge, noue les lacets de ses baskets.

« Ça va tu trouves, les baskets, elles ne me font pas un trop vilain pied, ça ne rebique pas trop ? »

Il s'impatiente de ma réponse avec un infime espoir que je le flatte.

Une tristesse pesante le taraude, l'anxiété le reprend, ce va-et-vient à cause de ses nerfs si peu solides.

« Il faut que j'appelle mes parents, maman se tracasse pour papa.

— Eh oui… Demain… ? »

Mes paroles sont impuissantes face à son désir de puissance, face à cette maladie, qui est celle de la mort.

« On travaillera un peu sur *Extase*, le producteur aime le film.

— Bien sûr, ne te répète pas… inutilement, je t'ai promis… Ça ne va pas ce short non plus… »

Il se lève, disparaît dans la chambre verte, je l'attends sans bouger dans le salon. Simon s'est finalement habillé d'un pantalon blanc et de Ray-Ban noires, il a gardé ses baskets, il ferme notre porte à clef. Nous roulons sur Sunset Boulevard, à un *crossroad* notre attention s'attarde sur le vieux *Car Wash* 1960 gigantesque, bleu et blanc, posté en face de la station-service déglingue et, de l'autre côté, sur le *liquor and cigarettes* toujours aussi crasseux, dans le prolongement de la rue, les ombres s'allongent et me dévorent, le soleil déverse sur nous son miel, il nous enveloppe. Il y a foule sur le parking de Trader Joe's, Simon finit par se garer, je l'embrasse, il se glace. Je souris, il ne rêve que d'impudeur. Dans le magasin bondé, des fruits exotiques énormes, nous remplissons le Caddy, un Noir américain musclé extravagant dodeline de la tête, ondule du bassin, pointe son doigt vers moi, admire ma tenue, me dit qu'il aime mon look, je rejoins Simon à la caisse et paie les courses.

« Qu'est-ce qu'il te voulait, hein ?
— Rien. »

Je suis assise dans la voiture, au bout de l'avenue, le soleil décline dans la brume de chaleur, tout me paraît curieusement au ralenti.

« On s'arrête au 7-Eleven.
— Pour quoi faire ?
— J'ai besoin de cigarettes.
— C'est vrai que, pour ton vin, il te faut tes clopinettes, je vais me prendre de la bière sans alcool… c'est chic, de la bière sans alcool aux États-Unis. »

Il sort le premier. À côté se trouve un magasin blême pour chiens, une boulangerie fermée et un Fast Tacos. À l'intérieur de la supérette, plus grand-chose en rayon, des clochards me zieutent le cul, et une odeur épouvantable de plastique brûlé.

« Ça pue ! »

Il cherche ses bières, remonte son pantalon à deux mains.

« Ça sent le crack, ma chérie !
— Tu crois ?
— Je m'y connais, alors tu vas les chercher tes clopinettes ? »

J'attends les coudes appuyés sur le comptoir, devant moi les étalages sales sont particulièrement mal rangés, et les produits tombés par terre, de l'autre côté du mur des bruits d'huile en train de bouillir, sous les LED les ombres serties d'un ruban phosphorescent me rentrent dans la rétine. Un petit homme arrive de la remise avec une gueule de rat, le menton fuyant, les yeux en demi-lune, les crépitements continuent, il est vêtu d'une chemise kaki ouverte sur un torse imberbe, suintant de sueur, ses cheveux poivre et sel fument, il s'adresse à moi :

« *Ouat ou ant.*

— *Sorry?*

— *You eed?* »

Un timbre d'asthmatique, il se retient pour ne pas tomber.

« *3 Marlboro Gold.*

— *Yes.* »

Il se dévisse, arrache les cigarettes de la cartouche, les deux clochards faméliques se marrent, Simon règle et sort, bières en main. Dans l'habitacle, Simon a le corps tendu vers le 7-Eleven, la nuit est tombée.

« Qu'est-ce qu'on fait ?

— Ils sont vraiment complètement défoncés là-dedans…

— Allons-y ! »

Derrière ses Ray-Ban, ses yeux grands ouverts, en remontant la rue vers Terrasse Street, se trouve toute une série de vieilles bagnoles bâchées, il me semble qu'elles se sont endormies depuis notre premier voyage.

À la maison nous écoutons les Beach Boys, un bœuf à la noix de coco mijote, Simon rôde dans la cuisine avec une pointe d'espièglerie et esquisse une glissade au rythme de la musique avant de s'échapper vers le patio pour lire les mémoires de Capote.

« J'ai faim !

— C'est bientôt prêt. »

Des petites salades joliment composées accompagnent le plat, je pose le tout sur un plateau, en terrasse.

« Chérie, c'est bon, comme toujours.

— Merci. »

Les pétales du flamboyant tombent sur ma chemise de nuit en soie rose, on pourrait croire une robe du soir, je suis très maquillée, trop. Je tire sur ma cigarette et la fumée emportée par le vent forme des nuages plats qui strient le ciel griffé de bleu tendre. Je sirote un verre de vin trop sucré, des moustiques et des insectes s'agitent follement dans les lumières, gommant le jaune tendre presque anis de la cuisine. En bas des escaliers, des ombres sombres sous les larges feuilles de palétuvier, plusieurs coups retentissent, je me redresse, Simon aussi.

« C'est quoi ?

— Ce sont des coups de feu…

— Tu crois ? vraiment ? Comment tu sais que ce sont des coups de feu ?

— Parce que ça s'entend, chérie, c'est le son d'un Sig Sauer.

— Vraiment ? »

Les voisins allument leur pelouse, puis un autre carré de verdure et un autre encore, en palier. Dans le ciel arrivent en dansant de petits hélicoptères, ils balayent de leur faisceau les jardins. Je m'enfuis dans la rue pieds nus, mon verre de vin à la main, il émane des effluves de jasmin, et de l'autre côté du *highway, the Dream Center*. Simon traque du regard les hélicoptères. Soudain, des voitures de police nous encerclent, l'un des flics braque son arme vers nous, il y a un moment de confusion, à nouveau je me sens, comme dans le passé, en état d'arrestation, « *We just arrived, we are from Paris, sorry, we just look at the sky* » et l'un d'eux me répond : « *Get in quick and don't move.* » Une fois la porte fermée à clef, Simon éteint, je peux à peine le discerner, il est en contre-jour des voilages blancs, et je ris dans l'obscurité.

« Tiens, donne-moi ton verre de vin. »

Il descend mon verre.

« Tout ça me donne soif ! »

Il part se reposer dans la chambre. Dans la cuisine, je marche sur les ombres, le palmier oscille dans le ciel, des hélicoptères tournent en cercle vers Echo Park.

Le matin, la traque continuait, à nouveau des hélicoptères dans le ciel et des patrouilles sillonnaient les rues du quartier. Dans le salon, Simon écrivait *Les Démons*. Attablée dans la chambre turquoise, je n'en étais qu'au début des *Enfants de la nuit*. D'un coup, je m'assis sur le canapé du salon, face à la haie si verte.

« Je ne viens pas t'emmerder quand tu travailles, Eva ! Ça y est, c'est cassé, putain tu fais chier, jamais je n'entre dans ton bureau, pourquoi tu te permets de venir !? »

Il se prit la tête dans les mains.

« Pardon... Simon... Je m'en vais...

— C'est fini, c'est trop tard, tu m'as dérangé, je ne vais plus y arriver ! De toute façon, tous ces voyages me perturbent, je savais qu'il fallait que je reste à la campagne… »

Il donna un sacré coup de poing sur la table Tiky, faisant tout tressauter.

« Prends ton café sur le patio et ne repasse pas… par ici. »

Je l'attendais en short assise sur les escaliers en bois à l'arrière de la maison, il me rejoignit et me dit :

« Viens, je n'y arrive pas, sortons. »

Dans le magasin Ragg Mopp sur Sunset, j'essayais un tailleur violet années 1940 qui avait servi pour un film de la RKO, tandis qu'il regardait les blousons et les casquettes de motard et les photographiait.

« Viens voir, Eva. »

Je sortis, il pointait du doigt un costume de mariachi punaisé au mur.

« Tu as vu… il y a même la photo du type avec sa guitare… Ce serait super pour ton fils, tu ne trouves pas ?

— C'est mortuaire.

— J'aime quand c'est mortuaire.

— Arrête, Simon, c'est pas drôle, j'ai trouvé ça pour Éliane. »

Je lui montrai une chemise façon *La Petite Maison dans la prairie*.

« Laisse tomber, cette fille est pétée de thunes et s'habille avec les vêtements de sa grand-mère… je t'offre le tailleur, on se casse, j'ai trop chaud. »

Il posa sur sa tête un haut-de-forme comme celui du Baron Samedi pour payer le tailleur et prit en photo quelques gilets cloutés – de ceux qu'on trouve dans *Cruising* –, la jolie vendeuse le laissait faire, elle regardait Sunset en mangeant une pomme rouge.

La plage d'El Matador sauvage, à flanc de colline mordorée, au-delà de Malibu et de Zuma, et plus loin là-bas, Big Sur. Il nous fallait descendre des marches, sur le sable, on croisait une autre population, plus sédentaire, celle du LA hippie, après le New Age. De grands rochers émergeaient de l'eau, ils longeaient le rivage fait de petites criques, sur l'étroit banc de sable des lecteurs de journaux, cheveux mi-longs, short court, sourire mi-figue, mi-raisin, ressemblant, en plus délavé, à des personnages de Bret Easton Ellis, ils se laissaient aisément entourer par des mouettes énormes. On se coucha l'un à côté de l'autre, en cuillère, ma tête contre son dos, sans bouger, jusqu'à ce que le bec puissant et jaune d'une mouette chipe son donut dans notre cabas, elles étaient les reines de la plage. Simon chassa les bestioles. Ensemble nous sommes entrés dans la mer pour plonger dans l'eau bleu marine. On s'enlaça, puis il se détacha, disparut sous l'eau ; j'eus affreusement peur, cette peur oppressante était anormale, je paniquais, je fermais les yeux, je tremblais, quand je les rouvris il était là, se plaquant les cheveux.

« Elle est bien, cette plage.

— Oui, Simon, c'est la mieux. »

Je le suivis, il s'allongea, recroquevillé sur sa serviette trop petite.

« Je ne vais pas arriver à écrire *Les Démons*.

— Pourquoi ?

— Parce que.

— C'est idiot, une idée fixe.

— Je déteste les plans, maintenant que je l'ai fait, je me sens obligé de m'y plier, je n'arrive pas à l'oublier, j'ai fait une connerie de signer ces romans.

— Oublie le plan.

— Ça me bloque le plan, en donnant ce plan, je dois le faire, je ne veux plus ! »

Il criait au bord de l'eau. Je connaissais son plan, il était vague, je comparais le plan à ses promesses, puis saisis qu'objectivement il reniait ses serments, n'espérant plus, désapprouvant ses attentes, désirant la rémission de ses vœux, de son engagement à mon égard – c'était opaque. J'avais du mal à respirer, j'attendais un dialogue où les mots s'effondreraient inévitablement. L'omniprésence du mensonge, sur son torse, dans le reflet de ses Ray-Ban, sur les rochers.

« Je ne sais pas quoi te dire, tu te bloques, il y a des nuages, on rentre.

— Si tu veux…

— Ou si tu préfères, on va dîner chez Patrick's, le restaurant juste à côté où tu a-dores manger des cheeseeeees, comme ça, on évite la circulation ?

— Ça m'est égal.

— Tu t'en fous… ?

— Oui… on fait ce que tu veux. »

Je me dirigeai vers les marches, je contemplai la plage, je sentais qu'elle allait me manquer toute ma vie, à nouveau je me suis mise à pleurer comme jamais, un flot indécent de larmes.

« Je crois que c'est beaucoup mieux si on ne travaille plus ensemble.

— Arrête de dire ça, je t'en supplie.

— Tu ne m'aimes pas…

— Bien sûr que je t'aime, pour te supporter, Eva, il faut t'aimer, qui d'autre que moi pourrait te supporter ? Personne au monde et tu le sais… il n'y a que moi, hein, tu crois pas ? Arrête de pleurer, allez, monte dans la caisse. »

Assis dans la voiture, il reprit la route, nous fixions l'horizon.

« Tu es dans une crise de création et c'est ton choix, ces romans de fiction, non ? Ta propre décision, il y a trop de personnages connus… et il n'y a pas de sentiments.

— Tu crois que tu es dans le vrai, tu te penses supérieure, tu me donnes des leçons, pour qui tu te prends, putain, il va y avoir des embouteillages !!! »

Nous avons traversé Los Feliz, la chaleur du soir était accablante, ma peau avait bruni, il s'est garé devant une devanture représentant un visage en demi-lune où était écrit sur un panneau : « Moitié prix les jours de pleine lune. »

« C'est la pleine lune, on va voir ?

— Je veux bien. »

Ce périple dans les magasins, imaginé par Simon pour me faire plaisir, exacerbait une peur sourde, il aimait encourager mes défauts, je me perdais de façon exagérée dans les boutiques.

« Alors ? »

Je répondis misérablement :

« Regarde, il y en a toute une série de vintages dans cette rue, on n'a qu'à tous les faire, et il y aura suffisamment de vêtements et d'accessoires pour notre article, et *basta*.

— N'oublie pas de prendre les étiquettes, je veux aussi que tu photographies les étiquettes.

— Comme tu veux. »

À Papermoon et ailleurs, tandis que je regardais les nippes pour les prendre en cliché au Canon, il se contemplait dans les miroirs en blouson de motard.

*

Dans le salon, Simon est assis sur le canapé, vêtu d'un sweat bleu foncé tout mou et maculé de taches, le visage caché sous la capuche, seuls ses cheveux longs et gris dépassent, ses bras sont croisés sur les genoux, il est totalement immobile. J'ai photographié les étiquettes des magasins sur la table Tiky et, maintenant, une chemise 1970 à motif coucher de soleil. J'envoie la photo par SMS à Donovan : « Je viens de trouver la chemise Sunset que tu voulais à Papermoon », il me répond illico : « Génial je l'adore ! », « C'est trop cool ! », « Merci maman je t'aime », « Love u mon cœur ! », « Love u too poussin. » Par habitude, je parle en même temps que mes textos.

« T'as pas besoin de répéter tout fort ce vous vous écrivez ! Je n'ai pas envie de t'entendre parler à ton fils… »

Un silence et la voisine derrière les voilages.

« Pourquoi tu me parles de ton fils ? Ton fils, ton fils ! »

Je reconnais le même ton qu'au début de notre relation lorsqu'il voulait me communiquer sa jalousie envers Donovan. Il rote.

« Simon, qu'est-ce que t'as ? »

Impossible de discerner son expression, son visage est complètement dans l'ombre.

« Arrête avec ta capuche, on dirait un vieil ado, pourquoi tu joues les déglingues ?

— Tu textes à ton fils, j'ai le droit de jouer les déglingues !

— Qu'est-ce que tu as ?

— J'ai rien, chérie, tout va bien ! »

Je plisse les yeux sans le reconnaître.

« T'es ringardos avec ta capuche à la maison, putain. »

Il tape du pied contre le sol.

« Je t'emmerde… Le ringard, IL T'EMMERDE, pourquoi tu m'agresses ? »

C'est plus tard dans la nuit, les hélicoptères sillonnaient encore le ciel, je regardais mon corps nu dans le miroir au mercure profond, il hésitait sur la couleur de sa veste, ses yeux se fermaient à demi comme sous l'excès de félicité, je revêtis le tailleur violet. Lentement, bras dessus, bras dessous, on descendit vers Sunset Boulevard, tandis que la splendeur du jour déclinait, le ciel bleu saphir se mêlait au rose indien. La promenade du soir était si belle, avec un parfum capiteux de ténèbres, nous découvrions des cours intérieures, enfouies dans des jardins abandonnés. Deux grandes maisons en bois datant du début du siècle que nous aimions tant s'étaient à moitié effondrées depuis notre dernier voyage, il restait curieusement des canapés extérieurs, elles étaient en vis-à-vis, et au milieu passait Sunset Boulevard à peine éclairé. Nous frissonnions, ces ravages du temps excitaient ta peine. La nuit noire venait de tomber et les néons irradiaient. Il marchait sans rien dire, son silence m'obligea.

« Si tu veux, on va boire un coup.

— Volontiers, on prend la caisse. »

En remontant vers Coronado, les phares des bagnoles m'aveuglaient. On se gara à Silver Lake, devant le café Stella, on entra au Black Cat. Assis côte à côte, on admira la carte des cocktails.

« C'est toi qui choisis pour moi, Eva, hein ?

— Celui à base de vodka gingembre chocolat et l'autre mezcal menthe et citron.

— Parfait. »

Un garçon en veste blanche vint prendre la commande. Partout, des gens à la mode cool, des femmes choupinettes et des garçons avec de grands bonnets.

« Dommage que ton tailleur ne soit pas blanc, tu sais comme celui de Cora dans *Le facteur sonne toujours deux fois*, tu devrais t'en trouver un. »

Il ne parlait plus. Le serveur posa les cocktails, il dégusta le sien, goûta le mien, et me prit la main.

« Quand je bois, j'ai envie du reste, j'y vais lentement, très lentement. »

J'avais le sentiment qu'il me trouvait jolie.

Il appela le serveur.

« *The same please for me and my wife.* »

Des couples et des actrices arrivaient, les verres aussi, il but passionnément, savourant chaque gorgée, évita mon regard, je pensai : « Ça y est, il s'y remet. »

*

Nous sommes l'un en face de l'autre dans le compartiment wagon à prendre le petit déjeuner, quelqu'un tape à la porte. Albert, le fils de la propriétaire, entre dans le salon.

« Je vous dérange ?

— Non, bonjour.

— *Hello.*

— Tout va bien ?

— À merveille, répond Simon.

— Bon.

— C'était quoi les coups de feu ?

— Deux types qui ont tué le mec qui tient le 7-Eleven, ils en ont attrapé un, caché sous une des voitures fantômes en bas de la rue, l'autre s'est enfui… alors, toujours les scripts et les romans ?

— Oui, toujours, dit Simon.

— Il n'y a pas de problème avec la clim ?

— Non, dis-je.

— Bon, parfait, je vous laisse, à plus tard… »

Au moment où Albert ferme la porte, le téléphone de Simon sonne.

« Ah excuse-moi, c'est maman. »

Il s'échappe dans le patio à la mexicaine, fait les cent pas, la haie haute d'un vert sombre nous sépare de la rue. Je checke mon appareil photo, tandis que Simon d'une voix toujours polie, affectée d'un soupçon de fatuité, cache un trouble contenu depuis tant d'années, ne voulant rien laisser paraître de ses émotions à ses parents. Il revient un doigt dans l'oreille :

« Oui maman, tout va bien, non je n'ai pas emporté la correspondance de Chardonne et Morand… François-Marie vous a pris en photo dans la rue, c'est incroyable… papa va mieux, il rigole… et lit… Bon, oui, je te rappelle pour prendre des nouvelles de papa, Eva s'impatiente. Je suis ravi qu'il aille mieux.

— Dis-lui que je les embrasse.

— Eva t'embrasse, au revoir oui, c'est ça maman, à bientôt. »

Il s'assoit sur un rocking-chair, serre les poings, ferme les yeux.

« Tu pourrais être gentille avec ma mère, c'est elle qui nous a offert les billets.

— J'ai rien dit. »

Son téléphone sonne, il arrache le combiné, s'éloigne à nouveau, part dans la rue à grands pas, dans la maison d'à côté, la dame à la robe en éponge me scrute derrière sa fenêtre, elle disparaît, il revient, s'immobilise au milieu du salon.

« Pierre est mort… c'était mon seul vrai ami, plus jamais je ne pourrai lui parler comme je le faisais. »

Il étouffe ses sanglots, pour la première fois, je vois ses larmes.

« C'est horrible, Simon.

— Tu t'en fous, c'était pas ton ami !

— Je l'aimais, j'aimais vous retrouver au café, j'aimais aussi quand il t'appelait, j'aimais nos rencontres, c'était gai, toujours, même quand je participais de loin à vos conversations.

— J'ai perdu Pierre. »

Je le soupèse du regard.

« Tu me juges ?

— Non, Simon, non.

— Si… tu me détestes, tu me hais… je le vois bien… Je m'en fous de ce que tu penses… Les autres ne m'ont pas téléphoné, et ces histoires de contrats de livres qui n'avancent pas, ça, c'est du concret, c'est du pognon, le reste n'existe pas pour moi… t'entends ! »

Sa dureté me propulse dans la stupeur.

« Arrête, Simon, s'il te plaît… Simon ?

— C'est la vérité, le cinéma ne compte pas pour moi, je n'en ai toujours eu rien à foutre, il n'y a que la littérature…

— Pourquoi tu me dis ça ?

— … Parce que j'ai promis et que je fais ce que je dis !

— Et l'enterrement ?

— On reste ! »

On est descendus à Malibu face au Snake Pit, j'ai attendu assise sur le sable que tu prennes ton bain dans cette mer comme un miroir de sorcière, le ciel si parfaitement bleu me communiquait une grande mélancolie, puis on a écumé des vintages vers Melrose, tu ne me parlais presque pas, juste des mots bas. Après, on a déambulé dans les rues aux dallages cassés, des plantes poussaient entre les interstices, la ville me semblait un immense jardin cerné d'émeraude. Nous avons atterri dans un vieux bar sur Hollywood Boulevard et bu du vin, nous étions ivres. Il y avait cette boutique souvenirs Marilyn et toutes ces étoiles au sol, on a marché dessus en silence, et l'ombre de nos corps ondulait dans la nuit, traînant sur les murs, nous arrachant l'avenir, tu ne tenais pas droit, tu t'étalas contre une voiture, glissas la tête contre la roue, te redressas.

« Tu m'égares… Simon, je ne sais pas si c'est bien qu'on continue comme ça ensemble. »

Il haussa les épaules, chavira en arrière.

« Allez, viens Eva, tu ne penses pas ce que tu dis. »

Sans doute serons-nous unis ainsi jusqu'à la mort, vitre ouverte tu as foncé sur Sunset Boulevard.

Le temps est gris poussière, nous arpentons un trottoir le long du Silver Lake, je porte une robe rose 1950 et du *lip gloss* ultra-collant, et lui un blouson souple couleur sable *forties*.

« Simon, tu savais qu'il y avait un lac ?

— Non.

— À Silver Lake, il y a un lac, c'est beau, non ?

— Ouais. »

Nous nous laissons choir lourdement sur un banc face au lac, aux vieilles maisons en bois, magnifiques et leurs jardins.

« Mon Dieu ! Comme j'aimerais habiter autour de ce lac, pas toi ? »

Soudain des larmes s'écoulent sur mes joues.

« Eva, tu ne vas pas pleurer, je t'en prie !

— Tu n'aimes pas ces maisons ? »

Il regarde le paysage, hausse les épaules.

« Qu'est-ce que je t'ai fait, Simon ?

— Allez, ça suffit. »

J'essuie mes larmes, il considère ma peine avec une retenue anormale, ses lunettes noires sont vraiment ultra-crades.

« Cet endroit n'est pas terrible, quitte à vivre à LA, autant vivre ailleurs, c'est trop bobo ici. »

L'air est si lourd, mes jambes sont gonflées.

« Il y a des tonnes de moustiques et des joggeurs ignobles.

— Moi, j'aime beaucoup cet endroit et ces collines, c'est après le lac que Polanski a tourné une des scènes de *Chinatown* quand ils sont coincés dans les réservoirs… »

Exaspérée, je me lève, je sens son regard dans mon dos, il est surpris par ma gravité. Je prends le lac en photo.

« Toi le matin, Eva, tu travailles bien, je ne vais pas m'en sortir, j'y arrive plus… je n'y arrive plus, tout est retenu… Qu'est-ce que tu fais, hein, tu textes à ton fils, encore ?

Simon remonte vers la caisse, je le rejoins, l'air est moite et donne cette impression de transpirer tout le temps. En rentrant, fatiguée, je me suis allongée sur le lit, il s'est déshabillé, il a retiré ma jupe et ma culotte et il s'est introduit en moi.

Nous avions décidé de faire une séance photo au bar du Standard dans les robes que tu m'avais offertes durant notre séjour pour illustrer le sujet avec un modèle vivant. Vêtue d'un tailleur Lana Turner blanc optique de chez Lilli Ann San Francisco, je poussais la petite valise à roulettes à pois et, toi, tu portais dans une main notre sac de plage rempli de vin rouge acheté près du Château Marmont et, dans l'autre, notre valise à roulettes regorgeant de vêtements *from Hollywood*, les trésors de guerre de vieilles actrices désargentées, leurs plus belles pièces.

« J'espère qu'ils ne vont pas nous faire chier. »

— On a dit qu'on le faisait, on le fait. »

Je marchais à vive allure derrière toi. Arrivé à un feu rouge sur Sunset, tu t'es peigné.

Le bar du Standard était abominablement vide, on s'est descendu tranquillement des bières dans un box en moleskine rouge en rigolant.

« Il te va drôlement bien ton tailleur, il te plaît ?

— Toutes les fringues que tu m'as offertes me plaisent énormément et tu le sais parfaitement, tiens, appuie là, c'est en automatique. »

Tu étais malhabile avec l'appareil, je me déhanchais soulevant mes cheveux d'une main, j'avais l'habitude de poser depuis le temps, tu me rendis le Canon, une tristesse t'envahit, je vis la terreur inonder ton regard.

« Ça ne pas va ?

— Si, tout va bien. »

Je suis partie me changer dans les toilettes et mettre une robe longue en crêpe de soie beige à la Busby Berkeley, puis j'ai pris possession du box, me cambrant déraisonnablement, remontant ma traîne jusqu'en haut des cuisses.

Le serveur appréciait, tu me photographiais, je te dirigeais au son de ma voix, tu revins, me montras les images.

« Je ne suis pas photographe, tu le dis toi-même...

— Bon, on arrête, je paye. *Can I pay ?* »

Tu te rassis, le serveur arriva, ton regard gêné lorsque je sortis les billets, tu t'assombris, puis dis du ton préoccupé par l'autre qu'on chérit :

« Coiffe-toi mieux, Eva, là. »

Tu glissas la main dans mes cheveux, arrangeas ma mèche. Le soleil déclinait sur Sunset Boulevard.

« Qu'est-ce que je fais avec Dita, on l'appelle ou non ? »

Tu terminas ta bière.

« Je ne sais pas, il va falloir l'inviter à dîner, et elle n'a strictement aucune conversation.

— Je suis cinéaste, Simon, il y a des centaines de clichés, on a fait tous les magasins de LA, je me fous de photographier la garde-robe de Dita... »

Tu me détaillais tandis que j'enfilais un manteau du soir 1940 matelassé en satin noir.

Sur Sunset Boulevard, un vif plaisir me transportait, je t'ai serré dans mes bras, le soleil se cachait, ses rayons ont retenu pour toujours notre amour, je m'assis royalement à un arrêt de bus, dans la chaleur compacte de cette fin de journée, tu étais à contre-jour, ta veste sur les épaules, tu me regardais tristement. Tu me photographias, le corps raide avec autour de toi les grands *billboards* illuminés et, à tes pieds, nos bagages.

« Voilà. »

Tu me tendis l'appareil, exténué.

« Cet endroit me rappelle tellement quand je me défonçais, j'avais de l'inspiration, putain. J'avais la grâce. »

La fin du voyage fut gangrenée par une maladie étrange dont je ne pouvais nommer alors les symptômes, si ce n'est celui de la dépression. Aggravant mon inquiétude et ma torpeur, mon désarroi me rongeait tout entière et me plongeait dans la douleur. Nous longeâmes les côtes dans le but d'aller à Monterey. Big Sur, la grande aventure. Le matin, lorsque le soleil apparut, il illumina les flots, donnant à la mer sa dimension infinie, le chatoiement ininterrompu du rivage nous éblouit. Abasourdie, je comprenais que cela n'arriverait qu'une fois, ce voyage tant attendu vers San Francisco avec toi. Les sentiments enfouis, muselés, volontairement retenus, jaillirent soudain, tes yeux s'humidifièrent, j'y lus clairement ton plein contentement dans le regret. Ce fut une magnifique traversée. Je voulais modifier nos plans, rester la nuit au milieu de la forêt près d'une cascade où Kerouac avait bivouaqué, mais tous les motels et les campings affichaient complet. Nous sommes arrivés tard à Monterey, dormant dans une location, une coquette chambre, une maison sur les hauteurs. Nous avons rangé nos souliers dans des casiers à l'entrée, à nouveau tu étais heureux et tu me regardais très ému. La logeuse connaissait bien Saint-Germain, Paris. La chambre matrimoniale était belle avec un lit blanc à baldaquin, derrière la fenêtre, au loin, la mer. Jamais plus nous ne nous retrouverons l'un contre l'autre à cet âge de notre plénitude. À nouveau dans la nuit, je ressentais ton inquiétude, ton égoïsme forcené, contre nature, ces émotions amplifiaient ma fêlure.

C'était la fin du voyage sans fin, du commencement de notre amour, de celui qui serait sans fin, nous avons parcouru les jardins côtiers aux vues imprenables, les plages de Carmel et tu m'as dit :

« Ce sont les plus belles plages de ma vie, je n'en ai jamais vu d'aussi belles, Eva. »

Le soir, nous nous sommes dignement préparés pour aller dîner dans un restaurant chic dominant des pâturages gras et la mer houleuse. Nous étions magnifiques, des bougies dansaient dans les photophores, le vin était doux et bon, le vent soufflait ébouriffant mes cheveux, tu m'as regardée avec timidité, tu étais silencieux, tu as fait reluire ton alliance et tu as fermé les yeux.

# IV

## L'enfer

*Octobre 2019*

À l'instant, comme si j'avais été assassinée et me rappelais avant de mourir l'aspect des meubles, la couleur du ciel, la forme du jardin, mon corps de femme, le monde se scinda. Simon vêtu de son sweater Garbage Pail Kids sautait à pieds joints sur son bureau, brandissant sa batte de base-ball, me menaçant, pétrifiée je me ratatinais dans le fauteuil rouge près du poêle.

« Ahh ! putain de connasse, j'encule la terre entière ! »

Il avait bazardé les livres de sa table, les envoyant valser contre les vitres, explosant les objets au sol, le cadre enfermant la photo de sa maman à Saint-Tropez, sa colonne dorique, les conques de Tahiti, le salon était entièrement, absolument, saccagé. En fureur, il continuait à éructer.

« Arrête !!!

— Jamais ! Tiens et tiens ! Les fleurs dégueu… et encore les livres dans la cheminée… C'est fini, tout est fini, que tout brûle, que tout crame que tout pète, tiens, livres de merde ! Elle une pute, et lui un naze, et elle une pétasse, au feu, tous au feu ! Ah que ça fait du bien ! t'entends ! »

Il descendit malhabilement de sa table, manquant de tomber, de s'étaler de tout son long, il s'achemina vers moi. Pris d'une rage indicible, il cracha par terre, le mollard atterrit sur mes jambes, avec ma manche, je m'essuyai.

« Arrête !!!

— Rien à foutre, je m'en fous tu peux toujours crier va, t'es rien, Eva, toi tu es juste rien, je peux faire ce que je veux, t'entends ! Rien à foutre, plus rien à foutre !!! Ah ces cancrelats vont ramper à mes pieds. »

La lumière extérieure était allumée, diffusant un halo rassurant devant la porte, au-delà, le néant. Mon cœur battait dans ma tête, les pulsations m'étreignaient la gorge.

« Pourquoi tu mens, pourquoi depuis plusieurs jours tu dis que tu ne prends rien ?

— Mais regarde ta gueule déprimante, putain, je fais ce que je veux, t'as compris ! »

Il bazarda son dentier, tira sur ses lèvres, et vint me montrer son trou, puis ramassa sa mangeoire pour la replacer dans sa bouche.

« Je suis tout pourri, tout vieux !

— Calme-toi ! »

Il sniffa une ligne, il mit les Sex Pistols, « Anarchy in the U.K. », puis pogota en chantant, « *I am an anti-christ… I am an anarchist…* »

Il but au goulot, le vin dégoulinait sur son sweater.

« T'es con ! »

Il partit furieux pour cogner la porte à coups de botte et pousser des cris de chacal, puis il joua du bassin comme un vieux rocker. Je faisais face comme un bloc.

« Vas-y continue, allez j'en ai vu d'autres !

— Ouais je vais aller au bout, jusqu'à ce qu'il n'y ait plus rien !

Je vidai mon verre.

« Au fond tu n'es qu'une punkette, t'es la pire punkette que j'aie jamais connue ! »

Il riait, je transpirais dans ma chemise de soie, j'enfouis mon visage dans mes mains.

« Arrête de te lamenter, tu es qui pour te plaindre, moi je suis un dieu qui s'éveille ! »

Il changea de disque et mit *Le Crépuscule des dieux*.

« Ah ça c'est beau, c'est de la grande musique mais elle n'est pas pour toi, tu ne la comprends pas, la grande musique classique, le goût, la finesse !!! La grande musique que tu ne comprends pas ! »

Je tournai la tête, Simon en pâmoison traçait de grands gestes dans l'espace, il sortit une langue obscène et frétillante, je partis dans la salle de bains où je m'effondrai en larmes.

« Tu n'es rien Eva, tu crois que tu es quelque chose mais tu n'es rien du tout, tu vas voir ! ah ah ! »

En furie, je retournai dans le salon.

« Je me défonce si je veux ! De toute façon je fais ce que je veux ! Je suis Satan !

— Quel con ! Connard de Satan ! »

Hors de lui, il envoya valser à travers la pièce sa chaise, que j'évitai ; Simon accouchait de celui qui n'aurait pas dû sortir de lui, quelle surprise et quelle déception - de nous sacrifier dans l'unique but de créer. Je m'assis à nouveau dans le fauteuil rouge, il vint prendre place derrière mon dos guettant ma réaction.

« Eva, tu as écrit ce matin une lettre à Irina, je ne suis pas Irina, tu penses qu'elle vaut mieux que moi ? Ce qui est faux je suis mieux qu'Irina ah ça !

— Pourquoi tu me parles de ma mère ?

— Tu n'as pas écrit une lettre à Irina pour demander ses photos ?

— Je ne t'en ai pas parlé.

— Mais toi-même me dis qu'elle restera au monde plus que moi.

— J'ai dit ça il y a trois ans !

— Et tu crois que tu m'impressionnes avec tes lettres à ta mère ? »

Je me laissai choir au sol, hébétée, ne sachant plus rien.

« Arrête !

— Tu vas finir comme Manouche, de toute façon je vais vendre mon journal avec ma vie truculente.

— Ta vie truculente ?

— Fous-toi de moi ! »

Je partis dans la chambre de ses parents, me saisis d'une croix en bois posée entre les livres et je priai pour que ça cesse. Lorsque je revins dans son bureau, l'aube dorée se levait sur le jardin encore embrumé, des corbeaux volaient dans le ciel. Simon n'était plus là, je le cherchai, au premier étage, dehors au congélo plein de bouteilles de vodka, dans la Twingo remplie de détritus, il n'était nulle part.

« Simon ? Simon où es-tu ? Simon arrête j'en peux plus ?!!! Pourquoi tu fais ça avec nous ? »

Le jardin était nimbé de lumière, il sortait du noir des dépendances, s'avançant à grands pas, une hache à la main.

« Ah ah, hein ? Tu vois ça ?

— Qu'est-ce que tu fais avec la hache ? »

Épouvantée, je m'éloignai, il se dirigea dans ma direction, il appréciait ma peur comme si ça l'aidait à y voir clair en lui, il soupesa l'arme et la brandit, je me reculai.

« Arrête avec ça, putain !!! »

Il la maintint en l'air un bon moment, puis pivota et fracassa une pile d'assiettes. Animé par sa force, il s'ordonna de répéter ce mouvement, il jubilait. Soudain, ennuyé, il s'affaissa sur sa chaise et laissa tomber lourdement la hache au sol.

« Simon, tu es un refoulé, tu as été abusé, tu es un imbécile ! »

Il s'attrista, se figeant dans une mine dépitée, jouant à celui qui pleure.

« Peut-être… je sais plus… c'est possible là. »

Il palpa mollement sa bite et ingurgita du vin, empoigna la hache pour la remiser dans les dépendances, les oiseaux chantaient, il revint avec une bouteille de vodka.

« Tu en veux ? On va boire ensemble ?

— Non.

— Tant pis, c'est bon. »

Il picolait comme un maboule, des heures s'étaient écoulées, la porte était restée ouverte, j'étais toujours tapie dans le fauteuil rouge, il mit Patrick Juvet « Où sont les femmes ? ».

« Où sont les femmes, femmes, femmes, femmes, femmes. Où sont les femmes ? »

Je m'emparai d'une lame de rasoir et me tailladai l'avant-bras, ça l'amusait, des cris stridents. Tremblante, je montai dans mon bureau et je haletai en pleurs, le corps pris de convulsions, derrière le mur les voisins parlaient. Dans la chambre, la scène me paraît au ralenti, flou ; et je réponds à des paroles aussi indicibles qu'haineuses :

« Tu ne sais pas ce que c'est l'Arche d'alliance ? »… « Arrête ! Je m'en branle ! de ton Arche, t'y crois même pas toi-même » et il se marrait, me provoquant encore, démontant toute croyance en moi, alors je lui administrai un coup de pied dans le tibia et il cria, toute la chambre était retournée. C'était plus tard, nous étions dans le bain, des nuages de sang se déplaçaient formant des volutes sur mon corps, mes larmes coulaient.

« T'es conne Eva d'avoir fait ça sur ton bras, ça va rester.

— Les choses elles restent ! »

« Arrête de chialer, c'est fini, je m'amuse, ça t'a fait peur la hache, hein… ? Ça va aller, va te coucher… c'est rien… »

Il me sembla qu'il me fit comme à un garçon, une franche accolade. Il enfila son jean et sa chemise militaire, se peigna, puis descendit faire son café, griller ses tartines. Que s'était-il passé au juste ?

La fête Purple, l'un des rares dîners de la mode auquel nous étions invariablement conviés chaque saison, on nous recevait ce soir-là à l'hôtel Grand Amour. Les salles se succédaient, maritimes. De vieux aquariums de-ci, de-là, l'eau glauque mêlée d'or jouait de ses reflets, je coulais seule, me noyant lentement, chutant sur le sable, dans un bruit d'écho sans fin de couverts, de chaises, de pas et de paroles inaudibles. À table, en face de nous, Donovan accompagné d'Éliane, sa fiancée, si belle, elle souriait beaucoup, les yeux fixes grands ouverts, je me demandai, interloquée, si cette jeune fille aux cheveux trop rouges n'était pas en proie à un souci d'anorexie, elle affichait une timidité mesurée à notre égard. Don riait les bras croisés, habillé en gitan. Nous attendions nos plats.

« Je ne vais pas poireauter des heures si mal assis dans un courant d'air pour un hachis parmentier, alors que les autres sont tous dans la grande salle entre eux. »

Simon se leva.

« Où tu vas ? »

Il s'enfuit sans me répondre, heurtant les chaises au grand dam des invités, je le suivis.

« Simon, il est où ? »

Je courais, abrutie, dans le restaurant, les têtes se tournaient, sur la banquette des fous, des politiciens hors de contrôle, et partout sifflait un bruit terrible de fatuité.

« Simon ? Vous l'avez pas vu ? »

Il avait disparu, je le cherchai dans les toilettes, dans les étages, sur les banquettes.

« Simon, où es-tu ? »

Il n'était nulle part. Une fois que je fus revenue en vitesse à notre table, Éliane et Don n'étaient plus là, dans la grande salle, je vis les amis s'esclaffer de mon sort, certaines femmes prirent de faux airs apitoyés qui trahissaient leur allégresse. Elles disaient : « Ma pauvre, ma pauvre, il est où ? Il est fou, t'en va pas, reste avec nous ! Quel dommage, Eva, mais où est ton mari ? »

Ivre, j'avisai la porte, sur le trottoir, je tombai sur Paquita, tout était sombre, la gare de l'Est derrière mon dos comme une gargouille distillait une charge méphitique, j'entendais siffler le murmure des temps.

« C'est fini. »

J'eus si mal.

« Vas-y, parle !

— Simon a recommencé comme au début en pire, et je sais ce que ça veut dire, que c'est terminé, je ne tiendrai pas, il n'est plus le même, il va me tromper avec des filles.

— Mais non… »

Paquita, peinée, se passa la main dans les cheveux, tout était silencieux rue de la Fidélité. Devant le café Internet, des gens sur le trottoir, des spectateurs muets du drame.

« … Pourquoi ? il est con, quel dommage vraiment, il a tenu cinq ans sans se défoncer, vous étiez si bien… mais pourquoi il fait ça, quel gâchis !

— Il est jaloux de moi.

— Non ?

— Très jaloux, en réalité, une maladie… Si tu savais…

— Qu'est-ce que c'est idiot… Mais non… laisse-le faire son délire de son côté… Tu verras après…

— Eh taxi ! Salut, je m'en vais ! »

Cette fois, j'étais seule dans le taxi à téléphoner à Simon qui ne me répondait pas. Arrivée à Montmartre, je réessayai, il ne décrocha pas. La nuit à l'appeler frénétiquement avec la peur d'un danger. Mon fils non plus ne décrochait pas. Il était 4 heures du matin, l'appartement sentait le fer resté allumé pour repasser ma robe, je reçus un texto de Donovan : « On est au Serpent à Plume, Simon vient de partir. » J'attendais, au bout d'un long moment où je sentis pleinement la veulerie m'étreindre, j'entendis un bruit absurde de dégringolade dans l'escalier, je me précipitai. Étendu de tout son long, le pantalon taché de pisse, il beuglait à peine, je le traînai jusqu'au salon, il remuait sur le sol tel un ver de terre, s'offrant pleinement en spectacle. Je le filmai, à mon habitude, mais cette fois pour lui montrer son état, au cas où il ne se souviendrait plus de rien au petit déjeuner.

« Les femmes sont des salopes, elles m'en veulent toutes, des connes, qu'est-ce que tu fais ? Tu me filmes, filme-moi… tu veux monter un dossier. Vas-y, tout le monde m'en veut, je veux mourir, je ne suis l'ami de personne, j'ai envie de crever, la vie m'emmerde, les gens m'emmerdent, je suis un vieux pourri, je réponds plus à personne, aimez-vous les uns les autres, moi, c'est fini, laissez-moi pourrir, je m'en branle, le ciel, le diable, laissez-moi mourir comme une merde, je ne suis ni responsable de mes parents ni de vous, je veux mourir heureux et tranquille, vous pouvez me détester, me haïr, je suis fini et heureux d'être fini, vous pouvez me traîner en justice, je m'en branle, je veux rester tout seul, qu'on aille plus me faire chier.

— Pourquoi tu dis ça, qu'est-ce que tu as fait depuis des heures, t'étais où avec les gosses ? »

Il n'arrivait pas à se tourner sur le dos.

« Ah ah ! ah ah ! »

J'arrêtai de filmer avec le portable, m'assis démunie sur le canapé gris.

« Stop, redeviens normal Simon, je t'en supplie.

— Non, je suis fini.

— Simon.

— Il est fini, Simon. »

Il mit un doigt sur sa bouche, se redressa, gagna en titubant la chambre fleurie, enfumée. Je n'osais pas le rejoindre, notre couche me semblait impraticable, nos états ne convergeaient pas, j'aspirais à l'ataraxie, au passage j'attrapai Faust, et m'allongeai dans le canapé rose, le livre resta fermé entre mes mains. J'eus le sentiment de dégringoler, de sombrer, qu'un liquide noir s'évacuait dans la pièce, d'une drôle d'encre sous mon corps, j'y voyais la fin, retenue dans un cercle maléfique.

C'était l'hiver et la fin du jour, je revenais du tombeau sans sépulture, je marchais vite pour rentrer à la maison. Derrière les taillis et les arbres, des animaux à courtes pattes rôdaient, l'un d'eux furetait les yeux rouges phosphorescents comme allumés de l'intérieur, il me poursuivait haletant, je pris mes jambes à mon cou. Il commençait à pleuvoir, le bruit des gouttes sur les feuilles comme des tambours. Dans ma course effrénée, je n'entendais plus que mes pas et leur bruit de succion. Je franchis la porte, me déchaussai, mettant mes bottes en plastique près des siennes. La bouteille de vin rouge était déjà bien entamée sur la table, elle jouxtait un paquet de mes cigarettes. Je grelottais, je montai pour enfiler ma fourrure violette dans mon bureau, me donner un coup de brosse et de *lip gloss* et mes talons. Calmement, je descendis et me servis un grand verre de vin. Je pris place sur la liseuse et bus une gorgée, le goût se présenta différemment à mon palais, âpre, salé, je connaissais pourtant bien La Rose Gadis.

« J'ai préparé une tarte à la tomate, t'en veux ?

— Non.

— Tu t'es mis du rouge à lèvres, ah ! ah ! »

Il ne marchait pas droit, en allant à la cuisine, il cogna le buffet breton.

« Pourquoi tu bois tant quand la nuit tombe ? Ça m'angoisse, j'ai peur, Simon, tu le sais. »

Il se servit un autre verre dans la cuisine, une seconde bouteille était ouverte.

« Pourquoi tu tires la gueule, soit cool, chérie ! »

J'allai le voir près des fourneaux, ses yeux huileux, il ouvrit grand la bouche, sortant une langue épaisse et noire.

« Tu as pris un truc, dis-moi ?

— Non.

— Si, ça se voit et c'est très fort !

— Tu crois que je prends des drogues mais c'est faux, tu délires, c'est insupportable, tu me suspectes tout le temps, tu es folle, je bois juste un coup pour me détendre ! »

Il se dirigea vers la table à manger d'un pas incertain comme s'il piétinait un tapis mou en caoutchouc.

« Je te rejoins. »

Je grimpai à l'étage, dans la salle de bains, les boîtes argentées de chirurgien renfermant des médicaments étaient ouvertes, et dans le dressing mon renard blanc gisait à terre, dans notre chambre la télé grésillait sans son et les tables s'étaient déplacées.

« Qu'est-ce que tu fais, tu ne dînes pas ? !!! »

Ma tête tournait, la sensation d'engourdissement s'amplifiait, et celle de l'entrejambe humide dégoulinant. Quatre murs noirs, à l'exception du halo de lumière du téléphone sur mon corps.

« Simon ? »

Il ne répondait pas, j'appelai encore :

« SI-MON ? »

Quand je descendis, tout était si sombre. Simon regardait *Portier de nuit*. Il était trop tard pour appeler les amis.

Couchée dans le lit une place de mon bureau rose, impossible de m'endormir, je me branlai. Plus tard dans la nuit, la télé hurlait.

« Tu ne peux pas baisser le son, je voudrais dormir.

— J'ai le droit de mater un film ! »

Il buvait dans son lit du vin rouge.

« Qu'est-ce que tu as fait ?

— Rien, j'ai rien fait, j'ai bouffé ma tarte comme un con, tu es partie te coucher, je sais pas ce que tu as…

— Baisse putain, arrête de te bourrer la gueule.

— Personne au monde ne peut m'empêcher de boire, c'est rien, même pas une bouteille ! »

Avant de retourner dans mon bureau, il mit un documentaire sur la fin de la guerre en Allemagne, augmentant déraisonnablement le son.

Les fenêtres du cabinet du médecin sont fermées par de lourds rideaux bleu nuit qui m'oppressent, ils me rappellent d'autres cabinets, la DASS, les centres pour enfants maltraités, les dizaines de psychiatres inutiles, les médicaments qu'on vous force à ingurgiter, la misère qu'on vous fout sur le dos, l'injustice qu'on se traîne toute la vie. Les grandes douleurs lointaines, parce que j'avais appris avec le temps à les tenir à distance, m'envahissent de nouveau, prenant cette fois une teinte inédite, insurmontable.

« Vous n'avez pas l'air bien ? »

Mon médecin est assis derrière une vitre comme Nastassja Kinski dans *Paris, Texas.*

« Non… Mon mari boit en cachette de la vodka, il va pas bien… et je suis seule avec lui à la campagne, je souhaite avoir la même chose que d'habitude et aussi des somnifères. »

« L'alcool, ce n'est pas de l'eau de rose… vous buvez ?

— Un peu, beaucoup moins que lui… »

Je tirais sur les manches de mon pull. Le docteur me jaugeait bizarrement.

« … Je perds l'équilibre, j'ai les idées vagues, je m'interroge : et si on m'avait mis des produits dans mon verre sans que je le sache ? »

Le docteur se recula dans son fauteuil.

« Ah bon, c'est sérieux ?

— On peut faire des analyses ?

— Oui, dans un laboratoire, le lendemain.

— Le lendemain ?

— Ça ne reste pas longtemps dans le sang.

— Ça s'évapore quoi ?

— Voilà. »

Il me remit mon ordonnance, et moi son chèque.

« Au revoir, docteur. »

C'était un dîner au Récamier avec Francis et Vincent pour me remonter le moral. Mon soufflé au fromage tremblait, mes mains aussi. Depuis des mois, l'alcool, mêlé à la panique, m'avait amochée, j'étais bouffie. Au fond de l'impasse, les lumières brillaient, me heurtaient, éclairant ma solitude ; pourtant, ce quartier gardait le charme fou d'autrefois. Francis et Vincent, assis côte à côte, étaient bien soignés, de beaux costumes, le vent de la nuit me donnait la chair de poule. Vincent tâta ma robe du bout des doigts.

« C'est joli c'est quoi ?

— C'est Chloé.

— Ben dis donc !

— Alors ? »

Francis avança le menton, il me sondait derrière ses lunettes, posé, interrogatif. Il y eut un silence incommode. Curieusement, devoir m'exprimer sur le comportement, les propos obscènes de Simon me mettait mal à l'aise, m'amoindrissait.

« Pourquoi il ne va pas voir ses anciennes fréquentations d'extrême droite, s'il veut affirmer ses opinions… pourquoi il me parle de ça uniquement à moi, c'est bizarre… ? C'est d'un niveau… et j'ai peur… Parfois, il se calme, il lit… il médite. »

Francis prit une grande respiration.

« Tu sais bien qu'il est un peu spécial, tu le savais, les trucs limites… il est là-dedans maintenant, qu'est-ce que tu veux… »

Francis soulevait sa veste sur ses épaules, la remettant en place.

« La dernière fois que j'ai croisé ton mari sur le boulevard Saint-Germain, il n'avait pas l'air bien, il pouvait à peine parler, dis-moi, tu lui fais la cuisine midi et soir ?

— Oui.

— T'es bête chérie, t'occupes plus de lui, tu fais plus rien, il va se sentir con quand il sera tout seul à délirer et à devoir se faire la bouffe et à soliloquer, au bout d'un moment avec ses conneries, il finira par se lasser, sans personne… »

Vincent avalait des frites brûlantes, les attrapant du bout des doigts.

« La nuit, il déboule à l'improviste dans la chambre, maquillé, habillé d'une combinaison sale de vieille femme et… je ne sais pas, il vire homo… »

Francis sourit, ironique.

« Non, chérie, non, tu plaisantes non, non, ça il est pas homo. Non, nous, on l'est, homo, je peux te dire, on connaît, on saurait, tu penses s'il était homo, non… ça non !

— Non, il n'est pas homo, on sait entre nous », a dit Vincent.

Francis posa les deux mains à plat sur la nappe.

« Un conseil, barre-toi, s'il te fait ça…

— On est mariés. »

Francis haussa les sourcils.

« Tu ne peux rien faire chérie, ne cherche pas à le sauver, tu perds ton temps… je t'assure… je pensais pas tu vois, vous aviez l'air fait l'un pour l'autre… c'est dommage… »

Vincent me soupesait, il continuait à déguster ses frites, je tendis la main.

« Non, je ne t'en donne pas, commandes-en si tu en veux, c'est mes frites. »

Francis était désespéré et sincère.

« … il finira seul de toute façon…

— Francis a raison… Il paraît que tu lui parles comme à un chien… »

Je ne savais plus quoi dire, Vincent grelottait, il était mon ami. Le lendemain, paniquée, j'appelai Eren et Ludovic, les copains de Simon, pour leur faire part de la situation, ils en riaient plus au moins, puis mon avocate, elle me conseilla de porter plainte, mais je ne l'ai pas fait, c'était stupide.

## Virus

J'avais prévu une opération de chirurgie plastique, hors de question de la décaler, l'épidémie de la Covid se précisait, l'annonce du confinement eut lieu vingt-quatre heures après ma sortie de clinique. Je proposai que les enfants nous rejoignent à la campagne, j'espérais qu'être totalement cloîtrés nous obligerait à nous concentrer sur nos livres chacun dans son bureau, eux dans les dépendances, et le soir les dîners en famille, suivis de lectures ou de soirées cinéma, nous égayeraient, ça t'allait parfaitement. J'escomptais que la cohabitation avec mon fils qui avait tant insisté, comme Éliane, pour être à Longpont tempérerait ta barbarie pseudo-anarchiste sur le retour, tes violences. Je réussis à obtenir de l'argent pour l'écriture de nos scripts, une aubaine, sans quoi nous n'aurions rien eu à bouffer, pas de courses au Carrefour Market. Donovan et moi nous amusions à faire des selfies dans le jardin sous l'auvent.

« C'est dingue, maman, on dirait qu'on a le même âge.

— C'est ouf.

— Éliane ?

— Oui ?

— Tu peux m'enlever les fils, les couper avec les petits ciseaux, ici il y a plus de lumière. »

Éliane et Don étaient autour de mon corps, j'avais mon front posé contre la vitre, et Simon assis sur sa chaise me dit :

« Ça te rajeunit vraiment, c'est mieux que l'autre, ça te va bien, t'es contente ?

— On verra… »

Depuis une soirée de gala à l'opéra, j'avais remarqué qu'Éliane comptabilisait, jalousait les gracieuses attentions de Simon et celles de Donovan à mon égard, me dévisageait quand je m'habillais joliment et tirait carrément la tronche lorsque je pratiquais mon sport sur le tapis du salon, montrant mon corps sexy. La joie de mon fils l'emportait, il passait la plus grande partie de son temps dans les dépendances à composer ou bien un casque sur les oreilles, sans doute pour ne pas nous écouter nous disputer. Lorsqu'ils étaient dans la salle à manger et nous dans le bureau à tenter de travailler sur *Extase*, Donovan se marrait, les rires plus étouffés de sa fiancée indisposaient drôlement Simon.

Parfois, pour me distraire de mes occupations, je me rendais dans leur atelier, à peine avais-je le droit d'y mettre un pied. Éliane s'amusait en prenant un accent hindou.

« Tu as dit, hein, que tu écrirais un script pour nous, hein ? »

Donovan rêveur souriait.

« Oui, je vais le faire… et pour *Extase*… Tu sais bien que c'est toi, Don, qui joueras le coureur automobiliste, t'as déjà la combinaison, que je t'ai offerte.

— Et le court-métrage ?

— Je vais réfléchir, Don.

— Oh oui, le court-métrage, j'ai envie de jouer, fais-le, oh sii !!! Le court-métrage, fais-le !

— Bon maintenant, va-t'en, maman, on veut être tranquilles tous les deux, allez va-t'en, s'il te plaît. »

Le ciel était souvent bleu pâle, les nuages de Longpont et l'éternité devant soi ; être enfermée sans pouvoir sortir, ni s'échapper à plus d'un kilomètre. Le chirurgien m'avait prescrit du Dafalgan codéiné pour les douleurs. Le médicament créait un sas ouateux, confortable, et je m'étais imaginé, en idiote, que cette prescription me protégerait des intrusions de Simon – aucune drogue ne protège des agressions. La nuit dans notre chambre, la démence se mêlait au désir de toute-puissance, à la complaisance, je ne souhaitais plus entendre sa voix me parler de la rentrée littéraire, c'était comme de discuter du festival de Cannes toute l'année. Simon monta le son de la télévision à fond nous obligeant à nous exprimer encore plus fort que de coutume.

« Pourquoi tu m'as parlé d'Éric…

— Arrête…

— Au déjeuner.

— Je l'ai évoqué…

— Je suis meilleur écrivain que lui…

— Je n'ai pas dit le contraire, j'ai juste prononcé son nom.

— Pour me faire chier, t'es rien Eva, tu veux nous faire croire que tu es une artiste mais tu n'es pas une artiste, il n'y a pas de femme artiste… Je te suis supérieur, tellement supérieur, tu n'as rien à dire !!!

— Pourquoi tu hurles ? Pourquoi ? Pour qu'ils t'entendent ?

— T'es une bonniche, c'est ce que tu es ! Toi, t'es une veille bonniche.

— Je vais dormir en bas ! »

En descendant, je vis Éliane qui se tenait assise dans l'antre rouge, juste derrière la porte, habillée de mon short son ordinateur sur les genoux, à nous écouter, excitée, les yeux hallucinés comme tous les soirs, qu'on baise, qu'on s'engueule, qu'on parle de nos projets ou de problèmes, tandis que Donovan enfermé dans sa chambre aux globes d'or, son casque sur les oreilles, matait des séries documentaires sur les serial killers.

« Qu'est-ce que tu as à rester derrière notre porte tout le temps, tu ne dors jamais, tu es défoncée ?

— Non, c'est horrible, je suis insomniaque depuis petite.

— Ne te fous pas de ma gueule.

Soudain des pleurs, ses larmes étaient si fausses, pourquoi pleurait-elle ? J'avais envie de la frapper.

« Va te coucher, reste pas derrière notre porte, tu ne peux pas aller ailleurs ? »

Soudain, elle se mit à genoux, suppliante, Simon sortit.

« Elle ne va pas bien, regarde Simon.

— Va te coucher », dit Simon.

L'air pimbêche, furax, elle courut se cacher dans la chambre de Donovan, faisant tressauter la Vierge à l'Enfant quand elle claqua la porte.

Je la trouvais régulièrement le matin dans la salle à manger à dessiner dans un cahier, après elle retournait à l'étage sur le fauteuil à fleurs bleues, elle avait sa téléconférence pour son stage de management et marketing du luxe. À nouveau j'avais l'impression qu'elle m'épiait, s'asseyant dans l'ombre sur un tabouret derrière ma porte mal fermée.

« Qu'est-ce que tu veux ?

— Je me repose, j'ai mal aux yeux.

— Tu m'étonnes… ne reste pas là, descends plutôt en bas…

— Éliane, Éliane, t'as fini ? » criait Donovan.

Elle ne bougea pas.

« Qu'est-ce que tu fais, Éliane, tu ne le rejoins pas ?

— Non, j'ai besoin du sèche-cheveux. »

Elle forçait ma porte pour entrer dans mon territoire.

« Qu'est-ce que tu fais ?

— Ben, prendre le sèche-cheveux.

— Bon OK, mais après tu t'en vas.

— Ouais, c'est chou. »

Nous étions à table, Simon buvait verre sur verre, les yeux huileux.

« Arrête de boire.
— Je picole si je veux.
— T'es pas un homme.
— Bonniche !
— Regardez-le comme il tremble, m'agresser devant vous ça lui plaît, regarde le… »

Donovan se leva, son assiette à la main.

« Arrêtez de vous crier dessus, putain c'est pénible, nous on se casse, on n'en peut plus. »

Il se retira au premier, suivi d'Éliane avec son bol de bouillon minceur, avant de disparaître, elle me dit :

« Alors, c'est une bonne idée de le filmer, tu as raison. »

Simon gagna le lit de ses parents dans la chambre du bas, une bouteille de vin sous le bras. Éliane s'était nichée dans le fauteuil crapaud de l'entrée.

« Je le filme.
— Vas-y !
— Tu feras le montage avec moi ?
— Si tu veux. »

Je m'introduisis dans la pièce, le filmant avec mon portable. Il se redressa dans le lit et ouvrit un bouquin, il était question de l'égérie de Céline, une danseuse qui l'avait inspiré pour *Voyage au bout de la nuit*, puis trompé.

« Il pensait encore à Elizabeth Craig, écrivain à Milton… oui… ah à tout hasard mais les USA c'est la mer, peut-être vous arrivera-t-il de toucher quelqu'un qui pourrait savoir ce qu'est devenue Elizabeth Craig, dernière adresse connue de moi 1935 23 Hyland Avenue, Los Angeles. Elle doit avoir quarante-quatre ans, si elle est encore de ce monde, elle vivait dans un nuage d'alcool, de tabac, de police et de bas gangstérisme avec un nommé Bentley... sans doute bien connu des services spéciaux...

— Les femmes sont de la merde, c'est ce que tu me dis en hurlant depuis des jours, vas-y, pourquoi ? Parle ! »

Je le filmai encore.

« Non, il y a de rares femmes qui sont sorcières ou fées...

— De la merde, c'est ce que tu dis ?

— Sorcière ou bonniche, tu prends l'habitude, de te tenir comme une bonniche, t'es une bonniche.

— L'art, c'est de la merde et les femmes sont de la merde ? »

Des bouteilles de vin par terre dans les W.-C. entourés d'urine, je voyais mon reflet dans l'armoire à glace avec dans l'angle un chapeau chinois, Simon transpirait.

« ... Elizabeth Craig, elle, était plus intelligente que toi, toi tu es une conne, tu es juste rien, tu es poussiéreuse, t'es un vieux truc sale des années 70, sorti de je ne sais où et qui revient pour nous faire croire que l'art ça existe encore mais ça n'existe pas, il n'y a pas d'art surtout venant de toi... l'art c'est quelque chose de gracieux... allez on va se coucher !... »

Dans l'entrée, Éliane avait disparu, à sa place il restait une paire de collants, et un mégot de cigarette dans le cendrier. Dans l'escalier, je croisai

Donovan qui n'osait pas croiser mon regard, tout fuyait, et des mois encore à cohabiter.

Une autorisation de sortie dans la poche, je m'acheminais vers les pins, m'imaginant retrouver les steppes, le ciel d'un bleu étale, le chemin des fougères, le grand arbre au carrefour du pendu, je m'assis en dessous, espérant que le mal s'arrête. J'envisageais depuis longtemps de rejoindre Paris afin que le chirurgien retire convenablement mes derniers fils du lifting. Simon ne désirait pas bouger, le confinement était selon lui « une des plus belles périodes de sa vie », sur son Instagram s'affichait un nouveau post « Les beaux cahiers de ma presque fille » avec des dessins et des photos d'Éliane. J'attendais que Charles me rappelle, nous nous parlions régulièrement, je me confiais sur ma peur grandissante, il allait arriver quelque chose de très mauvais, je ne me sentais plus en sécurité.

Le téléphone vibra, j'eus l'impression de voir une membrane humaine : *Charles.*

« Alors ? »

Sa voix lointaine et toujours la même.

« Il continue… je ne sais pas quoi faire, j'ai peur, Charles, pourquoi il me fait ça, dans quel but ?… C'est délirant… Je suis avec les enfants et on ne peut pas bouger.

— À qui tu parles ? »

Je raccrochai.

« À Charles, c'est ça, hein ? »

Tel un diable Simon était apparu sur le chemin en lunettes noires, sa canne à la main.

« Je voudrais aller à Paris consulter le chirurgien, ça va s'enflammer.

— Qui t'en empêche ? Tu n'as qu'à prendre le TER.

— Très bien. »

Il entama sa promenade, celle qu'il exécutait chaque jour.

« Attends-moi. »

Je le suivis comme au début lorsque nous rigolions en camarades. Soudain, l'espace me parut étriqué, réduit, j'étouffais me sentant misérable.

« Je ne te supporte plus, Simon.

— Et pourquoi tu me hais tant, hein ?

— Je ne te hais pas. »

Je fis volte-face, courant, les jambes à mon cou, lorsque je me retournai, il avait disparu.

À Paris, mes fils retirés, je me sentais mieux, rue Auguste-Comte, les tapis en faux gazon de notre mariage étaient encore là. Toto arriva chez Divine, Simon titubait, soudain Éliane surgit du sous-sol en minijupe, comment était-elle arrivée jusqu'ici ? Plus elle regardait Simon droit dans les yeux, plus Simon trébuchait, pris d'un vertige indicible. Ils firent une reptation de concert sous le lustre éteint de l'entrée, pour rencontrer Toto, Divine me narguait avec prestige, de cet air de liberté que se donnent certaines entremetteuses.

« Qu'est-ce qu'elle fait là ?

— Je ne sais pas, ils font ce qu'ils veulent, elle est passée, c'est tout. »

J'allai à mon tour sous la couronne, Éliane me lança un regard défiant.

« Pourquoi tu nous suis ?

— Ben, je prends un taxi, hein ? »

Elle s'adressait à Simon, m'évitant.

« Je ramène les affaires de Donovan de mon côté, c'est mieux…

— Les affaires de Donovan ?

— Ben voui obligé, hein, il m'a demandé. »

Elle se barra, Simon s'allongea dans la chambre de Divine, pour reprendre ses esprits, je me promenais dans le jardin, c'était un vieux jardin secret, un jour il n'existerait plus. Quelques heures s'écoulèrent, Divine peignait une assiette, un chat avec des seins de femme sous l'éclairage d'une lampe. À nouveau dans la Twingo à traverser Paris, il ne disait rien, l'œil écarquillé, concentré sur la route. Lorsque nous faisions des virées au Carrefour Market, et que nous revenions avec une dizaine de sacs, Don m'aidait à ranger, il était gai et chantonnait, tous les jours il s'amusait à se déguiser, avant le dîner ils partaient avec Éliane faire de la corde à sauter sur le parking à la sortie du village, et certains soirs ils veillaient si tard dans les dépendances.

Soudain, l'été au Portugal. Les petites maisons de pêcheurs côte à côte dans le jardin aux plantes naïves rapportées d'îles lointaines, les enfants enfermés dans leur cabane et nous dans la nôtre, nos journées s'écoulaient comme à Longpont, nous ne nous quittions plus, si ce n'est pour nous baigner ensemble toi et moi, Don et Éliane détestaient la mer et le soleil, préférant l'ombre et la réclusion de leurs corps dans la chambre, parfois en sauvages, nous allions, Don en pyjama et moi en maillot de bain noir, voler des figues aux paysans dans les petits terrains agricoles cachés au milieu des rizières, nous adorions nous nourrir de fruits. Le four ne marchait pas et j'en avais acheté un qui avait voyagé avec nous depuis Paris, les restaurants étaient pour les jours de sortie, je cuisinais midi et soir, pour la famille. Au moment du dîner, tu prenais un grand plaisir à m'insulter devant les enfants, haïssant mon livre, devinant qu'il aurait du succès, ne supportant pas de me savoir épanouie. Une nuit à table, tu crias : « Je veux me promener avec Éliane, ta mère est folle, Don, allez viens, on y va, Éliane. » Elle te suivit, Donovan éberlué riait jaune, je te pris les clefs de la bagnole. Une autre fois, tu emmenas Éliane, qui clamait pourtant sa phobie de la mer, sur le banc de sable qu'elle détestait. Don et moi fûmes surpris de votre longue promenade, par la suite Éliane ne cessa de me photographier, d'emprunter mes fringues, de m'imiter. Je venais dans cette maison depuis des années. Mon refuge estival et celui de Don. Un jour, on devait bivouaquer avec des copains habitant dans le coin et un riche Anglais détenant des boîtes de nuit à Londres, le type flashait vaguement sur moi, tu me fis une telle crise de jalousie que Don dut intervenir, te vanner. Il était scié de comprendre que tu ne supportais pas qu'un homme m'approche, me porte de l'intérêt. Éliane ne parlait que rarement, comme avalée par de vieilles amnésies, la retenant dans ses songes fragiles, attirant tes sourires tremblants. Je nous revoyais, ces séquences me plongeaient souvent dans une stupeur où seuls les cris et les gros mots m'éloignaient de toi, ainsi nous nous disputions – « folle, ta mère est folle ». La vie se compliquait. Tes yeux huileux, te laissant admirer par les grands enfants dans la nuit noire. Dans notre cabane de pêcheur, impossible de dormir près de toi, tu vociférais, éructant comme un porc, tu grognais, tombais, allant jusqu'à simuler l'évanouissement. J'allais me coucher dans l'autre lit, près de ma table de travail, contemplant des heures durant le jardin derrière la fenêtre.

Après le Portugal, on est partis pour l'Espagne, toi, moi et ton vieux copain Ludovic, en résidence, tu étais totalement bourré et hurlais, turgescent et hargneux : « Ce n'est pas moi le pédophile, c'est Charles qui t'a niquée gamine, c'est lui, le pédophile, pé-do-phile. » On s'est engueulés, tu continuais à m'insulter, les résidents nous ont séparés. Fréquemment, tu t'en allais téléphoner à la piscine, le seul endroit où ça captait. Alors que je lisais sur un transat après ma séance de travail du matin, Éliane t'appela en plein cagnard.

« … ça va aller t'inquiète, fais ce que je te dis repose toi… n'appelle pas tes parents… oui ah Eva est là, Éliane… il faut que je te quitte, oui… elle a tout entendu, ouais il est préférable que tu en parles à Donovan, oui sinon Eva va lui répéter, tu la connais… il va t'en vouloir… c'est sûr. »

J'assistai à la scène sans rien dire, elle me parut banale, et lui, si con, tout rouge.

Dans une des chambres, nous étions assis par terre le cahier d'*Extase* ouvert sur nos genoux, tu n'écoutais plus.

« Qu'est-ce qu'il y a Simon, qu'est-ce qu'il y a avec cette Éliane, pourquoi elle t'appelle, hein ? »

Il faiblit, je lus sur son visage la honte le submerger.

« Rien, elle m'appelle pour un conseil.

— Vous êtes partis ensemble à Paris après le Portugal ?

— Elle m'a demandé de la raccompagner chez elle avec ses valises, et alors ? »

Ne pouvant plus tenir dans la chambre, tu t'enfuis boire une binouze avec Ludovic.

Les après-midi, on allait se baigner dans une crique, c'était notre endroit magique, tu snorkelais longtemps et me retrouvais après avoir vu les poissons avec le beau masque que t'avait offert Ludovic. Dans le bleu du soir, on était assis sur le sable devant la Méditerranée et ses petites lumières dessinant des villages. J'ai dit :

« Je ne sais pas, Simon, je crois que je vais partir… »

Et j'entendis si doucement dans un murmure désemparé :

« Elle va me quitter, elle va s'en aller, ça y est. »

Je retins mon souffle, en rentrant tu bus énormément, et tu insistas pour suivre Ludovic à une *pool party* avec les résidentes. Vous plongiez sous le ciel étoilé dans la piscine et les autres me disaient :

*« Hey Eva, why don't you smile? Go and swim with us. »*

Dans le salon, sans plus aucun filtre, tu te laissais tomber par terre dans le couloir comme au théâtre, je t'envoyais la carafe d'eau dans la gueule.

« Réveille-toi, Simon !

— Salope, c'est toi la salope, t'es qu'une salope ! »

*À Paris, Anne m'appela, elle me dit :*

*« Eva ne quitte pas Simon, il va mal, il a besoin de toi, il est triste, il n'y arrive pas dans son écriture, c'est difficile l'inspiration, tu le sais, mais il t'aime si fort.*

*— Il est venu vous le dire ?*

*— Oui. »*

# Dépendances

## La mort

*Décembre 2020*

Simon assis sur sa chaise devant son petit carré de travail face à son ordinateur, dans son beau et grand salon encombré de livres, retranchait son visage à l'intérieur de la capuche bleu marine de son sweat sale ; deux yeux jaloux, tranchants, aiguisés d'un plaisir inconscient et scélérat me scrutaient méchamment, ses pupilles entièrement noires, rongeaient l'iris affolé de pulsations synthétiques. Il fumait, le corps penché sur sa table, une cigarette mentholée, ses doigts étaient lézardés de gerçures, il riait d'un rire outré, satanique. La décrépitude du lieu, enfumé par une cheminée asthmatique et sous un éclairage composé de halos atones, accentuait l'aspect brutal de son personnage volontairement crapuleux. Je ressentais se mouvoir dans son âme non pas le repentir, mais le plaisir de gagner une partie, un sentiment l'animait plus qu'un autre : le vol, et que voulait-il usurper ?

Abasourdie, tremblante dans un de nos fauteuils de velours cramoisi, je n'arrivais pas réellement à déceler où Simon souhaitait en venir et cela m'intriguait. Quelque chose de nocif s'infiltrait à l'intérieur de ma chair, me figeant, me soumettant à l'effroi, à la paralysie, à la stupéfaction passive ; pour Simon, j'étais à n'en pas douter sa propriété. Des larmes encore. Derrière mon humeur vitrifiée, un pressentiment étrange me berçait, me soufflant que je pourrais, incubée par cet homme au caractère devenu volontairement inique, accoucher comme Mia Farrow dans *Rosemary's Baby* d'un grand malheur. Avec ce malaise profond, des blessures anciennes et d'autres offenses remontaient à la surface, derrière cette emprise dont je ne pouvais me détacher, l'amour existait, même s'il s'était retiré. En regardant dans la cheminée les flammes rougir, le bois couché sur le velouté de la cendre mauve, je repensais à mon chat Bibi, à son pelage gris, il devait chasser toutes griffes dehors dans les fourrés alentour. Un poids terrible m'écrasait la poitrine tandis que Simon me narguait davantage, s'offrant en spectacle, léchant la cigarette pour la tremper dans la coco, se drapant dans ses idées aussi sombres qu'inexpugnables. Je me taisais, lassée, mesurant la mélancolie, la pièce se penchait, elle se réduisait à une geôle, minuit était passé. Simon me semblait rétrécir, expirant dans ma direction la mentholée à la coco, me laissant en rade. Sur ce quai imaginaire où je marchais, pensant un jour rejoindre la vie, se mêlaient toutes nos brumes d'hiver et nos vapeurs d'alcool, et me revint en mémoire, comme l'éclair en plein champ illumine le blé, une autre soirée, d'une autre fois, sur laquelle mon esprit s'arrêta non par plaisir obsessionnel, mais pour saisir l'enjeu de notre liaison. Cette soirée se mêlait à celle de l'année d'avant, le rituel de la hache. C'était dans cette même pièce, ces scènes se superposaient. La lueur de la lampe de la cuisine m'extirpa de ma grande hébétude, je compris que ses actes étaient prémédités, précisément depuis cette nuit de la hache, où il se jura de s'adonner à la toute-puissance du mal. Une volonté de mort était à l'œuvre, la disparition de notre union. J'étais si fatiguée.

« Eva, tu fais encore la gueule devant la cheminée, tu penses à quoi, moi j'en peux plus, on ne peut jamais s'amuser avec toi, tu veux encore me culpabiliser, même ton fils dit que t'es une emmerdeuse…

— Ah bon ? »

D'un geste ostentatoire, il rabaissa sa capuche de rappeur, puis il se redressa, chancelant, n'arrivant pas à rallumer la mentholée. Le diamant couinait inlassablement sur le vinyle offert au Noël précédent par Donovan lui semblait hors d'atteinte. Simon, vacillant, s'étala lourdement sous la table.

« Tu ne veux pas te relever, s'il te plaît, j'en ai marre ?

— Nan, je veux rester comme ça !… »

Sa voix de tête, criarde et plaintive tout à la fois, sortait avec force bien qu'elle me fit l'effet d'être strangulée par une main invisible.

« Laisse-moi tranquille, je veux mourir, il n'y a que la mort… la destruction et la mort, quoi d'autre !

— Arrête de me parler de la mort, j'en ai marre, j'appelle…

— Appelle qui tu veux ! »

Au fur et à mesure que je m'approchais, la lumière glauque de la cuisine projetait mon ombre décuplée sur son corps étalé au sol, sa nuque jouxtant le petit landau noir, l'ancien jouet d'enfant dans lequel gisait un bonnet en crochet à côté de ma tête de mort achetée à Montmartre chez un brocanteur. Il caressait d'une main molle la pile d'assiettes brisées remisée sous la table.

« Lève-toi, viens te coucher ! »

Il ne répondait plus, alors j'enjambai son corps malodorant pour remettre le disque de Chuck Berry, *Roll Over Beethoven.*

J'ai foutu un coup de pompe dans ses bottes allemandes.

« Bouge-toi ! »

Son corps lourd et ses grands pieds, il choisissait des bottes deux tailles au-dessus de la sienne parce que ça lui donnait de la prestance et lui affinait le tour de cuisse. Je le laissai, la raie du cul sortant du jean. Je pris un ciré, mis des caoutchoucs, allumai mon téléphone en mode torche. Je sortis en courant du village. Dans la nuit, mon haleine formait de la buée, fantomatique mais rassurante par sa chaleur. Dans le chemin menant aux pins, celui qu'il appelait « la promenade du bois de Boulogne », je dis :

« Je veux qu'il crève, j'en ai marre, pourquoi il me fait ça, pourquoi ?! »

Je balançai mon corps sur le talus de branches recouvertes de givre, blanches, miroitantes, parsemées d'éclats de diamants. Reine des neiges, je dormais là quand j'en pouvais plus. Combien de fois suis-je partie en pleine nuit, parfois jusqu'au cœur même de cette forêt de Retz. Au début, avant, impossible de se séparer plus de dix minutes, il filait à ma recherche. Je sombrai dans un sommeil comateux qui est celui de l'engourdissement. Je finis par relever mon corps, brinquebalante, j'apostrophai les arbres et le grand charme, car je parlais la nuit à la nature comme une jeune fille perdue, toujours la même. Entre les taillis mauves, des mares d'argent reflétaient le ciel gorgé de nuages laiteux et, par-delà le pâturage, l'âne qui brayait et ma chouette qui hululait. Je retournai au salon, il devait être 4 heures du matin, l'heure la plus sombre. Il gisait informe dans un fauteuil entouré de bouteilles, de verres de vin renversés. Le tapis du Ritz, encore une fois taché. Avec une éponge et un peu de liquide vaisselle, je frottai, la mousse apparut, je la rinçai à l'eau claire. Exténuée, je montai me coucher dans notre chambre, j'avalai une barrette entière de Lexomil, fumai une cibiche puis une autre, machinalement. Soudain, j'entendis des pas lourds grimper les marches.

Il s'accota au chambranle tout en donnant un coup de pied à la porte déjà fendue de part et d'autre.

« Tu dors, hein ?

— J'ai sommeil.

— JE SUPPORTE PAS LA CLOPE DANS LA CHAMBRE !

— Je ne fume plus.

— Tu m'emmerdes avec l'alcool mais toi tu fumes au lit et c'est grave pour moi la cigarette, c'est plus grave que tout, j'ai des stents mais tu t'en branles ! »

Il posa d'un geste ataxique le magnum de Rose G. sur le sol maculé de vinasse, s'assit lourdement sur le lit, se débotta, retira son jean, puis s'étendit de tout son long. Il me tourna le dos, tirant la couverture à lui, me dénudant.

Ma tête tanguait sauvagement, la pièce se cambra comme possédée.

« Qu'est-ce qu'il y a Simon…, réponds, je ne me sens pas bien, tu as mis quelque chose dans le vin ?

— Tu es folle… mais, Eva, il n'y a que la mort… il n'y a rien d'autre…

— Pourquoi tu me répètes ça tout le temps, pourquoi ? Réponds… Réponds-moi !

— … Il n'y a que la destruction et… il y a toi et il y a moi…, je me sens possédé… »

Je pleurais, puis le secouai de toutes mes forces.

« Me touche pas…

— Arrête, Simon, arrête… je t'en supplie ! »

Il se retourna me menaçant de me taper du plat de la main, le visage grimaçant.

« Ne me frappe pas… ou je te défonce la gueule, et je n'ai pas le droit parce que tu es capable de porter plainte contre moi. »

Il se rallongea, le corps raidi, les paupières closes.

« … Je suis fini, Eva, je suis vieux, mes parents sont vieux, je suis mort littérairement, bientôt je n'aurai plus les contrats que j'ai encore, c'est fini… plus rien que la mort et rien d'autre…

— Je peux pas dormir ici.

— Fais ce que tu veux… je ne suis pas ta mère ! »

Son ton suffisant, dans lequel il se repaissait pour mieux me pousser à bout, sonnait faux, il appuyait sur les touches où ça faisait mal, j'eus peur malgré tout de le perdre complètement et je m'en allai en courant dans ma chambre bureau, emportant avec moi les bouteilles de vin dans l'intention cette fois de les faire analyser en revenant à Paris.

Le matin fut soumis à une lumière vengeresse, cruelle, blafarde, le jour perça les rideaux poreux assortis aux papiers peints, il flottait dans mon bureau un nuage de poussière anormal, comme si une explosion de soufre avait pulvérisé le rose et le bleu tendre des jours heureux et bénis, depuis le retour de Los Angeles, aucune accalmie – je ne pensais pas pouvoir souffrir à ce point à cause d'un homme. À nouveau, mon corps plein de larmes s'évidait en sanglots, une déferlante m'assaillit sans que je puisse comprendre réellement de quoi elle était faite, un mystère plus grand l'étouffait, un mystère opaque. Quelle était cette énigme ? Je me sentais prise au piège. Pourquoi ne me parlait-il pas ouvertement ?

J'ouvris la fenêtre pour respirer un grand coup, un vent froid projeta de fines gouttelettes de pluie sur mon visage. Près de la petite école de la place du village, des corbeaux s'envolaient de la gauche du cimetière, signe funeste.

J'allai dans la salle de bains, j'avalai un tranquillisant, me remaquillai, mis des souliers noirs assortis à ma robe, ma langue avait la couleur du ciment.

Tremblante, je rejoignis Simon dans la cuisine sale, glauque. Le café montait, son pain grillait. Je pris ma tasse et ma soucoupe, son regard méchant du matin, pressé de me faire endêver par tous les moyens. Simon s'était fagoté d'une vieille robe de chambre tartan que sa maman lui avait offerte et qui m'indisposait car elle le vieillissait, et qu'il avait remisée au placard à ma demande ; après sept ans, voilà qu'il la ressortait, ruinée aux champignons à cause de l'humidité de cette maison, avec ses cheveux en pétard, on aurait dit un garçonnet malfaisant.

Simon tenait d'une main son assiette de pain grillé, de l'autre la cafetière, je le suivis jusqu'à la table. Avec l'épuisement, mes nerfs lâchaient, il me servit mon café.

« Qu'est-ce qu'il y a, pourquoi tu me regardes comme ça, hein, Eva ? »

Je pensais qu'avec la voix de tata stridente qu'il s'appliquait à prendre, je ne m'en sortirais pas vivante.

« Tu me cherches, Eva, tous les jours, tu me cherches ?

— Je n'ai rien dit.

— Peut-être mais tu me cherches.

— Tu sais pourquoi, c'est juste à cause de cette histoire de scénario entre nous ! Même un petit texte moderne pour moi que je pourrais jouer, que tu écrirais seul, tu ne l'as jamais fait… alors ?

— Non, Eva, tu me pousses à bout, tu me hais, tu me traites de cloporte.

— Je ne t'ai jamais insulté à propos de ton travail, jamais ! »

Il sirotait son café, lisait le *Journal inutile* de Paul Morand, pour la troisième fois.

« Pourquoi tu me mens ? Ça fait longtemps, pourquoi ? Est-ce que tu trouves qu'entre un homme et une femme, c'est équitable ?

— Tu es folle, Eva, c'est ça ton problème, tu vas mal… »

Il rit comme un dément.

« Pourquoi tu cherches à m'égarer, Simon, je suis ta femme. »

Son rire, un jet venimeux, me sauta au visage.

« Tu me hais !

— Je t'aime, Simon.

— Là oui, tu me dis ça et dans une minute ça va recommencer, comme chaque jour… tu vas m'insulter, je te connais.

— Arrête !

— Ton fils dit que tu exagères… il n'en peut plus… lui non plus…

— Pourquoi tu parles de mon fils ? »

Il tartina amoureusement son pain grillé avec son beurre, but son café, referma bien son peignoir en croisant les jambes.

« Pouah… tu t'es servie de mon couteau à beurre ?

— Non ! »

Il renifla son couteau, ses yeux jaillissaient de sa tête.

« Il sent le camembert, je t'ai déjà dit de ne pas te servir du couteau à beurre.

— Pourquoi tu me parles de Donovan ? »

Mon corps se tendait vers lui.

« Si, le couteau sent aussi une odeur de saucisson, tu as mangé du saucisson cette nuit… ?! »

Il partit en cuisine changer son beurre et son couteau, il ne fallait jamais toucher à son beurre.

« Qu'est-ce qu'on fait pour Noël, Simon ? »

Au bout d'un moment, il réapparut avec un nouveau couteau sur sa petite assiette.

« Je ne sais pas si c'est une bonne idée de fêter Noël ici, je n'en ai pas envie, ça va mal se passer, je le sens…

— Mon fils y tient, Éliane aussi, ils veulent venir… elle n'arrête pas de m'envoyer des messages, elle me poursuit… elle m'appelle "chérie", elle trouve que ce serait chou que je rappelle Donovan, qu'est-ce qu'on fait ? »

Il avait l'air embarrassé, rougissait malgré son teint terreux.

« Je n'apprécie pas beaucoup cette Éliane, elle se comporte mal, elle n'a pas déboursé un centime, ni lavé une cuillère durant tout le confinement, je me suis tout coltiné et toutes ses affaires que je lui ai données et ses voyages offerts, les dîners… mes robes rendues déchirées. »

Il se rassit enfin, se recula, prit une belle position avantageuse.

« Je l'aime bien moi, je trouve que c'est la fiancée la mieux que Donovan ait eue jusqu'ici, il a de la chance, il n'est pas con, c'est un faire-valoir, il sait se mettre en lumière.

— Elle l'a foutue dehors sans raison la semaine dernière. »

Il leva la main en l'air d'un geste emphatique qui en disait long sur son désappointement.

« Ah là… soi-disant qu'il ne ferait rien d'autre que regarder son Instagram toute la journée, et répéter de temps en temps…

— Comment tu sais ça ?

— Parce qu'elle me l'a dit.

— Quand ? »

Il devint nerveux, je n'aimais pas cet attachement qu'il manifestait pour la fiancée de mon fils.

« Oh je sais plus, la dernière fois quand ils étaient ici… en revenant d'Estremoz.

— Donovan a fait bien plus de choses qu'elle dans sa vie, il est autonome, il a du talent et sa musique a le mérite d'exister… et il sait composer, c'est un artiste. »

Il se leva pour se coiffer devant la glace.

« Elle s'est peut-être fait abuser, Eva.

— … Tu me l'as déjà dit, les abusées, ça te turlupine… Simon… à part vivre sa vie comme un stage pour petite fille riche, elle fait quoi ? »

Il pivota, les deux mains derrière le dos.

« Elle, elle veut lire, ton fils ne lit pas, il s'en fout, elle, ça l'intéresse, ah oui, elle, ça l'intéresse.

— Depuis qu'elle nous a vus vivre ici et qu'elle est entrée dans mon bureau, tu as vu ses lectures… zéro.

— Ça lui plaît…

— T'es immonde, t'es une saloperie de me dire ça sur Donovan !

— Tu vois, tu recommences, tu me traites d'immonde, de saloperie, ah ! »

Je donnai des coups de poing sur la table, la faisant tressauter, il se rassit.

« Le problème c'est que tu es folle, tu descends comme une araignée de ton trou pour m'agresser parce que tu n'arrives pas à travailler… parce que ça te fait chier de bosser dans ton bureau. »

Il baissa les yeux, honteux, tripota le Maurice Sachs en souriant.

« Simon, regarde-moi, regarde-moi, tu ne touches pas à un cheveu de mon fils, t'entends ! »

Je lui envoyai ma tasse sur son sweat, il se redressa brandissant sa chaise et la projeta au sol où elle s'explosa.

« Ras le cul ! »

Il s'enveloppa d'un manteau de l'armée, avant de sortir avec ses clefs.

Je le vis passer le portail du jardin, monter dans sa voiture, la Twingo s'en alla. Je chancelai, je me retins des deux mains à la table. J'aurais tant voulu offrir à mon fils une famille solide. Je me sentais coupable, prise dans une embuscade et les mélodies de Donovan me revenaient en tête, malgré moi. Je me rendis dans la salle de bains du bas, coiffer ma tignasse, il y avait dans les poils de sanglier de ma brosse des cheveux roux – à qui appartenaient ces cheveux ?

C'était le soir à nouveau, la nuit éternelle, tombée comme un rideau, retirant toute étincelle d'espoir, je ne savais même plus ce que j'avais fait durant cette journée, j'ai dû écrire, marcher seule dans la forêt sur le chemin sableux des pins et penser à la mort. Je me souvenais vaguement d'avoir appelé Divine, toujours activement à l'écoute, pour lui dire que ça n'allait plus du tout et Vincent, qui m'avait conseillé de consulter son psy dont la spécialité consistait à réparer les victimes du Bataclan, j'étais à siroter mon Martini dans l'entrée. Je ne cuisinais plus ces plats sophistiqués, de toute façon la puanteur de ma bouffe l'empêchait d'écrire ses *Démons*. Le soir, ce n'était plus rien d'autre que la soupe chinoise. Il n'était pas dans la maison, mais parti au fond du jardin, je ne le voyais pas. Chaque soir, il se lâchait, empruntant la figure du mal agressif, dominateur - pourquoi ?

Nous ne remonterions pas ensemble de cet abîme de misère.

Je guettai son retour, son absence se prolongeait, il avait eu tout le temps de récupérer les raviolis, je distinguai la torche de son téléphone balayant les vitres de l'atelier de Donovan, son territoire. Il réapparut ; combien de temps s'était-il passé depuis qu'il était entré dans la pièce ?

Un soleil noir m'éclaire le jour comme la nuit, je reconnais là l'éclairage strident de la tragédie. Une anxiété sournoise refit surface, lorsqu'il s'assit, il se réjouit de mon état.

« Je sais ce que tu penses, tu crois que je me défonce mais je ne me défonce pas...

— Tu vas me parler d'Hitler ?

— Tant que tu veux... si ça me chante... j'ai le droit. »

Je dégainai mon iPhone, il passa sa main dans ses cheveux et regarda droit dans l'objectif.

« Hitler représente une certaine forme de non-être, c'est-à-dire tout ce qui est non-être, tout ce qu'il ne faut pas être, tout ce qui est l'anormalité, la noirceur, tout ce qui est l'homme antédiluvien et déplorable... Ce que j'aime bien chez Hitler, c'est son petit chien, sa petite femme adorable... c'était un homme délicieux au fond... et ce qu'on nous renvoie aujourd'hui est un peu caricatural, pourquoi ?

— Arrête ta provocation Simon, s'il te plaît ! »

À quelle performance jouait-il ? Et pourquoi se laissait-il filmer si aisément ?

Je laissai tomber l'iPhone, et partis m'asseoir dans le salon, lorsqu'il termina de dîner, il vint poser *Roll Over Beethoven*, et scanda la musique à l'aide de son doigt.

« J'ai pas peur de toi, personne ne m'aura ! Tu peux faire ce que tu veux... je suis le plus fort. »

D'un coup, il me fit les cornes du diable, et dressa son bras en avant en rigolant.

Je ne comprenais pas pourquoi il me répétait sans cesse : « J'ai pas peur, j'ai pas peur. »

« Toi, tu fais un numéro de victime pour attendrir les gens, mais au fond, tu n'y crois pas toi-même, tu peux me regarder comme ça, je ne suis pas une victime moi, ça, jamais.

— Pardon ? »

Il prit possession de son siège. Je tirai le prie-Dieu pour me placer devant lui.

« Je ne me ferai pas opérer de la prostate même si elle est enflammée, je compte baiser OK et à fond ?

T'as compris… Moi je me flingue si je ne peux plus baiser, je veux baiser et bander, ils iront se faire foutre, les médecins à la con, je hais les médecins ! »

Il remit le premier morceau du disque et s'assit dans son fauteuil rouge de théâtre.

« Tu crois que Chuck Berry il va s'arrêter non, moi je suis comme Chuck Berry et je ne vais pas m'arrêter, personne, j'ai pas peur j'ai pas peur. »

Il semblait extatique, *pas peur de quoi* ?

« Je suis un psychopathe, Eva.

— Pourquoi tu dis ça… ?

— Parce que c'est la vérité… »

Il buvait, je buvais, il n'y avait plus d'heure, il ferma les yeux, les rouvrit, puis à grands pas il se dirigea vers la porte ouvrant sur le jardin et urina bruyamment dans l'herbe, je ressentais la terreur.

« On va fêter Noël, Eva ! »

Dans notre chambre la nuit, je ne trouvai pas d'apaisement à son côté, alors, je descendis dans celle du bas tandis que je l'entendais regarder *Carrie au bal du diable*, je tentai de m'endormir, en vain. Je joignis les mains, je priai.

Le lendemain, au petit déjeuner, je lui parlai de Dieu, il me répondit :

« Qui tu es, toi, pour me parler de Dieu ? »

*

Longpont, lundi 21 décembre, c'est la fin de la journée, Simon est encore à Paris. J'écris dans mon bureau, il m'appelle pour m'avertir qu'il sera là le lendemain avec ses cadeaux en début d'après-midi, à son tour Éliane et Don m'informent de leur venue, mais plus tard. Nous étions le 22, ils étaient arrivés. « Attendez-nous au chaud dans la guérite de la gare, on n'a pas fini avec Simon, on fait des courses au Carrefour, il manque plein de trucs. »

Au supermarché de Villers, je ne trouvai pas Simon, j'entrevis son visage caché derrière sa capuche bleue, les lunettes plus le masque, son corps revêtu d'une veste molle de plus en plus crade, il furetait hâtivement dans les rayons, tapota rageusement sur les touches électroniques de son téléphone, attrapa quelques bouteilles de vodka, les déposa dans son Caddie et s'enfuit dès qu'il me vit. Hagarde, tendue, je jalousais à contrecœur sa relation avec son téléphone. Guidée par un fluide étrange, je m'avançai machinalement, inexorablement vers le désespoir. Une tristesse anormale m'envahit alors que je choisissais de la pâtée pour mon chat Bijou, présent tant attendu de Simon, trouvé un matin brumeux sur le tas de bûches au fond du jardin, il me rapporta l'animal gris, petit, mignon, qu'il déposa dans mes bras alors qu'exceptionnellement je paressais au lit.

« Simon ? Simon ? »

Je reconnus dans ma voix l'âpreté, la désillusion de notre relation, comme un songe qui s'ensevelirait à jamais dans les décombres de l'abbaye. Cependant je constatai que la situation n'était pas naturelle, et cette conscience du mal qui s'amplifiait, pourquoi ?

Blinis, œufs de poisson, camembert, Coca *light*.

« Simmmoooon, bordel, qu'est-ce que tu fous !!!? »

Il poussait son chariot. Il se tenait à distance sanitaire, l'air extrême, tendu, il balançait son corps comme un adolescent. À la caisse, nous avons manqué de nous empoigner, mais il se retint, garda son calme, puis s'excusa poliment de mes mauvaises manières devant la vendeuse aux cheveux rasés.

C'était encore l'après-midi et pourtant tout était sombre, nous avions récupéré les enfants, la buée sur les vitres empêchait toute visibilité, la Twingo cheminait dangereusement sur les routes givrées de campagne, des arbres s'étaient effondrés dans la forêt. Donovan et Éliane ricanaient bêtement à l'arrière, l'aventure me rappelait ce film, *Funny Games*. L'abbaye de Longpont allumée surgit comme un sucre blanc dans le ciel tourmenté. Je rangeai les courses dans la cuisine tandis qu'Éliane, les pupilles dilatées entièrement noires, sirotait du champagne sur un fauteuil rouge en minishort, de son côté Donovan affamé ne put s'empêcher de bâfrer une tartine de fromage. Simon disparut dans notre chambre pour se changer à cause de l'eau des huîtres qui lui avait coulé dessus, une fois qu'il fut redescendu, je montai à l'étage pour lui faire les poches à son insu.

« Il y a quoi à manger, maman ? cria Donovan.

— Des petites galettes iraniennes, des boulettes aux herbes et au citron, un crousti-moelleux au chocolat !

— *Yes !* »

À table, les enfants sont joyeux, Simon boit, il affiche son désintérêt à mon égard. Éliane essaye une de mes chapkas en vison, Simon l'observe d'un œil liquide.

« Ça te va bien, ça te fait des yeux de velours incroyable, très Lolita. »

Donovan et moi échangeons un regard agacé, on explose de rire.

« Tes cheveux ont poussé, c'est dingue.

— Ben oui, les miens, ils poussent. »

Elle me rit au nez, s'adresse à Simon :

« Tu me disais qu'André Breton, c'est celui qui a écrit *Nadja* ?

— C'est formidable, j'en ai un ici, si tu veux le lire. »

Éliane exhale des petits soupirs admiratifs, attire l'attention de Simon, sourit, montre des grandes dents à la Shelley Duvall.

« Merci, j'aimerais beaucoup. »

Simon, flatté, ému, tremble comme les chiens affamés sous la pluie, la transpiration lui a collé les cheveux sur le front.

« C'est vrai qu'André Breton a très bien connu ton père ? »

J'interromps Simon qui s'apprête à parler.

« Eh ho, c'est plutôt son père qu'a un peu connu André Breton, tu sais l'histoire, on la raconte comme on veut. »

Simon, frustré de ne pouvoir exercer ses talents de professeur sur une jeune demoiselle en pâmoison qui ne connaît rien de sa vie ni de ses lectures, me dit :

« Ta gueule, toi !

— Arrête de boire nom de Dieu, Simon !

— Ta mère est folle ! »

Donovan se marre, il ressemble terriblement à Leonardo DiCaprio dans *Titanic.*

« Arrête de boire !

— Le fais pas chier ! m'assène Donovan.

— T'as entendu ce que t'a dit ton fils, ne me fais pas chier !

— Vous n'allez pas encore vous embrouiller, si vous continuez, nous, on s'en va direct. »

Éliane me dévore du regard.

« Je peux prendre du bouillon, ma chérie ? »

Je n'en crois pas mes oreilles.

« Vas-y, sers-toi ! »

Tout le monde me traite de travers, personne ne me respecte, c'est sans doute de la paranoïa parce que je ne dors pas depuis des jours. Noël : la mauvaise idée, et ces enfants qui n'en finissent plus de s'imposer avec ce confinement, et Éliane comme une lapine qui insiste toujours pour venir fourrer son cul dans notre terrier.

« Et Gunter Sachs, c'est qui ?

— C'était un play-boy comme Rubirosa, très riche, qui a épousé Brigitte Bardot, il adorait la peinture, un vrai collectionneur, il a fait partie d'un club à Saint-Moritz qui s'appelait le Dracula Club, à la fin de sa vie il s'est suicidé, mais, avant, il a recouvert de roses la maison de Brigitte Bardot… c'était un play-boy, un de mes surnoms dans le temps était Rubitacone. »

Simon est agité, j'ai un mauvais pressentiment. Éliane pleine de niaiserie enfantine joue à frapper les fesses de Donovan avec son foulard.

« Arrêtez, vous êtes relou, on préfère vous laisser, on se garde en forme pour demain et Noël, je suis crevé… on monte, Éliane ? »

Donovan se lève, Éliane résiste, grimace, capricieuse.

« Pourquoi ? Je veux du champagne, moi.

— On monte, je suis explosé, allez on les laisse, viens c'est bon, ça suffit ! »

Donovan est ferme.

« L'écoute pas, on va danser, Éliane. »

Simon qui s'est échappé dans le salon met sur le pick-up un disque de Michel Sardou, *Les Lacs du Connemara*. J'entre dans la pièce enfumée tandis que Donovan force Éliane à le suivre.

« Venez, on va faire la fête ! crie Simon, ivre.

— Ils n'ont pas envie là, ils veulent se coucher tôt, regarder un film sur leur ordi. »

Simon augmente le son et chante avec Michel Sardou :

*Terre brûlée au vent*
*Des landes de pierres*
*Autour des lacs, c'est pour les vivants…*

Je me précipite vers Simon.

« J'en ai ras le bol, arrête de faire le con devant les enfants !

— Je m'amuse, j'ai le droit ! Tu me files la vodka et mon dada, que tu as caché, Evaaa ?

— Arrête ! »

Il augmente le son, je monte à l'étage. Donovan et Éliane me regardent, embarrassés.

« C'est glauque, maman !

— Il est comme ça tout le temps !

— C'est triste, putain ! »

Simon hurle.

« Les lacs du Connemarrraaaa ! Donne la vodka et mon dada ou je casse tout !

— Il fait exprès, c'est de pire en pire. »

Ils se regardent apitoyés, vont dans leur chambre, Donovan en ressort exaspéré, Éliane reste immobile contre le chambranle, la mine impavide, la bouche ouverte, pareille aux filles hallucinées que l'on trouve dans *Crime et Châtiment*.

« Nous, si ça continue, je te préviens, on ne reste pas.

— Ah non… non…, finit-elle par dire sur un ton de fausse récrimination.

— Éliane, les lacs du Connemara, descends ! Éliannnne. »

Simon hurle à nouveau les paroles, tape des pieds.

« Je veux ma vodka, ma vodka, mon dada, dadadada, allez file ! »

Donovan dévale les escaliers, reste tapi derrière la porte du salon.

« Eh mec, si tu continues à beugler, nous, on se tire, OK !!!

— Rien à foutre, cassez-vous, appelle un taxi ! »

Je déboule, je prends Donovan par les épaules, le pousse vers sa chambre.

« Va te coucher, Donovan, il va finir par se fatiguer ! »

Ébranlée, je joins les mains, Donovan va retrouver Éliane, qui toute fébrile se trémousse contre la rambarde, sans savoir s'il faut avoir peur ou pleurer, puis se calfeutre dans le fauteuil à fleurs bleues, à cette même place où durant tout le confinement elle nous espionnait – des mois entiers à nous écouter. Elle me sourit, je capte dans son regard que je suis le centre de sa vie, cette idée insupportable renforce mon antipathie pour elle.

« Tu me fais une photo, Donovan ?

— Non, on va se coucher.

— Bon d'accord… »

Ils s'en vont presque à reculons. En bas, le *white trash*, comme il se définit lui-même, remet le disque encore, continue de beugler, j'entre dans le salon.

« Dada !!!

— Non !

— Tu me fais chier. »

Je monte m'allonger dans la chambre avec cette musique qu'il remettait en boucle.

« Maman, on ne peut pas dormir, on se casse à l'Auberge, on n'en peut plus.

— Qu'est-ce que je peux faire ? Je peux rien faire !!! »

J'ai remis une paire de mes boules Quies à Donovan, je suis sortie avec mon téléphone en mode torche marcher dans la gadoue. Sur les chemins bourbeux, je pensai à Faulkner, j'y pensai comme ça, comme par effraction.

Le lendemain, nous avons pris notre petit déjeuner en tête à tête, Simon et moi. Éliane, déjà levée, dessinait dans un cahier en moleskine, lovée en boule dans un fauteuil rouge du bureau de Simon, elle regardait par intermittence les braises se consumer dans la cheminée. Simon s'était enveloppé dans sa robe de chambre tartan, avec aux pieds ses chaussons de velours noir ornés d'une tête de mort, offerts par sa maman lors d'un précédent Noël. Il sirotait son café, semblait avoir totalement oublié son numéro de la veille, l'anxiété déclencha son allergie, il éternua, pétri de nervosité, il se moucha dans un vieux Sopalin.

« Il faut que j'aille à Paris voir mes parents, que je prenne cette tourte à cent vingt balles et que je revienne, j'ai pas le choix, c'est comme ça. »

Il se pencha mécaniquement sur une des pages du *Journal inutile*, le ferma d'un coup, la poussière qui s'en dégagea stagna un long moment, il éternua. Mes yeux étaient peints en noir, mes lèvres dessinées en rouge, je portais mes mules à talons de dix et toujours, toujours, mes boucles blondes et du *lip gloss*.

« Je vais préparer le dîner ?

— La tourte, elle est pour dix personnes, on ne la mangera pas, elle va pourrir, on va l'entamer ce soir, les convives ils s'en foutent. »

Il se retira en cuisine.

« Éliane, tu veux du café ?

— Non, ça va ! » lança-t-elle d'une voix à peine audible depuis le salon.

Donovan venait d'y faire irruption, il la tirait par la manche pour l'emmener à l'atelier, elle résistait en râlant. Ils se sont enfermés dans un autre monde, le territoire de Donovan. J'ai regagné mon bureau, travaillé à mon roman. Simon a fait exprès de ne pas me dire au revoir. La Twingo démarra sous le tilleul où elle était garée, son absence provoqua un manque inattendu. Je sanglotais depuis des mois sans savoir vraiment pourquoi, c'était un sentiment de perte et de privation.

Alors que j'écrivais, Donovan apparut pour me prévenir qu'ils allaient se balader jusqu'au tombeau, de l'autre côté de la ferme. Dans l'obscurité de l'étage, tirant à cette heure sombre du jour sur le sang de bœuf, il m'évoquait un chevalier d'un autre temps et soudain la pièce exhalait une voluptueuse odeur de lilas blanc.

*La pureté d'un cœur.*

À nouveau, la nuit noire. De l'autre côté du jardin, la chouette hululait, derrière les arbres décharnés, la lune bientôt grosse m'éblouit de son éclat vif argent. Nous avions terminé la bouteille de champagne achetée à l'auberge par Donovan et Éliane, dîné de la tourte accompagnée d'un bouillon. Simon tenait fermement à visionner à nouveau *Moi, Christiane F., treize ans, droguée, prostituée.* Son film culte qu'il avait fait découvrir à Éliane durant le premier confinement, le plus carcéral. Elle ne s'y opposa pas, bien au contraire, elle posa docilement son cul dans le fauteuil crevé de l'entrée. Il introduisit en tremblant le DVD, les images bleutées presque sales jaillissaient de la télévision, formant au sol un orbe aussi lunaire que crépusculaire. Avide, soumise, docile, mutique, elle scrutait de ses grands yeux bleus *Christiane F.* Simon s'immobilisa les deux poings dans les poches, trahissant un sentiment de culpabilité, il se dandinait mollement d'une jambe sur l'autre, il me visa. Troublé par mes pensées, il cherchait à m'éviter. Éliane, donc, regardait sans bouger les aventures de *Christiane F.* qui se drogue pour plaire à Detlev, entre un appartement minable et la Berlin Zoologischer Garten Railway Station. Babsi et Christiane, la première meurt d'une overdose, l'autre s'en tire. Donovan en avait marre, il monta à l'étage cerise. Acculée par la débandade malsaine, je m'allongeai sur le lit, j'entendis s'élever la voix de David Bowie mêlée aux froissements d'un papier d'aluminium, j'apercevais à travers la fenêtre, le rosier, avec les années il avait tout envahi, prêt à briser la vitre. D'un coup, je me relevai, n'en pouvant plus d'entendre chanter l'allemand et Éliane chuchoter. Donovan assis dans le fauteuil à fleurs bleues un casque sur les oreilles, en pyjama et des chaussons mous aux pieds, l'air bien cagnard, complètement happé par son ordinateur comme par la galaxie, paraissait se détacher de la situation pernicieuse. Inquiète, je m'empressai de descendre afin de vérifier ce qui se tramait. Éliane se redressa vivement ; « Je vais me coucher », lança-t-elle toute tremblante, visiblement ennuyée par ma visite, me dévorant du regard.

Plus tard dans la chambre, la nuit était avancée, Simon gardait les yeux ouverts.

« Qu'est-ce qu'il y a, Simon, tu ne dors pas ? »

Ma voix horrible, celle d'une marâtre, je redoutais ce rôle qui m'était attribué à présent dans cette maison.

« La réalité ne m'intéresse plus, c'est fini, le monde tel qu'il est ne m'intéresse pas.

— Tu veux pas qu'on parte ensemble quelques jours, je t'invite ?

— Je vais pas me laisser inviter par toi, Eva, je ne vais pas tomber aussi bas !... Ah ah, qui m'aime me suive dans le caniveau de mes désirs ahhh !

— Pourquoi tu hurles ?

— Parce que ! »

D'un coup, Simon émit un ronflement puissant que les boules Quies n'atténuaient nullement, je me suis retirée dans la chambre du bas, croisant au passage le regard perplexe de Donovan toujours sur l'ordinateur.

# Noël

Éclairées par ma lampe de chevet jaune pâle, des lignes de cocaïne sont tirées à équidistance sur la couverture d'un livre de Lampedusa représentant un guépard délavé peint sur un dallage d'Italie. Dans mon esprit, cette image se superpose à la petite installation de Noël élaborée par Simon sur un coin de sa table de travail qu'il a libéré tout exprès. Pas de crèche, ni de couronne mais une subtile nature morte, je reconnais là son goût d'esthète délétère, des boules de verre transparentes joliment soufflées, nichées sur des branches de pin, collées à un sécateur. Sur la nappe blanche, presque phosphorescente, une reproduction de *Caress of the Sphinx* de Fernand Khnopff jouxte un bougeoir masqué par une photo de femme tronc, achetée aux puces des vétérans de la guerre du Vietnam de Los Angeles. Je ne fuis pas, je me cache dans une immobilité intérieure qui me dérobe aux yeux de Simon, j'entends les rires des enfants mêlés aux siens – sont-ils encore des enfants ? Je porte avec panache une robe Vivienne Westwood imprimée d'ailes de phalène bleues, un escargot, une limace se déplacent, une fleur rouge énorme se déploie sur ma hanche. Simon me détaille, j'ai le sentiment d'être mal fagotée, qu'il m'évite comme une femme en bigoudis au fond d'une loge de concierge, c'est à son tour de sniffer. Il grommelle, descend rejoindre les enfants d'un pas bestial, je le suis avec une impression de vertige.

Il râle, une huître dans les mains :

« Et dire qu'il faut que je les ouvre toutes ! »

Il parle fort, tape du pied avec ses bottes allemandes.

« Tu veux que je le fasse ? propose Donovan de sa voix douce.

— Non, c'est pas la peine, tu ne sais pas le faire. »

Éliane a les paupières pailletées, la bouche carminée, les cils gommés, les cheveux crantés, rouge flamme, elle m'apparaît une pâle version des modèles photographiques de ma mère datant des années 1970. Sous sa robe s'affole une paire de seins plats sur une poitrine famélique. Elle cache son visage derrière le livre de Balthus.

« Qu'est-ce qu'il y a ? Ça va Éliane ?

— Balthus… c'est beau ! »

Elle prend sa petite voix.

« Et ?

— Rien, j'ai trop hâte ! »

Donovan scotchait une affiche, une tête de mort avec fume-cigarette et chapeau haut de forme, titrée

« *creepy show* », sur le miroir de l'entrée. Je n'aimais pas cette atmosphère crépusculaire. Éliane soupirait, elle était si fausse avec moi, elle l'a toujours été.

« Je veux du champagne ! Champagne, Simon, cham-pa-gne ! » lança-t-elle.

Simon, ravi, accourut, lui servit le fond de la bouteille sans même me calculer. Je restai éberluée, assise tel un reliquat, les deux coudes sur la table à manger.

« Maintenant que tu as bien tapé, tu fous plus rien, Eva ?

— Si, si, je viens t'aider…

— Ta mère, elle ne fout plus rien… c'est encore moi qui vais tout faire… »

Il me scruta, deux billes de plomb brûlé cachaient un condensé de mal. Cette haine sidérante me blessa jusqu'à la stupéfaction, nous n'étions plus les amants orageux pour qui la dispute, puis le pugilat se terminaient dans les bras l'un de l'autre. Depuis combien de temps n'était-il plus mon doux amour, la renaissance de mes matins gris, je ne me souvenais plus de sa tendresse, ni de ses gestes, avaient-ils seulement existé ?

J'ai une migraine. Simon déambule dans une veste blanche trop grande, une veste de clown ou de crooner des Halles année 1980, ceux qu'on ne voulait pas approcher, pas fréquenter, les ringards, les *never been*.

« Je vous préviens, j'ai invité Michu, ça se passe toujours très mal quand il est là, je ne sais pas pourquoi, il a toujours été un agent provocateur…

— Ah bon, pourquoi tu dis ça ? s'inquiète Donovan.

— Pour rien…

— Pourquoi tu l'as invité ?

— C'est un vieux pote… tiens, Eva, tu pourrais au moins apporter les citrons sur la table, dire que j'ai acheté cette tourte, personne ne va la bouffer, merci Eva ! »

Donovan rigole.

« Mais si on va la manger, t'inquiète pas, Simon. »

D'un geste rapide et étudié Donovan se recoiffe. Éliane, figée, me sourit de plus belle, puis, rapidement, révulse les yeux, les deux mains posées sur sa joue, et rigole, rigole, Simon frétille.

« Les cadeaux, les cadeaux ! »

Elle tape dans ses mains, se trémousse à contretemps sur la musique.

« Oui, les cadeaux avant qu'ils n'arrivent, parce qu'on n'a rien pour eux, ça craint ! dit Donovan entourant chaleureusement les épaules de Simon qui fuit cet échange.

— Les cadeaux ! »

Donovan saute en l'air de plus belle dans son pantalon à carreaux rouges et noirs, Simon grimace face à sa joie.

« Ouais, allez Donovan, on y va pour les cadeaux !

— J'espère qu'il y a plein de fourrures…, dit Éliane.

— Allez, Donovan, va les prendre… »

Il s'exécute.

Le ton tranchant de Simon jurait salement avec ses manières obséquieuses. Je montai chercher les paquets dans mon bureau. Éliane exigeait depuis des jours des fourrures identiques aux miennes, des renards, des visons, j'aimais tant les porter l'hiver. J'avais choisi deux belles pièces de ma collection avec l'aide oiseuse de Simon. J'ai toujours gâté les fiancées de Donovan. De Simon, elle espérait deux dictionnaires, des Littré. Quant à mon fils, il aurait de ma part un chèque pour s'acheter ce qu'il lui passe par la tête. Depuis le mois dernier où Simon m'acheta sur Vestiaire Collective un manteau Prada, qui s'était égaré, il avait décrété inutile de nous offrir quoi que ce soit tant que son remboursement ne serait pas effectué.

## Cadeaux

C'est enfin la distribution des cadeaux, près de l'âtre, Donovan m'offre un beau châle en laine Dior et des disques à Simon qui lui offre en retour un banjo chiné avec moi avenue Trudaine, Éliane me remet une enveloppe où se trouve un tirage noir et blanc, flou, une photo qu'elle a prise de moi après Estremoz, je pose cette image encadrée en vis-à-vis de celle de la femme tronc. Elle essaie mes fourrures, ce qui ravit Simon. Dans la cheminée, les bûches ne cessent de flamber, on est saouls, on a presque rien mangé, je danse avec Éliane, Simon et Donovan. Simon joue les rockers face à Éliane qui glousse de plaisir guettant ma réaction du coin de l'œil. Michu est arrivé avec sa copine brésilienne, cheveux rasés, veste militaire, canne, Reebok, chemise Sta-Prest, l'allure d'un facho pas rigolo, assis sur le prie-Dieu, il ressemble à un de ces mauvais garçons d'*Orange mécanique*, j'aurais dû refuser qu'il vienne, je n'aime ni ses blagues ni son comportement d'alcoolique, même s'il ne boit plus. Donovan rit bêtement, il n'y a plus de champagne. Dans la cuisine, Éliane me colle, ils partent tous en grappe près du poêle, dans le creux de ma main, j'aperçois une grosse pilule de cartoon, je ne la connais pas, je l'avale. Quand j'entre dans le salon, Éliane rigole pleine de vice, je trouve inquiétant le silence de Simon.

Les choses vont mal tourner. Je m'assois au sol près d'Éliane. Je m'aperçois en me penchant qu'elle est nue sous sa robe.

« Tu m'avais parlé de la kabbale… toi, tu connais quoi à la kabbale hein toi ? »

Son insolence n'a pas de limite, la pilule fait son effet avec cette impression d'avoir envie de baiser n'importe qui en famille, je ne sais plus quoi répondre à ma belle-fille. Je me terre dans le silence, je me sens terriblement mal, mon fils est parti en live, tout fuit, je veux retrouver mon lit. Au passage, je croise Simon.

« Tu montes dans la chambre, s'il te plaît ?

— Non, ah ah, non… ah non, c'est Noël, chérie ! c'est Noël !!! Noël ?!! NOËL. »

Il est rouge, tire une langue bleue, bleu, blanc, rouge, *paf !*

Allongée dans l'obscurité de notre chambre, c'est la première que je ressens ces sensations, je dégouline de partout, je comprends le plan, car il y a un plan et cette scène fait partie d'un plan dans lequel je suis enfermée. Je n'arrive pas à le saisir en son entier.

Je ne sais pas combien de temps s'est écoulé. Quand je suis redescendue, Éliane était assise sur les genoux de Simon qui la caressait et toutes les bouches étaient rouges des baisers d'Éliane.

« Simon, tu ne veux pas monter ?

— Non.

— Monte ! »

Il est monté, il bandait furieusement, appuyé contre la porte, derrière lui se trouvaient les couteaux, ils étincelaient. Simon s'est vautré sur le lit.

« Pourquoi tu me fais ça ?

— J'en ai rien à foutre, je n'ai aucune moralité… la morale, rien à foutre ! »

Sa bouche rouge jusqu'aux oreilles.

« J'aime la jeunesse, j'aime que ça, j'y peux rien, j'aime les jeunes, ça me plaît.

— Reste.

— Non. »

Il est parti, plus tard dans la nuit, je suis descendue à pas furtifs, ils étaient tous en rond dans la fumée, Simon et Éliane se marraient, complices du même climat malsain, elle s'est tournée vers moi, en rigolant, le regard triomphant.

« Ah chérie ! »

Je suis remontée me coucher. Prostrée sur le lit de la chambre, j'entendais monter des rires.

« Pourquoi tu l'aimes plus, ma mère ? »

La voix rapide de Donovan.

« C'est fini avec ta mère, elle est morte, elle est morte morte, je l'ai tuée !

— Tu déconnes ?

— Non ! »

J'ai avalé tant de somnifères, toute la tablette, avant de partir j'ai pensé que ma vie, celle que je m'étais construite à coups de poing, ne serait jamais plus comme avant.

Le matin, tandis que je retrouvais le salon, Simon caressait furtivement les cuisses d'Éliane étendue sur ma liseuse verte.

Donovan m'apparut une tasse de café froid dans les mains.

« … T'as pas arrêté d'aller dans la salle de bains depuis des heures, c'est quoi ce délire, je reste pas avec toi… c'est trop. »

Éliane se redressa, mon fils était muet et blanc, je dis à Éliane :

« Tu veux pas plutôt aller faire un tour, j'en ai marre de voir ta gueule, tu veux quoi ? »

Elle pouffa et partit devant l'abbaye, excédée par mon ton autoritaire, un ciré de Simon à la main.

« Pourquoi tu la mets dehors, tu te prends pour qui ? »

Simon m'engueulait, il n'avait plus aucune retenue. Il s'échappa en cuisine avec Donovan, ils chuchotaient à demi.

« Si tu en as marre d'Éliane, quitte-la… »

Donovan, sonné, se laissa choir dans le fauteuil, il regardait l'abbaye.

« C'est glauque, putain. »

Michu et sa Brésilienne arrivèrent de l'auberge, ils nous dirent au revoir rapidement, Michu avait passé une bonne soirée, il était content.

À midi, nous avons fini la tourte à la truffe et au jambon, Éliane minaudait, remettant ma chapka de fourrure, se tortillant devant Simon.

« Vraiment quels beaux yeux tu as, ils sont grands et frais, c'est ça la fraîcheur de la jeunesse ! »

Je m'évadai dans le bois, je crachai sur cette terre la maudissant, des larmes amères coulaient sur mes joues, avec ce sentiment d'un viol, j'étais interdite.

À mon retour, Éliane et Don se préparaient à partir, Simon les raccompagna en Twingo. Le soir, dans la chambre lorsque je rentrai sous les draps, ressentant la honte, il me sortit une langue comme un ruban noir et m'attira à lui.

« Salaud ! »

J'ai renversé la table, il a hurlé :

« Casse-toi ! »

Je m'enfermai dans le lit de mon bureau rose, je ne dormis pas, le jour est arrivé, il y eut cette douleur dans ma poitrine, à peine pouvais-je respirer.

## *Morocco*

Il fait un temps délicieux à Marrakech et Simon, qui ne connaît pas l'Aïcha, l'ancien palais d'un maharaja et des Getty, qui fut aussi celui d'Alain Delon avant d'appartenir à nos hôtes, est émerveillé par sa splendeur *shabby*, abandonnée, luxuriante, romanesque. Une semaine entourée d'humains, quelle bonne idée, charmante invitation, des années que je ne suis revenue ici ; le harem, les terrasses, les salons ouvrant sur un jardin tropical où se dresse, au bout d'une allée, après la fontaine, une salle à manger géante en forme de cage, et partout des oiseaux.

Des coursives mystérieuses desservent des chambres. Le sirocco souffle doucement, agitant la cime des palmiers. Gabrielle, délicieuse, nous reçoit en robe longue aux couleurs espagnoles, elle tient dans le creux de ses bras un bébé chat famélique trouvé dans la rue, Jacques-Antoine sans âge est presque plus beau que dans sa jeunesse, sa fougue ne s'est jamais tarie. Ils affichent un amour inconditionnel, un raffinement, une politesse, une attention particulière à notre égard. Gabrielle nous a choisi une chambre surplombant le jardin du harem, au-dessus des vastes salons à dominantes dorées, là d'où s'échappe dans un sfumato, le bleu pâle, les roses orangés mêlés de particules réfléchissantes. Les palmiers oscillent lentement dans le ciel, des chats rôdent le long des hauts murs crénelés, les odeurs de tagine sortent des cuisines, des rires éclatent de-ci, de-là comme des bulles de champagne, des enfants jouent dans la piscine, le jour de l'An promet d'être gai. Dans la chambre, la grande cheminée m'évoque d'autres cheminées vues dans des scènes de l'Atlantide, le feu crépite, les bûches disposées en cônes forment une tente rougeoyante, ses flammes m'hypnotisent. Nous dégustons des cornes de gazelle. Simon, opaque, parle peu, se retenant de basculer dans des éclats. Les tapis berbères, les miroirs à facettes qui ont vu les jeux débridés de Talitha et Paul Getty, de Marianne Faithfull ou de Mick Jagger nous emprisonnent sans nous réfléchir.

Embêté par ma présence, il s'assoit un livre à la main, je songe à la revanche de celui qui n'a pas été, le *never been*, cette idée aussi vraie qu'incongrue s'accompagne d'une tristesse dont se contente ma bêtise.

« Viens, on va dire bonjour à Vincent. »

Il me suit en espadrilles, s'accroche à son livre plus qu'à mon bras. Vincent boit son thé sur la terrasse, à petites gorgées, serré dans son costume en seersucker bleu et blanc, il se tient les jambes croisées, le teint hâlé, le regard masqué par des lunettes noires. À la fois soucieux et curieux des mésaventures de notre couple.

« Alors ? Vous serez bien ici, vous allez arrêter de vous disputer et prendre un peu de vacances, ça va vous faire du bien de ne pas être tout le temps l'un sur l'autre, ici c'est merveilleux pour vous reposer. »

Vincent toise Simon absent.

« Tu ne sais pas ce qui s'est passé à Noël…

— Non ?

— Elle a… »

Je me penche à l'oreille de Vincent pour chuchoter tandis que Simon nous scrute, ses yeux torves se rétractent comme la chair d'une huître sous une goutte de citron.

« Non ?!… »

Un silence gênant s'installe, Vincent est stupéfait.

« Mais Simon, toi, dis-moi, tu as quel âge ?… c'est insensé avec ce qu'Eva a vécu dans sa vie, tu la connais bien, comment tu as pu lui faire ça ? J'en reviens pas… C'est régressif…

— Quoi… lui ce n'est pas mon fils et elle ce n'est pas ma fille, je n'ai aucun lien de sang avec eux et je me fous de la morale… elle a vingt-quatre ans et lui vingt-six, alors tu vois, on fait ce qu'on veut, franchement.

— J'en ai parlé aux gens, ils trouvent ça dégueulasse…

— Ouais, vraiment ! tu n'aurais pas dû… et en plus c'est ringard, c'est des vieux trucs des années 1970, tu t'en rends compte ? »

Je pivote vers Vincent.

« Je ne sais pas quoi te dire… vous êtes trop ensemble, tu aurais dû partir depuis longtemps, Eva, c'est ta faute et le laisser faire son délire de son côté… tu n'écoutes pas… ce qu'on te dit… les choses n'en seraient pas arrivées là… »

Vincent n'a pas tort – est-ce possible que ce soit la réalité ?

Durant le séjour, nous fîmes l'amour une fois l'après-midi, l'ardeur n'y était pas. C'était notre dernière étreinte physique et les oiseaux du palais chantaient dans le jardin. Le soleil des terrasses me réchauffait, je me sentais perdue malgré l'opulence chatoyante et la chaleur des convives, l'âme captivée par une mélancolie noire, un chagrin écrasant. Je pressentais que quelque chose d'inhumain aller m'arriver.

Les repas se succédaient plus somptueux les uns que les autres, les discussions vives m'animaient d'une joie qui me faisait rougir, je parlais sans discontinuer à mes voisins. Lorsque mes yeux se posaient sur lui, loin de moi, il m'évitait, se perdant dans l'ivresse.

Le 31 décembre, Simon prit deux photos de moi. La première dans le fauteuil tendu d'une peau de mouton, mon corps enveloppé de mon déshabillé en soie noir et blanc. L'autre, assise sur le lit, j'attendais, vêtue d'un fourreau blanc 1950, la soirée du premier de l'An en tapotant sur Instagram.

Simon changea de veste, en choisit une en velours noir tandis que j'envoyais un message à Donovan.

MOI : « Comment ça va, vous ? »

DONOVAN : « On est chez Jean, c'est très compliqué avec Éliane, je vais faire au mieux pour que les vacances nous fassent du bien, mais après je vais faire un mini-break, j'irai chez Divine, elle part chez ses parents quelques jours. »

MOI : « Vous voulez venir à la campagne ? »

DONOVAN : « Je ne pense pas que ce soit une bonne idée, bisous. »

Simon s'échappa précipitamment, je restai face à la cheminée de l'Atlantide tandis que s'élevaient les rires pointus des enfants.

Tous joliment habillés nous nous sommes réunis dans le salon aux deux cheminées, dont les portes s'ouvraient sur le jardin illuminé, il me semblait constellé d'autant de petites bougies que d'étoiles au firmament. Nous avons dîné joyeusement, puis nous sommes montés sur la terrasse Aminda pour fêter les douze coups de minuit autour d'un feu joyeux. Le téléphone de Simon s'alluma dans sa poche. J'entendais une voix surexcitée, Simon s'est tourné vers moi.

« C'est Éliane, elle me souhaite une bonne année. »

La lumière de son téléphone s'éteignit d'un coup.

« Ton fils ne m'a même pas appelé… c'est bizarre…

— Et ?

— Rien, il exagère, il aurait pu me remercier pour le banjo, il est très mal élevé, je ne sais pas de quoi il m'en veut… »

Il s'éloigna de l'autre côté des grandes flammes. Les invités s'embrassaient, se souhaitant le meilleur. Dans un des salons du bas, nous avons dansé Simon et moi devant l'assemblée enthousiaste, puis nous nous sommes à demi assoupis dans un canapé. Simon refusa de m'accompagner dans la chambre ou même de faire la promenade au clair de lune, je montai seule et, lorsque je descendis, il n'était plus là. Perdue en ce jour de l'An, je retournai dans mon lit, pour pleurer, des sanglots anormaux, des sanglots de sacrifiée me ramenant à Noël, à tous ces mois d'affrontements où se mêlaient nos vies et nos travaux. À nouveau, la panique m'envahissait, une terreur réduisant tous mes moyens. Je l'ai cherché, appelé dans toute l'Aïcha endormie, « Simon » « Simon » « Simon », en vain, sans jamais le trouver, à quel jeu jouait-il depuis des mois ? Au petit matin, alors que j'étais au lit à écrire, il réapparut, prétextant s'être endormi dans l'entrée, c'était un mensonge. Il a descendu les trois marches de l'estrade, un pas joignant l'autre, *tac tac tac*, comme dans une mauvaise pièce de théâtre.

« C'était amusant, tu as bien discuté comme tu voulais ? »

Il trichait, il fut submergé, tiraillé par un sentiment de satisfaction qui me laissa pantelante.

« Réponds ! »

Il s'empara d'un livre de Gide.

« Je vais prendre mes aises au soleil, si tu permets, Eva… »

Au déjeuner, assise au côté de Jacques-Antoine, j'évoquai le mal, il me répondit qu'il était plus facile d'être dans le mal que dans le bien, que de faire le bien était une chose difficile. Avec sa chemise blanche ouverte sur sa poitrine, il me paraissait le jeune homme inchangé. Il parla du succès de ses livres, de ses exploits à travers le monde. Nous avons déjeuné de mouton trop gras. Au dessert, Jacques-Antoine se tartina le visage d'une poudre anti-UV. Quant à Vincent, il se plaignit d'avoir pris de l'embonpoint. Au moment du café, Gabrielle insista pour couper les cheveux de Simon qui, hésitant, finit par céder. Nous étions tous assis sur les canapés blancs des terrasses, je filmai cette séquence, gaie, malgré le malheur fabriqué de notre relation.

« Une scène d'anthologie », ponctua Jacques-Antoine.

Gabrielle, crédule, me chuchota qu'elle était persuadée qu'en raccourcissant sa tignasse de clochard fou, elle ferait sortir les idées noires de la tête de Simon.

Le 2 janvier, les bagages sont faits, je bois le reste d'une tasse de café tiède. Simon range dans notre cabas la biographie d'Edie Sedgwick, un Warhol, nous sommes en avance.

Je texte à Donovan : « Ça va mieux mon cœur ? »

Simon s'assoit sur le fauteuil, tripote ses Ray-Ban.

Donovan : « Noël, c'est allé trop loin, on fait un break, en espérant que ça se passe mieux après, là on va skier, c'est cool ! »

Moi : « Oui, Noël, c'est allé beaucoup trop loin, je te ferais remarquer que ce n'est pas moi qui ai fait la distribution des bonbons, je ne veux pas rester enfermée avec Simon, avec le confinement c'est difficile, oublions Noël, maman qui t'aime. »

Je m'approche de Simon, il m'esquive, met son blouson de cuir, sort son masque.

« Donovan pense que Noël, c'est allé trop loin… t'entends, quand on te parle ?

— Tu me cherches encore ?

— C'est ce qu'il m'a dit… il a raison. »

Des pas se font plus présents, ce sont ceux de Gabrielle, elle frappe trois coups.

« C'est moi…

— Oui, Gabrielle ?! »

Elle entre à petits pas.

« Je suis venue vous dire au revoir. »

Elle s'allonge un moment en odalisque sur le lit, se relève, trône magistrale dans un déshabillé rose pareil à l'intérieur des coquillages, ses cheveux à peine brossés et son maquillage posé à la dernière minute m'évoquent un cygne au sortir du sommeil, puis elle plonge son regard sans vergogne dans le mien, une main enserrant sa taille de poupée.

« Alors vous partez… j'étais heureuse de vous voir… les sentiments c'est terrible, atroce, moi si on me remplaçait par une autre, je serais capable de tuer… pour ça, ah oui !! »

Je rigole, comme à chaque fois que Gabrielle parle de grands sentiments dont on ne revient pas, elle sourit, l'émail de ses quenottes étincelle, son rouge à lèvres et son fard mal étalé lui donnent cet aspect, outrageusement impudique, des cocottes d'autrefois.

« J'ai hâte de lire les prochains tomes des *Démons* de Simon… quel est le titre du troisième ?

— *New York Inferno.*

— Mhhh, j'adore. Simon écrit tellement bien, une merveille, c'est d'une finesse et d'un style… oui… j'adore. »

Elle lance ça sur un ton fabuleux. Ces flatteries à son égard me font ouvertement comprendre que je ne suis pas grand-chose, et Simon esquisse un sourire poli.

Nous quittons l'Aïcha, les femmes de chambre vêtues de leur tablier nous attendent en rang près de l'entrée ensoleillée. Nous traversons le long couloir aux tapis éculés par tant de pas illustres, d'allées et venues mystérieuses ensablées dans l'ourlet du temps. Il est orné de miroirs anciens un peu piqués, de meubles mauresques, de vitrines où sont exposées des reliques du désert et des fonds marins. Les lourds rideaux rouges puis crème s'ouvrent sur des moucharabiehs, et de l'autre côté sur la piscine, entourée de fleurs luxuriantes, de canapés profonds collés contre l'alcôve miroir où se reflète le ciel parcouru d'oiseaux bavards. Au-dessus de ma tête, les lustres diffusent une lumière indienne. Jacques-Antoine me serre dans ses bras, il m'embrasse tendrement le front, dans ce baiser je sens son amour pour la famille, les enfants, les légendes qui se répètent au coin de l'âtre. Simon, ravi de distribuer l'argent aux femmes de chambre, exécute une incongrue série de salamalecs.

« J'espère que vous reviendrez très bientôt tous les deux, au revoir ma petite Eva.

— Au revoir Gabrielle, au revoir Jacques-Antoine. »

Lorsque nous atterrîmes à Paris, Simon marchait à grands pas, me laissant à la traîne porter mes bagages. Dans le parking, il ne trouvait pas la voiture, une tension insupportable montait entre nous, une tension à couper au couteau. Simon roulait vite, il faisait un sale temps tout plombé, j'avais la nausée à cause des sandwichs de l'avion, il ne l'ouvrait pas, jouant les taiseux, redoublant le malaise.

« Simon, on n'arrive pas à échanger, c'est un problème, un homme et une femme se parlent, c'est la base, il faut que tu me parles… ?

— Écoute, lâche-moi, je suis en train de conduire. »

Je me renfrognai, percluse de contrition, je dis dans un filet de voix :

« Donovan ne veut pas revenir à la campagne, je crois qu'Éliane en a envie, je ne sais pas, je suis inquiète pour mon fils.

— Qu'elle vienne, ça ne me dérange pas, c'est quand même pas lui qui va décider, je suis chez moi. »

Je ne comprenais plus de quoi étaient faites nos discussions, ni ce que je disais, ce que j'entendais, le monde sans avenir, en déroute, les routes vertes, la station-service, planque des frères Kouachi, le moulin, le pont permettant aux animaux de la forêt de traverser la nationale, le carrefour des carrosses, au fur et à mesure que nous roulions, ces lieux s'assemblaient sur un même plan vertical et hostile. Il prit un chemin de traverse bourbeux et étroit, il était arc-bouté sur le volant, l'angoisse m'étreignait.

« Putain, on n'a rien à se dire, je n'aurais jamais dû t'épouser, je regrette vraiment, quelle connerie de croire à ça… »

Il fonçait.

Je me levai avant lui, pour l'éviter au petit déjeuner, et retrouver mon bureau pour travailler. Le chauffage qu'il m'avait acheté aux Emmaüs était cassé, seul le mode intense fonctionnait, diffusant une chaleur excessive en même temps qu'une odeur de fer chauffé à blanc, distillant dans la pièce un parfum de poussière brûlée.

À la fin de ma séance, je pris une photo depuis ma fenêtre de l'abbaye que j'envoyai à Gabrielle. Je lui écrivis que nous étions revenus dans notre village de Longpont brumeux, entouré de champs enneigés, et que ce séjour à Marrakech avait été une merveille.

Avant le repas composé des restes de Noël, je m'aventurai dans les bois jusqu'aux pins, mes pas étouffés par la neige me parvenaient comme dans un rêve de fin d'année, de fin des temps – plus rien ne serait comme avant. Je m'allongeai par terre, les nuages de cellophane se déplaçaient à vive allure, j'y voyais l'Amérique, de grandes espérances. Je reçus un texto.

DONOVAN : « Je pars, elle m'a foutu à la porte en plein Covid, je me barre. »

Dès le début, j'aurais dû refuser à Simon l'accès à mon passé, à mes amis, à ma mère, à mon fils, empêcher de nous toucher, de nous approcher.

MOI : « Je vais te faire un double de la clef de Montmartre, jamais tu entends, je ne te laisserai pas sans abri. »

J'eus soudain un violent accès de fièvre.

À Paris, les rues s'étiraient comme une membrane prête à craquer, vides, grises, sinistres, avec tous les magasins fermés, hormis, bien sûr, ceux des produits de première nécessité. Mon extrême épuisement me remisait dans un état d'acuité pernicieuse. Un goût ferreux dans ma bouche et mes aisselles dégoulinant de sueur. Je souhaitais la mort pour ne plus à avoir à porter ce fardeau, le nerf vital était touché, avec cette peur de ne plus jamais avoir la même relation avec mon fils.

Chez le serrurier, impossible d'obtenir un double de la clef de chez moi, c'était une clef spéciale à neuf trous pour porte blindée, il fallait des factures à mon nom, des preuves de mon identité. Mon appartement était glacé, je dus farfouiller dans nos vieux papiers. En voyant le Sacré-Cœur se refléter dans la vitre, je repensai à cette semaine que nous avions passée enfermés dans des palaces, place Vendôme et ailleurs, pour un reportage, Simon et moi, c'était il y a quatre ans, chaque jour Donovan s'amusait à nous rendre visite avec Sarah et ses copains, c'était la famille, les parents de Simon s'étaient déplacés, ainsi que Pierre Le-Tan et mes amis d'enfance.

Finalement, je trouvai les factures pour la clef, au milieu d'invitations aux défilés Chanel, Dior, les cartes du Meurice, du Ritz, de La Réserve à Saint-Tropez, de notre périple à Bénarès, une photo de toi en maharaja dans un magasin près du Gange, nous deux dans une deux-chevaux à Cognac. Nous deux, toujours en représentation, c'était ton idée.

Dans la rue, en chemin pour la boutique du serrurier, inatteignable, je m'assis un moment sur le trottoir, quelque chose se tramait contre moi, Donovan m'appela.

« Je veux trouver une cave pour y ranger mes affaires, c'est urgent, elle ne veut carrément plus me revoir à son retour, elle ne pense qu'à sa gueule.

— Mon amour, elle était avec toi pour se mettre en avant, maintenant avec cette Covid, tu ne lui sers plus à rien…

— Je trouve ça moche, elle n'a pas de cœur… Je veux plus parler de ça, je vais chez Divine. »

Donovan le secret, pour qu'il m'en parle avec une telle véhémence, ça avait dû barder, je n'aimais pas qu'il retourne chez Divine.

Chez le serrurier, je dis :

« Vous permettez, monsieur, que j'utilise votre tabouret, il fait froid… »

Je m'assis, dans la vitrine je cherchai mon reflet, j'étais encore très bien.

« Allô Donovan mon chéri, tu ne me réponds pas, mais c'est juste pour te dire que, si tu en as besoin, ta clef, elle sera prête d'ici quatre jours. »

Dans la rue, je me cognais contre les murs.

Un paquet de La Poste m'attendait sur la table, c'était une robe Alexander McQueen commandée durant la Covid, la robe moche ne ressemblait en rien à celle proposée, la vendeuse m'avait arnaquée.

« Montre-moi cette robe ?

— Non.

— Essaie-la.

— Non.

— Tu commandes des robes que tu n'essaies pas ?

— Non, c'est pas le bon modèle, j'ai trop de formes.

— Mais montre-moi, allez !

— Non !!!

— Si, je veux te voir avec, elle est peut-être bien.

— Non, Simon.

— Comme tu veux. »

Il partit se remettre aux corrections de son livre, tapant frénétiquement avec deux doigts sur son ordinateur, j'étais en fond d'écran en guêpière, fumant une cigarette, une vieille photo de l'Albinos.

« Tu peux m'envoyer la séquence où Gabrielle me coupe les cheveux, je crois qu'elle est pas mal. »

Je m'adossai au chambranle de porte.

« OK. »

Je lui forwardai la vidéo puis montai dans mon bureau, le laissant à ses occupations narcissiques.

« Allô, Eva ?

— Oui, Éliane, qu'est-ce que tu veux... ?

— Je ne peux pas parler, je n'y arrive pas, je pleure tout le temps, mon père est inquiet, je rentre à Paris...

— Qu'est-ce qui se passe avec Donovan, tu ne l'aimes plus ?

— Si... je veux faire du cinéma, j'ai des tas de castings, des photos, je peux travailler, hein... et même écrire... oui, chérie !

— Je suis ta belle-mère, pas ta copine, tu n'as pas à me parler comme ça. Je vais donner ma clef à Donovan, tu l'as foutu à la porte, j'ai plus envie de t'entendre, je travaille. »

Je lui ai raccroché au nez, elle m'a retéléphoné.

« Je peux faire des tas de choses...

— Ça suffit, Éliane. »

La promenade seule dans le sentier menant à la ferme du haut, un blaireau mort n'en finissait pas de pourrir depuis deux mois au même endroit. Au loin, le clocher du village sonnait. J'appelai Divine, voyant qu'elle venait de poster une photo d'elle avec un entonnoir sur la tête entourée de jeunes gens.

« Comment va Donovan ?

— Il est parti travailler.

— L'important, c'est que ton fils aille bien, et toi comment ça va avec Simon ? »

De l'autre côté, l'oreille attentive.

« Il n'était pas comme ça avant...

— Oui mais maintenant il faut que tu acceptes que c'est fini, vous avez vécu une grande histoire d'amour, elle est finie, tu comprends… il va pas bien… toi, tu dois aller à Paris et le laisser, c'est mieux pour toi et pour lui…

— Ça ne te regarde pas.

— C'est la vérité, il faut accepter la vérité, c'est fini entre vous.

— Je dois terminer mon roman.

— Non, tu vas à Paris et tu le laisses. »

L'animal mort puait gravement.

« Je vais donner ma clef à Donovan.

— Je sais.

— Samedi, on ira peut-être chez Vincent pour le thé.

— Tiens, il ne m'a pas invitée, c'est pas grave, de toute façon il faut que je me dépêche, je dois aller au Sacré-Cœur trouver des grands voiles blancs. »

Au dîner, les raviolis étaient trop cuits, ils avaient accroché au panier vapeur, Simon furieux les frappait à grands coups de fourchette. Après avoir bu du La Rose Gadis, j'eus des bouffées de chaleur, les proportions de la pièce changeaient, elles appartenaient à un cauchemar.

« Tu es con, Simon.

— Tu m'insultes encore, hein… tu m'as tapé la dernière fois, j'ai été le faire constater figure-toi… eh oui…

— C'était il y a deux mois… Simon.

— Je pourrais porter plainte. »

Ivre, il dégaina habilement son téléphone pour me filmer, je l'imitai.

« Eva, tu me filmes pour essayer de construire un dossier contre moi, absurde.

— C'est toi qui parles d'Hitler.

— C'est toi qui le dis, moi j'ai jamais prononcé ces mots, tu es folle.

— J'ai des vidéos. »

J'arrêtai brusquement de le filmer, totalement dégoûtée de ces soirées barbares où il me poussait à bout. Je courus au premier, j'enfilai ma chemise de nuit et je criai :

« Je dors en bas, ne t'inquiète pas ! »

Lorsque je descendis, il rigolait, caché dans le salon, assis sur le fauteuil de velours rouge. Il chantonnait « Sympathy for the Devil » des Rolling Stones, il grimpa dans notre chambre, j'entendais des cris de femmes, ceux d'un film d'horreur, puis il remit *Christiane F.* à fond les ballons, David Bowie en allemand, je regardai la vitre, la nuit permettait les réflexions, je crus reconnaître une pièce d'un appartement à Saint-Germain, dans un film des années 1950, un couple d'amoureux près de la Seine.

Puis je regagnai la chambre et m'allongeai près de Simon. Son poing était serré contre sa poitrine.

« C'est la mort, Eva, la mort, il n'y a rien d'autre que la mort et la destruction.

— Pourquoi tu me répètes ça en boucle ?

— Je suis un tordu.

— Pourquoi ?

— Parce que c'est la vérité, je suis un mec tordu. »

Plongée dans l'effroi de ses mots, je ne saisissais pas vraiment ce qu'il me disait.

« Depuis quand ?

— Ça a commencé avec l'enfant de la Brésilienne et puis c'est tout… »

Dans la chambre du bas, je voulais dormir, et, malgré une bonne dose de somnifères, je ne trouvais pas le repos, je pensais à mon fils. Ma conscience de plus en plus tourmentée par un danger imminent me tenait en éveil. Alors que l'aube se levait, découvrant la campagne dans sa blancheur, j'éprouvai une peine immense, nos destins allaient se séparer à jamais. Mon corps se tordait en d'étranges contractions, mon cœur saignait.

On s'acheminait en Twingo vers la capitale, nous sommes passés devant le café Étoile Ornano, au pied de l'appartement de Pierre où l'on avait fait l'amour pour la première fois, les néons diffusaient leurs couleurs, ils n'étaient plus violines mais jaune et bleu pétant. Simon devait filer, rendre impérativement visite à ses parents rue Dupin avant de me rejoindre chez Vincent. À Montmartre, il faisait froid dans le salon, j'attendais Donovan en renard blanc et toque de fourrure, il entra comme dans un songe, je ne vis qu'un cœur accroché sur le sien, une broche ex-voto offerte lors d'un défilé Kenzo, épinglée à son manteau bleu, il me tendit la main et je lui remis la clef. Je tentai de me focaliser sur ses paroles, il m'expliquait à demi-mot sa situation complexe avec sa fiancée, je ne l'écoutais qu'à moitié, et lui mis entre les mains une combinaison en lurex, un cadeau à l'intention d'Éliane pour qu'elle brille dans les nuits du confinement. Nous prîmes le métro ensemble, il me dit la revoir en alternance. Je lui demandai de répéter le mot « alternance » qui dans sa bouche et dans le bruit de la rame me surprit. Son visage à la peau blanche, dont l'éclat trahissait un état virginal, était incrusté de deux yeux languides et bleus, derrière l'iris résidait cette mélancolie profonde de la Mitteleuropa.

« Prends-moi en photo. »

Il me photographia.

« Merci, elle est belle. »

Nous descendîmes à Sèvres-Babylone, il allait rue de Grenelle et moi rue de Varenne. Des amis comédiens se sont joints à la petite bande de Marrakech. Simon arriva en dernier, sans s'excuser, évitant mon regard, me claquant la bise sur les oreilles. Il était rouge et soufflé, la chemise débraillée.

« J'ai déjà bu chez mes parents mais allez. »

Vincent lui servit du champagne rosé.

« Coupe une des tartes, s'il te plaît ! »

Simon, courtois, s'exécuta malhabilement, si bien que les tranches de pâte feuilletée recouvertes de pommes s'étalèrent par terre.

« T'es vraiment un porc ! » brailla Vincent.

Simon le fusilla du regard, il ne revenait pas de chez ses parents, il tremblait, se rassit, indisposé, respirant mal, rigolant fort, s'enivrant de champagne. Divine arborait un énorme gardénia sur ses cheveux trop bleus dont la couleur virait calamar, et susurrait des mots inaudibles à l'oreille de Simon. Dans mon trouble, je crus entendre les noms d'Éliane et de Donovan. Vincent était gai, les acteurs discutaient des répétions de théâtre qui allaient reprendre. Vincent s'immisça entre la Tropézienne et moi.

« Tu devrais aller voir ce psy.

— Oui, je sais.

— Ça te ferait du bien, franchement.

— Sans doute.

— Il faut que tu me promettes d'y aller, tu as des problèmes personnels à régler vraiment.

— Je te promets.

— C'est celui qui soigne les victimes du Bataclan, il utilise une technique qu'on a inventée pour ceux qui sont revenus KO de la guerre du Vietnam, après tu te sentiras mieux.

— C'est intéressant… oui…

— C'est formidable, ça va te faire un bien fou, après tu te sentiras libérée, vas-y ou je te parle plus.

— OK. »

Simon s'était rendu à une lecture dans une librairie parisienne et dormirait à Montmartre. Je triai des photographies de nous deux que je lui envoyai, il ne me répondit pas, me laissant hébétée, dans l'incertitude grandissante. En revanche, Donovan qui ne trouvait visiblement pas le sommeil chez Divine fut heureux de recevoir des clichés du temps d'Aubervilliers dont il ne se souvenait plus, ou qu'il n'avait jamais vus. J'appelai Simon, il ne décrocha toujours pas. Une nuit sans sommeil à comater dans la vase des souvenirs. Le matin, alors que je travaillais à mon bureau il m'écrivit : « Je suis dans le train j'arrive. »

Je tapotai : « Je me suis levée tard, il n'y a plus que des petites tomates et du basilic pour des pâtes… »

Il devait être arrivé à Villers, sorti du train, assis dans la Twingo, car il était 13 h 20.

Je vis un nouveau message s'afficher : « Je voudrais qu'on arrête de se disputer, ça me rend aussi triste que toi. Je t'aime fort, Eva. »

Il m'aimait, pourquoi me disait-il qu'il m'aimait fort ? Intriguée, je m'étendis bêtement sur le parquet, le téléphone posé sur mon front.

Au déjeuner, il semblait de bonne humeur, le manque de sommeil agrandissaient ses yeux, ouvraient son appétit, il s'enfourna des plâtrées de pâtes, il n'était question que de l'Albinos et d'achats de livres anciens. Il se retira aux W.-C., j'ouvris sa besace, y découvris, à côté de son ordinateur, des galettes de crackers au riz soufflé, les mêmes qu'Éliane et Donovan grignotaient durant le confinement. D'où venaient ces crackers et pourquoi étaient-ils dans son sac bien en évidence alors qu'il savait que j'allais fouiller dedans ? Et je repensai à son message : « Je voudrais qu'on arrête de se disputer, ça me rend aussi triste que toi. Je t'aime fort, Eva. »

La nuit était tombée, il titubait tandis que je sirotais doucement du Martini blanc. Le Huawei se mit à trépigner manquant tomber de la table, je sursautai.

« Ton téléphone. »

Il décrocha, fit quelques pas en se bouchant l'oreille, l'index raidi.

« Ah… Ah… bon… ah. Je te la passe… c'est Divine… »

Il me tendit le téléphone, l'air bravache.

« C'est très grave, Irina est à l'hôpital, tu dois aller voir ta maman tout de suite, elle va mourir, tu dois rentrer à Paris et voir ta mère… ton fils y est allé cet après-midi… c'est ta maman, tu n'as pas le droit… ça fait douze ans… tu dois la voir avant qu'elle meure, va à Paris, sinon tu le regretteras toute ta vie. »

Elle pleurait à gros sanglots.

« Si tu n'y vas pas, je ne te parle plus !

— Arrête Divine, ça ne te regarde pas, foutez-moi tous la paix. »

Je raccrochai, affolée par cette nouvelle intrusion déstabilisante.

« Simon, dis-lui que je ne peux pas… s'il te plaît, c'est au-dessus de mes forces pour le moment. »

Il prit le téléphone, s'en alla dans le jardin pour s'arrêter sous les rosiers. Il parlait à Divine, sa voix était calme, posée. Diplomate, il se proposa d'être l'intermédiaire avec un certain Paul, un ami d'Irina en contact avec les médecins de l'hôpital, en attendant que j'aille voir ma mère, il me faudra un jour joindre ce Paul.

Avant de claquer la porte de son bureau, il me dit :

« … Eva, je réponds et j'ai son numéro… mais je ne sais pas quoi faire… moi ! »

Je l'entendis prendre place face à la cheminée un livre à la main, je restai accoudée à table, pensant à Irina.

Les marches des escaliers étaient raides à Montmartre, le vent glacé s'engouffrait par les jointures disloquées des fenêtres et une odeur de friture d'éperlans montait de chez les voisins d'en dessous. Lorsque j'entrai dans mon appartement, je m'aperçus avec stupéfaction que Simon n'avait pas dormi là, il me trompait, me mentait depuis des mois, je m'assis pour ne pas m'évanouir. Puis l'appelai, en vain.

Le téléphone sursauta dans mes mains, le nom de Gabrielle s'afficha, accaparant mon attention.

« Bonjour… Gabrielle.

— Bonjour mon petit cœur, écoute, j'aimerais tellement tourner un clip à Longpont, l'abbaye est d'une beauté somptueuse, enchanteresse, tu penses que c'est possible ? »

Comment lui refuser ce plaisir après son invitation au Maroc ? En ôtant sauvagement mon masque, je me griffai le cou à l'aide de mes ongles mal taillés.

« … ah oui, Gabrielle, bien sûr, le mieux c'est que tu en parles à Simon, il a terminé ses *Démons*, il a tout son temps… appelle-le.

— Je l'appelle alors ?

— Oui, il sera ravi que tu l'appelles toi, et même flatté, tu penses !

— Ah bon, bon, alors je vais le joindre… merci mon petit cœur. »

Je stagnai durant un long moment dans mon bain, inerte dans l'eau tiédie, contemplant les livres posés un peu partout dans le bureau de Simon qui naguère avait été la chambre de mon fils. Les larmes jaillirent de mes yeux sans que je puisse en arrêter le flux, une peine intolérable me submergeait.

« Tu n'as pas dormi à Montmartre ? »

Un silence, il se renfrogna.

« Non, à Pigalle, dans un hôtel de merde au fond d'une impasse, j'avais pas trop envie de me retrouver dans cet appartement tellement sinistre.

— … Pourquoi tu es méchant… tu n'as pas besoin d'être méchant ? Si ? »

Il rit de manière forcée, j'entendais de l'autre côté du combiné la musique de *Lucifer Rising*, le même son qu'à nos débuts lorsqu'il me courtisait.

« Gabrielle veut faire un clip, tant mieux on va bien rigoler, tu rentres quand, je dois savoir ?

— Demain matin, je prendrai le train de 9 h 30.

— Alors à demain Eva, hein. »

Je me mis au lit, je commençai à te voir dans mon rêve, tu étais près de moi et pourtant je n'étais pas là.

La Twingo sentait la cigarette. Des gouttes de pluie grosses comme des balles s'écrasaient lourdement sur le pare-brise. Simon roulait, sans moufter, tandis que ma vie disparaissait au fur et à mesure que défilaient les champs et les bois. L'hiver avait déployé son manteau virginal, cristallisant toute la campagne. Simon paraissait familier du mal depuis des temps immémoriaux, ne prenant même plus la peine de s'en cacher, il fonçait. En entrant dans son salon bureau, j'identifiai immédiatement, aux plis de mon coussin blanc, aux chatoiements de ma liseuse tendue de velours vert, qu'un corps de femme s'y était allégrement assoupi. Le livre *Biba*, que m'avait offert Simon sur l'extravagant magasin de vêtements qui avait enchanté mon enfance, était ouvert, au pied de la liseuse.

« Une femme est venue, dis ?

— Tu veux encore me faire chier, t'en as pas marre ?

— C'est une réalité.

— Qu'est-ce qui est une réalité ? Tu es folle ? C'est ça, ton problème, folle, tu passes ton temps à me faire chier !

— Ta gueule ! »

Il plia un genou, balançant son pubis en avant, ôta sa vareuse d'un geste brusque, me frôla la poitrine de son épaule. Il s'amusait à me démolir comme on défonce une bagnole.

« Je ne veux pas divorcer pour le moment, je dois travailler, tu ne peux pas m'en empêcher, toi-même tu me dis que c'est ce qui passe en premier.

— Mon avocat n'a pas joint le tien… non, alors ? hein ?… moi quand j'ai quitté Didine, j'écrivais partout, dans les hôtels, dans les trains.

— Mais là c'est la Covid, on peut aller nulle part, ici il y a tous nos livres, j'ai mon bureau, mes cahiers, tout…

— Les livres, ça se retrouve.

— Tu sais bien que ce n'est pas vrai, pas comme ça, et à Paris, avec le bruit, les problèmes d'argent, c'est compliqué, tu le sais ?

— Tu as eu ton petit virement, les rediffusions du film à la télé, hein ?

— Ça ne suffira pas.

— ... il faut que je m'occupe des poubelles, pousse-toi. »

Je restai pantelante, où aller et que faire ? Dans la soirée, on se partagea une de ses spécialités, des rognons au thym. Dans mon assiette, la vue des abats m'écœurait, je pressentais qu'il allait recommencer à créer des disputes pour les célébrer. Il se tapit en retrait, les yeux masqués par la lampe industrielle tombant du plafond, la fumée de ma cigarette créait un voile, le claustrant dans un isoloir, à peine pouvais-je distinguer sa bouche. « Eva n'y a que les transgressions, les parricides, les fratricides, les incestes, c'est tout ce qui intéresse les gens non ? » J'ai déserté, je n'étais plus là.

Dorénavant, les choses allaient ainsi. Durant plusieurs jours, une cacophonie de coups de téléphone se succédèrent en rafales, ceux de l'Albinos, et sa voix asthmatique d'homosexuel, de Donovan, de Divine, de l'assistant de Gabrielle. Il fallait ouvrir les portes de l'abbaye, convoquer le vieux Montesquiou, aller voir l'aubergiste pour le tournage. Éliane, déchaînée, exigeait les coordonnées de photographes en vue. Une directrice de casting m'avait dit qu'elle s'était présentée habillée de mes affaires pour jouer mon rôle dans le film de Valeria, *Les Amandiers*. Je souhaitais la sérénité, mais Éliane mue par une ambition aveugle n'en avait strictement rien à faire, et m'envoyait toute une panoplie d'émojis, « mon chou », des cœurs, des licornes, des paillettes, à un rythme bouillonnant, ainsi qu'une photo prise dans le métro d'un sac, d'un autre magasin Biba, celui de Sèvres-Babylone, puis d'elle-même, en patineuse, tout sourire, le pouce en avant. Je m'enfermai dans mon bureau rose.

Dans le vent de la nuit froide, sous les halos des réverbères, mon corps disparaissait pour réapparaître plus loin, s'ensevelissant sous les surfaces brillantes des flaques. Cette rupture en pointillé nous suturait curieusement, et les cicatrices de mon opération me brûlaient la tête, tout le circuit nerveux était à vif. Je me dédoublai, la lune se déplaçait, j'allais là où la bête pourrissait, des poils hirsutes sortaient de terre, un bout de peau parcheminée, rougie de sang, ecchymosée, avait conservé un peu de sa blancheur pourtant bleuie en ses bords par les meurtrissures. Mes pas faisaient d'énormes bruits de succion. La ferme des chats entièrement bleue vibrait dans l'obscurité et, au-delà, les champs s'étendaient blanchis par ma mémoire. Quand je rentrai, il dansait dans notre chambre et me dit :

« Je te préviens, la semaine prochaine je vais y aller à fond les ballons ! »

Il poussa un cri de chacal et balança ses bottes allemandes à travers la pièce.

« Si tu continues, Simon, j'appelle les flics !

— Vas-y, appelle-les, appelle les flics ! Allez, vas-y ! appelle-les ! J'en ai rien à foutre ! »

## Les trois marins

C'était un rendez-vous pour un thé dans un atelier situé au dernier étage d'un immeuble dominant un des axes les plus reculés du cimetière du Père-Lachaise. Il y avait là Charles, mon premier amour, toujours aussi élégant, il se tenait debout dans son éternelle posture de jeune homme romantique, le menton relevé, ses yeux bridés par la fumée de cigarette, le temps n'avait aucune prise sur lui, contre un pilier, Blandine et la fiancée de Charles, Sylvie. Les boutons dorés de leurs manteaux de marin scintillaient lorsqu'ils s'approchaient des fenêtres, attirés qu'ils étaient par ce soleil de janvier. La nappe couleur d'aurore et, dessus, un frichti. Ils rigolaient gaiement, c'était comme une dînette à bord d'un bateau en pleine traversée. Les murs autour fourmillaient, mais un vent venant du large me ravigota.

Je parlai du danger que je courais, ma voix me parvenait en un filet à peine audible.

« Il faut que tu partes, Eva, ce type est une ordure », me disait Charles.

Son ton était grave, il fumait avec nonchalance.

« Je sais mais je n'arrive pas à m'en séparer, il faudrait.

— Il a une réputation épouvantable, tout le monde sait que c'est un fou et un violent, c'est un malade, barre-toi, depuis le temps…

— Je sais, mais c'est plus fort que moi…

— Tu ferais mieux de ne plus penser à tout ça, moi je te connais, tu es solaire et positive, ça ne sert à rien de pleurer. Il faut que tu fasses tes valises, va-t'en, je vais me fâcher si tu ne pars pas, tous tes amis te le disent…

— Il a raison. »

Blandine approuvait.

« Si c'est pour en arriver là. »

Sylvie me fixa d'un œil de verre.

« Il a tellement changé, il n'était pas comme ça au début.

— Dans la vie, on évolue ; l'amour, si on n'y travaille pas, c'est plus de l'amour, c'est facile au début, c'est sur la longueur qu'on voit si ça tient. »

La vérité sortait de la bouche de Blandine.

« Je l'ai beaucoup insulté…

— Lui aussi j'imagine, ça l'arrange, va, c'est pas très élégant, la lâcheté, la trahison, c'est masculin, et puis les mecs veulent le pouvoir…

— S'il n'y avait que ça…

— Barre-toi ! C'est un pervers avec les femmes, il a fait les pires emmerdes à Pearl, son mec veut lui casser la gueule.

— Je sais, toutes ses ex s'en plaignent, elles le détestent, il en joue.

— Tu t'en fous, tu arrêtes, tu ne devrais même pas avoir de peine, tu vas ailleurs, crois-moi ! »

Charles s'énervait.

« J'ai l'impression d'avoir perdu ma vie.

— La roue tourne et les impressions changent. »

Blandine avait raison.

« Descends à Saint-Tropez, viens avec nous.

— Je ne peux pas, j'ai besoin de mon bureau.

— T'es idiote, écoute, je ne veux plus entendre parler de lui, s'il te plaît, on change de sujet, et pense à ton fils, il est génial, viens avec lui.

— Oui, je vais descendre dans le Sud, tu as raison… toi, je t'écoute, je me dis qu'après toutes ces années passées ensemble, il doit y avoir un moyen de continuer sans tout casser, nous deux, Charles, on n'a jamais rien cassé ?

— Mais nous, Eva, on était des purs, on s'aimait, tu le sais ça ?

— Oui, Charles, je le sais. »

Blandine et Sylvie compatissaient en silence.

Simon m'attendait, un masque blanc sous ses Ray-Ban opaques, adossé au Relay de la gare du Nord, en face des chocolats belges. Mon sac rempli de courses pour sa soupe était bien lourd, je le suivis en claudiquant. Dans le TER, on ne se parla pas, je me sentais laide, je le répugnais.

« Tu m'as pris les mêmes raviolis ?

— Oui. »

Il ouvrit un livre sur Nico.

« Je n'aurais jamais dû t'épouser… je regrette vraiment, pourquoi m'être marié avec toi… et de t'avoir laissé faire… »

Une gêne sourde l'envahissait.

« …Où est-ce que je vais travailler ?

— À la campagne, où tu veux aller ? hein ? où ? »

Mon cœur battait la chamade, le train filait dans la nuit.

Le ciel sépulcral, ombrageux, violacé menaçait d'éclater, l'orage grondait, les chats se bagarraient dans le jardin. Simon était parti à Paris en catimini, honorer une séance spéciale dans l'atelier de l'Albinos, le photographe iranien, opiomane et très sophistiqué, qui lui rappelait son vieil ami Javad, lui fit la promesse de le rajeunir, à l'aide de fils, et de rubans adhésifs. Enveloppée d'une couverture, comme une petite Momie sur le tapis du Ritz, je lisais, inquiète, avec autour de la maison la masse silencieuse et compacte des bois. J'écrivis : « Simon si tu veux, je pars à Paris, comme ça, tu seras tranquille chez toi quand tu reviens, dis-moi, il est encore temps que je prenne un taxi ? » La nuit tombait, la Twingo arriva, j'entendis son pas sur le gravier. Lorsque Simon entra, je ne pus pas reconnaître son visage dans l'immédiat, ses yeux soulignés en noir, étirés à l'asiatique, me semblaient agrandis tout comme sa bouche ourlée de carmin profond, le maquillage flottait sur une peau peinte en blanc pareil à celle des acteurs de kabuki, il se réjouissait de mon étonnement. Avant même qu'il n'ait enlevé son manteau militaire, il extirpa de ses poches une enveloppe et toutes sortes de pilules qu'il disposa sur des livres et un miroir.

« Tu vas à l'anniversaire de Don ?

— Bien sûr, il m'a invité personnellement.

— Il a de l'eczéma.

— Ton fils a toujours de l'eczéma quand il quitte une fille…

— Je n'ai pas très envie de me défoncer. »

Soudain, le jour illumina misérablement la pièce propageant cette couleur verte des coléoptères que l'on trouve sur les cadavres, ma robe 1930 Poiret me recouvrait, maculée de terre. Je photographiai Simon dans un angle de la pièce, avant de m'asseoir sur le prie-Dieu.

« Tu es revenu quand de chez l'Albinos ?

— Il y a trois jours, pourquoi ?

— Ah bon ?

— Tu ne te le rappelles plus.

— Non. »

Je m'emparai d'une pile de livres, lui balançai en plein visage.

« Arrête !

— Aïe… »

Il brandit son poing dans ma direction.

« Tu m'as tapé, Eva tu m'as tapé, ah ça… ah je me casse, j'ai envie d'autre chose, moi j'ai envie de bien m'amuser, eh ouais et toi tu veux pas… hein ?! »

La tête me tournait, les flammes léchaient l'âtre, les bruits du monde disparaissaient, seuls les crépitements du bois persistaient.

Doucement, j'ôtai mon alliance, mon doigt gonflé à cause de l'alcool m'empêchait de retirer la bague, j'humidifiai ma chair de salive, d'un coup elle tomba dans le creux de ma main.

« Je ne veux plus être cette femme-là, voilà Simon ! »

Je lançai l'anneau magique dans la cheminée, l'abandonnant cette fois aux flammes.

Son empreinte restait gravée dans ma peau. Je me retournai, il était sombre, se tenant au bord de la mélancolie.

« J'ai jeté mon alliance dans le feu. »

Dans son regard, je vis la porte se fermer sur les délices de l'enfer. Il s'échappa en titubant vers les marches menant à notre chambre, j'entendis son corps lourd s'affaisser sur le lit. À nouveau, je marchai dans la campagne, lentement, soudain étonnée par le silence des champs et la simplicité du ciel. Un soleil pâle éclairait fortement la bête morte, sa chair opalescente que les petites bêtes mangeaient avec appétit avait encore rétréci. J'étais revenue près de Simon, mon cœur contre son dos battait à tout rompre, tout se floutait. Demain je retrouverais l'anneau magique se consumant dans l'âtre.

Avant midi, vêtu de sa robe de chambre tartan, de ses pantoufles ornées de tête de mort, agenouillé, il cherchait à pleine main la bague dans les cendres tandis que je restais étendue sur le tapis, les yeux rivés vers la cheminée.

« Elle n'est plus là, ton alliance, Eva.

— Tu crois ?

— Elle n'est nulle part.

— L'alliance a fondu, tu crois ? »

Mon cœur battait vraiment très fort, parfois je l'envoyais dans l'espace, puis la retrouvais, l'alliance, cette fois, c'était fini.

Il s'impatientait, je me sentais partir.

« Elle doit être quelque part. »

Il déversa dans un nuage de poussière toute la cendre dans un sac de chez Carrefour et se concentra sur la recherche de l'anneau.

Au bout d'un long silence, il dit :

« Elle a disparu. »

Il désossa la cheminée.

« Elle doit pourtant être quelque part, une bague, ça ne fond pas comme ça, il devrait rester un bout d'or, il n'y a plus rien… tiens, Eva, trouve la bague ! »

Anxieux, il me détaillait tandis que je fouillais dans le sac, en vain. Sans maquillage, il avait juste l'air d'avoir pris une bonne cuite.

« Il n'y a plus rien ?

— Plus rien dans l'or du Rhin… plus rien entre nos mains…

— Tu es contente de toi hein, la bague dans le feu… ah ça, c'est une belle trouvaille ! Ça te plaît, tu es fière de toi ? »

Il jalousait l'épisode de la bague au feu. Il partit boire un reste de café, monta se raser la barbe en mode 2, j'aimais entendre le doux vrombissement du rasoir, je restai immobile. Il descendit, bien de sa personne, il sentait son parfum d'encens d'église.

« Tu pars ?

— À Paris, j'ai rendez-vous, on veut m'acheter *Liberty*.

— Ah bon, je te préviens, je ne veux pas être dedans, tu reviens quand, Simon ?

— Ce soir, chérie, évidemment. »

Il repartit fermant la porte d'entrée à clef. En fin d'après-midi, hagarde, j'entrepris de me rendre à la ferme aux chats, plus loin, au carrefour du pendu se trouvait le grand charme, à l'époque, je sommeillais dessous. Les sortilèges s'étaient transformés en maléfices. Un tourbillon de feuilles jaunes s'éleva. Inquiète, je retournai voir la bête morte, elle puait davantage, une odeur mate de cave. Je divaguais, je me couchais sur des troncs d'arbres coupés. Durant deux jours je restai à la campagne, à errer, et à prendre des bains chauds, j'eus du mal à respirer. Il y a longtemps, les anesthésies d'un dentiste détraquèrent ma créatine m'envoyant à l'hôpital durant dix jours. Pendant des heures je tentai de te joindre pour communiquer avec toi, je trouvais impossible que tu m'abandonnes, seule, dans un tel état. C'était la première fois, ça ne nous était jamais arrivé avant, je désirais que tu me secoures. Ton téléphone devait être rempli de mes textos de détresse, le frigo était vide, et lorsque tard dans la soirée j'allai chez l'aubergiste pour des cigarettes, il n'en avait plus, il me dit : « Tout est arrangé pour le tournage du clip », puis gêné : « Votre mari a téléphoné, il veut rester tranquille pour le moment. » Je n'avais plus la force de mettre des draps propres, le lit sentait ton odeur et cette odeur n'était plus la même, durant des années, nous avions dormi collés-serrés, mon bras autour de ta taille et ma tête contre ton dos. La nuit, je regardai la reine des araignées, bus du Martini Bianco et pris du Lexomil, du Dafalgan, un sommeil sans dormir ; à l'aube, j'avais des courbatures, mes jambes et mes bras étaient marbrés. Soudain, je finis par admettre que tu avais affaire avec une femme, tu revoyais l'amateur de météorite et tes vieux copains de défonce. Tu étais en ligne sur Instagram.

« Tu ne dors toujours pas ?...Tu ne réponds carrément plus, tu fonces dans le noir, attention, ça mord très fort, le noir… Simon… rappelle-moi, Simon où es tu ? Pourquoi tu dis que tu veux bien me revoir sans disputes, répond ? Allô Simon ? »

Accro à la relation, est-ce que c'est normal ? Non, Eva.

Pourquoi suis-je dans cet état ? Qu'est-ce que je peux faire ?

Parler ? Quand cela avait-il commencé ?

C'était fini, et ce guet-apens qui s'avançait, lequel était-il ?

Je joignis ton ami Eren.

« Où est Simon ? Je ne me sens pas bien.

— Je ne sais pas… c'est ça les princes charmants, maintenant c'est à toi de savoir si tu veux continuer là-dedans… ou aller ailleurs… tu en as vu d'autres dans ta vie… non ? Appelle un docteur si ça va pas… »

J'errai de pièce en pièce, je m'attardai sur les affaires de Donovan et d'Éliane bourrées dans des valises en carton rouge tomate et bleu pétrole, j'attendis cachée dans mon dressing, puis derrière les vitres où les gouttes de pluie glissaient rapidement pour disparaître.

Je m'empressai d'allumer un feu avec de l'essence, il y eut une belle flambée, j'aurais voulu que tout brûle. À mon réveil la maison était vide et la cheminée éteinte. Je t'écrivis : *Simon je pars à Paris.*

Je m'habillai et commençai à trier mes affaires comme une vieille chineuse. Jamais je n'aurais cru possible de quitter cette maison de cette façon. Je me rendis dans la remise, j'attrapai la plus grande valise, de celles qui te faisaient enrager chaque fois que j'avais voulu déserter Longpont, et que tu me rattrapais m'intimant de monter travailler sur-le-champ. Je tombai à terre, folle de chagrin, incapable de me relever ; je poussai la valise dans l'entrée, puis entrepris de la remplir, descendant mes affaires de l'étage dans mes bras, remontant, redescendant. Je m'habillai de plusieurs vêtements, les uns sur les autres comme à la guerre. Je photographiai cette valise, je t'envoyai la photo avec ce commentaire inutile :

« Ç'a été dur cette valise, voilà c'est fait, je pars. »

Le taxi attendait devant la grille. Je claquai la porte de notre foyer, je ne détenais pas les clefs ; jamais, depuis le début, il ne me les avait données. Je fermai les yeux en tirant mon bagage, les feuilles mortes s'accrochaient désespérément aux roues. Depuis le taxi, je filmai la maison. Lorsque je visionne cette vidéo, je me demande pourquoi je l'ai tournée.

## *Happy Birthday*

Chez Divine, les cheveux de Donovan brillaient différemment selon l'éclairage, passant de l'auréole de saint au casque médiéval, alternant avec la coiffure de Michael Pitt, l'acteur jouant Kurt Cobain. Le matin même de son anniversaire, Donovan avait posté sur Instagram un dessin de Balthus représentant un petit page accompagné de son chat gris, sous l'image était écrit : *Me & BIBI.* Le jour déclinait, la jeunesse affluait, sexy, cool. *Gender fluid.* Par les temps qui couraient, les jeunes fuyaient les embrouilles. Simon, absent, préférait finalement ne pas se rendre à l'anniversaire de son beau-fils. Une nouvelle volte-face… Le champagne me donnait mal à la tête ; derrière mon verre en cristal, j'observais la table joliment décorée, il s'y trouvait des gâteaux, des fleurs, des brioches parsemées de sucre, un plateau de fromages, toutes sortes d'alcools exotiques, et du Daphne rose, une invention du Serpent à Plume apportée par son propriétaire. Il manquait du vin, je proposai d'aller en acheter avant la fermeture des commerces. Éliane, vêtue d'une robe de patineuse en paillettes rouges et outrageusement maquillée, insistait pour m'accompagner. Je demandai à ma belle-fille de me photographier devant le Luxembourg, derrière les arbres se cachait la statue de Charles Baudelaire, le ciel dessinait d'étranges formes d'animaux, des chevaux se transformant en éléphants. Je posai, sérieuse, la main sous le cœur. Dans le Franprix, elle me talonnait, souriante à l'extrême. Un soir d'été mon fils me montra dans mon bureau la scène sur les bonus vidéo de mon film, celle où il danse avec Rose sur la piste, je me souviens parfaitement à présent qu'elle ne tenait pas en place et s'avançait vers Don, collant le couple comme elle le faisait avec moi aujourd'hui. Je dus à plusieurs reprises interrompre la scène, afin qu'elle rejoigne les rangs. Arrivée à la caisse, Éliane plaqua sa jambe contre la mienne, l'air évaporé.

« Chérie ?... alors, ça va mieux avec Simon ? »

— Non, il ne va pas bien, il va claquer s'il continue. »

Elle se détacha pour mieux s'emmitoufler dans ma fourrure.

« Le pauvre, je le plains, c'est pas drôle, c'est comme mon grand-père, il va mal, il veut mourir.

— Ah ouais ? Ton grand-père, il veut mourir...

— En Belgique, on peut se faire euthanasier, c'est l'avantage.

— Simon devrait aller en Belgique. »

Le vendeur empocha cinquante euros pour quatre bouteilles de mauvais rouge, l'argent filait. La nuit tombait, plongeant le quartier dans l'obscurité, de sorte que je ne voyais pas le visage d'Éliane.

« Alors, la mode ? »

Elle grelottait, ouvrant la bouche, me narguant, je crus un moment qu'elle allait exploser de rire.

« C'est dur, mon agence me prend tout… je veux vivre des choses, tu comprends, j'en peux plus, je peux même plus aller au Flore, c'est fermé. »

Ne sachant quoi lui dire, la sentant dans l'excitation de la gêne et pourtant pas dans le besoin matériel, je dis :

« Alors c'était bien la soirée petits pots Häagen-Dazs avec Donovan ? T'as bien craqué ?

— Ouais, c'est mon truc les soirées petits pots, parfois je craque, il faudra qu'on s'en fasse une, t'es partante ? »

Je ne pouvais plus répondre. Certains néons me rappelaient mon Paris d'autrefois.

Chez Divine, ça dansait comme au milieu de la nuit, il était tôt, nous trichions comme beaucoup sur les règles de la Covid. Dans sa chambre, je crus voir des bouquets de mariée, ils étaient à cette place où il y a huit ans je posai le mien, ils me firent un drôle d'effet. Que faisais-je dans cette pièce et qui m'y emmenait ?

Déambulant, je me frayai un chemin parmi la jeunesse ; Donovan, assis en chemise lavande de satin de soie ultra-souple, rigolait, content, adulé, avec autour de lui tous ses amis. Il m'entraîna danser, nous dansions bien. Fatigués, on s'assit de concert sur le canapé ; il alluma une clope.

« C'est cool !

— Simon ne viendra pas.

— C'est con ! »

Il marqua le coup, aspirant davantage sur sa cigarette.

« Il ne t'a pas appelé ?

— Si, il a dit comme ça… »

Donovan imita son ton affecté et précieux :

« Jeeu teu souehéteu un bonneanniversaireeuu. C'est poussé… quand même il aurait pu venir… c'est con… rien à foutre, j'm'en tape, qu'il reste chez lui à la campagne, j'm'en tape… »

Éliane se fendit d'un sourire à belle-maman ; je souhaitais vivement que Donovan quitte cette fille de plus en plus anorexique.

« Je sais pas ce qu'elle a depuis quelques jours, elle n'arrête pas de me dire qu'elle n'aime que moi, qu'elle me pardonne, qu'elle veut être avec moi, elle pleure, elle m'embrasse tout le temps… elle a un problème, je sais pas si ça va continuer. »

Il haussa les épaules.

« Je comprends rien… On verra, c'est bizarre, rien ne sera plus comme avant la Covid.

— C'est vrai, Don. »

Je bus beaucoup pour oublier, je dansai jusqu'à trouver une forme d'équilibre en adéquation avec les proportions de la pièce et surtout les autres.

# Montmartre

À Montmartre, dans l'appartement d'en face, les voisins vociféraient, la nouba du 18e. Ils écoutaient eux aussi, drôle de coïncidence, « Roll Over Beethoven », et, au loin, me parvenaient en écho les hourras de la plèbe. Je comatais, je ne savais plus quelle heure il était, et cette distance qui nous séparait.

« Comment on dit, le transport amoureux pour un texte d'amour, c'est l'ordalie… »

Je crus entendre sa voix traverser les murs.

« Non, l'ordalie c'est le suicide, pour prouver l'existence de Dieu, Sapho à Leucade. »

Je ne savais plus, je paniquai.

« Alors c'est quoi ? Épiphanie ? Un texte d'amour qui relate l'amour, ça porte un nom ? »

Il me semblerait qu'il m'ait répondu durement :

« É-lé-gie. »

De l'eau gouttait dans le couloir, je mis un sceau sous le plafond, et je me couchai sans dormir.

Le matin, après avoir travaillé dans le bruit, car les enfants jouaient toujours plus volontiers au ballon dans la cour que dans les jardins du Sacré-Cœur, je me suis joliment habillée comme quand je retrouvais Simon dans Paris. Je ressentais la solitude à présent. La dernière fois où j'avais été vraiment seule, c'était à dix-sept ans après avoir quitté Charles, mon premier amour, j'habitais à l'hôtel La Louisiane. Je retournerais à La Louisiane, c'était calme, central. J'irais lire au jardin du Luxembourg, devant les tennis, un homme viendrait à ma rencontre. Je me cachai sous les coussins du canapé rose, l'appartement rétrécissait, je ne pouvais plus me lever ; rien d'autre que chialer. Personne ne pourrait m'approcher, aucun homme ne me toucherait, parce que j'aimais toujours Simon, c'était simple comme la vérité. Mon attachement était plus fort que mon amour et l'attachement m'interdisait de le perdre complètement.

Vêtue d'une redingote noire et de petits talons, j'arpentais Montmartre vide comme après un cataclysme, la basilique en sucre blanc, le ciel masqué et mes doigts gercés.

Par bêtise, je m'amusai à passer par la rue Gabrielle, là où Simon avait décrit notre amour dans un passage d'*Eva*, un vent terrible m'ébouriffa. Me sentant poussée par une main invisible, les rues fuyaient. Effarée, je tombai sur cette fille qu'il décrivait dans cette rue, la danseuse de flamenco, j'eus peur, la rencontre avec cette femme était un signe, de ceux qu'on trouve dans les cercles infernaux. Je compris à la revoir là, comme ça, à sa présence molle, à son air goguenard, à son manteau élimé, à son sourire ironique, qui n'était plus le même, que c'en était fini de mon amour avec Simon. La trahison était à l'œuvre, le calme dans lequel les rues semblaient se retirer donnait un sens particulier à la scène, celui du crime.

Dans mon appartement, l'eau continuait de goutter, je n'avais pas la force de monter chez la voisine – je m'allongeai sur le canapé rose, et Divine me téléphona.

« Écoute, ils se sont encore disputés, ton fils revient habiter ici, les filles doivent faire le clip…

— Quelles filles, Divine ?

— Eva, tu arrêtes, tu ennuies tout le monde, maintenant ça suffit, laisse-nous tranquilles ! »

Et elle me raccrocha au nez. Je sombrai dans une rêverie ouateuse d'hiver. J'observai ma main, la trace de l'alliance était restée gravée dans ma chair. J'entendais toutes sortes de voix me parler, elles me harcelaient, je luttais pour que ce tintamarre cesse, mais rien.

Mon iPhone s'alluma, c'était Donovan.

« Oui ?

— Je t'en supplie, je ne veux pas que vous voyiez Éliane, ce qu'elle m'a fait est horrible, je ne veux pas que vous vous lui adressiez la parole, j'ai trop mal maman…

— Je te promets.

— Mes potes lui parlent plus, elle vient pour le clip à Longpont, ne parle pas à Éliane et je ne veux pas que Simon lui parle non plus, j'aurais préféré qu'elle ne le fasse pas. »

Sa voix était toute menue et blanche.

« Je te jure que je ne lui parlerai pas, tu peux compter sur moi, je le dirai à Simon.

— Merci. »

Je joignis Éliane, pour en savoir davantage, elle prétexta que, puisque toutes les copines de Donovan tournaient dans le clip, pourquoi pas elle, après tout ? Je tentai de dialoguer avec Simon, il ne décrochait plus, les rendez-vous téléphoniques sautaient complètement, je m'aperçus avec horreur que j'attendais qu'il me rappelle depuis des heures, des mois, des années. Le temps se dilatait, j'étais sans âge, perdant la raison, je continuais de pleurer déraisonnablement durant des heures, restant subjuguée par ma souffrance, avec cette envie grandissante de me jeter par la fenêtre ou sous le métro. C'était lui qui donnait la marche à suivre, ces manœuvres tendaient mes nerfs abîmés, les dénudant jusqu'au supplice. Le lendemain soir alors que j'étais avec mon ange en sucre qu'il m'avait offert un jour où nous visitions la cathédrale de Reims, Simon m'appela :

« Écoute, Eva, je me sens tellement mieux sans toi, c'est dingue en fait, je me suis aperçu que c'est à cause de toi que je vais mal. »

Son ton était enjoué.

« Si tu vas mal, ce n'est pas à cause de moi.

— Je ne veux pas que tu reviennes, je veux rester tout seul. »

## Trauma

En avance sur mon rendez-vous avec le médecin de Vincent qui soigne les victimes selon les méthodes des rescapés de la guerre du Vietnam, j'errai autour des tennis du jardin du Luxembourg. La pluie exhalait les odeurs de feuilles mortes, de terre mouillée, de chaises en fer, les nuits blanches m'avaient rendue exsangue, d'une sensibilité particulièrement exubérante. J'appréhendais ces pratiques médicales qui prétendaient, à l'aide d'une batterie d'exercices, libérer le corps et l'esprit des traumatismes subis au cours de l'existence. J'étais construite sur des traumatismes. Je songeais à ça en contemplant les rangées de casiers gris tandis qu'assise dans la salle d'attente donnant sur la rue Gay-Lussac j'attendais sagement le médecin.

« Madame Ionesco ?

— Oui, c'est moi. »

Le médecin, ni jeune ni vieux ni beau ni laid, me pria d'une voix à la fois douce et péremptoire de me déchausser, je m'exécutai, je mis mes bottes dans un casier. Nous descendîmes un escalier en colimaçon, en bas s'ouvrait une double pièce, je reconnus les voûtes d'une cave aménagée. Le sol était peint d'un bleu apaisant et, partout, le long des plinthes, couraient de petites lumières tamisées. On s'assit face à face, avec, entre nous, une table de bistrot sympa comme dans l'espace détente d'une entreprise.

« Je peux enlever mon masque ?

— Non, vous le posez sous le menton comme moi et, lorsque je m'approcherai de vous, nous le remettrons.

— Parfait.

— Dites-moi ?

— Je veux quitter mon mari, je vis éloignée à la campagne et le soir j'ai peur… Il m'a menacée avec une hache, à Noël c'était atroce… je suis partie m'enfermer dans la chambre, à la nuit tombée, c'est difficile. Il est violent.

— Qu'est-ce qui s'est passé le jour de la hache, essayez de vous souvenir de ce qui vous a fait le plus mal, là où c'est le plus désagréable.

— Il y a plusieurs moments.

— Choisissez-en un.

— D'accord, d'abord la hache.

— Je vais me mettre derrière vous et vous allez suivre avec le regard les points lumineux et chasser avec des gestes les images qui vous blessent, levez-vous, nous allons aller vers ce mur. »

Je me tournai face au mur en grosses pierres grises.

« Écartez un peu les jambes, trouvez bien vos appuis, vous êtes prête ?

— Oui. »

Deux points lumineux s'agitaient sur le mur comme des abeilles folles.

« Vous pensez bien à Simon.

— Oui.

— Chassez-le ! Pensez à lui il est très méchant, plus fort votre bras, soyez bien ferme.

— Oui. »

Je donnai de grands coups de poing dans le vide, au fond d'une cave sentant le moisi.

« Soufflez, détendez-vous, soufflez profondément, pliez les jambes. »

Les petites lumières avaient disparu, j'expirai, légèrement accroupie.

« Pensez à lui quand il est plus agressif, un autre moment, c'est quand ?

— Dans la chambre, au lit… quand il n'est pas content… »

De nouveau, les petites lumières zigzaguèrent à tout-va, je visualisai Simon sur mon corps, je le cognai, j'eus de la peine à faire ça, je pleurai.

« C'est bien, il faut pleurer… Revoyez-le saoul, agressif… continuez, chassez-le de votre esprit, frappez-le ! Allez, chassez-le. »

Je le vis dans son bureau avec Éliane cul nu sur ses genoux, je tentai désespérément de le repousser de toutes mes forces.

« On va arrêter, docteur, c'est bon ! »

Les petites lumières disparurent, le docteur masqué fit un pas en arrière.

« Cet homme, vous voulez le quitter parce qu'il vous fait du mal ?

— … Oui.

— Vous devez avoir la force de claquer la porte définitivement et de ne plus le revoir.

— Ah bon ?

— Il ne faut plus le revoir, il ne faut plus retourner à la campagne.

— Il ne faut plus retourner à la campagne ?

— Non, il faut bien profiter de cette séance. Allongez-vous sur la table et maintenant détendez-vous. »

C'était un lit comme chez les kinés, le médecin appuyait fort sur mon plexus.

« Faites attention, le plexus solaire, c'est fragile.

— C'est fermé tout ça, il faut le détendre, vous sentez comme c'est fermé ? »

Je détestais qu'on m'appuie sur le plexus, il insistait.

« Soufflez ! »

Je m'exécutai, il forçait.

« La prochaine fois, nous utiliserons les gants de boxe, vous devez vous défendre, vos bras sont mous, vous devez apprendre à boxer !!! »

Il me fit une clef avec son bras vers son corps.

« Poussez dans le sens inverse, plus fort, allez ! »

Je poussai, il me sourit, je ne discernais pas ses yeux, les verres de ses lunettes devinrent blancs, aussi opaques que de la glace.

« Lâchez… Voilà, c'est bien, vous voyez comme votre bras reprend de la force. »

C'était au tour de l'autre bras.

« C'est presque terminé, vous allez vous sentir mieux après, vous verrez.

— Aïe… »

Il se déplaça et m'appuya sous la plante des pieds, puis le long du dos, il libérait les énergies.

« C'est fini.

— Merci. »

Je me levai.

« Vous vous sentez comment ?

— Mieux.

— Après deux, trois séances, vous verrez.

— Bon, je vous dois combien, docteur ?

— C'est cent euros. »

Je retrouvai mon casier et remis mes bottes sous son regard attentif. Dehors le jardin du Luxembourg avait fermé ses portes.

En sortant de la gare, Simon était adossé sur la Twingo garée sur le parking, il reluqua mon manteau de vinyle noir. Avec ma toque en fourrure, je ressemblais aux filles de l'Est des années 1960, il laissa échapper :

« Il est super bien, ton manteau. »

Il insista pour faire des courses, rapides et peu coûteuses. Une Vogue était écrasée dans le cendrier, l'habitacle ne sentait pas que la fumée froide mais la fadeur d'une chair moite. Nous fîmes les menues courses d'un pas pressé ; tandis qu'à regret je payais, il m'observait tout en feignant de se balancer d'avant en arrière comme un garçonnet sur une balançoire, ou bien chancelait-il vraiment ? Je ne savais plus, son attitude me parut si fausse, je ressentais le plaisir associé au vice, la vie avait dérapé depuis si longtemps. En arrivant à la maison, il se proposa de ranger les courses, j'en profitai pour monter. Dans notre chambre, une odeur tenace régnait. Je me penchai vers mon oreiller, à ma place, les draps empestaient le parfum tapageur de Rossy de Palma, celui qu'on vaporisait dans les W.-C. pendant la Covid. Simon savait que je n'ignorais rien de son dégoût total pour les parfums au lit, même une crème odorante, il ne la supportait pas. J'allai dans la salle de bains, mes vernis à ongles fluorescents achetés à Los Angeles, collés contre le miroir. C'était Éliane. Elle me provoquait, me montrant qu'elle s'était peint les ongles. Je me rendis en quatrième vitesse dans mon bureau, découvris dans les replis de la couette rouge ses épingles à cheveux neige ; sur ma table, un crayon noir pour les yeux s'arrimait aux miens, c'était le khôl d'Éliane. Elle s'était introduite dans mon bureau, laissant des traces de son passage sans que Simon se donne la peine de les effacer, bien au contraire. J'étais au centre d'un jeu sadique, la proie d'un pacte, le témoin d'une effraction dans mon espace intime, d'un larcin de mauvais goût, ils mettaient en scène mon cocufiage. Ils jouaient aux *Liaisons dangereuses*.

Redescendue dans la cuisine, je vis un paquet de galettes au riz soufflé renversé dans un plat. Il m'observait derrière ses Ray-Ban opaques.

« Éliane est venue ?

— T'es folle.

— Tu sais très bien qu'elle a dormi là !

— Tu dis n'importe quoi, pauvre fille va, tu me cherches, j'en peux plus de tes histoires, marre d'être suspecté… tu me harcèles, pauvre fille. »

Je m'assis devant la cheminée, une Vogue à peine entamée était écrasée dans le cendrier.

« Tu pourrais au moins respecter mon fils, il ne veut pas qu'on parle à Éliane… ils se sont quittés.

— Je parle à cette fille si je veux, hein !…

— Mon fils se sépare définitivement d'elle, ça fait des mois qu'elle le fout à la porte, il ne veut pas qu'on lui parle par solidarité… il se sent mal, tu peux comprendre ?

— J'y suis pour rien, tu vas pas me mettre les problèmes de ton fils sur le dos, ton fils il faudrait qu'il ait un manager qui le fabrique ou une femme plus âgée qui le prenne sous son aile et le façonne.

— Quoi ? »

Simon, informe, reculait, il rougissait, et tout en lui sentait le sexe, le visage *sex glow.* Je détournai le mien vers la cheminée, les flammes dansaient.

« Simon, corrige mes fautes d'orthographe avant que j'envoie mon texte.

— Oui, Eva, vas-y. »

Personne ne m'avait traitée comme ça avant, avec cette arrogance. Il passa sa main dans les cheveux, jouant du bassin, *Elvis the pelvis.*

« Demain, Gabrielle vient faire des repérages, je partirai quand elle viendra, je dois aller à Paris, je n'ai pas envie de rester et puis j'ai des rendez-vous avec mes éditeurs. Je n'y peux rien si Gabrielle vient, ce n'est pas ma faute… c'est toi qui as dit oui, tu aurais pu dire non. »

Je marquai le coup :

« Et mon texte ?

— À mon retour. »

Le soir, il préféra qu'on ne dorme pas ensemble, je décidai de rester dans la chambre qui puait le parfum de Rossy de Palma, il m'engueula prétextant que c'était la sienne et à lui d'y dormir et il ajouta :

« Il faut qu'on arrête cette situation stupide, Eva, on ne va pas continuer comme ça. »

Le ciel bleu pâle d'hiver ravivait les contours de l'abbaye, une limousine noire avec chauffeur glissa sans bruit devant le portail comme un corbillard. Au loin des corbeaux s'envolèrent du cimetière. La cloche sonnait 13 heures. Les tomettes au sol étaient nettoyées à la Javel, il s'énervait la nénette dans les mains :

« C'était pas la peine de faire les sols, c'est pas chic la Javel, ça pue.

— C'était sale, je t'ai aidé.

— Je ne veux pas qu'on m'aide !

— Le lit aussi pue le parfum Rossy de Palma.

— Hein, de quoi tu parles ? »

Il savait pour le parfum des draps.

« Tiens, les voilà Simon.

— J'y vais. »

Obséquieux et sur le qui-vive, il se précipita vers la limousine. Deux jambes fines avec au bout des plateformes *shoes*, comme celles des jeunes lollipops du quartier d'Harajuku de Tokyo, sortaient de la voiture, c'était Gabrielle la chanteuse, elle s'immobilisa derrière le portail, l'air grisé. De son côté, Dimitri Jerk, son partenaire, jaillit, chic et dégingandé, il tenait un sac en papier Nicolas dans les mains. Vêtus de noir, rouge et blanc, tous deux semblaient tout droit sortis d'*Edward aux mains d'argent*. Serrée dans un minikilt et cravatée, les bras écartés en croix, la bouche boudeuse, Gabrielle s'avançait précautionneusement à petits pas vers notre humble demeure. Dimitri à son habitude était blême, une couche de graisse froide recouvrait son visage qui par endroits paraissait bleu, la chair presque morte dessinait une étrange cartographie ; je retins mon souffle. Gabrielle désirait du thé Lapsang Souchong et Nicolas que je lui ouvre le vin blanc apporté de chez Nicolas. Assis côte à côte, ils me firent l'impression de deux nécrophiles en visite mortuaire, elle s'alluma une Vogue, inspectant, savourant la bibliothèque de Simon.

« C'est merveilleux tous ces livres, mmh, fantastique ! »

Nicolas caressait les livres du bout de ses doigts tremblants. Comment étaient-ils arrivés à s'introduire chez nous, et pourquoi ? On se souriait timidement, à un moment j'eus l'impression d'être prise au piège d'une caméra cachée, tous les scénarios étaient possibles. Une souris traversa le salon.

« Oh, dit Gabrielle. Il y a des rats.

— C'est une souris, le chat s'est cassé, Simon dit que c'est parce que je crie trop !

— Ah bon bon bon, pas de disputes, montre-moi, je veux tout voir, c'est amusant ! »

Gabrielle se leva, je m'élançai pour la devancer.

« Suis-moi. »

Elle monta au premier, lorsqu'elle vit ma table d'écriture et nos cahiers, elle se figea quelques instants, tout à la fois piquée au vif et agacée, puis je l'emmenai visiter la cuisine de pauvresse avec la multitude de sachets d'épices éventrés, le manque de place, le vilain frigo jauni des Emmaüs et des casseroles cabossées empilées sur des étagères. J'eus honte de lui montrer notre intérieur ; depuis tant d'années, je cuisinais dans l'insalubrité, Simon aimait que rien ne bouge jusqu'à ce que tout pourrisse, son goût du glauque le rassurait sur l'état du monde en général. Gabrielle contemplait l'entrée, avec la caisse du chat, les assiettes étalées au sol, les plats à tagine couverts de poussière. Elle sourit, papillonnant des cils.

« C'est charmant…

— Je préfère que vous n'utilisiez que les pièces du bas, en haut ce sont nos chambres et mon bureau, je ne veux pas qu'on y entre. »

Elle me sourit encore, comme saisie par le temps bleu, un temps de psychopathe.

« Je comprends, ma petite Eva, nous n'irons pas au premier.

— Non.

— Non. »

Nous avons bu du thé et Simon parlait avec Gabrielle, j'eus le sentiment de disparaître. Simon me caressa les cheveux d'une main félonne, il en tremblait de joie, il s'était changé et avait mis une chemise noire et une veste de daim, les cheveux plaqués en arrière comme pour se rendre à un rendez-vous galant.

« Je dois malheureusement vous quitter.

— Avant, montre-moi Montesquiou.

— Oui allons-y, Gabrielle ils vous attendent.

— Simon, merci de m'aider à faire ces petits repérages », dit Gabrielle de sa belle voix flûtée, avec ses yeux bleus, chat persan.

Elle se leva d'un bond. Ils traversèrent en couple le jardin, me laissant dans un étrange vis-à-vis avec Dimitri, il appréciait beaucoup la bibliothèque raffinée de Simon. À sa demande, j'ouvris une autre bouteille de vin blanc. Nous discutâmes de choses et d'autres, je n'avais qu'une envie : rejoindre mon bureau, laisser seul Dimitri, ce que je fis. Lorsque Gabrielle revint, nous bûmes du thé comme deux petites filles, dégustâmes des gâteaux croquants dans le clair-obscur.

« Il faut que vous partiez avant 18 heures, sinon vous aurez des bouchons.

— Oui, c'est vrai, tu as raison, et tu n'as pas peur de rester seule dans la campagne ?

— Non, pourquoi ?

— Parce que c'est… dangereux, non ?

— J'ai l'habitude.

— Ah bon… bon. »

Ils s'en allèrent, j'allai voir la bête morte, elle avait presque disparu, s'enfonçant dans la terre boueuse.

La nuit, j'étais seule dans le salon. Dehors, il pleuvait des trombes d'eau sans discontinuer, une pluie diluvienne.

J'écrivis à Donovan : « Fais attention à Simon, il est dans le mal, je suis sûre qu'il a une histoire avec Éliane. »

« Tu crois ? »

« Oui... »

« S'il a fait ça, je le tue, tu déconnes ? »

« Moi non... »

« Il a pas fait ça ! »

L'électricité sauta, plongeant la maison dans une obscurité totale.

À l'aide de la torche de mon téléphone, je me dirigeai vers le tableau électrique situé après la cuisine, dans la pièce humide et froide de la machine à laver. De l'autre côté de la porte-fenêtre se profilait sombre et mat, aussi anthracite qu'une ardoise d'écolier dont les lettres auraient été effacées à coups de rayons de lune, l'atelier de Donovan... Le chevalet où Donovan accrochait depuis des années ses dessins mêlés à mes vieilles photographies de jouets paraissait s'allonger, tout comme sa guitare ourlée d'obscurité, sa boîte à crayons de couleur, ses santiags, ses fausses fleurs achetées rue de Rochechouart, ses boîtes en fer pleines de souvenirs chéris. Or Simon se plaisait depuis longtemps à rôder à son insu dans son espace de création, défaisant d'une main de traître les enchantements des jours heureux. Soudain, mon esprit glissa vers d'autres souvenirs plus lointains ; huit ans plus tôt, Simon tenait enfermé dans ce même lieu les joujoux du fils de Pearl, de celui de la Brésilienne, cheval à bascule, avion, trottinette. En tentant de remettre les plombs, je reçus un vilain coup de jus qui m'envoya valser dans le tas de linge, la pluie coulait sous la porte, elle n'en finissait plus de tomber. Un éclair déchira le ciel. Je m'allongeai sur la liseuse verte puis j'écrivis à Simon : « Il n'y a plus d'électricité, je n'arrive pas refaire marcher le tableau, tout a sauté. »

Le ciel tonnait, des flashs éclairaient le salon, mon cœur battait la chamade, je souffrais le martyre. Dieu pourrait-il arrêter mes châtiments ?

Le téléphona sonna, la photo de Simon dans son sweat Goofy, devant le cactus à LA, apparut. J'entendais dans l'écouteur la Callas, les bruits lointains de la ville la nuit.

« Qu'est ce qui se passe ? a-t-il fini par lâcher d'une voix agressive.

— Le tableau électrique a sauté, j'arrive pas à le faire remarcher.

— Tu le fais exprès pour que je revienne, c'est ça ?

— Mais non !

— Tu ne peux pas t'en empêcher, avoue ?

— Mais non.

— Va chez les voisins, demande-leur de l'aide.

— À c'te heure, impossible.

— T'iras demain, allez ! »

Il me raccrocha au nez. Après avoir allumé des bougies chauffe-plat, je m'étendis devant la cheminée. Et pris des antidouleurs.

Simon finit par arriver en fin de matinée, je me tenais à l'évier ébréché, soudain il se jeta dans mes bras, puis s'agenouilla, sa tête contre mon ventre.

« Pardon Eva, je me suis aperçu ce matin que je n'étais pas gentil avec toi depuis des mois… ça ira mieux, je sais que ça va aller mieux, j'ai été terrible... pardon... je vais me reprendre », dit-il d'une voix atone.

Et je reconnus l'espace de quelques instants celui qui m'avait dit les premiers jours d'un printemps : « Je n'aime que toi pour toujours. » Mais quand ses yeux se posèrent sur le plafond, ils s'allongèrent en deux fentes, il sauta plusieurs fois à pieds joints puis se pencha vers moi.

« Eh !... Tu te fous de ma gueule, ça marche, tu l'as fait exprès, avoue ?

— Non !

— Tu mens !

— Non, Simon, je ne mens pas, c'est la pluie, tu peux demander aux voisins, ça a séché le temps que tu viennes. »

Hors de lui, il fit quelques pas pour se retirer dans l'entrée, enlever rageusement son écharpe, sa besace, sa vareuse. À nouveau le chagrin me terrassa. Les mains sur les hanches, il vint me toiser de toute sa hauteur.

« Alors ?

— Simon, regarde mon texte, s'il te plaît, il doit partir... »

Immédiatement, Simon alla s'asseoir dans le fauteuil rouge, commençant derechef à me corriger. Son attention, diffuse, son manque de concentration ne firent qu'augmenter ma perplexité. J'avais le sentiment d'être la spectatrice d'un ballet auquel il participait pour moitié à ses dépens. Pauvre Simon, dérouté, malaxé par d'invisibles mains, contraint et satisfait d'agir « selon les voies du Seigneur », Simon perdu entre le bien et le mal.

L'idée du suicide me traversa de nouveau l'esprit. Je montai m'allonger dans le lit, nue, là je me photographiai dans le miroir de la penderie : je postai cette photo sur Instagram avec cette curieuse légende : *Last Day* – elle me valut un bon paquet de likes.

« On va se promener, Simon ? Simon ? »

Je descendis.

« On va se promener ? »

Il hocha la tête, l'esprit captif, ailleurs.

Sur le chemin, il marchait devant moi, à vive allure. Les pans de son manteau se soulevaient à chacun de ses pas, je reconnus les personnages de Dickens, qui avaient hanté son enfance, rôdant autour de sa personne.

« Simon, écoute-moi, je suis encore ta femme et je t'aime, Simon… je voudrais qu'on essaye de vivre autrement, qu'on trouve la manière sans que je sois ta prisonnière, on peut y arriver, l'amour est plus fort que la mort. »

Il se tut jusqu'au carrefour du pendu où il s'immobilisa, là, il dit d'une voix étouffée de petit garçon égoïste :

« Non, Eva, je ne veux plus être avec toi et j'ai pris cette décision comme quand j'ai pris la décision d'arrêter net de boire, c'est fini, je ne veux plus vivre ce que j'ai vécu, tu comprends, notre relation est toxique.

— Comme tu arrêtes boire…

— Je veux autre chose et il ne vaut mieux pas que tu me suives là où je vais…

— Ah bon et où tu vas ? »

Le chemin de sable blanc menait à une mer inconnue, nous étions dans ses profondeurs, c'était encore l'Atlantide.

« Non, Simon, je ne veux pas te quitter, il ne faut pas faire ça, ça va te porter malheur pour toujours, c'est très grave, crois-moi.

— Je ne veux plus, il ne me reste plus beaucoup de temps à vivre et pendant ce qu'il me reste d'années, je veux en profiter un maximum, je ne pense qu'à moi, j'en ai rien à foutre de toi et de ce qui peut t'arriver, on ne s'entend plus Eva, on ne se supporte plus… ça sert à rien… Et moi, j'ai envie de m'amuser. »

Il parlait d'un ton neutre mais en y mettant tant d'espoir – j'avais une peine terrible.

« Simon, arrête, je t'en supplie, ne fais pas ça, on peut redevenir normaux et tu le sais. »

Je m'agenouillai, l'implorant les mains jointes en prière.

« Simon, il faut être plus fort ! »

Il reprit vite sa marche, disparaissant de ma vue, je le rattrapai, des chasseurs se promenaient au loin.

« Je sens que je peux faire n'importe quoi, braquer une banque, voler des bagnoles, j'ai pas peur, j'ai peur de rien, je peux faire ce que je veux, c'est incroyable mais vrai, rien ne peut m'arrêter, c'est fou et c'est comme ça !

— Qu'est-ce que tu racontes ? Tu peux faire ce que tu veux ?

— Oui… ce que je veux… c'est comme ça… C'est fini, on divorce Eva, lâche-moi, je ne veux plus te voir, tu comprends, tu es morte, morte !!!

— Morte ?! »

En larmes, je tentai de le raisonner. Derrière les troncs j'entrevis la présence de femmes se faufilant dans les bois, comme si la forêt grouillait de fantômes, le lieu me semblait malade, infesté. Simon ne savait pas déchiffrer les présences dans l'invisible. L'érudit se moquait lorsque j'osai évoquer les faux prophètes parlant dans les rêves.

« Simon, Simon, il va t'arriver des malheurs, si tu me quittes comme ça, Simon je t'en supplie, je te connais, écoute-moi ! »

Il marchait vite, le téléphone dans les mains, je peinais à le suivre.

« Simon ? »

De retour à la maison, alors que la nuit tombait, il se remit à l'ordinateur, comme si de rien n'était tandis que je sirotais du Martini Bianco. Les crans du temps déraillaient, comme ceux d'un peigne cassé. Je regardais mes mains, sans la bague, elles étaient vraiment hideuses. Je pris un bain, le sorbier caressait les vitres dans la nuit, effleurant ma nuque. Je me rhabillai, me maquillai, photographiai la salle de bains, notre chambre.

Lorsque je te rejoignis, tu me tournais méchamment le dos, regardant le studio de Donovan avec un grand intérêt médiocre.

« Donovan m'a encore répété, et je te le dis à toi une bonne fois pour toutes, qu'il ne veut pas qu'Éliane vienne… ni qu'on lui parle.

— Écoute, je parle à cette fille si je veux. »

Je n'entendais pas bien ses mots prononcés entre les dents.

« Elle ne restera pas de toute façon, elle est si jeune, elle a une trop grande estime d'elle-même...

— De quoi tu parles ?... Oh ! »

Il ne réagit pas.

« Donne-moi de la vodka, j'ai envie d'en boire ! »

Il alla chercher la vodka, lorsqu'il revint un halo blanc l'éclairait, c'étaient les lumières de la route. Je bus plus que lui, j'étais ivre, ça tanguait pas mal. À table, il mangeait ses vapeurs chinoises et moi de grandes herbes sur de la salade.

« Tu ne touches pas à un cheveu de mon fils, tu dois le respecter, celui qui ne le respecte pas je le tue, t'entends... un fils, ça se respecte, t'as compris ? C'est les fondements, sans ça tu es un moins que rien... tu sais ça ? Je te bousille.

— T'arrête avec ton fils, tu es saoule, regarde-toi, t'es vieille et folle, tu moulines et t'es rien et tu me fais chier. »

Je montai en courant dans la chambre à coucher, je me mis au lit et j'écrivis à la mère d'Éliane pour qu'elle me joigne, nous devions dialoguer c'était urgent.

Immédiatement, Simon cria :

« Qu'est-ce que tu as, pourquoi tu appelles sa mère, elles sont ensemble. »

Il monta à toute vitesse, et donna un grand coup de botte contre la porte, et lorsque je me relevai, il m'envoya valser contre le mur.

« Aïe !

— Je t'interdis de t'approcher d'Éliane !

— C'est elle que tu vois ? »

Je ne comprenais pas, je devinais.

« Fous-moi la paix. »

Il descendit dans le salon, soudain s'élevèrent les notes des « Lacs du Connemara », la chanson de Noël - Noël, le *pink* ecstasy, l'éclate en famille.

« Arrête, Simon !

— Les lacs du Connemara ! la la la la la. »

En furie, je descendis.

« Arrête ! Enlève ce disque. »

Il augmenta le son, la tête me tournait. Il sautait sur place à pieds joints en exécutant le salut nazi, je lui envoyai un livre à la figure, une chaise traversa le salon, je l'évitai et fonçai tête baissée sur lui, il trébucha contre le landau.

« Salaud, pourquoi tu me fais ça ?

— Pousse-toi, t'es qu'une pouffiasse, rien à foutre de ton fils, tiens !!! »

Il me fit un doigt d'honneur avec une face de bouc.

Je le poussai :

« Ah ouais, rien à foutre de mon fils. Qu'est-ce que tu as fait ???

— Ah ah… »

Il courut se cacher dans la cuisine, derrière la panière à pain, il oscillait l'air pleutre d'un pied sur l'autre.

« Ne me touche pas Eva, pousse-toi ! »

Il me regardait, dégoûté.

« Va-t'en, tu n'es plus rien, je vous emmerde, toi et ton fils ! »

Il reculait, apeuré. Je m'emparai du couteau à pain.

« Tu n'as pas le droit de me faire ça ! »

Je frappai le dos de sa main comme on hache gentiment de la viande, elle saignait, des larmes de sang sur le pain. Il s'enfuit se calfeutrer dans le fauteuil de l'entrée. Je balançai le couteau à pain pour m'emparer d'une fourche ; pour vaincre le diable, il faut une fourche. Je lui en donnai un coup à l'épaule, il ne saignait pas, il battit en retraite dans la chambre du bas, je me débarrassai de la fourche et j'allai dans la chambre, je ne voulais pas le blesser, je m'agenouillai, il tenait sa main, tout son corps découpé à contre-jour dans la lumière de la salle de bains.

« Pardon, Simon, pardon ! Montre-moi ta main !

— Je m'en vais, cette fois ! Je te laisse, je te quitte !

— Simon, tu es allé trop loin. »

Il partit s'asseoir dans le fauteuil rouge face à la cheminée.

« J'appelle la police t'entends, Simon ! »

Il ne me répondait pas.

« Je l'appelle ?! »

Les braises crépitaient, j'imaginai les flammes dansant sur son visage et ses deux mains en prière. Je composai le numéro de la police, ce n'était pas le bon, je dus en chercher un autre.

« Allô, c'est la police ?

— Oui !

— Il y a eu des violences, j'ai peur, j'ai donné un coup de couteau à mon mari, sur sa main c'est pas grave, mais… »

La tête me tournait et Simon était si loin, absent.

« Vous êtes où ?

— Euh... Sur la place devant l'abbaye de Longpont.

— On arrive. »

La police avait raccroché, je ne souhaitais pas qu'ils viennent, j'étais prise au piège. Je rappelai :

« C'est pas la peine de venir place de l'abbaye.

— Ils sont en route.

— Mais...

— Ne bougez plus. »

Je restai assise sans voir son visage, il partit dans la chambre de ses parents. Les policiers arrivèrent très vite, heureusement je m'étais lavée, ils entourèrent Simon.

« C'est moi qui vous ai appelés.

— Suivez-nous, madame.

— Il faut que je prenne mon manteau, mon sac, c'est à l'étage. »

Un policier masqué m'accompagna jusqu'à mon bureau où se trouvaient réunies mes affaires, il se tenait à distance sanitaire. J'enfilai mon renard Fendi, m'emparai d'un paquet de cigarettes, d'un peu de maquillage, je pris *Le Livre de Monelle* de Marcel Schwob ainsi que mes lunettes de vue.

« Allez, venez, vous n'aurez pas besoin de tout ça, vous savez...

— C'est moi qui vous ai appelés.

— Vous expliquerez ça au poste, allez. »

Il me pressa, m'emboîtant le pas. La maison me parut plus petite, incongrue, illuminée de l'intérieur, pareille aux chapelles russes que mon imagination se plaisait à visiter les soirs de grande cuisine quand je songeais aux travaux d'écriture du lendemain. L'antre rouge, la salle de bains carrelée de bleu Wedgwood. Ma maison, mon jardin.

« Vous ne pouvez plus rester ici.

— Pourquoi ? »

Simon, entouré de policiers, leur expliquait d'une voix plaintive la scène à sa façon, je ne voyais que ses jambes à l'horizontale entortillée dans le couvre-lit vénitien de la chambre de ses parents. J'entendais des « Ça va, monsieur ? », « Restez bien allongé, on va s'occuper de vous, on est là ». Je tentai de me diriger vers Simon, le policier me tira vivement le bras.

« Je veux voir mon mari.

— Non, n'y comptez plus...

— Pourquoi ?

— Parce que c'est la loi, allez... »

J'avais gardé aux pieds une paire d'UGG, Simon adorait ces boots qu'il trouvait chic, très Pamela Anderson. En franchissant la porte vitrée, cassée à coups de latte par Simon un jour où harnachée de valises je menaçais de partir pour toujours, j'eus soudain une peine atroce. Sur la place, les gyrophares tournaient, éclairant à un rythme régulier les vieilles pierres grises de Montesquiou qu'un lierre recouvrait. J'adorais ce mur, le retrouver lorsque nous arrivions à la campagne, il était mon repère, celui de l'autre monde.

J'étais : l'agresseur.

Et Simon : la victime.

## Piège de cristal

Dans la fourgonnette, ils étaient quatre ou cinq, peut-être plus, imposants, massifs, à cause de leurs gilets pare-balles. On roulait à vive allure, on dépassa la bête morte, la ferme aux chats, le chemin menant aux pins – ma promenade, qu'il pleuve, qu'il vente ou qu'il neige. Dans mon esprit régnait notre premier printemps d'amoureux, resplendissant, le soleil éblouissant aspergeait la campagne de ses rayons d'or, éveillant la promesse d'un avenir fait de profusions, inondé d'éternité. J'avais retrouvé enfin l'innocence, la pureté du grand amour, celui des serments inaltérables, des jeux, des inventions, des créations artistiques. Forte de ces sentiments, de cette passion que tu avais décidé curieusement de me prodiguer, comme on arrête de boire, tu me fis l'étrange promesse de changer de vie, tu écrivis que tu ne voulais plus différencier ton sort du mien…

« On va où, là ?

— À l’hôpital de Soissons.

— Et après ?

— Au poste, ils décideront. »

Des particules blanches étoilaient ma vitre, avec derrière un paysage lunaire sans frontière.

« Et mon mari ? Je dois lui parler.

— Votre mari, vous ne pourrez plus lui parler, après ce que vous avez fait…

— Combien de temps ?

— Deux ans… parfois plus… trois ans.

— Comment ça ?

— C’est la loi, dit l’un des policiers dans l’ombre à l’arrière.

— Ne me regardez pas, tournez-vous.

— Mais c’est moi qui vous ai appelés.

— Vous expliquerez tout ça à l’inspecteur. »

Des biches apeurées par les phares se figeaient sur la route blanche de givre. Avec la musique du Connemara, il m’avait remémoré cette soirée de Noël, sa transgression prétendument autorisée, parce que les enfants majeurs n’étaient pas de son sang. En aiguisant à l’extrême mes sentiments maternels, en me trahissant depuis des mois, en créant un climat malsain qui liait les anciens traumatismes aux récents, en m’étourdissant, en semant volontairement des indices d’une liaison avec Éliane, en me parlant d’Hitler, en dénigrant la femme de cinquante-cinq ans que j’étais, en me livrant à la folie du désespoir, en attisant ma peur de nous perdre à jamais, en créant le manque physique et la dépendance à l’aide de substances toxiques où ma conscience ne pouvait que se perdre, en mettant tout entière ma mémoire en danger, en détruisant mon rythme de travail et sans doute mes relations à venir, en me confondant, je l'avais poignardé. J'avais marqué le coup, espérant par cet acte arrêter le flux de ses débordements, éclairer par le biais de la justice ses atteintes répétées. Non, ce n'était pas ça, évidemment, Simon m'avait poussée à bout : je le rendais libre, il pourrait faire – comment l'avait-il dit dans la forêt ? – « faire ce que je veux et m'amuser ».

Devenant à mes dépens, le salaud magnifique.

En aucune façon, il ne m'empêcha de téléphoner à la police. Il connaissait les conséquences des violences conjugales liées à l'arme blanche : la séparation des corps – je ne le savais pas.

J'étais l'idiote et la possédée.

À l'hôpital, la tête me tournait dans la chaleur oppressante saturée d'une odeur de lait Guigoz. Impossible d'écouter le médecin dans le cabinet, il exigeait une réponse sur-le-champ.

« Pourquoi êtes-vous là, vous le savez ?

— Mon mari et moi, on s'est battus, c'est violent depuis des mois…

— Et ? »

Je n'arrivais pas à répondre, j'étais sortie d'un cercle maléfique, mais à nouveau l'approche d'un danger plus grand m'anéantissait, quelque chose de mauvais était contre moi.

« Madame Liberati, suivez-nous », dit un policier.

Simon m'avait expulsée de sa vie, et il désirait ma mort symbolique et réelle.

Au poste, *l'agresseuse* soufflait dans le ballon, mon taux d'alcool était trop élevé pour que je prétende répondre correctement à l'interrogatoire qui aurait lieu le lendemain, une fois que je serais totalement dégrisée. Il n'y eut aucune recherche de drogue dans le sang. Je pleurais tant, sans discontinuer, quelque chose d'anormal me blessait. Un policier inquiet me proposa de la compote de pomme à sucer de la marque Andros, je déclinai. Il précisa néanmoins que j'y avais droit, en tout état de cause. Par la suite, il me retira mes effets personnels, je ne pouvais boire qu'un verre d'eau, toutes les heures. J'exigeai de prendre les calmants prescrits par le médecin. Il accepta, en cachette j'avalai trois somnifères d'un coup espérant sombrer dans le sommeil, échapper à la cellule. Une policière fessue se planta devant moi, une main sur la hanche.

« Je peux avoir du papier pour me moucher ? »

Elle me tendit un Kleenex du bout des doigts.

« Ça va vous faire une expérience, la garde à vue, comme ça vous aurez des choses vraies à raconter dans votre livre, n'est-ce pas ? »

Elle me toisa avant de tourner les talons. Cette phrase me fit un effet de déjà-vu. Le lit, une couche de ciment recouverte d'une galette, surmontée d'une mince couverture faisait me remémorer des moments difficiles. C'était le plan de mon camarade, mon compagnon. Il connaissait ma vie, il la connaissait bien, il avait eu en main les vieilles ordonnances des juges pour enfants, et l'obligation de me taire sur la réalité. Le mal remportait le plus souvent la partie, il participait depuis des temps immémoriaux à la force, et donc au pouvoir des hommes. La pièce étroite et grise avec son ampoule nue, trop forte, les chiottes à la turque, je regrettais qu'il n'y ait pas d'insultes ni de graffitis de bites sur les murs. Ma main gauche sans son alliance et la droite qui une heure plus tôt tenait le couteau à pain, toutes deux sur mes yeux inondés de larmes – je plongeais dans l'enfer. Les cachets ne me firent aucun effet. Les yeux grands ouverts, les bras tendus vers le mur, je pensais à Simon, il serait très vieux lorsque nous nous reverrions. Je n'arrivais pas à accepter son long désamour. Était-ce possible qu'il ne m'ait jamais aimée ?

C'était de toute évidence : une sale histoire. Sentant que j'allais le quitter réellement, il m'avait volontairement joué ces mauvais tours, c'était une vengeance, d'une grande bassesse.

Quand je réclamai du papier cul en chialant, les policiers me regardèrent enfin gentiment.

Le lendemain, lorsqu'on m'interrogea, j'évoquai la soirée ecstasy, les yeux des policiers s'allumèrent, alors je me tus, préférant, pour m'exprimer, l'assistance d'un avocat. Soudain, le jeune inspecteur me montra l'arme – le couteau à pain – enveloppé dans un plastique transparent, et je vis derrière la fenêtre apparaître la Twingo, elle fonçait sur le parking mouillé. Je ne discernai pas le visage de Simon, rien que son corps méchamment arc-bouté sur le volant. Je le sentis entrer dans le commissariat et prendre place dans un bureau adjacent. Je perçus sa présence tandis que je mangeais une barquette de nouilles brûlantes.

« Mon mari est ici, vous pensez que je vais le voir, monsieur l'inspecteur ? »

Dans la pièce, les allées et venues étaient incessantes, l'inspecteur sortit en vitesse. La barquette de nouilles me réconfortait, me procurant une bonne chaleur dans le ventre ; dehors, il bruinait, un sale temps sans horizon, sans perspective, le néant et le poste de police. L'inspecteur revint.

« Mon mari, vous pensez qu'il veut me voir ?

— Votre mari ne veut plus vous voir, madame.

— À cause du couteau à pain ?

— Vous verrez avec le juge. »

Le lendemain et le surlendemain, je dormis dans la cellule ; la nuit, personne dans le commissariat, pas même pour me donner des feuilles de papier cul ou mon verre d'eau, il aurait pu m'arriver n'importe quoi.

## Soissons

Au matin, un nouvel inspecteur m'avertit que le juge de Soissons me recevrait en fin d'après-midi. J'eus droit à des pâtes aux quatre fromages ; l'avantage, c'était leur température élevée, elles me brûlaient l'estomac. À ma grande surprise, je pus donner un rapide coup de fil à mon avocate, son assistante se déplacerait pour m'accompagner. La chaleur des pâtes descendait dans les UGG de Pamela Anderson, je voulais fumer. Un policier m'emmena à l'extérieur sous un auvent, il pleuvait. Cette scène m'évoquait notre voyage au Japon, à cause du bruit de l'eau martelant le toit en plastique. Depuis l'arrière-cour, je discernais le parking du Leclerc Express, la pharmacie, son halo vert me réconforta.

D'un coup, ils décidèrent de m'embarquer à Soissons. Nous passâmes le fameux rond-point de courtoisie joliment fleuri où s'érigeait un vase argent coupé en deux. Au palais de justice, l'assistante de mon avocat, jolie, de grands yeux bleus, une croix autour du cou, essaya de me calmer. Elle tenait dans ses bras un dossier, la déposition de Simon.

« Il dit quoi ?

— Qu'il ne veut plus vous voir à Longpont, il veut divorcer, il ne veut plus que vous vous approchiez de lui. »

Des allées et venues, une famille d'hindous enveloppés dans du papier de survie doré masqués, reclus, attendait dans un coin sombre. On nous fit entrer dans une pièce, étroite, donnant sur une cour intérieure claire, deux policiers gardaient les portes. La tête me tournait, je ne me souviens plus de ce que je disais tant cette scène me rappelait, à quarante-six ans d'écart, une situation similaire. La femme criait presque, m'ordonnant de ne pas entrer en contact avec Simon. L'avocate aux yeux bleus m'avait intimé à l'oreille de ne rien dire sur Noël, l'ecsta et la drogue. Le bureau en bois foncé, ses plantes vertes et cette brune vociférant, assise sur une chaise à roulettes, précisant qu'elle n'avait pas que ça à faire, tapant du poing sur la table, m'expliquant comme à une adolescente que je ne pouvais ni l'appeler, ni lui parler, ni me rendre à Longpont et que, si nous devions nous retrouver par hasard dans un lieu public, c'était à moi de partir la première. Ces interdictions brutales m'affectaient, les larmes s'écoulaient. Lentement, je fus dirigée vers un bureau plus vaste, celui de la juge. Dans un angle, une petite femme blonde s'apprêtait à taper toutes nos paroles sur un ordinateur, la routine.

La juge, coquette, aimable, tripotait son collier de perles, le buste en avant, me regardant chialer.

« M. Liberati n'a pas beaucoup de morale, c'est un problème, et vous, madame, vous avez les mots pour le dire… vous pouvez… »

Mon sang ne fit qu'un tour – être là pour entendre ça !

« Vous allez recevoir les modalités de votre astreinte judiciaire et vous devrez vous faire suivre chez le psy. *(Elle se tourna vers mon avocate.)* Elle pas l'air bien du tout… dites-vous, madame, que huit mois, ce n'est pas si long…

— Vous savez, on a fait beaucoup de choses ensemble, je travaille dans cette maison, je dois pouvoir retrouver mes papiers, mes livres, mon bureau…

— Vous aurez le droit d'aller deux jours par mois à Longpont et de joindre monsieur uniquement par mail et seulement pour des questions de travail.

— Merci. »

C'était la fin de la journée, les policiers firent entrer la famille d'hindous enveloppée dans du papier de survie, avant même que nous ne sortions, mon avocate et moi.

Une voiture de police m'emmena jusqu'à Longpont, pour y chercher en quatrième vitesse quelques menues affaires, le principal. Lorsque je franchis la porte, je constatai qu'il y régnait une ambiance étrangement paisible, le tapis du Ritz était bien aspiré, le feu ronronnait dans l'âtre de la cheminée fermée. Dans la cuisine glougloutait une nouvelle soupe chinoise – prête à l'emploi –, le gingembre coupé beaucoup trop gros m'assurait qu'il n'en était pas l'auteur. Sans doute devait-il se promener du côté du tombeau avec sa canne, téléphonant, renouant avec ses vieux amis. Il reprenait ses habitudes d'autrefois, lorsque, à nos débuts, il me courtisait « mordant sa proie comme un chien enragé jusqu'à ce que ça cède, et ne la lâchant pour rien au monde ». Par quel tour de passe-passe en étais-je arrivée là ?

« Madame, dépêchez-vous, on n'a pas que ça à faire !!! »

Les trois policiers s'impatientaient, dehors la nuit tombait. Je remplis une grande valise, pris aussi notre sac de plage, le bourrant de livres, de cahiers à spirale. Je m'imprégnai une dernière fois de mon bureau, j'adorais cette table et y réfléchir en me perdant dans les motifs de la toile de Jouy, avec le lion et l'éléphant dans un jardin antique. Chaque jour passé ici, à travailler dans cette pièce, face à l'abbaye, jamais plus je ne pourrais y revenir, ni écrire en haut alors que, toi, tu écrivais en bas.

C'était fini.

## Paris-Montmartre

Mon appartement, froid. Tes vêtements, nos objets, maintenant sans toi, sans plus te parler, sans plus te voir, me menaient vers les hautes solitudes, mêlées d'un sentiment puissant d'injustice à m'en retourner l'estomac, me persuadant que ça perdurerait, pas que pour moi, pour nous toutes. Ce n'était pas nouveau, je connaissais ça depuis petite, l'enfant martyre, l'abusée qui en savait trop. L'injustice gonflerait, prendrait toute la place, sans jamais exploser, et chaque jour s'accompagnerait d'une volonté de mourir, et je me trouvais misérable de ne pas me suicider, de ne pas en finir avec l'impossible désir de vérité face à l'impunité. En me déplaçant pour uriner, j'eus la certitude qu'en me retournant j'allais te voir mais tu n'étais plus là, tu avais disparu. Ton absence provoqua une nouvelle douleur jamais éprouvée ; en pissant, je pensai : « Il n'y a pas de honte à être dans la douleur. »

Plus tard dans la nuit, étalée comme une vache dans le canapé rose, je découvris sur Instagram un cliché d'Éliane habillée en mariée, un cœur en pâte à modeler dans les mains, souriante, sous l'image était écrit *Surprise, I am the bride*, c'était un cliché prit durant le clip. La déconstruction de la mariée. En story, je vis une autre photo, légendée : *Hello I am back home !*

Le lendemain, je me rendis chez Divine, pour voir Donovan. Elle me reçut en roucoulant, l'air agacé malgré tout, mon fils regardait la télévision en pyjama. L'effet de la pandémie révélait à n'en pas douter nos penchants les plus tragiques.

« Divine… Tu étais au courant pour Éliane et Simon… hein ?

— Ne viens pas ici faire des histoires, ton fils va mal, j'ai du travail. »

Donovan, buté, s'efforçait de ne pas lâcher l'écran des yeux.

« *I am back home* mais d'où *I am back home* !? Quand j'ai vu ça, je me suis dit quelle pute, la honte, c'est choquant. »

Dans le silence compact, la responsabilité de Divine la désignait, pour le coup, entremetteuse, *number one*, à moins que je délire… Elle se dirigea vers la cuisine un fer à la main, la mule boa-boa aux pieds, et elle laissa échapper un rire ironique.

« Ah là là là là là là !

— Tu veux quelque chose, du pain et du fromage ?

— Non, ça ira… Allez plutôt chercher une tarte ! »

Je m'approchai de Donovan.

« Ils sont ensemble, t'as pas compris, je te l'ai dit. »

Ni l'un ni l'autre ne voulait admettre l'évidence. Il revêtit son manteau bleu, le cœur ex-voto n'y était plus, il m'accompagna à la boulangerie. Son teint pâle, la profondeur de ses espérances, la pureté se dégageant de Donovan, c'était presque insupportable.

« Le matin du tournage, les assistants sont allés chercher Simon et Éliane chez elle, ils avaient dormi ensemble, tout le monde était au courant, ils se sont tous bien foutus de notre gueule, maman.

— Mais oui… évidemment, tu sais, les gens… ça les amuse, tout est permis… surtout quand on a les moyens… on peut tout se permettre. »

Divine dédaigna la tarte, l'atmosphère était sinistre, la lumière éteinte comme chez les vieux. Mes tempes contre la vitre et dehors le faux gazon émeraude, celui de notre mariage.

## Le trou

Je me réveillai de dix-huit heures de sommeil forcé en pleurant, en hurlant. Depuis longtemps j'aurais dû te trahir, te quitter, partir, disparaître derrière un talus, ne plus revenir, ne plus subir ton plaisir indécent à appuyer sur mes blessures. Ce rapport fou m'a rendue folle. Les cloches de Montmartre sonnaient, le monde entier en déroute. Je haïssais ma soumission et l'idée que mes souvenirs avec toi me soient retirés. Dans la rue, des masques sales ; dans ma poche, une vieille carte postale que tu avais achetée au Japon, représentant un singe assis méditant, une peinture du XIII^e^ siècle, je déchiffrai ton écriture au dos.

*C'était Lucifer ! Souviens-toi rue Gabrielle souviens-toi du septième ciel !*

Je déambulai ne sachant pas où te trouver, sans assistance, sans un mot de ta part, sans un rond, sans mes affaires. Le lundi suivant, je reçus un mail de mon avocat, les modalités de mon astreinte judiciaire, l'obligation de consulter un centre pour toxicomanes chaque semaine, le CSAPA (Centre de soin, d'accompagnement et de prévention en addictologie), de me rendre à mes frais chez un psychiatre de mon choix chaque semaine, de pointer au commissariat une fois par mois, sans oublier le contrôle judiciaire deux fois par mois, et la possibilité de retourner à Longpont deux fois par mois, uniquement dans mon bureau. Impossible d'échapper à un seul des rendez-vous avec ma contrôleuse, chaque fois il serait question de toi : « Est-ce que vous allez l'approcher ? » « Qu'est-ce que vous faites ? » « Avez-vous des projets pour l'avenir ? » « Où allez-vous ? » « Que fait votre fils ? » « Comment se passent vos journées ? » « Parlez-vous à des amis communs ? » Dès le début, tu fis une totale obstruction à ma venue, malgré la décision de justice, et je répondais à cette femme : « Vous savez, je suis sûre que Simon est protégé, c'est évident après ce qu'il a fait… Ça leur fout la trouille ! On la connait sa vie, son passif. » J'errai comme un chien devant la coupole du Parti communiste, avec la gueule tuméfiée, des coups pour la vie.

J'allai lire *De Profundis* d'Oscar Wilde au jardin du Luxembourg, un événement refit surface, c'était la visite chez le médecin, celui qui soigne les victimes du Bataclan selon la méthode de la guerre du Vietnam. Il m'avait dit : « Frappez votre mari, frappez plus fort, chassez-le, encore plus fort. » Même poussée à bout par tes bons soins, j'aurais été moins impulsive ce soir-là, ma raison aurait sans doute pris le dessus si je ne l'avais pas consulté. Je n'en avais parlé à personne, même pas à ma contrôleuse, j'en ferais part au psy qui me dirait que c'était un élément important, beaucoup de gens réagissaient violemment à ces pratiques. Des connaissances communes que je croisais du côté de Saint-Germain me rapportaient ce que tu leur racontais, que je risquais d'aller en prison, et que tu étais la victime.

Finalement, tu m'autorisas à venir chercher mes affaires. Ce fut un certain Momo qui se chargea du transport, un copain de ton ami Ludovic, il me quémanda cinq cents balles pour un aller-retour, avec l'obligation sadique de ta part de ne rester que deux heures à Longpont et pas davantage. Quelle surprise en entrant dans la maison de voir des bols de soupe pourrie nager dans l'évier, des tasses maculées de rouge à lèvres. Mon tapis du Ritz était troué par les mégots, les shampoings d'Éliane trônaient dans la salle de bains, une maison dans un état de saleté répugnant, tu n'avais pas même pris la peine de nettoyer pour ma venue, voulant me prouver par là qu'on te protégeait.

Avec Momo, on déménagea en courant, j'arrachai mes robes des cintres avant de les bazarder pêle-mêle dans le camion et au passage je brisai d'un coup de pied la photo offerte par Éliane pour Noël, puis je transportai toutes mes affaires dans un box du côté de l'Étoile Ornano. Momo me tapa deux cents balles de plus pour le déchargement.

À l'appartement, allongée sur le canapé à siroter mon Martini, je songeai : il va continuer avec une autre ce que nous avons construit à deux.

Il me manquait tous mes livres, des habits, mes cahiers, j'obtins à force de harcèlement la faveur de pouvoir me rendre à Longpont une seconde fois, à la condition d'être accompagnée par ton ami Marcel, tu me fis savoir par la petite bande que malgré la décision de justice je n'y remettrais jamais les pieds et tu t'étais plaint à ton avocat, j'avais paraît-il à ma dernière visite vandalisé ton salon. Marcel me rendit ce service tandis que tu étais à Paris. J'apportai bêtement pour toi un bouquet de violettes et une grosse fleur orange en pot. Que je disposai sur ton bureau. Sur ma liseuse verte, je vis mes livres tant parcourus, annotés, grands ouverts ainsi que des bouteilles de vodka et du papier d'aluminium sur un miroir, et dans la cuisine encore des bols de soupe dégoûtants. Au premier, près du lit, tu avais pris soin de mettre bien en évidence sur ma tablette de nuit le prospectus du Monaco Beach et des clefs gardées de nos chambres d'hôtel… Dans mon bureau, gisaient des petites culottes d'Éliane. Tes mises en scène, tes indélicatesses, tes provocations continuaient leur travail de sape. Sous le regard méfiant de Marcel, je t'écrivis dans la hâte cette lettre.

*Simon, je te demande de sortir du mal où tu es. Depuis plusieurs jours je me promène sur le boulevard de Rochechouart, je m'arrête devant le théâtre Le Trianon, là où nous nous sommes rencontrés dans la poussière d'or de cette journée d'hiver, là où nous nous sommes reconnus et aimés. Tu avais alors de grandes ambitions, qu'en as-tu fait ? Je t'aime, Eva.*

En la posant sur ton ordinateur, je fondis à nouveau bêtement en larmes ; en redressant mon visage, je découvris mes bijoux, des fleurs de cheveux, tes cadeaux de notre voyage au Japon pris entre les deux épées achetées à Estremoz. Tu jouais encore aux *Liaisons dangereuses*. L'ami Marcel, journaliste automobile, pressé d'en finir afin de rendre sa caisse de luxe avant 18 heures, insistait pour qu'on décampe, m'obligeant *manu militari* à réunir mes bagages. Sur le chemin de retour, un embouteillage monstre. Donovan m'appela :

« Tu vas pas me croire, je suis à Saint-Germain, Simon est avec Éliane, je l'ai vu, il vient de monter chez elle avec un sac Carrefour comme quand il faisait les courses à Villers. Je l'ai filmé, j'ai la vidéo !!! Je vais lui péter la gueule. »

Ce n'était plus que des cris au bout du fil.

Il me raccrocha au nez.

« Marcel, Simon est avec Éliane, j'y crois pas !!!

— Je peux rien y faire, arrête de hurler. »

L'évidence après des mois, justifiant enfin mes craintes, mes angoisses, les crises. Marcel roulait en silence vers Paris embouteillé.

Le téléphone sonna, je décrochai :

« Je l'ai appelé, j'ai dit : "Viens mec, je suis en bas sur le trottoir", il n'a pas répondu, je suis monté, il n'a pas ouvert, elle se planquait, lui se taisait, je suis redescendu, j'ai hurlé : "Viens !", il est arrivé, je lui ai demandé : "Qu'est-ce que tu fais avec Éliane ?...

Tu te tapes ma meuf, tu fais quoi à ma mère ?... C'est toi qui la fais passer pour folle depuis des mois à l'insulter ?" Et tu sais ce qu'il a répondu ?

— Non ?

— Qu'il était avec elle depuis le début du confinement... et que c'était officiel depuis novembre, pourquoi il me dit ça, ce taré !? »

Un court silence.

« Il n'avait pas besoin de te dire ça !

— J'ai hurlé, les gens dans la rue sont sortis des magasins... J'avais mon poing sur son visage... Il est au bout de la rue, je vais le démolir.

— Non, ne fais rien, putain je vais aller en taule ! »

Il raccrocha.

« C'est dégueulasse, putain !!!

— ... Arrête de crier, calme-toi, on va avoir un accident, oui... mais calme-toi ! »

Donovan m'appelait à nouveau, je décrochai :

« ... Il m'a dit : "Vas-y, je vais te faire ce que j'ai fait à ta mère !" Il m'a menti, il me disait que c'était toi qui étais folle ! Le mec, il n'a pas de couilles ! C'est un gros lâche ! C'est une merde ! »

Donovan raccrocha, me laissant dans le vide électrique de la nuit.

Le lendemain, j'allai aux urgences psychiatriques, ils ne me gardèrent pas, j'errai dans Paris, la tromperie envers mon fils ne fit qu'aggraver mon état, j'étais comme coupée du monde. La petite bande me rapportait qu'avec le coup de couteau, je pourrais m'asseoir sur ma pension alimentaire, la faute était à présent lourdement de mon côté et plus du tien.

Un matin, j'étais assise devant un café noir au Diplomate, place du Delta, le nez collé dans l'Instagram de Simon, quand je vis un nouveau post : Éliane posait devant un poster des Rolling Stones avec pour légende : *Deux préoccupations majeures.* Dans l'après-midi, je vis Eren, ton ami, au square, tous les deux assis sur un banc, il me dit que tu voulais faire écrire la petite, et toi raconter ta transgression, puis d'un ton menaçant il me lança : « Et les vidéos par contre ça, ça va te coûter très cher, tu vas payer gros pour les vidéos. »

C'était un piège.

C'était fini.

Fini.

# Nuit noire

J'ai rendez-vous avec mon fils chez Roger, le fiancé de Sarah. Elle me reçoit, elle a les cheveux courts à la garçonne à présent. Don m'attend avec ses copains ; il faut qu'on se voie, qu'on se parle, qu'on boive un coup ensemble, qu'on digère. Dans l'appartement, des néons posés au sol projettent une douce lumière d'aéroport. Don joue à la guitare une ballade romantique, il est doux, en retenue. On se serre dans les bras, je le sens fragile sous mes doigts, on s'assoit en face-à-face.

« … Quand je lui ai demandé s'il avait une histoire avec Éliane, il y a quinze jours, il m'a dit : "Pour rien au monde… t'inquiète, tout va recommencer comme avant… ta mère est folle."

— Je t'avais prévenu qu'il était dans le mal… qu'il lui tournait autour…

— Pourquoi il m'a dit que j'étais comme son fils pendant huit ans… Elle, c'est une pauvre meuf, mais lui, pourquoi il nous fait ça ?

— Parce qu'il aime la destruction, parce qu'on est beaux et vrais et que lui ne vit que par procuration… »

Je me retiens de pleurer…

« C'est con, c'était bien !

— Oui…

— Divine, elle savait, maman.

— Bien sûr. »

Roger me sert un verre de vin, il est bienveillant. On est à présent tous assis en rond et Roger dit :

« C'est immonde, on irait bien lui casser la gueule en bande… ! »

Don lève son poing et cogne sa main.

« Là, une bonne raclée, qu'il sente ce que c'est que d'avoir mal.

— Oui, Don, évidemment. »

Roger se rapproche de moi.

« Mais on a réfléchi, il n'attend que ça, ça lui ferait trop plaisir, c'est son kif, un pauvre mec… c'est ça qu'il cherche… la beigne, une fois que leur petite transgression sera passée… parce qu'au fond c'est ça qui les fait kiffer… Elle finira par partir, elle ne va pas rester avec un vieux toute sa vie, de toute façon, le truc de ce mec c'était de te poisser toi et ton fils, cette fille, elle rêve ta vie, elle est prête à tout pour y arriver.

— À quoi, Roger, dis-moi ?

— À faire leur buzz… Quand je suis venu il y a deux ans à la campagne voir Don, le premier truc qu'il m'a donné dans son salon, c'est un livre où il parle de mon ex-meuf qu'il a baisée dans cette même campagne, ça te prouve la technique agressive du type… Il a un problème. Le mieux, c'est que tu les ignores, que tu passes à autre chose, que tu sois heureuse, ça va le rendre fou. »

Roger a raison, je regarde Don, il me donne la main.

« Maman, maman, écoute-moi hé, la vie elle est belle, maman, et des hommes, il y en a d'autres, un comme lui, ça ne sert à rien, qu'à te faire du mal. Quand je pense qu'il me répétait : “Tu viens quand tu veux, cette maison est à toi, elle te reviendra”, c'est juste une loque toute lâche… De te faire ça ?… c'est la honte. »

Roger regarde le plafond, Et Don rajoute :

« J'espère qu'un jour il comprendra, tu vois ce que je veux dire.

— Parfaitement, tout le monde comprend. »

La mère de Sarah doit passer pour nous soutenir, je suis fatiguée, je dis :

« Je m'en vais, j'en peux plus. »

Je les ai embrassés et je suis partie, j'ai pris le boulevard Beaumarchais, j'ai marché jusqu'à Montmartre, je me suis écroulée dans mon lit.

Le lendemain, je décidai de porter plainte, j'eus au téléphone la même avocate qui m'avait conseillée de me rendre au commissariat pour y faire une déposition sur tes propos antisémites. Je constituai un solide dossier, recueillis des lettres de proches, je voulais y ajouter les vidéos, les attestations des médecins que j'avais consultés, l'avocate n'était pas convaincue. Alors j'allai voir un autre avocat et puis un autre, tous étaient très concernés, et finalement, au bout de quelques semaines, ils me dirent que la justice ne jugerait que le coup de couteau, je changeai encore. Nous avions eu des violences conjointes, il était impossible qu'on ne prenne pas ma défense, qu'on ne m'écoute pas. Tu n'avais eu que deux jours d'arrêt de travail pour tes blessures à la main. Je me rendis à un entretien au service d'unité médico-judiciaire de l'Hôtel-Dieu, un rendez-vous était prévu pour qu'on reconnaisse ou identifie les chocs psychologiques, j'attendis cette consultation, mais elle ne vint pas. Je me sentais misérable, comment ne pas croire qu'il n'y aurait pas des résonances ? Et comment admettre que ça ne me concernait pas ?

## Bientôt l'été

Il faisait un temps radieux aux tennis du Luxembourg, je lisais *L'Envers du music-hall* en robe blanche de taxi-girl, de celle qu'aimait porter Duras à l'époque de sa jeunesse, où elle se trouvait si belle. Les feuilles des arbres projetaient leur ombre sur le sol sablonneux, serpentant pour se perdre dans la brume de chaleur où voletaient des plumetis blancs. Le bruit des balles et leurs tempos réguliers m'évoquaient le plaisir qui n'est plus, personne ne pouvait m'approcher de trop près, tant la douleur m'accablait. Les jours passaient, l'envie de mourir se précisait dans mon ventre, je commençai sérieusement à poser des dates pour mon suicide. J'envisageai ma disparition, laisser des traces, et me retirer, puisque j'étais rentrée dans un grand cycle de désappropriation. Je ne t'aimais plus, le seul lien qui me reliait à nous jusqu'au pire était ce livre, j'avais décidé d'écrire ces confessions au moment où mon fils découvrit la trahison. J'étais partie pour un tout autre projet, mais la nécessité de me livrer immédiatement était vitale ; le danger le plus grand est de garder enfermées en soi trop d'offenses. Je ne veux ni ne peux m'exprimer à la place de mon fils, mais simplement d'où je suis. Les gens ne comprenaient rien à cette obscure histoire de coup de couteau, on me menaçait de ne plus me faire travailler. Si je ne me taisais pas, on m'exclurait. Je dus vendre mes robes, mon trésor de guerre sur des sites de luxe, et taper du fric aux copains, pour payer des dettes, faire face à mon nouveau quotidien. Don était tombé amoureux d'une jeune fille portant le nom de Rubis. Un sentiment de fierté m'animait, je les rencontrai au Tuileries près des manèges, ils forment un couple juvénile. La voix de Rubis est grave, surprenante de maturité, avec cet accent des filles dans *Partie de campagne* de Jean Renoir, ses yeux sont perçants et bleus, incrustés dans un visage dont les traits semblent sortis d'un tableau d'Ingres, ses mains sont si fines, elle dessine, elle peint, elle modèle, elle joue, son rire est franc et joyeux. En les voyant déguster des glaces au bord du grand bassin, tandis qu'ils me semblaient déjà se compléter, je me sentis vulnérable et désaccordée. Je quittai Paris, je suis allée à Saint-Tropez, en Corse, à Rio, en Espagne, dans les Cévennes, en Autriche, à Nice, tout en respectant les règles de l'astreinte. Toutes les nuits, je me réveillais en sursaut. Tu traversais mon sommeil, heureux, t'acharnant sur moi, encore. Entre deux voyages, j'appris la mort de ton père par la petite bande. Ma plainte a finalement été classée sans suite, aucun médecin n'a pu mesurer mon état psychologique, comme si ce que j'avais vécu ne pouvait pas exister, après tout, tu ne m'avais pas scié une jambe ou fracassé le crâne à coups de marteau, mieux valait penser à autre chose… à la légèreté, et oublier. Je sais que je ne suis pas seule, nous formons une masse compacte, toutes recluses dans le déni ; qui, lui, ne coûte rien à personne.

Finalement, en mai 2022, je t'ai revu à Soissons pour le jugement, je me suis excusée pour le coup de couteau, en regardant mes pieds comme on me l'avait demandé, mais je me suis exprimée sur tes discours sur Hitler, l'ecstasy à Noël, les drogues durant des mois. Les vidéos et la lettre de mon fils attestant des faits étaient finalement des pièces du dossier, elles ont été données à la fin de l'audience avant la délibération, et aucun des avocats ni des juges n'a évoqué leur contenu – seulement le coup de couteau, ce qui s'est déroulé entre huit et dix heures du soir. Et toi, tu as porté plainte, tu as aggravé mon cas, et demandé des dommages et intérêts. La possibilité d'avoir été poussée à bout par tes bons soins n'a jamais été soulevée, ni l'emprise, ni la violence, ni ta volonté de transgresser pour écrire *Performance*.

Dans le livre, tu te décris comme un vieux Don Juan machiavélique, un scénariste toxicomane en manque d'inspiration sur les traces des Rolling Stones, je suis la mère d'Esther (une femme jalouse, bien sûr), tu couches avec ma fille, toxico aussi, son ex-fiancé est musicien. Durant la promotion, tu as avoué ouvertement vivre une situation similaire, avoir traversé un fantasme dans une extrême violence, tu as parlé de scandale, de transgression encore, et d'inceste, de ce besoin de détruire ta vie et de te défoncer pour pouvoir créer ton œuvre. Tu as clamé être l'homme battu et que je ne t'inspirais plus, et tu t'es aussi vanté publiquement de coucher avec la fiancée de mon fils. Les lecteurs ont trouvé ton livre misogyne, il ne s'est pas vendu. Des femmes m'ont arrêtée dans la rue pour me dire qu'elles ne comprenaient pas comment une chose pareille avait pu avoir lieu, comment on avait pu me faire ça, à moi à qui on a tant fait subir d'abus… Sans compter l'histoire des femmes dans ma famille. Ma mère née d'un inceste, et ma grand-mère violée à quinze ans. Et puis, un petit groupe s'est empressé de te récompenser du prix Renaudot, mais tu es celui qui a vendu le moins de tous les prix Renaudot. Tu étais dans l'hybris. Le mot « résilience » est un joli mot, je demeurais dans l'ombre froide de la stupéfaction qui me glaçait. Nous restions, officiellement, toujours mariés. Et je songeais, stupidement, malgré moi, à l'union des hommes entre eux, à leur désir de transgression, au clan.

Durant l'été qui suivit, Francis Dorléans s'est pendu, puis Irina est morte, on s'est parlé un peu, elle et moi. En février, Donovan et Rubis m'ont finalement invité dans leur appartement du Marais, je n'osais franchir leur intimité pendant tous ces mois, ils avaient accroché au mur un dessin de ma mère.

*2023*

Le printemps arriva, à Montmartre, les touristes envahissaient les rues. Peu à peu, je repris possession de Paris, bien qu'encore la ville me parût fantomatique, je ne voyais que très peu d'amis. Le soir, j'aimais me promener, aller vers l'opéra, restant du côté de cette rive, plutôt que de l'autre. Les cafés irradiaient, et les réverbères nimbaient joliment les trottoirs, je voulais comme dans ma jeunesse me perdre et trouver peut-être un amant pour oublier dans ses bras ce cauchemar monstrueux, ou bien nager, lire allongée sur l'herbe, retourner sur les traces du passé, ou penser au cinéma. Je me rendais souvent aux Champs-Élysées, la petite guérite en face du Grand Palais était un repère, les ampoules autour de la baraque diffusaient un halo doré, comme dans une loge de théâtre et j'aimais m'y acheter une sucrerie. J'y retournai plusieurs fois, m'asseyant sur un banc, admirant les théâtres, en passant sous la frondaison des arbres, ma chair se tendait, ils exhalaient leur fraîcheur, sur les branches des boutons de fleurs étaient prêts à éclore. Près du rond-point, se trouvaient une patinoire qui avait succédé à un panorama et à proximité Gastinne Renette, une maison où les tireurs venaient s'entraîner jadis pour les duels, ou éviter l'assassinat, j'y appris à tirer au pistolet pour un film, au milieu de policiers et de créatures si typiques de ce quartier, tout ça avait disparu. Le long des Champs, beaucoup de cinémas n'existaient plus, le ciel parfois très bleu tirait sur le rose tendre à l'horizon, la tête me tournait un peu, ma marche me berçait, je pensais à l'avenir, j'attendais le moment précis où le soleil décline, embrasant les vitres, me réfugiant dans ses derniers éclats. Sur mon chemin, les passages et les galeries m'attiraient, je savais qu'en les empruntant, quelque chose en moi pouvait se retrouver ailleurs. Je me cachais dans l'entrée du Lido, près des néons, l'impression de faire le tapin devant l'éternité me revenait avec une force vive affûtant mes instincts, une grâce s'établissait entre moi, les autres, l'avenue, le désespoir s'était enfui. Dans le vent, je m'acheminai vers l'Arc de triomphe, le soir tombait, et je ne pensais plus à rien d'autre, si ce n'est m'égarer dans la nuit et me mêler à la foule.

## Remerciements de l'auteure

À Olivier Rubinstein, Sophie Charnavel, Thibault de Montaigu, Alice d'Andigné, Élisabeth Samama, Delphine Roché et toute l'équipe des éditions Robert Laffont.

## Remerciements de l'éditeur

À Élisabeth Samama, pour ses conseils éditoriaux.
À Thibault de Montaigu.

*Composition et mise en pages*
*par Facompo Lisieux*

Pour plus d'information :

www.lisez.com

Imprimé sur du papier issu de forêts gérées durablement.

CET OUVRAGE
A ÉTÉ ACHEVÉ D'IMPRIMER
SUR ROTO-PAGE
PAR L'IMPRIMERIE FLOCH
À MAYENNE EN AOÛT 2023

N° d'édition : 64796/01 – N° d'impression : 102996

*Imprimé en France*